박쥐의 중력거부 제1강

14
대산 청소년문학상 수상 작품집

박은비, 박현주 외

박쥐의 중력거부

제1강

민음사

작품집을 펴내며

　한 해의 결실을 정리하는 계절에 대산 청소년문학상의 열네 번째 작품집 『박쥐의 중력 거부 제1강』을 출간합니다. 청소년들의 꿈과 열정을 담아 온 청소년문학상 수상 작품집이 어느새 열 권을 훌쩍 넘었습니다. 꾸준한 글쓰기 연습을 통해 다듬어 온 실력을 이번 작품집에 담아낸 수상자 여러분에게 감사와 축하의 말씀을 드립니다.

　대산 청소년문학상 작품집에는 조금은 덜 성숙했지만 그래서 더 솔직하고 순수한 청소년들의 생각과 삶이 시와 소설로 변주되어 있습니다. 여기에 담긴 이야기들에는 이 시대 청소년들의 꿈과 희망이 오롯이 녹아 있으며 우리 사회에 대한 그들의 목소리가 강렬하게 살아 숨 쉬고 있습니다. 작품에서 느껴지는 이들의 맑고 진지한 눈빛과 발랄한 몸짓을 통해 한국 문학의 앞날을 미리 내다볼 수 있을 것입니다. 입시 위주의 교육 현실, 충분한 체험과 독서를 허락지 않는 열악한 환경 속에서도, 글쓰기를 통해 자신을 표현하여 자신만의 가치를 추구하는 청소년들이 있다는 것이 대견할 따름입니다. 아직은 부족한 점이 더러 눈에 띄기도 하지만 이 작품집으로 서른여섯 명의 예비 작가들과 또래 청소년들이 공감대를 형성하고, 그들이 미래의 문화 주역으로 자라나는 데 도움이 되길 바랍니다. 또한 기성세대가 마음을 열고 어린 학생들에게 귀를 기울일 수 있는 계기가 되었으면 합니다.

말과 글은 곧 사회를 반영합니다. 사회의 구성원이 쓰는 말과 글은 곧 그 사회의 문화적 수준을 가늠하는 척도입니다. 부정확하고 거친 말과 글이 난무하는 사회의 미래는 어두울 수밖에 없습니다. 그런 의미에서 자신들 삶의 진실을 아름답고 솔직하게 글에 담아낸 청소년들이 여기 있다는 것이 기쁩니다. 그 글들을 모아 한 권의 작품집으로 발간한다는 것은 매우 뜻 깊은 일일 것입니다.

이 작품집에는 올해 대산 청소년문학상을 수상한 학생들의 작품들만 실려 있습니다만, 비록 수상은 못 했어도 문예캠프 행사에 함께 참여했던 모든 학생들의 문학에 대한 열정이 그 행간에 서려 있습니다. 상을 수상했건 수상하지 못했건 청소년들 모두는 아직 같은 출발선상에 서 있습니다. 우리의 생애는 마라톤과 같아서 조금 먼저 출발했다고 해서 우쭐해하거나, 그러지 못했다 하여 위축될 필요가 없습니다. 대산 청소년문학상 수상이 수상자들에게는 문학에 대한 열정과 용기를 북돋아 주는 격려가 되고, 수상을 하지 못한 학생들에게는 문학을 좀 더 가까이 하고 정진할 수 있는 계기가 되기를 바랍니다. 해를 거듭할수록 더해 가는 청소년 여러분의 열의를 보며 지금의 어린 문사들이 앞으로 우리 문학에 싱싱한 빛과 소금이 될 것을 확신합니다. 대산문화재단은 보다 많은 청소년들이 문학 속에서 소중한 꿈을 키워 나갈 수 있도록 든든한 지원자가 되겠습니다.

언제나 성심으로 학생들을 지도해 주시는 학교 선생님과 부모님, 작품 공모에서 문예캠프에 이르기까지 더운 날씨에 고생해 주신 심사위원 선생님, 출판을 위해 힘써 주신 민음사 관계자 여러분 그리고 대산문화재단과 대산 청소년문학상에 관심을 기울여 주시는 모든 분들께 감사드립니다.

대산문화재단 이사장 신창재

시 부분

14

시 부문 심사평

해를 거듭할수록 대산 청소년문학상 응모작의 수준이 높아지고 있는 추세다. 응모작의 수준이 높다는 것은 고무할 만한 일이나 심사를 하는 당사자로서는 표절이나 모방을 의심해 봐야 하는, 특히 백일장 작품들을 통해 다시 한번 검증해야 하는 수고를 더 해야 한다. 그래서 백일장 심사에는 '능숙'이니 '익숙'이니 '표절 의심' 등의 토가 달린 응모 작품과 정해진 시공간 및 시제 하에서 쓰여진 백일장 작품 사이의 편차 정도가 중요한 잣대로 첨가되어야 했다. 올해의 경우 '비누'라고 주어졌던, 시제(詩題)와의 적합성 여부나 시적 완성도는 물론 모든 심사의 기본일 것이다.

중등부는 응모된 작품과 백일장 작품의 순위가 거의 일치했으나, 고등부에서는 그 편차가 심했다. 편차가 심한 경우, 응모작의 작품 수준을 우선해야 한다는 입장과 백일장 작품을 우선해야 한다는 입장 사이에서 심사위원들의 의견이 엇갈리기도 했다. 그때마다 심사위원들이 응모작과 백일장 작품들을 번갈아 다시 읽으며 오랜 토론과 숙고를 한 끝에, 대상 박은비(오금고등학교, 응모작 「폭설」 외)를 비롯해 금상 두 명, 은상 다섯 명, 동상 열한 명을 뽑았다.

백일장 작품들에서 가장 먼저 지적되는 아쉬움은 상상력의 빈곤을 꼽을 수 있다. 시의 시선이 시제의 주변을 맴돌고 있어서 시제의 실체를 파헤치면서 본질로 나아가지 못하는 느낌이었다. 현상적인 것을 토대로 본질에 가닿으려는 집요한 상상력, 즉 집요한 시선과 사유 속에서 시의 독창성과 패기는 나오는 것이리라. 또한 시는 무엇보다 보여주는 것이지 설명하는 것이 아니라는 데 그 묘미가 있다. 자꾸 부연해서 설명하다 보면 산문과 변별하기 어려워진다. 제한된 시간과 시제 안에서 작품을 완성해야 하는 백일장의 특성상, 시의 구조적 완결성도 놓치지 않아야 할 중요한 요소일 것이다. 중등부의 경우는 특히 동시와 시의 경계선을 제대로 구분하지 못한 채 동시적 발상에 머문 작품들이 있었다는 점도 밝혀 둔다.

그럼에도 전반적으로 수준 높은 작품들이 많아서 심사위원들을 흐뭇하게 했다. 캠프에 참가한 학생 모두에게도 뜨거운 격려의 말을 전한다. 더욱 열심히 정진하여 훌륭한 시인으로 성장하기를 바란다.

심사위원 김명인 · 박주택 · 정끝별

시 부문 대상 수상 소감

지렁이가 꿈틀거립니다. 나는 재빨리 컴퓨터 전원을 누릅니다. 지렁이가 움직이면 무슨 일이 생긴 것입니다. 아니 무슨 생각이 떠오르는 것입니다. 컴퓨터 자판 위에서 꿈틀대는 지렁이. 화면에 글자를 배설합니다.

소재를 찾으러 유리 공장에 간 적이 있습니다. 유리에 반사된 햇빛이 더욱 날카롭게 빛났습니다. 공장 한쪽에 세워 놓은 유리들이 서로의 빛을 반사시켜 눈이 부셨습니다. 글거리가 없을까. 유리의 생산 과정이나 일하시는 분들의 노고보다는 유리의 이미지를 찾아 서성였습니다. 순간 유리를 밟고 미끄러졌습니다. 손등에서 피가 흘렀습니다. 기울어진 손등을 타고 내려간 피가 땅으로 떨어졌습니다. 마치 햇빛을 피해 땅속으로 숨어드는 지렁이 같았습니다.

붕대를 풀었을 때 미처 빠져나가지 못한 지렁이 한 마리가 손등에 숨어 있는 것이 보였습니다. 손등에 지렁이를 키운다는 것은 부끄러운 일입니다. 그래서 사람들을 만날 때마다 손을 주머니에 넣거나 뒤로 감췄습니다. 시를 쓸 때도 될 수 있으면 눈에 보이지 않도록 조심스럽게 손을 움직였습니다.

유리의 이미지를 찾아 다시 공장에 갔습니다. 그러나 날이 흐려서 유리의 반짝임을 볼 수 없었습니다. 실망하고 뒤돌아서려고 했을 때 큰 유리를 들고 공장으로 들어가는 아저씨들을 봤습니다. 비가 올까 걱정되어 유리를 공장 안으로 들이고 있었던 것입니다. 얼마나 지났을까요. 모든 유리들이 공장 안으로 사라졌습니다. 바람이 불자, 장갑을 벗은 아저씨들은 바람을 향해 손가락을 폈습니다. 유리의 반짝임에 정신이 팔린 사이, 유리를 반짝이게 만드는 아저씨들의 손을 잊고 있었습니다.

그 후로 글을 쓸 때마다 손등에서 지렁이가 꿈틀거렸습니다. 아니, 지렁이가 꿈틀거릴 때마다 나는 글을 쓰고 있었습니다. 낙엽이나 흙을 먹고 거름을 배설하는 지렁이들. 그 거름으로 인해 땅은 더욱 기름지고, 지렁이가 다닌 길은 땅이 숨을 쉴 수 있게 만듭니다. 좋은 글이란 대상을 보고 느끼는 것뿐만 아니라 그것을 소화한 글입니다. 보이는 것보다 더 깊은 곳에 시선을 둬야 합니다. 그리고 지렁이처럼 온몸으로 땅을 기어야 합니다. 삶 속에서 스스로 숨 쉬는 시를 만날 수 있을 때까지 말입니다.

고마운 분들이 참 많습니다. 언제나 다독여 주시는 할머니, 할 수 있다는 자신감을 주신 부모님, 얄밉지만 활짝 웃는 모습이 예쁜 동생 은설이, 나를 아끼는 친구들. 이 기쁨을 함께 나누고 싶습니다. 그리고 부족한 제 시를 뽑아 주신 심사위원 선생님들께 감사드립니다.

박은비

폭설

서울 오금고 3
박은비

흰머리독수리 무리가 닥쳐온다
북쪽 하늘에서 몰려 내려와
아스팔트 바닥을 덮치고 가로등 불빛을 굴절한다
날카로운 발톱으로 지붕을 뜯고
기둥을 부리로 쪼아 댄다
살갗이 다 벗겨진 집
몸속에 있던 이물질을 토해 내고
하얀 뼈가 훤히 드러나 보인다
일등슈퍼 간판 ㄹ 자음이
눈 속에 뒹굴고 모든 나무들은
삼베옷을 입고 무릎을 굽힌다
얼어붙은 강의 피라미들은
심장이 멈춰 빙판 아래서

시체처럼 입 벌리고 누워 있다
스티로폼 내벽을 덮친 흰머리독수리는
눈발처럼 날리는 스티로폼 가루와 함께
주위를 맴돌고 건너편 논바닥에
아무도 모르는 하얀 암호를 남긴다
눈 속에 잠기는 솔방울
무너진 조립식 건물의 지붕에는
독수리 발톱 같은 고드름이 얼었다
발톱 자국과 부리로 쪼아 댄 흔적만 남은 마을 하늘 위로
유유히 날고 있는 흰머리독수리 떼

10년 만의 폭설이다

비누

서울 오금고 3
박은비

감나무에 노을이 매달린 오후
어머니는 빨래판을 들고 마당에 나와
꽃무늬 속옷을 문지르고 있다
우리 자매를 낳느라 주름 진 배 같은 빨래판에
비눗방울이 풀풀 날린다
어머니에게도 비눗방울처럼 빛나는
초경의 나이가 있었으리라
남 몰래 좋아하는 남자 애를 따라 걷던
교복 시절이 있었으리라
홍시처럼 얼굴이 달아오르는 어머니
꽃무늬 속옷의 때를 빼며 헹구고 있다
비누 거품이 눈에 들어가자
손목으로 눈을 비비고
더 낮게 내려앉는 노을
빨아도 지워지지 않는 꽃잎들만이
어머니의 젊은 날을 기억한다

빨래를 비틀면 뚝뚝 떨어지는 눈물
속옷에 남아 있는 물기를 털어 내자
어머니, 젖은 마음마저도,
빨랫줄에 널고 싶어 한다
마당에 떨어진 비누 조각이
핏덩이같이 녹고

하혈하며 번지는 노을
바람에 날리는 속옷이
어머니의 폐경기를 다독이고 있다

박쥐의 중력 거부 제1강

경기 안양예고 2
양수영

나는 박쥐가 우주에서 온 최초의 포유류라고 믿는다
무중력은 그들의 종교이고 지구에 온 목적은 전도 때문이다
그들은 동굴에서 예배를 드리고 밤에 새끼를 낳아 푸른 젖을 먹
인다
대기권 진입시 갑작스러운 온도 변화로 피부가 불탔고
무리들 중 몇몇 종이 아프리카로 추락해 과일박쥐가 되었다

세상을 뒤집어 보고 싶을 때가 있다
남극을 북극으로 러시아를 뉴질랜드로 밤을 아침으로

그들은 십자가에 매달린 예수를 존경하고 이카로스를 연구한다
교신은 금속 성분이 있는 폐광에서 GPS 초음파를 이용한다
현재 『배트맨』 원작 만화가와 출연료 문제로 소송 중이며
글자와 삽화를 반대로 인쇄하지 않으면
천문학적인 숫자를 제시하겠다고 언론에 밝힌 바 있다
그들의 종교에 가입한 지구인으로는 아인슈타인이 있고

상대성 이론을 통해 중력이 빛과 같은 속도임을 증명해 냈다
베트남과 우호적 관계라고 알려져 있지만 실제로는
박쥐 폭탄과 황금 박쥐를 찾아 떠나는 관광 상품 등 반베 감정이
심하다

세상을 뒤집어 보고 싶은가?
뚫린 오존을 바라보며 이카로스처럼 날갯짓해 보라
오늘 밤에 열리는 동굴 예배에 참석해도 좋을 것이다
중력이 어지러운 당신에게 푸른 젖을 뿌려 줄 것이니
무중력과 가까워지고 싶은가?
무엇을 망설이는가! 다가오라!

비누

경기 안양예고 2
양수영

썩어 가는 것들에선 독이 나온다
독은 산성의 암술을 감춘 꽃이다
속불처럼 피어올라 겉불처럼 번지는
화려한 반응이다

염기성인 나는 실험실 비커에 붉은 곰팡이를 키운다
썩힐수록 살아나며 곪을수록 차오르는 꽃
감추기 위해 입는 생
들키지 않기 위해 화장하는 생
내게도 그런 부패가 있다

침에 섞인 치석을 혀로 건드린다
내 안에 개인 악취 나는 비누다
내 안에 끌려온 나보다 그림자가 긴 꽃이다
나는 비누를 풀어 씻는다
나의 부패를 거품 입히기 위해

그러나, 부패는 내 생 어디에서 불어오는 화학인가?

실험실 붉은 곰팡이는 언젠가 내가 키웠던 꽃이다
염기성인 내 살점에서 떼어져 나간
갈수록 가까워지는 산성이다
나는 비누를 풀어 씻는다
나의 염기성을 덧칠하는 오늘을 위해

초경(初經)

서울 보성여고 3
이정원

쉿! 내 몸속에
발간 열대어가 부화했어요
살랑살랑 부드럽게
지느러미를 움직이다가도
콕콕 내 아랫배를 찔러요
말캉하던 젖가슴은 덩달아
무덤처럼 단단하게 솟았지요
반투명의 비좁은 어항 속이 답답하다고
자꾸만 한 물길 속에 갇혀 버린다고
열대어는 콕콕거리며
내 얇은 뱃가죽을 뚫으려고 해요
두껍게 세운 벽을 뚫으려
날카롭게 이빨을 갈아요
나도 모르게 붉은 눈물
쏟아 낼 것만 같아요
한순간에 몸이 뜨거워져요!

살려 주세요! 열대어가, 열대어가,
나올 것, 같아요, 누가, 나 좀, 도와, 주세, 요……!

퐁당! 맑은 연못 위에
붉은 입술이 떠올랐어요
살포시 두 눈 감고
고이 두 손 합장한
연꽃 위로 금빛 햇살
살포시 녹아들어요

벽난로 앞에서

경기 과천중앙고 2
이태호

이삿짐 트럭을 세워 두고
집안 구석구석을 둘러보다가
잠깐 벽난로 앞에 멈춰 서 본다

뜨거운 열기가 빠져나가던 통로는
슬라이브 지붕까지 길게 이어져 있다
붉은 벽돌 겹겹으로 쌓아 올린 굴뚝
벌어진 곳은 시멘트로 단단히 다져 놓아
눈곱만 한 틈새도 보이지 않는다

그간 수없이 몰아친 태풍에도
무너지지 않았던 저 단단한 내력
겨울 내내 마른 장작으로
온 집안을 따뜻이 감싸 주었다

가만히 속을 들여다본다

온통 시커먼 먼지로 뒤덮여 있다
얼마나 속을 태웠으면
저리도 새까맣게 타 버렸을까

따뜻해진다는 것은,
저 벽난로처럼
자기 속을 온통 시커멓게 태워야만
가능한 일인가 보다

개기일식

경기 백신고 3
주해나

집게손가락 사이로 달이 뜨면
입을 벌리고 꿀꺽, 삼킨다

레보치록신나트륨 25~400mcg이
검은 그림자 속으로 사라지고
식도로 밀려가는 행성들이
내 몸을 점령해 간다
핏줄 사이로 응고된 의식이
남은 것들 없이 자전하여 슬프다
궤도를 벗어난 불빛이
주사 바늘 끝으로 옮겨지고
혈관으로 흐르는
내 의식을 바라보며
목에 박힌 달을 손으로 만져 본다

개기일식이 시작되는 태양

몸속에 유성들은 어둠을 배회한다
0.1mg의 시간이 담을 쌓아 간 자리에
약 봉투가 찢겨 나가고
반달 하나가 늑골을 넘어가고 있다
행성들은 그림자에 갇혀
빈 약병 속으로 소멸한다
몸속에 천 개의 약병들이
달그락, 시간의 틈 사이로 숨는다

오늘도 나는 그믐이다

황쏘가리

대전 만년고 3
김민수

오롯이 투명한 강 가운데
학 한 마리가 오도카니,
흘러가는 시간 사이를 한 발로만 멈추어
깜빡임 없이 과거를 응시하는데
가시를 곧장 세우고 몸을 놀리우는
저 쏘가리는 무슨 이유일까?
쏘아지는 창(槍).
팔딱이는 그 몸부림에서 생명이 비산하고,
학의 눈이 영롱하게 흩어지는 생명에 머무는 사이
덜 자란 쏘가리들이 황급히
자갈 새로 숨는 것을
아아! 안도감으로 굳어지는
황쏘가리의 눈에서
나는 보고 말았다.

표지판이 웃는다

전남 해룡고 3
김별

표지판이 섰다.
아스팔트가 논 앞에서 멈춰 숨은 곳에
차갑고 못생긴 표지판이 섰다.

토지 소유자가 도무지 말을 안 듣는구만요.
뭐, 조만간에 마무리 짓겠습니다.
불편해도 이해하십쇼. 군민 여러분.

대충 이런 소리
방금 막 찍어 낸 듯한 글자

초등학교 육 년
중학교 삼 년
고등학교 이 년 그리고 또 봄

어깨에 짊어진 책가방이 무거워지고

계절을 먹으며 벼는 자랐다.
나도 따라서 키가 컸다.

백 평도 채 안 되는 무논 반 마지기에
백 살도 채 안 된 할매가 모를 심었다.

준다는 돈의 두 배를 불렀다네.
돈독이 오르면 미치지, 저 할매.

모두들 불편을 이해하려고
표지판 옆 할매를 노려보며
그렇게 참고 노력을 한다.

표지판이 들어서고
사람들은 그 뒤에 숨어 웃는데
거머리도 방긋 웃는 논 위에 서서

올해도 할매는 모를 심는다.

법원에 가면 질 것은 뻔하다는데
남지도 않는 농사는 뭐 하러 짓나.
거머리가 빙그레 웃고
사람들은 숨어서 웃고 군수님도 웃고.

완벽하게 제삼자일 뿐인 나 역시
그저 지나가며 쓴웃음을 짓고 말 뿐이다.
할매가 혼자 앉아 그렇듯이.

이젠 아스팔트가 논 위의 할매와 맞닿은 저곳에
못생긴 표지판이 섰다.
한마을 우리 모든 사람들의 웃음을 다 전해 주며
표지판은 미소를 머금고 서 있다.

틀림없이 조만간에 마무리됩니다.
불편해도 참아 주십쇼, 군민 여러분.
모두들 웃게 해 드립니다, 그러나

웃는 것은
이웃들인가, 할매인가.
아니면 혹시 가엾은 거머리가 웃던가.

거슬리는 녀석들

대전
김재현

어릴 적 유치원에서도 초등학교에서도
애들이 찢어진 바지 무릎 힐끗거리면
형은 그 녀석들 끝끝내 코피 터뜨렸다
그렇게 형은 무서움을 몰랐다
그때 그는 거슬리는 녀석들은 혼나야 한다고 생각했다

문제집 달랑 한 권 풀고 친 중학교 배치 고사
수석으로 입학한 형은 온몸에 각이 졌고
틀린 문제 하나하나에 치를 떨었다
그렇게 형은 3등으로 졸업했다
그때 그는 거슬리는 녀석들은 무섭다고 생각했다

고등학생이 된 형은 보고 말았다
자꾸만 가라앉는 아버지의 어깨와
자꾸만 깊어지는 어머니의 한숨을
그렇게 형은 가난을 알게 되었고 성적은 바닥을 기었다

그때 그는 거슬리는 녀석들은 어쩔 수 없다고 생각했다

아버지가 물었다
네가 무엇이 부족하냐고
잘살진 못해도 너만은 부족함 없이 해 줬잖느냐고
형은 대답이 없었지만 정말로 보고 말았다
아버지의 눈 깊숙이 자리 잡은 거슬리는 녀석을

쥐며느리 2

인천 동산고 2
김주용

비를 피하러 내려간
우비 같은 지하도
쥐며느리가 대리석 계단에
몸을 웅크리고 있다
장대비처럼 지나가는 사람들의
미끌미끌한 시선 속에
일찍 단풍이 든 쥐며느리
담뱃불을 빗속으로 내던지고
소주병처럼 계단에 눕는다
누군가를 피해 이곳에 왔을 쥐며느리
무릎에 묻은 가을비를 품는다
사람들의 옷깃이 살짝 닿아도
몸을 움츠리는 쥐며느리
열네 개 다리를 가지고도
좀처럼 지하도를 빠져나가지
못하는 쥐며느리

나는 온정을 던져두고
숲 비탈으로 접어 들어간다

모서리를 접다

전북 우석고 2
김현수

책장을 넘기다가
모서리가 접혀 있으면
가슴속에 접어 놓은 사람
꺼내어 대 봅니다

접힌 부분은 얼마 안 되지만
그 속에 다붓이 깃든 마음이
설렘을 시작하게 해 주었습니다
시간에 그리운 마디를 만들고
바깥과 안의 경계를 지우는 일인지라
안은 더 두툼해지고
언 가슴은 데워집니다

당신의 모서리는
왜 그리 반듯합니까
접어 주다 손가락을 벤 적도 있습니다

접는다는 것은
더 많은 마음을 주고 싶다는 뜻
몸을 꺾고 허리를 접어
멀어진 가슴을 향하게도 합니다

책을 읽다 따뜻해지면
귀퉁이에 눈이 먼저 가고
날이 선 모서리 일일이 접다 보니
책은 방싯
둥근 당신을 보여 줍니다

길

경기 광주고 2
김호기

한때는 숲이었을지도 모른다.
혹은 논밭이었거나
들판이었을지도 모른다.

수많은 무게들이 지나간 흔적들.
모든 것들이 두드릴수록 단단해지듯
숨통이 막히는 것들이란
누르면 누를수록 단단해진다.
땅 위의 역사를 만들기 위해
그저 눌리기만 했을 다져진 것들

길은 항상 다르다.
곧게 뻗거나 잔뜩 휘어진 길들
모두 다른 곳을 향해 있다.
그리고 늘 목적지를 갖고 있어
도착지까지 길 위에 흩어진

알맹이 없는 꿈들

걸어갈수록 자욱해지는 먼지
앞이 보이지 않는 행인들은 앞서 간 이들을 탓한다.
그러나 잠시 앉아 쉬는
먼지의 시간을 넘어야 하는 것도 길이다.

양철 지붕에서 달그락 소리가 났다

경북 포항중앙여고 3
임숙현

신작로가 나고
길옆에 외롭게 서서 버티던
아카시아는 이제
5월의 꽃비로 내린다

뭉치 구름 한가득 떠 있는 맑은 날에
백 원짜리 '새콤달콤'을 먹다가
잘근 씹은 한입에 덜컥 빠져 버린
앞니를 닮았다, 저 꽃

엄마는 빠진 이빨을
울고 있는 내 손에 쥐어 주며
양철 지붕 위로 던지라고 하셨지

양철 지붕에서는
계절을 달리하며

달그락 소리가 나곤 했다

햇살에 녹았을까
흔들대며 내 곁을 떠난 어린 날의 이와 함께
비포장 골목도,
비 오면 처마 끝에 웅크리고 앉아 있던
아이들도 보이지 않는 고향

모든 길은 콘크리트 포장이 되었고
새까만 뭉게구름 속에 뒤덮인 나의 추억들

뭉치 구름 떠 있는 맑은 날에
마지막 뽑은 사랑니를
던져 올릴 폐가의 녹슨 양철 지붕 아래서
내 눈에 때 이른 소나기가 내렸다

숨비 소리

서울 대성고 3
홍승진

내 입으로부터 나오는 소리 중에서
가장 아름다운 것은 아직 휘파람이다
입으로 내는 소리 중에서
혀를 가장 적게 움직이기 때문이다
오래 사귄 친구와는
언제부터 친했는지 모르는 것처럼
휘파람 부는 법은
단번에 깨치는 것이 아니다
볼을 잔뜩 부풀려 힘껏 불어 보다가
입술이 지쳤을 때
작고 동그랗게
입을 모아
가늘게 새어 나오는 숨결의 무늬를
주름 진 입술로 어루더듬다 보면
바람은 흘러가는 것만으로도
소리가 된다는 것을 알게 된다

그러면 제주 앞바다에서
오래도록 물질하던 잠녀(潛女)들
어느 순간 물보라 일으키며 솟아올라
고개 젖혀 입을 벌릴 때
가슴 저 깊숙한 곳까지 가득 차 있던 숨
한꺼번에 터져 나오며 목구멍 텅텅 울릴 때
먼 하늘 갈매기가 듣고 간다는 숨비 소리는
얼마나 길고 푸르고 곧은 휘파람인가

후투티 새가 사는 숲

경북 흥해중 3
권혜은

302호 소희 언니는
1급 지체 장애자입니다
언니가 말을 할 땐 예쁜
후투티 새처럼 온몸으로 지저귑니다
팔 벌려 더듬거리며 허공을 젓다가
예쁜 부리 같은 입술을 한참 오므리기도 합니다
햇빛 좋은 날 외출할 땐
경비 아저씨는 인도가 되어
포롱포롱 휠체어를 밀어 주고
102동 아주머닌 얼른 달려와
가방을 받아 주는 푸른 언덕이 됩니다
언니가 종종거리며 놀이터를 지나가면
라일락 꽃 같은 아이들
와— 하며 피어나 손 흔들어 주는,
예쁜 후투티 새가 사는 우리 아파트
언제나 아름다운 숲이 됩니다

비누

경북 홍해중 3
권혜은

간질병을 앓는 언니는
욕실에만 들어가면 발작을 일으켰다

죽은 개구리의 뒤집힌 배같이 허연,
거품을 물고 자꾸만 미끄러지는
언니를 붙잡으려
대야를 엎고 샴푸 통을 넘어뜨리며
욕실을 휘저어야 했다
그럴 때마다
언니의 얼굴은 욕실 등처럼 노래졌고
고장 난 수도꼭지처럼 비명을 질러 댔다

부모님 손에선 비누 거품이 떠나지 않았고 언니가 눈동자에 비칠
때마다
따가운 눈물을 보이셨다

간질간질 손으로 문지르자 거품을 내는 비누를 보며
'간지러워서 간질병인가……' 하고
생각한다
언니는 어디가 그렇게 가려운 것일까

잠든 언니에게서 따갑고도 아릿한 냄새가 난다
어느새 거품 몇 방울 내 눈가에 맺혀 있다

중등부 시 부문 은상

어시장의 인어 왕자

부산 기장중 3
김애진

질척한 어시장의 오후
퍼어런 천막을 통해 내리쬐는 햇빛이 비릿하다
바로 그 천막 아래서
한껏 물컹거리는 시장 바닥은
이쪽부터 저쪽까지 전부 다 울 아버지 차지다
낙지를 대야에 던져 넣는 아낙네도
꽃게를 저울에 달고 있는 할머니도
번데기를 한 컵씩 담아 파는 할아버지도
모두 한자리에 단단히 매여 있는데
자유로운 울 아버지는
배꼽 밑으로 어느 해저 왕국의 인어 왕자처럼
검은 꼬리에 두 다리를 꽁꽁 감춘 채
소양강 처녀가 애잔히 흘러나오는 스피커를 판자에 싣고
구정물이 넘치는 시장 바닥 이쪽에서 저쪽까지 모두 휩쓴다
한 젊은 새댁이 동전을 땡그랑 떨어뜨리고 간다
짧게 물보라가 이는 아버지의 눈꺼풀

과연 지난날 아버지는
어느 운 좋은 어부의 그물에 걸리었던 것일까
해가 서서히 저물고
사람들도 하나 둘씩 자리를 뜬다
낮게 밤바람이 깔린 어시장에는
홀로 남은 인어 왕자만이
쓸쓸하게 어둠 속을 기어 다니고 있다

소양강

강원 우석여중 2
이령

배 속까지 마알간 빙어의 투명한 몸짓으로
샘밭길 강가에 맑은 물결 번져 가면
노란 부리 청둥오리 긴 숨으로 잠수한다.

대궁 긴 억새 꽃이 바람으로 흔들리면
모아 둔 생각들이 푸른 물길 건너가고
시린 강줄기는 시베리아 북서풍보다 맑다.

말없이 물길 따라오는 강을 바라보며
나는 문득,
맑은 강물 흉내 내어
열다섯 살 내 꿈을 흘려 봤다.

강가에서는 소리보다
늦가을 안개가 빨리 번지고
나를 혼자 세워 두고,

내 키보다 큰 억새밭 위로
청둥오리와 백로들
고요를 깨며 날아가는데,
짙은 안개로도 다 가리지 못한 꿈을
작은 배에 실어 보낸다.

폭우

서울 구룡중 2
김우림

밤사이
땅의 가슴을 사정없이 쥐어뜯던
빗줄기들이
언제 그랬냐는 듯 걷힌

길섶의 이름 모를 풀꽃마저도
빛나는 아침.

땅의 가슴에 난
간밤의 상처마다
햇살이 고여 있고

유월의 하늘은 느긋하게
물빛 치마폭을 펼쳐 놓고 앉아 있다.

거센 빛줄기 후려쳐

상처 난 내 가슴 말갛게 갠 자리에
햇살이 한가득 꽃다발로 피었다.

거미

경기 계남중 3
김효은

우리 집을 어제 방문한 손님이 아예 이사를 와 버렸다.
작은 몸을 뒤뚱거리며
투명한 실로 갈라진 벽을 메운다.

은빛의 정교한 작품
거미는 거미의 집 속에 들어앉아
맞은편 달력 속 바다를 항해하는
고래를 향해 그물을 던진다.

거미의 집이 고래의 맥박처럼 펄떡거린다.
그러나 거미가 낚아 올린 것은 뼈가 앙상한 바람 한 올

실망한 거미, 집을 부순다.
이사를 떠날 작정인가 보다.
건너편 바다 속으로

거미집의 위치＝작은 우주

우리 집 뒤 학미산은……

경기 은행중 2
황정윤

나 어릴 적
우리 집 뒤 학미산은
초록빛 가득 머금은
마음 착하고
행동이 순한
몸집 큰 초록 공룡이었다.

내가 머리 위까지 올라
꼬리까지 미끄럼을 타고
목 위에 매달려 무동을 타며
푸른 등 위에서
방방 뛰며 깔깔거려도
나를 밀쳐 내지 않고
포근히 감싸 주는
마음도 넓은 초록 공룡이었다.

그런데 이제
빙하기 공룡이 멸종되듯
나의 초록 공룡이 사라지고 있다
자기 덩치보다도 몇백 배나 작은
고 조그만 굴삭기의 날카로운 손톱에
살점이 뚝뚝 떨어져 나가더니
초록의 피부 벗겨지고
살덩이 무너져 내린 곳에
붉은 피를 철철 쏟아 내었다.

내 어릴 적 분홍빛 추억을
함께 기억해 줄 우리 집 바로 뒤 학미산은
흉한 몰골로 한 허리 뚝 잘리더니
날마다 짓밟히는 고통으로
거친 숨 몰아쉬는 도로가 되었다.

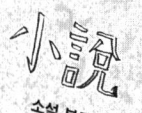

소설 부문 심사평 송기원 · 박덕규 · 신경숙
소설 부문 대상 수상 소감 박현주

소설 부문 심사평

우선 응모 편 수에 놀랐다. 50매 정도나 되는 글들을 중등부 82명, 고등부 510명이 보내온 것은 이 문학상의 열기를 짐작게 했다. 시 부문은 이보다 훨씬 더 많은 응모자가 있었다. 2박 3일 동안 열린 문예캠프에서 치른 백일장보다는 먼저 보내온 시와 소설을 읽고 그중 캠프에 참가할 60여 명의 학생을 선발하는 첫 심사가 어려웠다.

자주 느끼는 바인데 요즘 청소년들은 글쓰기에 대한 부담이 없는 것 같다. 글 쓰는 일이 자연스럽게 몸에 배어 있다. 모두들 웬만큼은 유려하게 쓰기 때문에 끝까지 다 읽어 봐야 안다. 일찍부터 인터넷을 접해 글쓰기에 익숙한 세대들의 장점이다. 글 쓰는 일에 크게 부담을 느끼지 않는 것은 좋은 일이지만 그 영향으로 문학은 아무나 할 수 있는 일이라고 여기는 경향도 생긴 것 같아 염려스럽다. 청소년 시절에는 쓰기보다 읽는 일이 중요하다. 글 한 편을 쓰기 위한 시간의 열 배 정도의 시간을 읽는 일에 바치는 게 옳다. 그런 과정 없이 쓰는 일만 우선시하면 어휘력, 구성력 등에서 발전을 볼 수 없을 뿐 아니라 좋은 글에 대한 판단력도 없어진다. 학생 신분이라 특별한 경험을 할 수 없는 시기이니만큼 읽기를 통해서 다양한 간접경험을 축적시킬 수 있기를 바란다. 얼마나 쓰느냐 보다 얼마나 읽느냐가 훗날 좋은 글을 쓰는 데 큰 거름이 되어줄 것이다.

응모한 작품들 중 기성작가 뺨칠 정도로 유려하게 쓴 작품들이 상당히 있었다. 너무나 잘 써서 오히려 본인이 직접 썼을까 하는 의심이 가게 만드는 작품들도 서넛 있었다. 그런 작품들은 캠프에서 치른 백일장 솜씨와 꼼꼼히 비교하는 특별 과정을 거쳤다. 응모한 작품은 월등한데 현장에서의 글 솜씨가 너무 떨어지는 경우엔 수상에서 제외했음을 밝힌다.

시와는 달리 소설은 자신이 아는 것만큼 쓰게 되어 있다.

쓰려고 하는 이야기를 너무 먼 곳에서 찾으려 들면 실패하기 십상인 이유도 거기에 있다고 본다. 무엇을 쓸 것인가를 고민할 때 추상적인 이야기보다는 지금 내게 가장 중요한 문제를 두고 접근하는 습관을 기르기 바란다. 인간에게 늘 관심의 끈을 놓지 않고 바라보는 관찰자의 시선을 갖는 것이 좋은 글을 쓰는 데 있어 첫 번째임은 새삼 거론할 일도 아니다. 자신이 잘 알고 있는 세계에 관찰자의 시선이 알맞게 결합할 때 읽는 이의 마음을 사로잡는 이야기가 완성된다.

대상작인 여의도여자고등학교 박현주 학생의 「불꽃놀이」를 비롯해 수상권에 든 작품들은 그런 미덕을 갖추고 있었다.

두루 축하한다.

심사위원 송기원 · 박덕규 · 신경숙

소설 부문 대상 수상 소감

독서실에서 돌아오는 길에 신호등이 바뀌는 것을 기다리면서, 여느 때처럼 하늘을 올려다보았습니다. 밤 10시가 넘은 하늘은 별 하나 없이 새까맸지만 가로등 불빛 때문인지 그리 어둡지는 않았습니다. 문득 계성원에서 보낸 밤이 떠올랐습니다. 한여름, 에어컨을 최대로 틀어 놓고 시간 가는 줄 모르고 속닥거리던 이틀. 모든 참가자가 그랬듯 저 역시 잊지 못할 기억입니다.

학교 숙제나 수행 평가 때문이 아니라 자의로 국내 작가의 소설을 본 것은 고등학교 3학년 때가 처음이었습니다. 지금도 제 방 책장에는 국내 소설이 열 손가락으로 꼽을 만큼밖에 꽂혀 있지 않습니다. 어릴 적 아버지 서재에 외국 소설이 많이 있었던 탓에 외국 소설이 익숙한 것은 사실이지만, 그보다는 도피가 아니었을까 싶습니다. 글에 별 감정을 안지 않고 멀찍이 떨어져 지켜보고만 싶었습니다. 나와는 다른 세계의 이야기라고.

하지만 그런 안일한 감상은 캠프에서 여지없이 무너져 버리고 말았습니다.

시상식에서도 밝혔듯, 전국에서 모여든 각양각색의 친구들, 동생들의 눈에서 똑같이 보였던 것은 열정이었습니다. 지금껏 제가 알고 있던 글이란 적당히 미지근한 물에 몸을 담그고 있던 것 정도밖에 되지 않았다는 것을 깨달았습니다. 농담 따먹기를 할 때조차도 아이들의 눈 깊숙이 자리하고 있던, 문학에 대한 열정. 저는 지금도 그 생각을 하면 몸이 떨립니다. 그들을 보면서 저도 글을 쓰고 싶다는 생각을 했습니다. 장래 희망이라든가 하는 구체적인 미래를 두고 확신할 수는 없지만, 그것과는 별개로 무엇을 하든 글을 쓰고 싶다는, 쓰겠다는 생각을 했습니다.

제가 이 세상에 존재하게 해 주신 두 분, 하늘에 계신 외할머니, 언제나 함께할 abc, 늘 즐거운 곡물 패밀리, 'thanks to'를 교환하기로 한 싱어 송 라이터 자민, 친구들과 선생님, 이런 큰 기회를 주신 심사위원님들과 대산 문화재단 관계자 분들……. 모두 감사합니다.

며칠 전 언어 영역 문제집에서 윤동주 시인의 「별 헤는 밤」을 보았습니다. 어제도 오늘도 "계절이 지나가는 하늘"입니다. 언제든 제 눈이 하늘을 바라볼 수 있기를, 그 하늘은 언제나 오색이 물든 계절이 지나가는 하늘이기를 바랍니다. 하늘과 같은, 그런 글을 쓰고 싶습니다.

박현주

바퀴벌레

서울 여의도여고 3
박현주

6시 29분. 습관적으로 잠이 깼었다. 휴대폰의 알람이 울리기 1분 전에 일어나는 것은 버릇 아닌 버릇이다. 몇 번 뒤척거리니 잠은 완전히 깼었지만 침대에서 일어나고 싶은 생각은 없었다. 속으로 숫자를 센다. 30초, 29초, 28초…… 벨이 울린다. 'Morning has broken like the first morning' Morning has broken. 1분 일찍 일어나서 이 노래를 듣는 것은 나만의 은밀한 기쁨이다. 한 단락이 반복되자 손을 뻗어 휴대폰의 종료 버튼을 눌렀다. 나는 기지개를 켜며 일어났다.

비가 내리고 있었다. 을씨년스러운 비는 아니었고, 비가 온다고 인식하지 못할 정도로 잔잔한, 그저 초여름에 내릴 법한 비였다. 요 근래 무척 더워서 비가 오는 것이 오히려 반가웠다. 새벽부터 내렸는지 아가씨처럼 얌전한 비였음에도 아스팔트에는 군데군데 물이 고여 있었다. 방문을 열자 좁은 거실은 집 안에도 비가 내리는 것처럼 적막했다. 이상하다. 그런데 뭐가 이상하지. 그래, 따뜻한 밥 냄새가 나지 않았다. 출장 파출부를 하시는 어머니는 늘 서너 시간 주무신 후 일어나 이 시간 즈음 전기밥솥에서 따뜻한 새 밥을 퍼 도시락에 담으신다. 차진 밥 냄새는 닫힌 방문의 좁은 틈새로 내 방까지 스며들어 오곤 했다. 그런데 오늘은 달달하고 고소한 밥 냄새 대신 퀴퀴하고 눅눅한 비 냄새밖에 나지 않는다. 엄마? 나는 눈을 비비며 안방으로 향했다.

방은 텅 비어 있었다. 침대 이불은 주름 없이 깔끔했다. 어머니가 들어오시는 것을 보지 못하고 잠들었다곤 해도 새벽에는 들어오셨을 텐데. 화장실에 계시나? 힐끗 봤더니 화장실 불은 꺼져 있다. 현관의 우산꽂이에는 어머니의 체크무늬 3단 우산이 꽂혀 있다. 비 오는 날 우산도 없이 나가시진 않았을 것이다. 무엇보다 내 방은 현관 바로 옆이라 문을 여는 소리가 바로 들리고, 나는 잠을 얕게 자는 편이라 옆집 사람 발소리만 나도 금방 깬다. 그런 내가 문 여는 소리를 못 들었을 리 없었다. 대체 언제, 어딜 가신 거지. 나는 서서히 불안해지기 시작했다. 갑자기 일이라도 들어온 건가? 평소라면 쪽지는 남기고 가시는데.

문득 침대 바닥이 따뜻한 정도에 따라 대충이나마 시간을 추측할 수 있겠다는 생각이 들었다. 황급히 이불을 걷어 내었다. 그리고 그곳에는,

바퀴벌레가 있었다. 새끼손가락만 한 바퀴벌레였다.

내가 바퀴벌레를 보고서도 보통 여고생처럼 새된 비명 소리를 지르지 않고 그저 잠시 움찔하기만 했던 이유는 당연히 바퀴벌레를 좋아해서가 아니다. 단순히 우리 집에 바퀴벌레가 많았기 때문이다. 청소를 하지 않는 것도 아닌데 이상하게 이사 올 당시부터 바

퀴벌레가 많았다. 이삿짐에 묻어온 것일까, 아니면 원래 이 집에 많았던 것일까. 가끔 변비로 화장실에 오래 앉아 있을 때면 변기 구석에서 검은 물체가 사사삭 하고 빠르게 움직이는 것이 보였고, 늦은 밤에 잠이 오지 않아 불을 켜지 않고 앉아 있으면 또 사사삭 하는 소리가 들려왔다. 처음에는 온갖 호들갑을 떨면서 시중에 판매되는 바퀴벌레 퇴치제란 퇴치제는 모조리 샀지만 지금은 무감각해진 지 오래다. 나는 두어 번 눈을 깜빡이고 바퀴벌레를 가만히 주시했다.

바퀴벌레는 죽은 듯이 조용하게 누워서 원래 자기 침대라도 되는 양 몇 개의 가는 다리를 편안히 쭉 뻗고 푹 자고 있었다. 원래 바퀴벌레가 이렇게 움직이지 않는 생물이던가. 그 전에 바퀴벌레도 잠을 자기는 하는 걸까. 묘하게 차분한 머리로 그런 것들을 생각해 보았다. 좀 더 가까이에서 보기 위해 이불을 완전히 걷자, 이제야 깨어났는지 꿈틀하고 바퀴벌레가 움직였다. 바퀴벌레는 고개를—더듬이가 있는 역삼각형의 대가리를—들어 나를 바라보았다. 암갈색의 매끈한 몸은 다른 바퀴벌레들보다 유독 반질반질하게 빛났고 깨끗했다. 바퀴벌레에게 이런 표현을 해도 괜찮다면 우아했다. 여태껏 지겹게 봐 온 바퀴벌레 중에 가장. 바퀴벌레라기보다는 장수풍뎅이 같은 느낌이라 더럽거나 역겹다는 생각은 전혀 들지 않았다.

갑자기 바퀴벌레가 움직였다. 다른 바퀴벌레들과 마찬가지로 사사삭 하는 소리를 내며, 바퀴벌레는 내가 미처 인식하기도 전 순식간에 침대 밑으로 기어 들어갔다. 무릎을 꿇고 침대 밑을 살펴보았으나 어두운 데다 쓰지 않는 물건으로 가득해서 작은 바퀴벌레가 보일 리 만무했다. 위협용으로 에프 킬라라도 뿌릴까 하다가 우리 집에 없다는 것을 기억해 냈다. 바퀴벌레가 한두 마리도 아니었고, 바퀴벌레 정도에 일일이 신경 쓰다 보면 골치 아파서 애초에 신경 쓰지 않도록 아예 사두지 않은 것이다. 어떻게 할까 하다가 벽에 걸린 시계를 보았다. 7시. 슬슬 동생을 깨워야 할 시간이었다. 나는 한숨을 쉬고 안방을 나섰다.

초등학교 6학년씩이나 되었는데도 여태껏 어린 티가 남아 있는 남동생을 얼러 화장실로 들어가게 하고 나는 냉장고에서 김치와 김을 꺼냈다. 밥을 담으면서 다시 한번 스스로에게 되물어 보았다. 엄마는 어디 가셨을까. 나가신 흔적이라고는 전혀 보이지 않는데.

순간, 정말로 잠시, 정말 어이없게도, 어머니가 바퀴벌레로 변신한 게 아닐까 하는 생각이 떠올랐다. 나는 픽 웃고 말았다. 그런 변신 소재는 요즘은 삼류 공상과학만화에서나 간간이 등장할 뿐이다. 그것도 구식의.

동생이 화장실에서 나오면서 물었다.

누나, 엄마는 어디 갔어?

아아, 어디 가셨어. 곧 돌아오실 거야. 오늘은 누나가 밥 차려 줄게. 조금만 기다려.

나는 애매한 미소로 답했다.

비가 오면 더위가 조금 가시겠지 하고 생각한 건 안이한 판단이었을까. 이것이 진짜 여름이라고 예고라도 하듯, 아침나절 비가 그치자 더위는 오히려 그 강도를 더해 가고 있었다.

아직도 학교는 하복으로 갈아입으라는 공지를 내보내지 않았다. 종례 시간에 나눠 주는 가정 통신문은 고작해야 2/4분기 등록금이 44만 2800원이라거나, 귀댁의 자녀들이 컴퓨터 중독이 아닌지 알아

봅시다, 따위의 시시껄렁한 이야기뿐이다. 무더위로 내가 일사병에 걸리기라도 하면 44만 2800원이 통째로 날아가는 건 모르는 모양이지. 심드렁한 얼굴로 프린트를 부채 삼아 부쳤다. '2/4분기 등록금'이라는 글자가 흔들흔들 눈앞을 스쳐 지나간다. 학교에서 가르치는 게 뭐가 그리 많다고 잊을 만하면 나오는 거야. 아마 제일 꼬박꼬박 나오는 통신문일 거다. 나는 툴툴거렸다. 이틀 전이 마감일이었지. 마감을 일주일이나 연체해서 내긴 했는데, 담임 선생님의 얼굴이 심상치 않았다. 빨리도 내는구나. 쏘아보던 눈초리가 여간 불만스럽지 않다는 표정이었다.

그러고 보면 담임 선생님이 얼굴을 펴고 다니는 것을 본 적이 없다. 담임 선생님은 아이들의 일탈——고작 보충수업 빼먹기, 야간 자율 학습 시간 땡땡이치기가 전부였는데도——을 감시하느라 멀리서 보면 양 눈썹이 붙어 보일 정도로 미간을 잔뜩 찡그리고 다녔다. 너희들이 대한민국에서 태어난 이상 올해는 인간으로 취급받을 생각 하지 말아야 한다. 대한민국 고등학교 3학년 수험생은 인간 이하다 하고 3학년 개학 첫날 딱 잘라 말하셨지. 3학년 담임을 하고 싶어 한 것이 아니었다는 담임 선생님의 소개에 느긋하게 생각했던 것이 잘못이었다. 담임 선생님은 쉬는 시간마다 줄기차게 교실로 올라와 10분간의 단잠을 즐기려는 아이들의 머리를 무자비하게 내리쳤다. 일어나! 일어나! 너희들이 지금 잠자고 있을 때냐! 태평하게 늘어지지 마!

쉬는 시간만 되면 빠져나가던 아이들도 두 달이 가고 세 달이 가자 그 열성에 두 손 들고 연습장이라도 꺼내어 영어 단어라도 뒤적거리는 것으로 타협을 봤다. 나는 한쪽 귀로는 MP3를 듣고 다른 쪽 귀로는 조는 아이들에게 담임 선생님이 잔소리하는 것을 들으며, 오른손으로는 영어 단어를 외우고 왼손으로는 어깨까지 내려온 머리를 만지작거린다.

cock. 수탉. cockroach. 바퀴벌레.

옆 자리에서 열심히 자습하고 있는 짝에게 말을 걸었다.

"있잖아, 너 변신이라는 거 믿어?"

"변신?"

짝은 웬 얼토당토않은 소리를 하냐는 표정으로 나를 쳐다보았다.

"변신이라면 '세일러문' 같은 거? 글쎄, 있을지도 모르지?"

사랑과 정의의 이름으로 널 용서하지 않겠다! 오래된 만화영화의 대사를 용케도 기억해 내어 작게 읊으며 킥킥대는 짝에게 손을 내저었다.

"아니, 아니, 그런 거 말고."

"그럼?"

"예를 들면 사람이."

사뭇 진지하게 말을 끊는 내게 관심이 동했는지 짝은 사회문화 과목 요점 정리를 하다 말고 내 쪽으로 돌아앉았다. 어쩌면 그저 기계적으로 문제를 푸는 행위가 귀찮았던 것일 수도 있지만, 하여간 내게는 기쁜 일이었다. 나는 헛기침을 했다.

"사람이 바퀴벌레가 된다거나?"

"엑!" 짝의 얼굴이 형편없이 일그러졌다. 무슨 소리야, 역겨워. 사람이 바퀴벌레가 된다니, 그게 말이나 될 법한 소리야? 혀 짧은 소리로 쏟아 내는 짝의 위세에 눌려 나는 어물어물 말했다.

"아깐 된다며……."

"그거랑 이건 다른 거고!"

단호한 짝의 말에 나는 어이가 없어지고 말았다. 어쨌든 변신한다는 점에서는 같잖아. 내가 보기엔 둘 다 똑같았다. 하지만 짝은 "어쨌든 다르다."는 말로 일장 연설을 끝마치고는 더 이상 말할 가치도 없다는 듯 다시 책으로 시선을 돌려 버렸다.

확실히 상식적으로는 말이 되지 않는 일이다. 그렇지만······.

아무래도 신경이 쓰여 점심시간에 빨리 급식을 먹고 도서실에 가서 인터넷으로 검색을 해 보았다. 네이버 검색창에 바퀴벌레라고 치자 수천 개의 게시물이 떴다. 바퀴, 바퀴벌레, 바퀴벌레 퇴치법, 바퀴벌레 퇴치에 좋은 약, 바퀴벌레의 종류, 바퀴벌레의 아이큐는······? 세상의 반은 여자가 아니라 세상의 반은 바퀴벌레가 아닐까 싶을 정도로 다양한 정보들이었다. 먼저 제일 위에 뜬 백과사전을 클릭했다. 백과사전은 쓸데없이 전문적이고 길었다.

바퀴류[cock roach] 전체적으로 기름을 바른 것 같은 광택이 있다. 몸은 예외 없이 편평하고 납작하며 너비가 넓다. 몸길이 약 1센티미터의 소형의 것에서부터 남아메리카에 사는 블라베루스(Blaberus)와 같이 대형의 것까지 다종다양하다. 몸 빛깔은 다갈색 또는 흑갈색 계통인데, 그중에는 연한 녹색 또는 금속성 녹색인 것도 있다.

첫 문단에서 창을 닫아 버리고 국어사전을 눌렀다.

바퀴² 명. 바큇과의 곤충. 몸길이 1~1.5센티미터. 몸은 길둥글고 납작하며 몸빛은 황갈색임. 음식물과 옷가지에 해를 끼침. 여러 종류가 전 세계에 분포함. 바퀴벌레. 비렴(蜚磏). 향랑자(香娘子).

다시 읽어 보았다. 어디에도 '영장류' 라든가 '간혹 인간이 변신

하는 경우도 있다'는 내용은 없었다. 바퀴벌레는 바퀴벌레다. 인간이 될 리가 없지. 나는 그럭저럭 만족하고 창을 닫았다.

도서실을 나와 휴대폰을 꺼냈다. 부재중 전화도, 새로 문자가 왔다고 깜빡이는 불빛도 없었다. 아직도 전화는커녕 문자 한 통 없는 어머니가 야속했다.

바퀴벌레는 꼭 내가 집에 돌아오는 시간이면 침대 속에 있다. 바퀴벌레도 시간을 아는 걸까. 그러고 보니 같은 반 아이가 바퀴벌레의 순간 아이큐가 340이라고 했다. 정말 그렇다면 지구는 바퀴벌레가 지배해야 옳을 것이다. 아이큐라고 해 봐야 두 자리와 세 자리 사이를 오가는 우리 같은 인간들보다야 지구도 바퀴벌레가 지배하는 편을 더 좋아하지 않을까. 적어도 바퀴벌레는 몸집이 작고.

바퀴벌레는 알면 알수록 신기한 것투성이였다. 어느새 나는 점심 시간마다 도서실에 들러 컴퓨터로 바퀴벌레 검색을 하는 것이 일상이 되었다.

여전히 어머니의 연락은 없었다. 나는 반쯤 오기가 생겨 휴대폰을 꺼 놓고 다녔는데, 수업이 끝나고 전원을 켜도 휴대폰의 화면은 하나도 바뀌어 있지 않았다.

바퀴벌레는 곰팡이부터 머리카락까지 먹을 수 있는 것은 다 먹는다고 했다. 이거야 네 발 달리면 책상 빼고 다 먹는다는 중국 사람조차 비교도 안 되는 엄청난 식탐 아닌가.

그렇지만 아무리 바퀴벌레가 아무거나 다 잘 먹는다 해도 그들이 먹는 것이 사람이 먹는 음식보다야 맛있지 않을 것이다. 나는 학교에 가기 전 밥통에서 남은 밥과 김치를 접시에 담아 침대 옆에 놔

두었다. 바퀴벌레는 길고 까만 더듬이를 흔들면서 나를 빤히 보았다. 나는 속으로 중얼거렸다. 맛있게 먹어.

집에 오면 가방을 던져 놓고 안방으로 달려 들어가 음식을 확인했다. 접시 안의 음식은 확연하게 줄어들지는 않았지만, 그렇다고 막 지은 밥처럼 보이지도 않았다. 시큼털털한 쉰내가 도는 밥을 음식물 쓰레기통에 버리면서 나는 왠지 모르게 뿌듯해졌다.

휴대폰은 여전히 울리지 않았고, 안방을 청소하다 우연히 발견한 작은 핸드백에는 어머니의 휴대폰이 들어 있었다. 휴대폰의 마지막 발신자는 처음 보는 이름의 남자였다.

학교를 가지 않는 토요일이다. 동생은 친구 집에 자러 갔고, 나는 느지막이 일어나 도서관으로 향했다. 공부를 하러 가는 것이 아니라 컴퓨터를 하러 가는 것이다. 유난히 더운 날이었다. 나는 속으로 욕설을 중얼거렸다. 이럴 때는 집에서 에어컨을 틀어 놓고 아이스크림이나 먹는 게 최곤데 하는 생각이 계속 맴돌았다. 나온 지 5분도 안 되어 겨드랑이 사이로 흘러내린 땀이 반소매 티셔츠를 푹 적셨다.

바퀴벌레를 검색하면 나오는 검색 페이지의 1페이지부터 20페이지까지는 다 보았다. 매일 업 데이트 되는 것까지 챙겨 보는 일은 결코 쉽지 않은 일이었지만, 나는 강박적으로 검색을 하고 역겨운 사진을 보고 설명을 읽었다. 바퀴벌레에 대한 지식이 차곡차곡 쌓여서 머릿속에 저장되어 갔다. 도서관의 에어컨은 강력했다. 축축했던 티셔츠는 차가워진 지 오래였다. 땀이 증발하면서 소름이 끼쳤다.

저녁 늦게 전화가 왔다. 아버지가 오신다고 했다. 며칠 전 다녀간 고모가 어머니가 안 계시다는 것을 고해바친 모양이었다. 술 취한 목소리에 설마 농담이겠지 생각했지만, 다음 날인 일요일 오후 아버지가 문을 두드렸다.

아버지는 자리에 앉자마자 다짜고짜 엄마는 어디 있냐고 역정을 냈다. 간헐적으로 내쉬는 숨에서 술 냄새가 확 끼쳤다.

"엄마 어디 갔냐?"

"왜요?"

"왜요? 왜요? 지엄하신 아부지한테 무슨 말버릇이 그래!"

"아빠야말로 왜 찾아오셨어요?"

"자식 놈들이 엄마 없이 있을 걸 생가악하니, 이 아비 맘이 찢어져서……."

"……."

"이놈의 여편네는 대체 어딜 싸돌아다니는 거야? 정신이 있는 거야, 없는 거야?"

내가 처음부터 그 여자한테 가는 건 안 된다고 했지. 분명 어디 굴러다니는 놈이랑 시시덕거리고 있겠지. 일은 무슨 일. 아버지의 말에 나는 울컥 내뱉었다.

"엄만 있어요."

"뭐어?"

"계시다고요, 지금."

아버지는 눈에 띄게 당황하셨다. 아버지가 무직자라는 이유로 우리들은 어머니 손에 맡겨졌지만 여전히 아버지는 우리를 데려가고 싶어 해서 틈만 나면 집으로 찾아와 아내가 밖으로 나돌아서야 애들 교육이 어찌 되겠느니 하면서 행패를 부리곤 했다. 이번도 필시 그런 것이 분명했다. 어머니가 안 계시는 지금이야말로 쾌재를 부르셨겠지. 하지만 엄마는 있다.

"어디 있는데?"

"있다니까요! 그러니까 빨리 돌아나 가세요!"

아버지가 이렇게 행패를 부리는 것은 하루 이틀 일이 아니었기 때문에 그냥 꾹 참고 넘어가면 될 일이었다. 그렇지만 저렇게 말하는 데야 참을 수 없었다. 그러는 아버지는, 아버지는 뭐라도 해 준 것 있나요? 있느냐고요! 입에서 나오는 대로 억지를 부리는 내 말에 아버지는 상을 뒤엎으며 고래고래 고함을 치셨다.

"네 엄마와 똑같이 생겨 먹었을 때부터 알아봤어! 말하는 것도 완전히 쏙 빼닮았구만!"

나는 집 밖으로 도망 나왔다. 바깥에서도 아버지의 호통 소리가 여과 없이 들려왔다.

소란을 듣고 위층의 주인댁 부부가 내려오고서야 아버지는 돌아가셨다. 엉망이 된 마루를 정리하면서 창문을 바라보았다. 더러운 먼지 사이로 붉은빛이 비쳐 들어온다. 아스팔트에 반사된 노을은 밖에서 바라보는 것보다 좀 더 거무튀튀하고 어둡다. 새까맣게 찌르고 들어오는 햇살에 눈이 아려 왔다. 나는 엉금엉금 기어 안방으로 향했다. 누우려고 요를 걷어 내자 바퀴벌레가 있다. 평소보다 훨씬 이른 시간인데 왜 여기 있는 거지.

바퀴벌레가 나를 보았다. 더듬이를 움찔움찔 움직인다. 그 모습은 내가 울 때 어머니가 고개를 흔들던 모습과 비슷하게 닮아 있다. 어쩌면 정말로 어머니일지도 모른다. 어머니는 알 수 없는 힘에 의해 바퀴벌레로 변해 버린 것일지도 모른다. 눈가가 따가워서 나는 그만 울어 버렸다.

남동생이 학교에서 과학 잡지를 빌려 왔다. 학교 도서실 구석에 처박혀 있던 것을 숙제 때문에 겨우 찾아왔다고 한다. 숙제는 '세계의 미스터리 조사해 오기'. 아무리 초등학생이라지만 너무 안이한 거 아냐? 요즘은 초등학교 5학년이 토익 만점을 받는 시대다. 사교육비를 줄인다고 큰소리치는 교육부라면 숙제로 '해리 포터 영문판 해석해 오기' 정도는 내줘야 하는 것 아닌가.

동생을, 정확히는 동생의 숙제를 한심하게 쳐다봐 주고 나는 식탁 겸 책상으로 쓰는 좌상에 동생과 마주 앉아 잡지를 보았다.

"페루의 나스카 지상화는 인류 역사상 세계에서 면적이 가장 큰 예술 작품이라고 할 수 있습니다."라고 시작하는 잡지의 내용은 초등학교 저학년을 대상으로 한 기사답게 짧고 간결하고 단순했다. 비행기를 타고 상공에서 봐야 제대로 볼 수 있다는 둥, 비가 오지 않는 건조한 기후 덕분에 지금까지 보존될 수 있었다는 둥, 그야말로 상식적인 이야기를 늘어놓고 있었다. 이런 건 나도 쓰겠다. 이게 뭐가 기사야.

다만 나는 마지막 문단에 적힌 단 한 줄의 문장에 못 박혔다.

"……곧 페루인들이 우주에서 온 방문객이라고 여겼던 '신들의 흔적'이라는 것입니다."

비행접시를 타고 온 외계인들이 지구를 정찰하던 중에 메시지를 남기려고, 혹은 심심풀이로 남겨 놓은 모습이 떠올랐다. 그래, 정체를 알 수 없는 외계인이 의미를 알 수 없는 그림을 그리는 세상이다. 인간이 바퀴벌레로 변하는 것쯤은 아무것도 아니지. 허리가 안 좋으셔서 비 오는 날이면 침대 속에서 꼼짝 않던 어머니를 생각하며 내 눈길은 동생 몰래 안방을 향했다.

"공짜 밥은 안 된다, 18번."

종례를 하는 중이었다. 내 곁을 스쳐 지나치며 한 말이라 아무도 듣지는 못했지만 내 얼굴은 붉게 달아올랐다. 오늘 어머니가 급식비를 주시기로 했는데, 지금 안 계시니 어쩔 도리가 없었다. 내려오라는 담임 선생님을 뒤따라 교무실로 향하는 복도를 걸으면서 나는 어쩌면 좋을지 몰랐다. 솔직하게 어머니가 안 계신다고 말할까. 왜 안 계시냐고 되물으면 뭐라고 답하지.

담임 선생님은 교무실의 자기 자리에 도착하자마자 나더러 앉으라는 말도 하지 않고 대뜸 말씀하셨다.

"너 저번 등록금도 미뤘지."

사실이었기 때문에 나는 말없이 고개를 주억거렸다. 담임 선생님은 마우스 버튼을 몇 번 클릭해 모니터에 한글 프로세서를 띄웠다. 긴 표에는 우리 반 아이들이 번호대로 나열되어 있었다. 이름 오른쪽에는 1/4, 2/4, 3/4, 4/4라는 글자가 있었고 그 아래에는 동그라미가 대부분이었다. 빠르게 스크롤바를 내리던 담임 선생님의 손은 중간쯤 가서 멈췄다. 유일하게 내 이름 옆에 엑스가 쳐져 있었다.

"자, 봐. 이번 달 급식비 안 낸 사람은 너밖에 없어."

"……"

담임 선생님은 내게 무슨 대답을 기대하는 것일까. 죄송합니다? 앞으로는 제때 제때 꼬박꼬박 내겠습니다? 알 수 없었다.

대충 둘러대고 교무실을 나왔다. 무척이나 입이 썼다.

집에 돌아왔더니 동생이 없었다. 초등학교는 고등학교보다 네 시간 일찍 끝마친다. 동생이 청소 당번이고, 청소가 끝나고 친구와 운동장에서 논다고 해도 이렇게 늦지는 않을 것이다. 나는 동생도 바퀴벌레가 된 것일까 하는 바보 같은 생각을 잠시 해 보았다.

그런 태평한 생각도 6시를 넘기자 까맣게 사라지고 나는 동생 친구들 중 번호를 아는 아이 집에 모조리 전화를 걸었다. 본 적이 없다고, 수업을 마치고 바로 집으로 돌아갔다는 이야기뿐이었다. 시침이 9시를 가리키자 나는 경찰서에 신고라도 해야겠다 싶어 문을 열었다. 대문 건너편, 시야 구석에 들어오는 작은 형체에 순간 놀랐다. 동생이 무릎 사이에 얼굴을 묻어서 누에고치처럼 몸을 웅크리고 있었다. 한숨을 내쉬고 나는 말했다.

"걱정했잖아! 누나가 늦으면 전화하랬지. 빨리 들어와."

동생은 들어올 기미를 보이지 않았다. 바깥의 눅눅하고 텁텁한 날씨와 동생의 계속되는 고집에 나는 점점 짜증이 치솟아 올랐다.

"안 들어오면 저녁밥 없다?"

극약 처방을 내리자 과연 동생은 꿈지럭 일어섰다. 흙이 묻은 엉덩이를 털고 주춤주춤 걸어온 동생은 주머니에서 구겨진 종이를 건넸다. 동생이 계집애처럼 훌쩍거리면서 내민 종이는 누런 재생 종이에 복사된 평범한 가정 통신문이었다. 굵은 신명조체로 '가정 통신문'이라고 적힌 아래에는 수업 참관일이니 학부모님들은 오시라는 평범한 내용이 쓰여 있었다. 학교 이름 바로 위에는 날짜가 적혀 있었다. 오늘이었다.

"왜 말 안 했어?"

"말해 봤자 아무도 없잖아. 아빠 ……는 당연히 안 올 거고, 엄마도 없고."

"없긴 …….."

말꼬리를 흐리는 나를 동생은 놓치지 않았다.

"누나, 거짓말했지? 엄마 없잖아! 엄만 안 오잖아!"

"누가 그런 말 하래! 엄마는 있다고! 오실 거라 그랬지!"

"어디 있는데? 응? 누난 뭘 믿고 그렇게 있다고 박박 우기는 거야?"

"뭐? 이게 진짜……!"

동생의 뺨에서 불쾌한 소리가 났다. 정신 차려 보니 내 손은 다시 동생의 머리를 쥐어박고 있었다. 동생의 이마는 한눈에 보기에도 부어올랐다. 내가 슬그머니 손을 내리자 동생은 아예 대놓고 울기 시작했다. 달래려고 애를 써도 소용이 없었다. 동생이 좋아하는 카레라이스를 만들고 동생의 수학 숙제까지 해 주고서야 동생은 울음을 그쳤다.

갑자기 울어서 머리가 띵했던지 동생은 밥을 먹고 텔레비전을 보다 말고 소파에서 잠이 들었다. 설거지를 하다가 동생이 잠든 것을 보고 방에서 담요를 꺼내 덮어 주었다. 눈가가 퉁퉁 부은 동생이 안쓰러웠다. 그것을 지켜보다가, 그러고 보니 안방의 밥을 버리지 않았다는 사실을 깨달았다.

안방에 들어가자 바퀴벌레의 뒤꽁무니에 투명한 주머니 같은 것이 달려 있었다. 희미한 스탠드 등으로는 정확하게 보이지 않았지만, 몇 번이나 봐 왔기에 나는 직감적으로 알 수 있었다.

알이다. 바퀴벌레 알이다.

손으로 잡으면 허무하리만치 쉽게 터질 것 같은 얇고 투명한 막 안에는 몇백 마리의 새끼 바퀴벌레들이 있을 것이다. 제 어미와 똑닮은 새끼. 그런데 새끼 바퀴벌레를 생각한 순간, 내가 어머니를 쏙 빼닮았다던 아버지의 고함이 머리에서 징징 울리기 시작했다. 귓바퀴에서 시작된 귀울림은 점점 고막으로 파고 들어간다. 네 엄마와 똑같이 생겨 먹었을 때부터 알아봤어! 아냐, 아냐, 그렇지 않아요. 똑같아! 넌 똑같아! 귀울림이 한계까지 치닫자, 나는 그만 주저앉고 만다.

비틀거리며 일어나서 집 앞 슈퍼마켓으로 달렸다. 에프 킬라를 두 통 샀다. 학생, 학교에 가져갈 거야? 집에서 쓰려면 이렇게 많이 필요 없어. 친절한 미소를 띠고 말해 주는 아주머니를 무시했다. 목이 칼칼했지만 물을 마셔야겠다는 생각조차 들지 않았다. 에프 킬라를 들고 곧장 안방으로 향했다. 조심스레 이불을 들췄다. 여전히 바퀴벌레는 그 모습 그대로 있었다. 나는 망설임 없이 에프 킬라의 뚜껑을 열고 세게 흔들었다. 그리고 힘차게 눌렀다. 치익. 분사된 액체는 곧장 침대에 흩뿌려졌다. 바퀴벌레는 그 명성에 걸맞지 않게 움직이지도 못하고 그대로 에프 킬라를 맞았다.

첫 번째 통을 다 썼다. 눌러도 더 이상 액체가 나오지 않았다. 구멍에서는 작은 소리만 날 뿐이었다. 축축해진 이불에서 바퀴벌레의 모습이 드러났다. 바퀴벌레는 미동도 않고 있다가 한 통을 다 쓰고 나서야 갑자기 부르르 온몸을 떨었다. 나는 두 번째 통을 열어서 다시 뿌렸다. 처음 조준을 잘못해서 교복이 더러워졌지만 신경 쓰지 않았다. 두 번째 통을 다 쓰고 바퀴벌레를 보았다. 더 이상 바퀴벌레는 움직이지 않았다.

나는 거친 숨을 몰아쉬었다. 좁은 방에 가득 찬 매캐한 냄새가 코 점막을 자극했다. 호흡이 힘들다. 폐부에서 날카로운 것이 느껴졌다. 숨이 막힌다. 누가 긁어내듯 속이 메슥메슥하더니 갑작스러운 구토증이 밀려왔다. 화장실로 뛰어 들어가 몇 번이나 헛구역질을 했다. 혀가 마비될 때까지 토하려고 애를 써도 저녁 식사를 굶은 위에서는 아무것도 나오지 않아서 손을 식도에 밀어 넣고서야 겨우 구토를 할 수 있었다. 시큼한 위액이 싯누런 색으로 변기에 퍼져 나갔다. 대충 세수를 하고 양치를 했다. 상쾌한 향이 입 안에 맴돌았지만 불쾌한 기분은 가시지 않았다. 방으로 들어가 교복도 벗지 않고 이불을 뒤집어썼다. 간질 환자처럼 손이 덜덜 떨려 왔다. 교복에서 시큼한 냄새와 매캐한 냄새가 함께 났다. 교복을 벗어 바닥에 던져 버렸다. 내일 학교에 갈 때쯤이면 완전히 구겨져 있겠지만 곱게 접어 놓을 마음은 들지 않았다.

하복을 입어야겠다고 생각하면서 속옷만 입은 채로 잠에 빠져 들었다. 몹시 추웠다.

아침에 동생이 밥을 먹다 말고 말했다.

"아, 누나. 아까 문이 열려 있어서 안방에 들어갔는데 엄마 침대에 바퀴벌레가 죽어 있더라? 알도 잔뜩 있었어. 다 터졌지만."

"……."

"그래서 내가 쓰레기통에 버렸어. 잘했지?"

어제 다 토해 내지 못했던 역한 것들이 배 위로 치고 올라온다. 혀가 굳은 것처럼 얼얼했다. 나는 목소리를 쥐어짰다.

"응, 잘했어."

1년은 빨랐다. 동생은 중학생이 되었고 나는 고등학교를 졸업했다. 중학교 교복을 나와 단둘이 사러 간 다음부터 동생은 어머니 이야기를 꺼내지 않게 되었다.

동생의 초등학교 선생님이 전화를 거셨던 모양이다. 한 달 전 아버지가 찾아오셨다. 처음 보는 젊은 아주머니와 함께였다. 수염을 말끔히 깎고 술 냄새도 나지 않는 아버지는 다른 사람처럼 생소했다. 아버지는 우리를 새집에 데리고 갔다. 아이가 없는 새엄마는 나와 동생을 어색하지만 따뜻하게 맞아 주셨고 우리는 머뭇거리면서도 새로운 생활에 곧 적응해 나갔다.

이제 우리는 바퀴벌레가 없는 집에서 산다. 나는 행복하다.

누가 나를 보고 있다

서울 여의도여고 3
박현주

누가 나를 보고 있다. 지금은 사회 시험 시간이다. 사회 전공이라 그런지 사회 과목에 강한 애착을 보이시는 선생님 덕에 사회 시험을 수학 시험보다 힘들여 풀어야 하는데, 누가 여유롭게 나를 보고 있는 것일까.

나는 주위를 돌아본다. 다들 문제를 푸느라 정신없이 책상에 얼굴을 묻고 있다. 다시 고개를 돌려 마지막 문제를 본다. 남은 시간은 7분. 풀지 못한 문제는 주관식 하나. 나는 문제를 한 글자씩 눈으로 좇다가 엄지손톱을 질겅질겅 씹는다. 손이 못생겨진다고 어머니께 하도 꾸지람을 들어 최근에야 고친 버릇인데, "아, 하면 안 되는데." 작게 탄식을 내뱉으면서도 또 손톱을 씹는 내 이빨은 점점 강도를 더해 간다. 점심시간에 축구를 하다 넘어지고서도 손을 씻지 않아, 아직 손에는 모래 내음이 그대로 남아 있다. 질겅질겅. 손톱에서 탄내처럼 매캐한 냄새가 난다. 나는 다시 문제를 째려본다. "우리나라 법원의 명칭을 크기가 작은 순서대로 쓰시오." 주관식 답란에는 괄호가 네 개 그려져 있다. 앞의 세 개는 보자마자 다 적었다. 문제는 하나. 마지막 하나가 도통 떠오르지 않는 것이다. 답지를 얼굴에 대고 뚫어져라 노려보고 있자니 괄호만이 시야에 가득 찬다. 붉은색 사인펜으로 또박또박 꽉 채워진 다른 답란과는 달리 누런 재생 종이가 그대로 드러나는 괄호는 텅 빈 허공처럼 보인다. 칠판 위에 걸린 벽시계를 본다. 5분 남았다. 어쩌면 좋지. 도저히 생각이 나지 않는다. 질겅질겅 꽉. 엄지손톱의 끝 부분을 물어뜯었다. 짠맛이 입 안에 퍼진다. 손톱을 물어뜯는 것을 어머니께서 싫어하시는 이유는 손 모양도 모양이지만 무엇보다 내가 손톱을 삼키기 때문이다. 다른 이유는 없고, 그저 뱉기도 귀찮고 뜯은 수고가 아까워서 삼켜 버리는 것이다. 세균 덩어리를 섭취하는 꼴이라고 어머니는 질색하시지만.

또다시 누군가 나를 보고 있다. 등 돌려 교실을 한 바퀴 둘러보지만 나를 보는 아이는 없다. 다 풀어서 엎드려 자는 아이는 물론 나처럼 고개를 든 아이조차 없다. 선생님께서 부정행위를 감시하시느라 책상 사이를 천천히 오가고 계시기는 하나 내 쪽은 아예 눈길도 주지 않으신다. 미간을 잔뜩 찌푸리고 그 문제를 반복해서 읽어 본다. 읽어 봐야 소용없다. 단답형 주관식 문제에서 답이 나올 리 없지.

객관식이 아니니 찍을 수도 없고. 이것만 쓰면 다 맞히는데. 분해서 눈물이 나오려 할 때, 또 시선이 느껴진다. 이번에는 주인공이 확실하다. 나는 H를 본다. 내 오른편에서 한 칸 앞에 앉은 H는 고개를 돌려 나를 보고 있다. 계속 보고 있었다고 투덜거린다. 아, H였구나. 나는 수긍한다. 그녀는 답지를 가리키며 뭐라고 입을 움직인다.

'마지막 문제를 모르겠지?'

나는 크게 고개를 끄덕인다. 함께 시험공부를 하면서 내가 법원 순서가 도저히 안 외워진다고 푸념 조로 말했던 것을 기억하고 있었나 보다.

'그것만 몰라?'

난 더 크게 고개를 끄덕인다. 이번 시험에도 둘 다 반 3등 안에 들면 어머니들께서 놀이 공원에 데려다 주신다고 했기 때문에 우리 둘은 필사적으로 공부를 했다. H야 당연히 또 1등일 것이고, 나도 사회를 다 맞힌다면 가능성이 충분했다. 그러나 마지막 문제의 배점은 무려 7점. 부분 점수 없음. 악취미라고 밖에 생각이 들지 않는다. 이걸 틀리면 우리의 계획은 물거품이 되고 만다. H는 암담한 내 표정을 보더니 잠시 고민한다. 그리고 열등생과 불량 학생이 대다수를 차지하는 5분단만 집중적으로 감독하시는 선생님을 보고는, 옆으로 슬쩍 답지를 민다. 어느 정도 떨어져 있다곤 해도 초등학교이다 보니 감독에 소홀한 건 사실이라 커닝하려 마음먹으면—위험 부담은 있지만—할 수 있다. H는 큼직하게 글자를 써서 내 자리에서도 한 자 한 자 다 보인다. 나는 황급히 베낀다. 말라 버린 우물처럼 깊던 괄호 사이의 틈이 메워진다. H는 능청스럽게 답지를 자기 앞으로 돌려놓고는 새침하게 앉아 있다. 나는 기지개를 편다. 아직도 아이들은 문제 푸는 데 열을 올리고 있다.

그때 불쾌한 소리가 들린다. 분필로 칠판을 긁는 소리처럼 일상적인, 그러나 신경을 자극하는 소리. 갑작스러운 소음에 아이들이 전부 그 진원지로 고개를 돌린다.

"너 이게 무슨 짓이야!"

선생님께서 J의 답안지를 찢고 있다. 찌이익. 정말로 쥐의 비명 같은 소리다. 선생님은 조각난 답지를 신경질적으로 던진다. J는 얼굴을 푹 숙이고 있다.

"선생님이 이런 거 보면 모를 줄 알았어? 누가 커닝하래!"

순식간에 반 전체가 웅성거린다. 지금까지 커닝을 하다 적발된 아이는 처음이니 이건 대단한 수다거리다. 이제 아이들은 문제를 다 풀었든 아니든 시험지를 아예 덮어 두고 J를 주시한다. 선생님의 히스테리컬한 목소리와 어투, 강한 비난조의 말에 J는 겁먹은 듯 움찔움찔 몸을 떤다. 평소 얌전하던 J에게는 딱히 친한 친구도 없었기 때문에 누구도 그녀를 동정하지 않는다. 흥미로운 눈빛으로 J가 어떤 벌을 받을지 기대하고 있다.

종이 친다. 「엘리제를 위하여」 지금 상황과 전혀 어울리지 않는 소리에 모두들 퍼뜩 정신이 든다.

"맨 뒷사람, 답지 걸어 와! 그리고 J, 넌 교무실로 따라와."

채 답지를 모두 걷기도 전에 아이들은 끼리끼리 모여, 이 커다란 사건을 논하느라 떠들썩하다. 시험 결과 따위는 아무래도 좋다는 분위기다.

H가 내 앞자리에 걸터앉는다.

"어때, 잘 봤어?"

"그럭저럭. 다 맞힌 것 같아. 너도지?"

응. H는 성의 없이 대답하고는 갑자기 목소리를 낮춰 속삭인다.

"그나저나 J 안됐어. 책상에 써 놨다가 걸렸다며? 그러기에 커닝 하려면 우리처럼 안 들키게 제대로 해야지."

바보 같기인이라며 까르르 웃어 대는 H를 따라 나도 웃는다. 바보 같은 J. 요령 없는 J.

88

그런데 무언가 찜찜하다. 심장을 커다란 돌로 꽁꽁 묶어 우물에 떨어뜨려 버린 것처럼 어둡고 축축하고 차가운, 깊은 어딘가로 자꾸만 빠져 드는 듯한 기분이다.

순간 시선이 느껴진다. 홱 돌아보았지만 다들 모여서 떠드느라 우리처럼 앉아 있는 아이 자체가 없다. 이상하다. 어제 본 연예 프로그램 얘기를 하는 H에게로 눈을 돌리는데, 다시금 시선이 느껴진다. 돌아보니 아무도 없다. 왠지 불안해져서 나는 다시 손톱을 깨문다. 질겅질겅. 질겅질겅 콱. 질겅질겅. 질겅질겅 콱. 이제 탄내 대신 비린내가 난다.

"그래서 그 연예인이…… 꺅, 네 손!"

자지러지는 비명에 나는 문득 손가락을 내려다본다. 엄지손톱 자리가 붉게 물들어 있다. 그것을 본 순간 입에서 씁쓸한 철 맛이 돈다. 피가 많이 나는 것도 아닌데 빈혈이라도 일으킨 듯 어지럽다. 계속 새된 비명을 지르는 H가 시끄러워서 짜증이 난다. 뒤통수가 자꾸만 따끔거린다. 누군가 나를 보고 있는 것처럼.

누군가 나를 보고 있다.

거미

인천 서인천고 3
김현경

무언가 얼굴을 간질였다. 부드러우면서도 따듯하고 가벼운 느낌. 정체 모를 그 손길은 정현의 이마를 거쳐 눈꺼풀과 볼을 어루만지더니 이내 입술을 간질였다. 정현은 자신의 얼굴을 천천히 쓰다듬는 손길이 낯설지 않았다. 훈김 같고, 부등깃 같고, 비단 치맛자락 같은 이 부드러움이라니. 무얼까. 내 얼굴을 이리 더듬는 것은. 의식 깊숙이 숨겨져 있는 어머니의 손길도 꼭 이러했다. 그래, 어머니의 손길이었다.

정현은 화들짝 눈을 떴다. 어머니. 덩달아 정현의 입술도 달싹였다. 그러나 소리는 졸음이 남아 있는 후두에 걸려 빠져나오지 않았다. 대신 아릿한 통증이 가슴속으로 번져 갔다. 정현은 이내 눈을 감아 버렸다. 늦봄, 은빛으로 빛나는 햇살이 곧장 졸린 눈 사이로 파고들었기 때문이었다. 아니, 망막으로 파고든 건 은빛 햇살이 아니라 강렬한 빛의 입자들로 인해 사물이 사라져 버린 블랙홀 같은 세상이었다. 암흑, 암흑의 그림자, 암흑의 세상.

망막의 조리개가 빛을 걸러 내면서 이내 사물들이 제 존재를 드러내기 시작했다. 햇살이 방 안 깊숙이 밀려 들어와 있었다. 그랬다. 방금 전 자신의 얼굴을 더듬은 건 그 햇살이었다. 방 안에 수런거리고 있는 햇살.

정현은 허탈했다. 왜 어머니의 손길과 햇살의 장난을 혼동했을까. 까끌까끌하고 메말라 있던 느낌의 어머니의 손길을 왜 이처럼 부드럽고 따뜻하게 기억하고 있을까. 정현은 흘깃 방문 위, 벽에 걸려 있는 시계를 올려다보았다. 빨간 테두리에 세 마리의 달마티안 강아지가 그려져 있는 사각 숫자판 위의 시침과 분침은 9시 15분을 가리키고 있었다.

집 안은 늘 그렇듯 조용했다. 달그락거리는 소리도, 조심스럽거나 쿵쿵 울리는, 누군가의 동선을 따라 전해 오는 발자국 소리도 들리지 않았고, 꽉 잠긴 수도꼭지에서는 물방울 하나 떨어지지 않았으며, 전화벨조차 울리지 않았다. 심지어는 어젯밤 맞춰 놓고 잔 시계 알람도 멎어 있었다. 건전지가 수명을 다한 모양이었다.

어쩌다 이리 맥을 놓듯 잠을 잤는지. 정현은 꿈도 없는 잠을 잤다. 언제나 그렇지만 깊은 바다 속에 들어앉아 있는 것 같은 정적이, 적막함이 정현을 두렵게 만들었다. 정현은 자신의 팔을 쓰다듬었다. 그새 살갗에 소름이 돋아 있었다. 이 소름의 원인은 아마도 소리가 없는 세상이 주는 두려움이거나 혼자라는, 이 유리된 느낌 때문일 것이다.

정현은 자리에서 일어났다. 몸이 뻐근하니 말을 듣지 않았다. 천 길 물속으로 가라앉는 듯 무겁기만 했다. 모처럼의 휴일이었지만 정현의 휴일은 평일보다 더 분주하고 고되기만 했다. 아니, 고되지는 않았다. 다만 마음이 어지러울 뿐이었다.

뚜르르르. 뚜르르르. 완고하게 침묵을 지키고 있던 전화기가 울었다. 처음에는 환청이려니 무심히 넘겼다가, 정현은 두 번째 벨이 울리고 나서야 후다닥 전화기의 송수화기를 집어 들었다.

"일어났니?"

송수화기 속에서 빠져나온 소리는 거칠고 투박했다.

"네."

단음절로 대답하고 나자 더 이상 할 말이 없었다. 아니, 할 말은 많았다. 어떠세요? 건강은요? 식사는 제때 꼬박꼬박 잘 챙겨 드세요? 언제 오시나요? 하지만 그 말들은 머릿속에만 맴돌 뿐 하나도 발음이 되어 상대에게 전달되지 않았다.

"미안하구나. 너 혼자 있게 해서. 그래, 잘 지내지? 학교도 잘 다니고? 필요한 거는 없니?"

"네."

역시 정현은 단음절로 대답했다. 50대 초반, 머리는 하얗게 세어 버렸고, 호된 노동으로 구부정 허리는 굽어 가기 시작하며, 나뭇등걸처럼 투박하고 억센 손을 가진 사람, 아버지였다. 아버지. 어머니라는 단어가 그랬듯 아버지라는 단어 역시 정현에게는 아릿한 통증으로 다가왔다. 후줄근하게 늘어진 옷을 걸치고, 공사판을 따라 전국을 돌며 하루하루를 살아가는 아버지의 곁에는 늘 가족들이 아닌, 연장이 들어 있는 비닐 가방이 있었다.

"나는 다음 주부터 대전에서 일한다. 이번에 일 끝나면 집에 들러 너하고 좀 지내려고 했는데, 워낙 대전 일이 좋아 바로 가게 되었다. 서로 가고 싶어 하는 눈치인데, 서둘러 가지 않으면 그나마 남에게 일자리를 빼앗길까 봐 아예 처음부터 같이 움직이기로 했다. 그러니 공부 열심히 하고 잘 있어. 혼자 있다고 밥 거르거나 공부 소홀히 하지 말고 더 열심히 해라. 그리고 생활비는 통장으로 부쳤다. 공부 열심히 해."

"네."

마치 네라는 말만 입력된 인형처럼 정현은 계속 같은 대답만 되풀이했다.

"그리고…… 아, 아니다. 됐다…… 그럼 끊는다. 무슨 일 있으면 전화하고."

아버지는 무언가 말을 하려다 슬그머니 뒷말을 흐리더니 이내 전화를 끊었다. 정현은 알았다. 아버지가 하고 싶었던 말이 무엇이었는지를. 아버지가 못 한 말을 정현은 자신이 하고 싶었으나 이번에는 네라는 그 단음절의 대답도 하지 못한 채 딸깍, 전화가 끊기는 소리를 무력하게 듣고만 있었다. 가느다란 선을 통해 서름하게나마 이어지던 아버지와의 소통은 그걸로 끝이었다. 다시 혼자였다. 아버지 역시 혼자였다. 주변에 사람들은 많겠지만, 아버지의 등에 걸려 있는 삶의 무게를 나누어 질 수 있는 사람은 없을 것이다.

그래, 한때 한 사람이 있긴 했다. 목련 꽃처럼 희디흰 낯빛을 가진 여자, 나직나직한 음성을 지닌 여자, 어머니. 다시 명치끝에 뜨거운 멍울 같은 것이 뭉쳐지더니 코끝이 매워 왔다. 50대 초반, 키가 작고 얼굴빛이 검은 한 남자는 그 어머니 때문에 삶이 더 신산스러울 것이다.

그새 햇빛은 더 그악스러워져 있었다. 어수선한 생각들에 사로잡혀 있느라 햇빛이 여무는지도 눈치 채지 못했다. 정현은 수건을 들고 화장실로 향했다. 파득. 간절히 신호를 기다렸다는 듯 형광등은 빛을 토해 내기 시작했다.

거울 안에 희디흰 낯빛을 가진 여자의 얼굴이 들어 있었다. 얄팍한 입술에 홑겹의 눈, 이마 가장자리를 흐르는 핏줄의 푸르스름한 기운까지 판박이처럼 그녀를 닮았다. 정현은 씻고 또 씻었다. 무언가 분명 씻어 내고 싶은 것이 있는데, 그것의 정체가 뭔지 정현 자신도 명확하게 알 수 없었다. 미심쩍음에 그저 피부가 발갛게 물들도록 씻어 내기만 할 뿐이었다. 언젠가 그랬다. 하도 오랫동안 화장실에서 나오지 않는 정현을 향해 어머니는 야단을 쳤다. 그때 정현은 자신의 행동에 대해 그저 꼼꼼하게 씻다 보니 그럴 뿐이라고 가볍게 여겼다. 한데 지금도 그러한가…….

정현은 입 안 가득 물고 있던 치약 거품을 뱉어 내고는 가르르릉, 물로 헹궈 냈다. 그러다 문득 고개를 드는데, 김이 서려 뿌연 거울 속에 한 여자가 들어 있었다. 그 여자가 정현에게 말을 건넸다.

"가고 싶지 않으면 가지 않아도 돼."

정현은 거울 속에 들어 있는 흰 얼굴의 여자에게 대답했다.

"정말이지 가고 싶지 않아."

"그 여자는 널 기다리느라 지쳤을 거야."

거울 속의 여자였다. 정현은 거울 속의 여자에게 말했다.

"상관없어. 기다리지도 않을 거야. 그 여자에게 가족 따위는 없어. 그러지 않고서야 어떻게 그 일을 저지를 수 있었겠어?"

그 순간 정현은 바늘 끝으로 심장을 쪼는 듯 날카로운 통증을 느꼈다. 정말 여자는, 아니 어머니는 어쩌자고 그런 일을 저질렀을까. 단기 기억장애. 그렇게라도 잊고 싶은데, 왜 그런 일은 자신에게 일어나지 않는지.

지난여름, 정현은 어느 뜨거웠던 날을 잊지 못했다. 그날 정현은 몹시 아팠다. 아니, 불안했다고 말해야 옳을 것이다.

7월, 한낮의 햇살이 유난히 창살처럼 날아오던 날이었다. 아침부터 뜨듯한 신열에 시달리고 있던 정현은 좀체 힘을 쓸 수 없었다. 마치 한낮 땡볕에 시나브로 힘을 잃어 가는 풀잎들처럼. 나중에는 어질증까지 일었다. 정수기에서 뽑아 온 차가운 물로 입 안을 헹궈 냈지만 한 번 오르기 시작한 신열은 내려갈 기미가 보이지 않았다. 정현은 더 이상 버틸 수 없었다. 책상에 엎드려 몸에 이는 신열이 가라앉길 기다렸지만 시간이 지날수록 동통은 심해져만 갔다.

벌겋게 달아오른 얼굴로 정현은 담임에게 조퇴를 신청했다. 왜 그렇게 마음이 바빴는지, 왜 그렇게 마음이 불안했는지. 정현은 스스로도 이해할 수 없었다. 정체를 알 수 없는 조바심에 손에는 축축이 땀까지 배어 나왔다. 정현은 스스로를 다독였다. 그냥 더위를 먹었을 뿐이라고. 이 조바심의 정체는 갑자기 찾아온 미시감의 다른 모습일 뿐이라고.

아침, 눈을 떴을 때 정현은 마치 자신이 다른 세상에 와 있는 것처럼 주변이 낯설었다. 한쪽 벽면에 맞닿아 놓여 있는 갈색 책상도 그대로였고, 간밤 보던 책도 그대로였으며, 행거에 걸려 있는 교복도 그대로였지만, 정현은 그 모든 것들이 생소했다. 생경한 풍경들에 정현은 잠시 어리둥절했다. 서둘러 방에서 나와 보니 어머니가 여느 때 같지 않게 곱게 화장을 한 얼굴로 정현을 맞았다. 아니, 여느 때 같지 않다는 말은 맞지 않았다. 불과 2년 전만 해도 어머니는 늘 화사한 목련 꽃의 얼굴로 집안을 환하게 만들었다. 불과 2년 전……

불과 2년 사이에 화사하고 해맑은 목련 꽃의 얼굴에서 어머니의 얼굴은 칙칙하고 음울한 낯빛으로 바뀌고 말았다. 더불어 집안 분위기도 어둡고 무거웠다. 불과 2년 사이에. 정성 들여 화장을 한 어머니의 얼굴은 2년 전 같은 화사하고 고운 목련 꽃의 모양은 아니었다. 어딘지 부자연스러운 조화 같은 목련 꽃이었다.

"밥 먹어야지."

어머니는 정갈하게 차린 식탁에서 정현을 불렀다. 음성도 나풀나풀 날아다니는 나비처럼 한없이 가볍고 경쾌했다. 밤사이에 무슨 일이 있었는지. 정현은 자신이 아직도 잠 속을 헤매는 듯싶었다. 분명 어제저녁, 몰려온 빚쟁이들로 집 안은 폭격을 맞은 뒤처럼 어수선했다. 어머니는 쏟아지는 그 모진 말들 속에서 하도 깊어 소리도 나지 않는 울음만 울고 있었다. 한데 어머니의 화사한 얼굴과 정갈한 아침 식탁만큼이나 어질러진 집 안은 말끔하니 정돈이 돼 있었다. 치우는 소리도 듣지 못했는데 귀잠이었던 모양이다.

"어서 와."

거실을 휘둘러보고 있는데 또다시 어머니가 정현을 불렀다. 정현은 입맛이 동하지 않았다. 하지만 왠지 거역해서는 안 될 것 같은 생각이 들었다. 을밋을밋 식탁으로 가 억지로 한술 뜨려는데, 어머니가 나직이 정현을 불렀다.

"정현아."

정현은 고개를 들어 어머니를 바라보았다. 정현아.

밥알이 입 안에서 돌아다녔다. 분명 표정에 무언가 할 말이 있는 듯싶었는데, 어머니는 더 이상 말을 잇지 못하고 이름만 되뇌고 있었다. 정현은 수저를 놓았다. 그리고 천천히 등을 돌려 집을 나섰다. 정현아. 등 뒤에서 다시 자신을 부르는 소리가 들려왔다.

그렇게 맞은 아침이었고, 그렇게 나온 집이었다.

마음이 앞선 탓인지 정현의 발길이 자꾸만 꼬였다. 아침에 보았던 어머니의 표정이 내내 눈에 밟혔다. 어떻게 그리 쉽게 간밤의 상처들을 봉합할 수 있었는지. 아니, 어디 그게 간밤의 상처뿐이었을까. 어머니의 남아 있는 삶 전체가 위태로운 지경인데, 그 불이 타는 외줄 위에서 어머니는 어떻게 삶을 지탱해 나갈지.

아버지는 그랬다.

"그러게 욕심을 부리면 안 된다고 했지. 송충이는 솔잎을 먹어야 산다고, 되지도 않을 욕심을 부리니 이런 일이 벌어지지."

평생 막노동판을 기웃거리며 가족들의 생계를 책임져 온 아버지는 이제 화를 낼 기력조차 없는 듯 혼잣말처럼 우물거렸다. 아버지의 등이 새우의 그것처럼 구부정 굽어 있었다. 언제부터 올곧은 나무처럼 꼿꼿하게 펴 있던 등이 저렇듯 속을 비워 낸 자루처럼 휘었는지. 정현은 자신의 무심함이 마뜩잖았다.

국수 가닥처럼 이어지는 아버지의 한숨 섞인 원망에 어머니는 뭐라 대답했는지. 아마도 그때 어머니는 눈빛으로 정현을 가리키며, 저것 때문이라고 했을 것이다. 하나밖에 없는 자식 공부 잘 시키고, 호강시켜 주려고. 그리고 당신 고생 안 하게 해 주려고. 그 훌쩍이는 대답 안에 어머니 자신을 위한다는 소리는 한마디도 없었다. 하나뿐인 딸 공부시키고 고생만 하고 사는 남편 늘그막에 호강 한번 시켜 주고 싶어 하는 어머니의 소망이 얼마나 간절한 것이었는지.

하지만 아버지는 어머니의 그 꿈이 얼마나 위험하고 허황한 것이었는지 잘 알고 있었다. 어머니의 바람대로 네 귀가 빳빳하게 살아 있는 예금통장을 만들고, 그 안에 숫자들을 채워 넣는다 해서 삶이, 인생이 아름답고 풍요로워지지 않는다는 사실을 어머니는 몰랐을까. 아니 정현도 몰랐다. 단지 그럴 것이라고, 폼 나게 살 것이라고 믿었다. 때문에 정현은 아버지가 어머니를 말릴 때도, 어머니가 돈을 구하지 못해 발을 동동 구를 때도, 가슴을 졸이며 어머니가 그 위기를 엽렵하게 벗어나 주기를 기도했다. 그 빛나는 꿈에 가까이 다가가기 위해서는 숱한 고통과 갈등은 꼭 치러야 할 통과 의례 중의 하나일 거라고 생각했다.

그리고 스스로 어머니에게 정현은 주문을 걸었다. 분명 어머니는 피라미드의 상층부로 올라갈 수 있으리라고. 꼭대기에서 왕관을 쓴 채 느긋하고 여유 있게 세상을 내려다볼 수 있을 것이라고. 그때는 어머니나 정현이나 피라미드의 경사진 부분이 너무 급격해, 자칫 미끄러져 떨어질 수 있으리라고는 한 번도 생각해 보지 못했다.

한 번도 생각해 보지 못했으므로 추락에 대한 대비책 또한 없었다. 추락하면서 어떡하든 비어져 나온 그루터기라도 잡으려고 애를 썼지만 그 피라미드의 경사는 하도 급해 멈출 수가 없었다. 게다가 많고 많은 사람들이 굴러 떨어지면서 경사면은 닳고 닳아 있었다.

정현은 교복에 팔을 꿰다 문득 멈추더니 다시 옷걸이에 걸었다. 습관은 언제나 무의식을 지배하는가, 늘 아침에 그랬던 것처럼 무심코 교복을 집어 들었다. 교복보다는 사복이 더 나을 듯싶었다. 삶보다 죽음이 더 가까운 그곳, 될 수 있으면 이 봄처럼 화사한 색깔의 옷이면 더 좋으리라.

정현은 서랍장을 열었다. 어머니의 손길이 분주하게 집 안을 스쳐 지나갈 때는 정갈하게 세탁되어 반듯하게 개켜져 자리하고 있던 옷들이 건성 접혀서는 서랍 안에 쑤셔 넣듯 처박혀 있었다. 흰색 티셔츠에는 채 빠지지 않은 얼룩이 희미한 자국으로 남아 있었고, 푸른색 남방셔츠는 단추가 떨어져 나가 실밥만 너풀거렸고, 짝을 잃은 양말들은 한쪽에 뭉뚱그려져 있었다.

한 여자의 손길이, 한 여자의 부재의 흔적이 그런 곳에서 나타났다. 그러나 어머니의 부재에도 굳건하게 집안을 지키는 물건들이 있었다. 아직 상자도 개봉하지 않은 화장품 더미들, 장난감 블록처럼 차곡차곡 쌓여 있는 정수기들, 맑고 신선한 공기를 공급해 준다는 공기 청정기들, 그것들은 저희들끼리 모서리를 맞대고 고집스럽게 어머니가 없는 집안을 지키고 있었다. 어디 그뿐일까. 베란다에는 종류와 이름을 알 수 없는 물건들이 빼곡히 들어차서는 진행을 방해했다. 주인 없는 그 물건들은 마치 자신들이 집주인인 양 집안을 차지하고 있었다. 정수기, 공기청정기, 비데, 화장품, 온갖 건강식품들…… 굳이 그 효과의 시시비비를 따지지 않더라도, 이름만으로도 건강과 행복을 지켜 줄 것만 같은 그 물건들이 가족들의 건강과 안녕과 핑크 빛 미래를 가져다주었던가.

집 안에 물건들이 하나 둘 늘어날 때마다 정현은 까닭 모를 불안을 느꼈다. 하지만 집 안에 소용을 알 수 없는 물건들이 하나 둘 늘어날 때마다 목련 꽃 같은 낯빛을 지닌 어머니의 얼굴은 환하게 피어났다. 정현은 어머니의 얼굴이, 목련 꽃이 환하게 피어나는 것을 보고 애써 자신의 불안을 잠재웠다. 그러나 그 불안은 정현 혼자 느꼈던 것이 아니었던 모양이다.

달포 만에 집을 찾은 아버지는 현관을 들어서자마자 집 안에 빼곡히 들어차 있는 물건들을 보고 눈이 휘둥그레져서는 낮게 소리쳤다.

"이게 다 뭣들이야?"

한 손에는 연장 가방이, 한 손에는 빨랫감이 들린 아버지의 억센 팔뚝에서 푸른 핏줄이 힘 있게 움찔거렸다. 아버지의 귀가에 맞춰 오랜만에 집에는 고기 굽는 냄새가 났고, 참기름 냄새가 고소하게 풍겼다. 참으로 오랜만이었다. 집 안에 물건들이 하나씩 늘어날 때마다 찌개 끓이고, 청소하고, 빨래하는 일상에서 화장하고, 거울을 보며 이렇게 저렇게 옷을 입어 보는 일과로 어머니의 시간은 재분배되었다. 어머니의 일상 공간은 집 안이 아니라 집 밖이었다. 안온한 수족관 같은 실내가 아니라 대양 같은 세상이었다. 같은 어종이나 순한 어종끼리 풀어 놓고 시시때때 먹을 것과 적당한 온도와 은은한 조명과 청정한 산소를 공급해 주는 실내가 아니라, 상어와 매서운 포식자들이 들끓는 세상이었다.

"이게 다 뭐야?"

아버지는 빨랫감을 현관 문턱에 툭 던져 놓으며 다시 소리쳤다.

"이것들 다 팔 거예요."

"그만두라고 했지."

"조금만 더 참아 봐요. 참은 김에. 그리고 나를 믿어 봐요."

그 순간 어머니의 얼굴에는 자긍심 같은 게 묻어 있었다. 한 남자가 강단진 힘을 팔아 벌어 오는 돈을 야금야금 받아 쓰기만 하는 무력한 존재가 아니라, 이제 자신도 손수 돈을 벌어 보탠다는, 스스로에 대한 대견함 같은 거였다.

"허허. 이 사람, 무슨 큰일 낼 일을 하는 거 아냐?"

"아무튼 어서 들어와 저녁부터 먹고 차분하게 이야기해요."

어머니는 빨랫감을 베란다 세탁기 바구니 속으로 던져 놓고는 정성 들여 끓인 찌개를 그릇에 담았다. 하지만 그 뒤에서 집 안을 훑는 아버지의 시선은 곱지 않았다.

"당신 혹시?"

아버지가 의혹의 눈초리로 어머니를 바라보았다. 혹시라니? 정현은 아버지와 어머니의 표정을 번갈아 살폈다. 혹시라니. 정현은 그 혹시가 못내 궁금했다. 그 혹시라는 말에 어머니는 뒤돌아보았다.

"피라미드 같은 거 하는 거 아냐?"

이번에는 혹시에서 설마 하는 표정이었다. 혹시나 설마나 거기서 거기겠지만 어쨌든 아버지의 표정은 혹시라고 물을 때와 미묘하게 차이가 나 있었다.

"그렇지? 아니지? 아닌 거지?"

재우쳐 묻는 아버지의 어투가 아니라고 대답해 주길 바라는 듯 했다.

"맞아요. 하지만 걱정 없어요. 이 회사는 재정이 튼튼해요."

"이 사람이."

아버지의 음성이 더 커졌다.

"글쎄, 걱정하지 말라니까요. 정 걱정되면 당신도 내일 우리 회사 한번 따라와 봐요. 꽤 알려진 회사라고요."

여전히 어머니의 표정은 의기양양했다.

"당장 그만둬!"

아버지나 어머니나 얼굴이 붉어졌고 어투도 퉁명스러웠다. 어머니는 당당했다. 아버지의 말에 한마디도 지지 않고 또박또박 응대했고, 어떨 때는 자분자분하게 설명했으며, 종내는 비음 섞인 음성으로 아버지를 설득했다. 절대 망할 일은 없을 거라고. 다른 피라미드 회사들처럼 그런 불상사는 일어나지 않을 거라고. 그랬다. 어머니는 '망할'이라는 말을 사용했다. 망할. 왜 그 '망할'이라는 말이 가슴에 턱 얹혔는지.

"누군 실패하고 싶어 실패하나? 그 피라미드 사업이라는 것이 다 실패하게 돼 있어요. 구조적으로 그렇게 돼 있어."

아버지는 '망할'이라는 말 대신 '실패'라는 말을 사용했다. '구조적'이라는 말도 내 가슴에 얹혔다.

"내가 알아서 할게요. 믿어 보세요. 언제 내가 당신 말을 거역했나요? 부탁이에요. 이번만, 딱 이번만 내가 하고 싶은 대로 하게 해 주세요."

어머니는 애원했다. 그 애원에 결국 아버지는 무너졌다.

"그렇다면 너무 욕심 부리지 마. 언제든지 그만둘 수 있도록 천천히 하란 말이야."

"알았어요. 그럴게요."

어머니의 얼굴은 설렘으로 상기된 반면 아버지의 얼굴은 새로운 근심으로 굳어졌다. 마침내 동의를 구한 어머니가 자리에서 성큼 일어나 다시 저녁 식탁을 차릴 때, 아버지는 연방 혼잣말로 안 되는데 하고 읊조렸다.

정현은 그때 아버지의 편이었다. 중늙은 남자, 먼지처럼 부유하는 남자, 호된 노동 끝에 지쳐 무거운 몸을 제대로 쉬어 보지도 못하고 일 따라 전국을 돌아다니는 남자. 정현은 그 남자, 아버지 편이었다. 처음에는 어머니가 가족을 안온하고 여유 있는 세상으로 이끌어 주길 기대했지만 시간이 지날수록 쌓여만 가는 물건들에 막연한 불안을 느끼기 시작했다. 그저 성공에 대한 핑크 빛 미래만 쳐다보는 어머니의 사시가 한없이 불안하기만 했던 것이다.

아버지의 미심쩍은 동의를 구한 그 다음 날부터였을 것이다. 점령군들처럼 본격적으로 물건들이 집 안으로 쳐들어오기 시작한 것이. 공기청정기가 들어오고, 정수기가 들어오더니, 비데가 들어오고, 이름 모를 건강식품들이 들어오고, 자질구레한 생활 용품들이 집 안 한구석을 차지하더니, 어느 순간부터는 같은 제품들이 한 개가 아니고 서너 개씩 한꺼번에 들어왔다.

물건들이 집 안 곳곳에 성곽처럼 쌓여 갈 때마다, 그 물건들이 어머니와 내가 사용해야 할 공간까지 침범해 들어올 때마다 어머니는 조금씩 어두운 표정을 지었다. 아니, 처음에는 여전히 아버지 앞에서와 같은 상기된 표정이었다. 조만간 그 물건들이 돈으로 치환돼 어머니를 행복하게 해 주리라는 믿음으로 사뭇 흥분하기까지 했다.

"가난이 지긋지긋하다. 늘 걱정만 하고 살았는데, 이제 조금만 참아라. 그러면 네가 하고 싶은 과외도 시켜 주고, 네가 그토록 갖고 싶어 하던 메이커 옷들과 신발들도 사 주고, 기죽지 않게 해 달라는 것 다 해 줄게. 조금만 참아."

어머니의 탄식 같은 말이었다. 정현은 어머니의 말에 아무 말도 하지 못했다. 퇴직금 없는 하루 품팔이, 노동꾼의 아내로 살아온 지난날들이 불안했을까. 그렇게 그 노동꾼의 아내로 부족하지만 성실하게 살아왔기에 이나마 살 수 있었던 것을 어머니는 잊은 것 같았다. 풍족하지는 않지만 그래도 생이 위태로울 만큼 가난하게 살지는 않았다. 한데 어머니는 왜 뒤늦게 욕심을 부리는가.

정현은 노란색 면 티셔츠를 꺼내 입었다. 지금쯤 그곳에는 개나리꽃도 모두 졌겠다. 대신 연둣빛 이파리가 세상을 점점이 물들여 놓고 있을 거다. 정현은 집 안을 휘둘러보았다. 어디 한곳 불이 켜져 있나 살펴보고, 가스 불은 잠겨 있는지, 수도꼭지에서 물이 새 나오지 않는지 꼼꼼히 훑고 나서야 현관을 나섰다.

그러다 주춤 멈추더니 이내 집 안으로 들어왔다. 그러고는 아직 포장도 뜯지 않은 공기청정기 하나를 손에 들고 집을 나섰다. 정말

야차 같던 사람들은 왜 이 물건들을 가져가지 않았는지. 어머니가 돈을 잣는 물레 같은 비밀한 금고를 숨겨 놓지 않은 이상, 자신들에게 차용해 간 돈을 받을 수 없다는 사실을 알 터인데도 그들은 왜 돈 대신 이 물건들을 가져가지 않았을까.

채권자들이 폭풍처럼 집 안을 휩쓸고 지나간 날, 아버지는 지친 표정으로 술만 들이켰고, 그 앞에서 어머니는 반쯤 넋이 나간 사람처럼 주저앉아 울음도 삼키지 않았고, 다만 맺힌 데 없는 시선만 하염없이 풀어놓고 있었다.

아버지나 어머니나 싸울 힘은커녕 입씨름을 벌일 만한 기력도 남아 있지 않았을 것이다. 당장 눈앞에 펼쳐진 현실에 억장이 막혀서는 무어라 할 말이 없었을 것이다. 싸움이나 입씨름은 무언가 실낱 같은 희망이 있을 때, 그 희망을 놓치지 않기 위해 벌이는 굿판 같은 것이다.

아버지는 아무 말도 없이 집을 나갔다. 돌아온다는 말은 없었다. 돌아온다는 말이 없듯, 예전 같은 어머니의 살뜰한 배웅도 없었다. 돌아온다는 말만 없었던 것은 아니었다. 아버지는 그때 목적지도 말하지 않았다.

정현은 아버지를 배웅하려다 그만두었다. 마음은 자꾸만 나가 보라고 속살거렸지만 끝내 발길이 떨어지지 않았다.

그리고 그 다음 날이었다. 거짓말처럼 집 안이 말끔히 치워져 있던 아침.

차라리 아버지가 어머니의 머리카락을 휘어잡은 채 소리 지르고 싸웠더라면 나았을까? 그러면 아버지는 여느 때처럼 목적지를 말하고 돌아온다는 말을 남긴 채 그렇게 집을 나갔을까?

그날 자꾸만 불안한 마음에 쫓겨 잰걸음으로 집에 돌아와 보니 무언가 집안 공기가 섬뜩했다. 목련 꽃처럼 흰 낯빛을 가진 여자가 들어 있는 방문을 열자, 흰 목련 꽃의 팔목과 방바닥에 붉디붉은 동백꽃이 흐드러지게 피어나 있었다. 내내 요의를 동반하던 조바심의 정체를 목도한 순간이었다. 엄마⋯⋯.

정현은 우뚝 서고 말았다. 동백꽃의 만개에, 그 만개한 꽃밭에 질려 정현은 숨도 쉴 수 없었다. 억센 팔뚝을 가진 아버지에게는 연락이 되지 않았다. 휴대폰은 꺼져 있었고, 그가 일하는 곳이 어디인지 알 수 없었다. 돌아온다는 말을 하지 않고 떠난 사람답게 그에게 닿을 수 있는 길까지 완강하게 닫아걸어 버린 것이다. 빨리요. 어머니가 팔목을 그었어요. 죽을지도 몰라요. 이 메시지 들으면 제발 와 줘요. 정현은 아버지의 휴대폰에 음성 메시지를 남겼다.

정현은 침착해야 한다고 다독였다. 이제 네가 가장이다. 더 이상 보호를 받는 어린아이가 아니야. 자신에게 끊임없이 최면을 걸었다. 119를 부르고, 동백꽃 송이들을 쏟아 내는 어머니의 팔목을 묶고, 그 만개한 동백 꽃밭을 치우고, 어머니를 따라 병원으로 갔다. 보호자란에 자신의 이름을 기재하고 나자 그제야 길을 잃었던 눈물이 치받쳐 올라왔다.

"웬일이냐?"

여자를 병원으로 옮기고 한 시간쯤 지나자 아버지로부터 연락이 왔다. 정현은 자신이 보았던 목련 꽃과 동백꽃에 대해 이야기했다. 그 붉음 때문에 더 희게 변해 있던 목련 꽃에 대해서도 이야기했다.

절대, 절대 돌아오지 않을 줄로만 알았던 아버지가 황급히 병원에 도착했을 때는 밤 10시를 넘기고서였다. 집을 나갔을 때처럼 술 냄새가 진하게 풍겼다. 과다 출혈로 위험할지도 모른다는 의사의 이야기를 듣고도 아버지는 놀라는 기색이 없었다. 대신 담배만 연신 피워 댈 따름이었다. 그리고 얼마 지나지 않아 다시 사라져 버렸다. 대신 한 번씩 전화를 걸어 와서는 어머니의 상태를 물을 뿐이었다.

"왜 날 살려 냈어. 그대로 가게 놓아두지……."

가까스로 의식을 되찾은 어머니는 병원 중환자실의 어수선한 분위기를 목도하고는 힘없이 내뱉었다. 몸속의 피를 많이 흘려보낸 탓에 기력을 잃어버린 어머니는 병원비의 부담 때문이었는지 한사코 기도원으로 옮기겠다고 고집을 부렸다. 이미 사형선고를 받은, 죽음의 문턱에 한 발을 내딛은 사람들이 있는 그곳에 함께 있노라면 삶보다는 죽음이 더 친숙하게 여겨질 것 같아 반대를 했지만 어머니의 고집을 꺾을 수 없었다. 삶의 의지보다 죽음의 의지가 더 공고하게 다져지면 안 되는 일인데, 그 말로 설득할 수는 없었다.

5월의 햇살에 만물이 소생하고 있었다. 불로 등성이 한쪽을 검게 그을린 산도 어느 곳에선가 어쩔 수 없이 푸른 물이 감돌고 있었고, 벌써 묵정밭에서는 그악스럽게 둑새풀이 자라나고 있었다. 그야말로 생성의 계절이었다.

생성의 계절 한복판에 죽음이 고즈넉이 깃든 세상이 있었다. 기도원으로 향하는 비탈을 올라가면서 정현은 몇 번이나 깊은 숨을 몰아쉬어야 했다.

어머니는 왔냐는 말도 하지 않았다. 오랜만에 보는 딸인데도, 이미 삶에 대한 그악스러운 애착을 버린 사람답게 무심한 표정으로 봄이 지천으로 퍼져 있는 세상을 바라보다가 역시나 무심한 표정으로 정현을 맞았다. 그런 어머니의 낯빛이 한순간 굳었다. 정현의 손에 들린 공기청정기에 그녀의 시선이 닿을 때였다.

"네가 나를 죽으라고 하는구나."

화를 냈지만 기력이 쇠한 탓인지 음성이 새되지는 않았다. 정현은 서운하고도 곤혹스러웠다. 그 일로 도망가고 싶어 하는 그녀의 마음을 헤아렸어야 했다.

정현은 머뭇거리다 입을 열었다. 꼭, 꼭 물어보고 싶었던 말이었다.

"나는 엄마에게 뭘까? 뭐기에 그런 일을 저지를 생각을 했을까. 정말 나를 두고 가고 싶었어?"

정현의 말끝에 힐긋 어머니가 쳐다보았다. 정현은 서운하다고 말하고 싶었다. 아버지도 집을 나간 마당에 어머니마저 자신을 버릴 생각을 했다는 사실 앞에서 정현은 상처받았다고 말하고 싶었다. 그래, 포달을 부리고 싶었다. 할 수만 있다면 부모의 인생을 자신에게 저당 잡히라는 말까지 하고 싶었다. 거미처럼 부모의 육신을 자양분 삼아 커 나가겠노라고, 그러니 늙고 병들고 쇠약한 육신이나마 자신을 위해 헌신하라고 소리쳐 주고 싶었다. 그게 부모의 역할이자 의무라고 말해 주고 싶었다. 어머니는 완강하게 입을 다물어 버렸다.

"요즘에도 악몽을 꿔?"

정현은 서름한 분위기를 견딜 수 없어 이내 다른 말을 꺼냈다.

"아니."

"다행이네."

그러고 보니 흰 목련 꽃 같던 얼굴에 엷게 진달래 빛깔 같은 물이 돌았다. 봄볕에 그을려서 그런 것도 아니었다. 조금씩 조금씩 몸속 어디에선가부터 삶의 기운이 도는 모양이었다.

"가난이 지긋지긋했다……."

독백처럼 그녀가 중얼거렸다.

"그 가난이 싫었어. 너에게만큼은 그 가난을 물려주고 싶지 않았는데……."

"난 한 번도 우리 집이 가난하다고 생각해 보지 않았어."

그래서 나를 버리고 갈 생각을 했냐고 패악을 부리려 했는데 엉뚱한 말이 빠져나왔다.

"너한테도 미안하고 네 아버지한테도 미안해서……."

"그럼 질기게 살아 그 빚을 갚아야지."

어머니는 아무 대답도 하지 않았다.

"꽃이 곱다."

그녀의 시선이 기도원 화단 가장자리에 심어져 있는 붉은 철쭉꽃에 머물러 있었다.

"저 꽃들…… 두 번 다시 못 볼 줄 알았는데……."

"왜 못 봐? 앞으로도 수십 번은 더 볼 수 있을 텐데."

이번에도 어머니는 아무 대답도 하지 않았다. 정현은 할 수만 있다면 시계를 돌려놓고 싶었다. 그 일이 있기 전으로.

산속에 들어 있는 기도원에는 밤이 일찍 찾아왔다. 어둑어둑 어스름이 깔리면서 철쭉도 그 선연한 빛을 잃어 갔다.

"그만 가라. 늦기 전에."

어머니의 채근에 쫓겨 정현은 일어났다. 그리고 천천히 몸을 돌려 나오다 문득 뒤에 대고 소리쳤다.

"알아? 로또라도 당첨될지? 안 살아 보고 어떻게 장담해. 걱정마. 내가 돈 많이 벌 테니, 다른 생각은 하지 말고 그때까지만 살아. 나도 이제 어린애가 아냐. 그리고 지금 당장 내게 필요한 건

좋은 학용품이나 옷이 아냐. 내게 필요한 건 무엇보다 엄마와 아빠
란 말이야."

정현의 소리가 우렁우렁 병실을 울렸다. 그 소리에 내려앉던 어
둠이 놀라 움찔거렸다.

누가 나를 보고 있다

인천 서인천고 3
김현경

누가 나를 보고 있다.

누군가 나를 보고 있다면 누구라도 썩 좋은 기분은 아닐 것이다. 죄를 지은 것이 있다면 양심의 가책을 느낄 것이고 피해 다니는 사람이 있다면 께름칙한 기분일 것이다. 세상엔 많은 종류의 사람들이 있다. 그 시선을 즐기며 저를 마음껏 뽐내는 그런 사람도 있을지 모른다. 분명 그렇지 않은 사람보다야 소수일 테지만, 아무래도 내 주변엔 그렇지 않은 사람들만 모여 있는 것 같다.

K는 짧은 치마를 좋아한다. 얼굴이 까맣고 사납게 생긴 K는 예쁜 편이 아니다. 그렇다고 귀염 상도 아닌 K이지만 그녀가 거리에 나서면 지나가는 사람들 대부분은 한 번쯤 K를 흘끔거리고 지나간다. 짧은 치마 때문이다. 무릎과 20센티미터는 족히 떨어져 있는 치마의 밑단 때문에 사람들은 긍정적이건 부정적이건 한 번쯤 K에게 시선을 던진다.

"그렇게 입으면 부끄럽고 신경 쓰이지는 않아?"

"그냥 그래. 익숙해. 사실 시선 받는 게 좋아서 더 입는지도 몰라."

아무렇지도 않게 대답하며 치마의 매무새를 맵시 있게 만진다.

또 다른 친구 A는 목소리도, 웃음소리도 크다. 더군다나 그 웃음소리는 독특하기까지 해서 A가 한번 웃을 때는 모든 사람들이 그녀를 쳐다본다. 그런 A를 보며 사람들은 두 가지로 말한다. "설친다."와 "유쾌하다."로. 완전히 상반되는 두 의견이지만, 모두 그녀의 큰 웃음소리에 한 번쯤 시선을 주는 것은 사실이다.

그런가 하면 남들의 시선을 지극히 꺼리는 사람도 있다.

J의 여름 교복은 좀 다르다. 모두 반소매로 된 교복 블라우스를 입는데 J는 혼자, 그것도 전교에서 유일한 모양의 블라우스를 입는다. 반소매가 아닌 7부 소매로 만들어진 교복 블라우스. 처음 아이들은 그 교복을 보고 혼자 튀어 보겠다는 거 아니냐며 은근슬쩍 뒷담화를 주고받았다. 아이들이 그것을 멈췄을 때는, J의 화가 한 번 크게 폭발한 뒤였다. 수군수군하는 아이들에게 J는 버럭 소리를 질렀다.

"너희 자꾸 이상한 말 지어 내지 말고 이거나 잘 봐 둬!" J는 7부 소매 끝을 고정하기 위해 달아 놓은 두 개의 단추를 잡아뜯듯 거칠게 풀어 버리고 소매를 걷어 올렸다. 꼭 태양계 모양으로 J를 둘러싸고 모여 있던 아이들은 모두 똑똑히 볼 수 있었다. 창백한 낯빛만큼 새하얀 팔뚝에 꼭 특수 분장이라도 해 놓은 것처럼 섬뜩한 붉은 흉터. 오래된 듯싶었지만 너무도 선명한 화상 자국이었다. 꽃잎처럼 발갛고 작지도 않고, 검붉은 색으로 이리저리 부풀어 오르고 녹아서 엉겨 붙은 무시무시한 화상 자국이 7부 소매의 끝단부터 팔

꿈치 위쪽까지 죽 이어져 있었다. 둘러섰던 아이들이 모두 새된 비명을 지르며 눈을 가리거나 더 유심히 쳐다보자, J는 접어 올렸던 소매를 풀어 내리며 조용히 말했다. "수술해도 못 없앤다더라."라고. 아이들은 아무 말도 하지 못하고 그저 놀라 입만 멍하니 벌리고 섰을 뿐이었다. 그만큼 화상 자국은 크고 징그러웠다. 그러니까 다른 모양 교복 입었다고 쳐다보지 좀 마. J는 말했다. J처럼 장애나 큰 흉터가 있는 사람들은 타인의 시선이 골치 아픈 문제이고, 또 그다지 곱게 보이지 않았을 것이다. 자신이 마음먹기에 달린 것이지만 말이다.

사람의 시선이란, 그러고 보면 참 무서운 것이다. 아무리 잘 훈련된 체조 선수라도 수많은 관중들과 카메라 앞에서 자신의 실력을 선보여야 한다면 연습할 때만큼 완벽한 착지를 하긴 힘들 것이다. 또한 그에 따라 가해지는 가혹한 평들은 나는 새도 떨어지게 하는 사냥총과 같은 것 아닐까? 매번 남의 시선을 의식하고 사는 것은 결코 편한 일이 아니다. 그렇다면 차라리 조금 생각을 바꾸어 보는 것은 어떨까?

누가 나를 보고 있다.

누가 나에게 관심을 보여 준다.

이 두 문장을 같은 맥락에서 이해하려고 한다면 타인의 쓸데없고 원치 않는 기분 나쁜 시선을, 격려가 뒤따라오는 기분 좋은 관심으로 볼 수 있을 것이다. 사람에 따라 조금은 억지로 느낄 수도 있을 테지만, 누군가 나를 바라봐 준다는 것이 무관심한 것보다 훨씬 좋지 않을까?

바보만 통행 가능한 도로

대구 효성여고 2
김아영

아침 일찍 학교에 가기 위해서 서둘러 집에서 나옵니다. 학교까지는 보통 사람이 걸어서 대략 40분가량. 걸음이 느린 저로서는 그보다 좋이 10분에서 20분은 더 걸리기 때문에 넉넉잡아 등교 시간보다 한 시간쯤은 일찍 나와야만 안전하게 학교에 도착할 수 있습니다. 여간 피곤한 일이 아닙니다. 아니, 집이 멀다는 것까지는 괜찮습니다. 일찍 일어나는 새가 벌레를 잡아먹는다는 말이 있듯이 다른 학생들보다 일찍 일어나 일찍 집에서 나서는 것은 부지런한 생활을 할 수 있는 기회라고 생각해 왔고, 여전히 그 생각은 변함이 없지만 아무래도 불만인 것은 이곳엔 버스가 다니지 않는다는 것입니다. 버스가 다녔더라면 이렇게 매일 아침 구두를 신고서 다리 아프게 걷는 일도 없었을 겁니다. 하지만 그도 그럴 것이 여긴 그야말로 허허벌판. 있는 것이라고는 볼품없이 직선으로 놓인 아스팔트 도로가 전부입니다. 게다가 거주 가구는 겨우 네 가구뿐입니다. 버스가 다닌다고 한들 탈 사람도 없고 내릴 사람도 없기 때문에 노선에서 제외되나 봅니다. 이해는 됩니다. 하지만 정말 열악한 환경이 아닐 수 없습니다. 저라면 아무리 아무리 아무리 좋은 집을 공짜로 준다고 해도 이런 환경의 집이라면 두 번 생각할 것도 없이 거절하고 말 겁니다. 이미 10년을 살아왔지만 도저히 적응할 수 없습니다. 그야말로 야생 속에서 살고 있는 것 같아서 열여덟 나이에 아직까지도 사춘기를 겪고 있는 저로서는 여간 신경 쓰이는 일이 아닐 수 없습니다. 하지만 아직 독립할 나이가 아니니까 잔말 말고 얹혀살 수밖에요.

아무튼 오늘도 도로를 따라 터벅터벅 걷습니다. 한참을 걷다 보니 심심해집니다. 5분밖에 지나지 않았는데도 계속 뒤를 돌아보게 됩니다. 오늘은 재밌는 일이 없을까요? 어제는 웬 커다란 오토바이를 탄 사나이가 이른 새벽부터 피자 집을 찾았습니다. "보소, 학생. 여기 피자 집이 어딘교?"라는 식의 사투리였습니다. '아저씨, 피자 집은 아직 문을 열지 않았을 텐데요.' 하는 대답을 차마 말로 하지 못하고 멀뚱멀뚱 쳐다보자 금세 시무룩해져 돌아가는 모습을 보며 얼마나 웃었는지 모릅니다. 그 커다란 오토바이에 상대적으로 왜소한 사나이의 뒷모습이 아직도 눈에 아른아른합니다. 성난 듯도 하고 민망해하는 듯도 하고 시무룩하게 애써 벗었던 고글모를 다시 눌러쓰고 가는 모습이 조금 불쌍해 보이기도 했습니다. 오토바이 사나이 생각은 잠시 접어 두더라도 이 도로를 지나가는 사람들은 도대체 정상적인 질문을 하는 사람이 없습니다. 새벽부터 피자 집, 카지노, 한여름의 스키장 등등 도대체 뭘 하는 사람들이기에 이 동네와는 거리가 한참이나 먼 이런 곳들을 찾는 것일까요? 어쩌면 이 도로는 아무도 모르게 생겨 버린 '바보만 통행 가능한 도로'라는 것일지도 모릅니다. 아니면 이 사람들도 새벽에 혼자 멋없는 도로를 달리는 것이 심심해서 터벅터벅 산책 아닌 등교 중인 저에게 장난을 친 것일지도 모르고요. 이거야 원, 대한민국엔 참 장난기 많은 사람이 넘쳐 나는군요. 저는 일주일에 거의 한 번꼴로 이렇게 장난기 넘치는 사람들을 만납니다. 그러니까 인정이 넘치고 공기 좋은 우리 동네로 오세요! 하고 말하고 싶은 건 아닙니다.

이곳은 굉장히 외진 시골 동네이기 때문에 저는 등굣길에 굉장히 많은 사람에게 길을 묻는 질문을 받지만 한 번도 대답을 해 준 적이 없습니다. 정말이지 그건 생각할 것도 없이 '한 번도 없다'고 자신 있게 말할 수 있습니다. 대답을 하는 것이 싫은 것일까요, 아니면 저 자신도 이곳의 지리를 잘 모르는 것일까요? 둘 다 틀렸습니다. 브로카실어증. 운동성실어증이라고도 하는 제가 겪고 있는 병 때문입니다. 사람의 말은 알아들을 수 있지만 입 밖으로 소리 내어 말하지는 못하는 병입니다. 어쩌다가 열여덟 살의 나이에 주로 성인들이 걸린다는 운동성실어증에 걸리게 된 것인지는, 지금은 저 자신도 잘 알지 못하지만 뭔가 굉장한 충격이 있었나 봅니다. 하지만 그나마 다행이라고 생각하는 것은 다른 사람의 말을 알아들을 수 있다는 것입니다. 이렇게 학교에도 다닐 수 있고, 또 감각성실어증이었다면 아마 지금쯤 헛소리만 늘어놓고 있을 테니까요.

학교에 도착하기 20분 전. 저만큼이나 걸음이 느린 아이를 발견할 수 있습니다. 바로 하나뿐인 제 친구 앨리스입니다. 물론 '앨리스'란 건 『이상한 나라의 앨리스』를 읽고 제 친구 앨리스도 지구라는 이상한 나라에 떨어진 건 아닐까 하고 생각해 버려서 저 혼자

지어 놓은 애칭 같은 것이지만 앞으로도 이렇게 부를 예정입니다. 만인에게 앨리스의 이름을 공개한다면 저는 아마 앨리스에게 당장 살인을 당할지도 모릅니다. 군이 앨리스의 이름에 대해 힌트를 주자면 가장 흔한 이름 중의 하나입니다. 예쁘기만 한 이름인데 흔해서 싫답니다. 아아, 안 됩니다. 이쯤에서 이름에 관한 것은 상상에 맡기겠습니다. 더 이상 말했다가는 정말 혼날 것 같습니다. 앨리스는 자신의 이름에 대한 콤플렉스가 대단하기 때문에 어쩌면 자신의 이름을 절대 부르지 못하는 저를 계획적으로 친구로 삼은 것일지도 모른다는 생각을 한 적도 있습니다. 하지만 확실히 그럴 리는 없다고 생각합니다. 겉보기와는 달리 상당히 멍청하거든요. 낭창한 그 모습은 이미 이상한 나라에 길들여진 앨리스 같기도 합니다.

"안녕, 오늘도 말할 기분은 아니니?"

언제나처럼 부스스한 머리로 거뭇거뭇한 눈가를 벅벅 긁으며 앨리스가 인사합니다. 인사는 매일 똑같습니다. "안녕, 오늘도 말할 기분은 아니니?"라고. 하지만 저의 대답은 언제나 웃는 얼굴일 뿐입니다. 앨리스는 (어디서 조사해 온 건지는 모르겠지만) 운동성실어증은 노력에 따라 얼마든지 고칠 수 있는 병이라며 시도 때도 없이 저의 말문을 열려고 노력합니다. 하지만 그건 생각처럼 쉬운 일이 아닙니다. 게다가 저는 말하지 않는 쪽이 세상을 사는 데 더 편하다는 생각까지 해 버렸습니다. 주위 사람으로서는 골치 아픈 생각이지만, 수업 시간에 발표하지 않아도 되고, 음악 시간에 노래 부르지 않아도 됩니다. 또 쉬는 시간에 수다를 떨지도 못하기 때문에 그 시간 동안 공부를 할 수도 있는 것입니다.

하지만 역시 저보다도 세상을 편하게 사는 것은 앨리스입니다. 지금 열심히 딴생각 중인 저에게 이런 말을 하고 있으니까요. "와

아, 토요일부터 잤는데 일어나니까 글쎄 오늘 아침인 거야. 그래도 지각하지 않아서 얼마나 다행인지 몰라." 이런 내용입니다. 한 가지 궁금증이 생깁니다. 과연 지각을 하지 않은 것인가에 관해서 말입니다. 물론 지금은 이른 시간이 맞습니다. 아직 등교 시간은 15분이나 남았음에도 바로 눈앞에 학교가 있으니까 지각일 리는 없습니다. 하지만 앨리스가 알아 두어야 할 사실은 저는 어제도 학교에 나왔다는 것입니다. 그러니까 쉽게 얘기하자면 제가 알고 있는 한 오늘은 화요일이란 겁니다. 앨리스가 토요일부터 오늘 아침까지 잤다면 어제는 지각을 넘어서서 무단결석이 되는 겁니다. 쯧쯧, 불쌍하기도 합니다. 불과 얼마 전에 잦은 무단결석으로 담임 선생님에게 각서까지 썼다던 사람이 또 무단결석이라니요. 정말이지 말하고 싶을 때는 이런 상황에서입니다. 가슴이 답답한 이 심정. 이런 제 표정을 보지도 않고 벌써 자신의 학교 쪽으로 인사도 없이 가벼운 발걸음으로 뛰어가는 앨리스를 보며 그저 한숨을 내쉴 수밖에 없습니다. 별수 없이 저도 체념해야겠습니다. 그렇지만 앨리스, 오늘은 화요일이야! 텔레파시가 언젠가는 전해지리라고 믿습니다.

앨리스네 학교와 저희 학교는 담 하나를 사이에 두고 붙어 있는 같은 재단의 사립 고등학교입니다. 글자만 빽빽이 박힌 책은 도무지 읽지 못하는 앨리스가 공부를 잘할 리는 만무하니 앨리스네 학교는 자연스럽게 실업계가 되고 저희 학교는 인문계가 되는 것입니다. 두 학교 학생들은 상대에 대해 굉장한 경쟁의식을 갖고 있습니다. ──그래 봤자 한쪽은 불량스러움으로, 한쪽은 성적으로 밀어붙이는 기세이지만요. 이런 상황에서 앨리스와 저는 자연스레 각 학교에서 질타의 대상이 됩니다. 단짝 친구라도 서로 반대편의 학교에 입학하면 멀어지는 것이 정상인데 저희는 아니었기 때문입니다.

심지어 저는 "어째서 저 학교의 학생과 붙어 다니는 거야?"라는 질문을 선생님에게까지 들어 본 적이 있습니다. 게다가 어딘가로 끌려가서 그 애랑 한 번만 더 붙어 다녔다가는 후회할 일이 생길 거라는 공갈 협박도 들은 적이 있습니다. 그다지 신경 쓰이는 일이라고는 생각하지 않아서 무시해 버렸지만 후회할 일이 생기지는 않았습니다. 정말이지 말 그대로 공갈이었습니다. 아무튼 대충 이만큼만 얘기해도 두 학교의 기 싸움이 얼마나 심각한 사태인가에 대해서는 짐작을 하셨으리라 생각합니다. 저는 어째서 이런 어이없는 경쟁심을 갖게 되었는지 의아해지기도 합니다. 아, 알 것도 같습니다. 모두 심심한가 봅니다. 이렇게 생각하니 심심한 사람이 너무 많은 것 같습니다.

다시 본론으로 돌아가서 앨리스의 소개를 마무리 짓겠습니다. 앨리스는 얼마 전까지만 해도 기분이 내키지 않으면 마구 무단결석해 버리는, 정말이지 나쁜 학생이었습니다. 가장 가까운 사이라는 저조차도 거의 한 달간은 본 적이 없을 정도로 결석해 버리고는 집에서 잠을 자거나 혼자 이곳저곳을 돌아다닙니다. 그걸 여행이라고 해야 할까요? 말로 한 적은 없지만 아마도 여행을 굉장히 좋아하나 봅니다. 한국을 벗어나지 않는 범위 내에서 안 가 본 곳은 없을 것으로 예상하고 있습니다. 그러니 자꾸 피곤한 것이지요. 저는 같이 가 본 적은 없지만, 다음에 기회가 되면 동행하겠다고 혼자 생각하고 있었습니다. 하지만 역시 저도 말로 한 적은 없습니다. 아무튼 앨리스는 매일 그렇게 무단결석을 하다가 하루 종일 교무실에서 혼나고 맞고 한 적이 있었습니다. 결국엔 다시는 무단결석을 하지 않겠다는 각서까지 쓰게 된 것이었죠. 유난히도 맞는 것을 싫어하는 앨리스는 그 후로 한 번도 무단결석을 한 적이 없습니다. 역시 제자는 매로 다스려야 한다는 말을 처음으로 수긍하게 된 사건이었습니다. 하지만 무단결석을 안 하는 대신 땡땡이치고 가 버리는 일이 늘어나게 된 부작용도 있습니다. 이러나저러나 농땡이 치는 건 변함이 없습니다. 제 버릇 남 못 준다고요.

허허벌판에 사는 저는 정규 수업인 7교시만 마치면 곧장 집으로 향합니다. 해가 뉘엿뉘엿 자취를 감춰 버리면 저희 동네는 그야말로 '칠흑 같은 어둠이 무엇인지 보여 주겠다'는 식으로 한 치 앞도 분간할 수 없는 상태가 됩니다. 그러면 집을 찾아갈 수 없게 됩니다. 곤란한 상황이지요. 정규 수업만 하고 집에 돌아갈 수 있는 것은 이렇게나 열악한 환경에서 살고 있는 저를 학교 측에서 배려해 준 덕택입니다. 아주 조금 고맙습니다. 왜냐하면 저도 야간 자습을 하고 싶기 때문입니다. 다른 학생들처럼 야간 자습도 하고 심야 자습도 하고, 그러고서 집에 돌아가 보는 것이 소원입니다. 하지만 역시 무리입니다. 여든이 다 된 외할머니와 저, 단둘이 살고 있는 저희 집에 탈 수 있는 것이라곤 녹슬어서 고물이 된 옛날 자전거 한 대가 전부입니다. 그런 것을 타고 다닐 수도 없는 것입니다. 물론 앨리스가 얼마 전 오토바이를 한 대 장만했다는 것은 알고 있지만 태워 달라고 하기에는 미안하기도 하고, 무서워서 탈 수 있을 것 같지도 않습니다. 일찌감치 포기한 것입니다. 그렇다고 해도 언젠가는 염치 불구하고 데려다 달라고 해 봐야겠습니다. 그리고 '바보만 통행 가능한 도로'도 소개해 주고 싶습니다. 그렇다면 이제부터 앨리스의 전용 도로라고 이름을 바꿔야겠죠.

저기 교문 앞에 유난히 튀는 황색 바지의 교복을 입은 앨리스가 보입니다. 등교 때와 마찬가지로 하교 때도 20분가량은 앨리스와 함께합니다. 앨리스네 학교는 우리 학교보다도 10분 정도 먼저 마치기 때문에 앨리스가 먼저 교문 앞에서 기다립니다. 기다리고 있는 날은 함께 가는 것이고 없는 날은 땡땡이친 것이라고 생각하고 혼자 가면 됩니다. 앨리스는 저기서 고개를 푹 숙이고 서 있습니다. 역시 어제의 무단결석으로 선생님에게 한 소리 들은 것이겠죠. 아니, 심각한 상황이었다면 맞았을지도 모릅니다. 그렇다고 한들 어쩌겠습니까, 지가 다 잘못한 일인 걸요. 설마 학교에서 잘리거나 하는 일은 없겠죠? 그러나 갑자기 걱정이 되려고 합니다. '설마'이지만 설마가 사람을 잡기도 한다는 건 익히 알고 있습니다. 아니야. 장담하건대 아닙니다. 학교에서 잘렸다면 벌써 학교를 뒤엎고 경찰차가 달려오고 앰뷸런스가 달려오고 소방차가 달려오고 난리가 났을 테니까요. 사실 조금, 아니 아주 많이 오버한 것이지만 풀이 죽은 것을 제외하고 지금은 평소와 똑같은 상황이기 때문에 마음 놓고 터무니없는 상상을 할 수 있는 것입니다.

저는 앨리스에게 다가가서 어깨를 톡톡 두드립니다. 그러니 앨리스는 걷기 시작합니다. 뭔가 기분이 이상합니다. 굳이 비유하자면 정지된 동영상에 재생 버튼을 눌러 준 듯한 기분입니다. 고개를 갸우뚱했지만 이미 재생되어 버린 앨리스가 너무 멀어지고 있어서 어쩔 수 없이 얼른 달려가 그 옆에 붙었습니다. 무슨 일이라도 있었던 걸까요? 걱정이 되어서 자꾸 초조해져 가는데 앨리스는 여전히 처음 내비치는 진지한 얼굴로 땅만 보며 걷습니다. 저는 몇 번이고 앨리스를 툭툭 칩니다. 앨리스는 그때마다 고개만 끄덕거리고 영 반응이 없습니다. 이러다가는 제가 답답해서 말문이 트이고 이 녀석이 시무룩한 채 실어증에 걸리고 말 것 같습니다. 그건 지금의 상황보다 훨씬 더 끔찍합니다. 멍청한 녀석이 말까지 못하면……

최악일 것 같습니다. 뭐, 그건 가능성이 거의 없는 상상으로 넘기는 편이 낫겠습니다. 자기도 답답하면 다시 말하겠죠. 워낙 말이 많은 애인이라 20분 이내로 다시 말할 것이라고 확신합니다. 아니라면, 그건 저도 잘 모르겠습니다. 제 능력 밖의 일이니까요.

저는 이제 그만 따분해지고 말았습니다. 말이 많은 친구의 소중함을 이제야 알 것 같습니다. 둘 다 말없이 걸어가는 건 재미도 없고, 멋도 없습니다. 어느 한쪽은 얘기를 하고 어느 한쪽은 얘기를 들어 주는 쪽이 되어서 하교하는 것이 훨씬 더 재밌습니다.

'하느님, 전 하느님의 독실한 신자도 아니지만 한 가지만 부탁드릴게요. 앨리스가 말 좀 하게 해 주세요. 사실 저번 주까지만 해도 앨리스의 그 많은 얘기들을 다 들어 주는 게 조금 귀찮다고도 느꼈어요. 솔직히 말이 좀 많긴 하잖아요. 하지만 앞으로 다시는 그런 나쁜 생각 하지 않을 테니 이제 그만 앨리스의 말문을 틔워 주세요. 부탁드려요. 내일도 모레도 글피도 그글피도 애가 이런 상태라면 차라리 전 혼자 다니는 편이 낫겠어요. 이제야 조금 가까이에 있는 친구의 소중함을 알 것 같답니다. 확실히 깨달았어요. 그러니 이제 제발.'

갑자기 앨리스가 걸음을 멈춥니다. 왜 그러는 거죠? 역시 기도가 최고의 해결 수단인 걸까요? 키가 저보다도 20센티미터는 더 큰 앨리스를 가만히 올려다보자 뭔가 말할 듯이 입을 뻥긋거립니다. 이건 정말 감격스러운 현장이 아닐 수 없습니다. 입을 '오' 하고 오므린 앨리스는 한참 동안 뜸을 들입니다. 그러더니 휴, 하는 한숨으로 제 기대를 산산조각 내 버렸습니다. 이 녀석, 정말 때리고 싶다! 전 결국 포기하고 말 겁니다. 좋지도 않은 목소리 들어서 뭐하겠습니까, 그냥 안 듣고 말지요. 아이고, 속이 다 시원합니다.

내일이면 오늘 일은 싹 다 잊고 다시 '텐션 업' 되어 버리기 일쑤이니 내일도 그러리라고 믿습니다.

자, 이제 헤어지는 길목까지 왔습니다. 안녕, 내일 아침에 다시 만나자. 손을 흔드는 저를 본 척 만 척 앨리스는 땅만 보고 계속 걷습니다. 아니, 그쪽으로 가면 우리 집인데? 오늘따라 자꾸 답답한 짓만 골라 하는 앨리스가 너무 밉습니다. 앨리스의 교복을 주욱 잡아끌고서 반대 방향의 길을 손짓했습니다. 지금 상황을 이해하고 있기는 한 걸까요? 또다시 고개를 끄덕이고 우리 집 방향으로 향하는 녀석을 저는 어이없는 눈빛으로 바라볼 수밖에 없습니다. 네 멋대로 해라. 정말 두 손 두 발 다 들었습니다.

저는 이제 앨리스는 신경도 쓰지 않고 제 갈 길을 갑니다. 언제나처럼 저기 멀리 있는 산, 흰 구름이 동동 떠다니는 하늘을 봅니다. 그것을 가로지르는 제비인지 비둘기인지 구분이 잘 되지 않는 시꺼먼 새도 보고 땅바닥을 꿈틀꿈틀 기어가고 있는 조그만 벌레도 봅니다. 비 온 후라면 지렁이도 볼 수 있습니다. 주위를 둘러보고 나면 기분이 좋아집니다. 세상엔 정말 아름다운 것들이 많으니까요. 하지만 아무리 두 눈을 부릅뜨고 도전해도 볼 수 없는 건, 태양.

휴우우우, 크게 숨을 내쉬고 이제 하굣길의 마지막! 멋없는 '바보만 통행 가능한 도로'에 접어들었습니다. 힐끗 보니 앨리스는 아직 두어 걸음 뒤에서 따라오고 있습니다. 처음부터 따라올 작정이었나 봅니다. 그럼 말로 하지. 참, 싱거운 녀석입니다. 이 도로와 앨리스가 너무너무 잘 어울리는 것 같아서 웃음이 나려 하기도 합니다.

얼른 와.

축 처진 어깨를 토닥여 주고 앞으로 200미터가량 남은 우리 집을

손짓으로 가르쳐 주었습니다. 이미 많이 와 봐서 알겠지만, 혹시라
도 까먹지 않았을까 하는 마음에서 가르쳐 준 것입니다.

집에 도착하자 마당 한구석에서 불을 지피고 계시는 할머니가 보
입니다. 앨리스가 안녕하세요, 하고 인사합니다. 요즘 귀가 잘 안
들리시는 할머니는 못 들으신 건지 묵묵히 할 일을 하시고 앨리스
는 집으로 쏙 들어가 버립니다. 버르장머리 없는 놈. 저는 할머니
옆에 다가가 다녀왔다고 인사를 하고 방으로 향합니다.
  "아니, 여자 방에서 무슨 이런 퀴퀴한 냄새가!"
  앨리스가 감탄합니다. 다시 말을 하기 시작한 건 다행이지만, 그
말에 저는 버럭 하고 맙니다. 매일 환기해도 집이 남향이라 퀴퀴한
냄새가 빠지지 않는 걸 나더러 어쩌란 말이냐! 가장 아끼는 인형이
지만 손에 잡혔다는 이유로 앨리스의 머리로 날려 버립니다. 저런
녀석은 정말 맞아야 정신을 차린다고요. 이건 몇 번을 강조하더라
도 다시 한번 더 강조해야 할 점입니다.
  뭐가 그리 좋은지 맞고도 실실 웃어 대는 게, 혹 정말 정신이 이
상해진 건 아닌지 하는 생각이 듭니다. 불쌍한 내 친구. 하지만 친
구니까 다 웃어넘길 수 있는 일 아니겠어요?
  그리고 친구라는 이유에서 짐작으로 알고 있었던 건데, 앨리스는
지금 엄청 힘든 일을 겪고 있음에 틀림이 없습니다. 그게 어떤 일
인지, 친구와 관련된 건지, 자기 자신에 관한 일인지 구체적으로는
모르지만 일단 힘든 상황에 처해 있다고만 짐작하고 있습니다. 오
늘은 하나밖에 없는 친구인 저에게 그걸 털어놓으려는 심사인 것
같으니, 저도 어디 한번 들어나 보자는 입장입니다. 여전히 뜸을
들이는 게 너무너무 짜증스러워서 저는 귀를 후비적거리며 '빨리

말하지?' 눈빛을 마구 쏘아 댑니다.

"이런 말 하기 부끄럽지만, 나 엄청 고민스러운 일이 있어. 난 공부도 못하고 성격도 별로고, 솔직히 얼굴도 잘생기지 못했잖아. 그러면 이제 졸업하고 난 뭐가 되는 걸까? 그런 생각 안 해 봤어? 난 네가 훌륭한 요리사가 되리란 건 믿고 지지하는 사람이지만, 정작 내가 무엇이 되리라고 믿고 지지하지는 못했던 것 같아. 내 꿈은 그때그때 붐처럼 일어 버리는, 정말이지 꿈으로만 그치는 시시한 거였어. 꿈은 그것을 실현했을 때 진정한 의미의 꿈이라는 생각이 들었어. 에에, 그래. 네 눈빛이 못 믿는 것 같아서 솔직히 말할게. 사실은 선생님한테 들은 말이야. 하지만 나도 그 말에 공감해 버렸어. 그치만 난 그렇게 흥미를 가지고 있는 일도 없고 앞으로 뭘 해야 할지 정말 막막하기만 해. 이제 곧 있으면 우리도 고 3이고 시간은 금방 흘러가 버릴 텐데, 그럼 졸업이잖아. 졸업과 동시에 난 백수가 되어 버릴지도 몰라. 아니, 그렇게 될 것 같아서 걱정이야."

진로 고민인가? 지금까지 들은 걸 종합하자면 그런 것도 같습니다. 사실 이렇게 진지한 모습은 처음이라 감상만 하느라 무슨 얘기를 하는 건지는 귀에 잘 들어오지 않았습니다. 미안, 다시 한번 말해 주지 않겠어? 라고 한다면 실례가 될 것 같으니 파악한 대로 대답해 줘야겠다고 생각하고 노트와 펜을 꺼내 들었습니다.

사실 저도 막막하긴 마찬가지입니다. 확실히 요리사가 되겠다는 꿈을 갖고 있긴 하지만 꿈을 위해서 열심히 노력한 적도 없는 것 같습니다. 무작정 무엇이 되겠다는 확고한 꿈이 있다고 한들 노력하지 않으면 이뤄질 수 없지 않을까요?

무슨 생각을 하고 있는 건지 뒤죽박죽이 된 채로 저는 노트에 글자를 써 내려가기 시작합니다.

넌 정말 바보 같아. 이 바보야. 내가 생각하기에 일단 너한테 중요한 건 네가 진정 원하는 게 뭔지를 찾아내는 일일 것 같아. 넌 지금 네가 뭘 잘하는지, 무엇에 흥미가 있는지 그것조차도 모르고 있잖아. 게다가 여태까지는 네 적성을 찾을 노력도 하지 않았고. 세상은 그리 호락호락하지 않아. 노력한 만큼의 대가도 받기 어려운데 노력조차도 하지 않는다면 어쩌면 낙오자가 될지도 몰라. 난 낙오자 친구는 싫어. 그럼 절교할 거야.

넌 키도 크니까 모델 같은 건 어때? 지금에 와서 공부 쪽으로 나가겠다는 건 염치없는 짓이지, 아무래도.

마지막 말의 뜻은 희망을 꺾으려는 것인지 키워 주려는 것인지 저조차도 잘 구별이 되지 않는 말이지만, 사실이 그렇잖습니까. 제대로 공부란 걸 해 본 적이 없던 아이가 갑자기 공부를 시작한다고 해서 수능 만점의 행운이 쥐어지지는 않을 것입니다. 이제 겨우 1년 하고 몇 개월 남았는데. 불가능합니다. 불가능. 가능했다면 누구라도 고 2 때까지는 실컷 놀다가 고 3이 되어서 공부를 시작하겠죠.

'모델' 두 글자를 빤히 보던 앨리스는 뜬금없이 손뼉을 칩니다. 딱 세 번. 어디서 배워 온 건지 항상 박수는 세 번이라는 이상한 철칙을 가지고 있습니다. 모델이라는 직업이 맘에 드는 눈치입니다. 하지만 이 직업도 단지 한때의 붐에 그쳐서는 안 될 텐데, 하는 걱정이 먼저 듭니다.

"나, 정말 모델이 될 수 있을까?"

응, 될 수 있을 거야. 만약 어떤 어려움이 있더라도 네가 좌절하지 않는다면 꼭 될 수 있을 거야. 끈기를 가지면 못 될 게 없잖아.

마음속으로만 생각을 하고(어쩌면 글자로 적는 게 귀찮아서일지도 모릅니다.) 저는 앨리스에게 고개를 힘차게 끄덕여 줍니다.

그리고 저는 한 가지를 마음먹었습니다. 앨리스에게 '바보만 통행 가능한 도로'를 소개해 주고 싶었습니다. 앨리스와 너무도 잘 어울리는 직선으로 놓인 그 볼품없고 재미없는 도로. 그래서 꼭 '앨리스 전용 도로'로 만들고 말 겁니다. 그러니까 한동안은 여기서 워킹 연습을 해도 좋아. 단, 사고가 날 시에는 난 책임 없는 거야.

얼른 앨리스를 이끌고 도로 가로 나옵니다. 언제나 한산한——하루에 차가 다섯 대만 지나가도 많이 지나가는 거랍니다.——이 도로 위에 저는 벌러덩 대자로 누워 버립니다. 앨리스는 의아해하며 저를 바라보더니 자기도 저기 멀리에 벌러덩 누워 버립니다.

"여긴 이제부터 네 땅이야."

저도 모르게 말해 버렸습니다. 가슴이 두근두근해서 다시 한번 말을 해 보려 합니다. 하지만 더 이상은 목소리가 나오지 않습니다.

앨리스는 소리 내어 웃습니다. 기쁜가 봅니다. 분명 자신의 노력으로 제가 말문이 트였다고 생각했겠죠. 예, 그런 것 같습니다. 모두 앨리스 덕분이죠. 그저 저도 같이 웃습니다.

언젠가 우리가 어른이 되면, 여전히 친한 친구일 수도, 어쩌면 각자의 길만을 걸어갈지도 모르죠. 하지만 그때가 되어도 변함없는 건 우리가 지금 여기에 있었다는 사실입니다. 멀찌감치 떨어져 계속 웃어 대며 이제 슬슬 배고프지 않아? 라는 식의 무언의 대화를 나눴고 뉘엿뉘엿 지는 해를 그저 아스팔트 도로 위에 누워서 바라봤다는 그 사실.

　우린 역시 어린 고 2였고, 그날 밤에 난 교복에 묻은 검은 때가 지지 않아서 할머니께 처음으로 맞았죠.

독

서울 현대고 3
유형진

나는 지금 죽을지도 모른다. 내가 검지 손가락으로 쓰다듬는 녀석의 푸른 털이 곤두설 때, 이 육중한 몸을 떠날 수 있을 것이다. 녀석의 이름은 코발트블루. 타란툴라 종 중 사납기로 유명한 거미로 몸길이는 약 10센티미터가량 된다. 크기는 별것 아니지만 중요한 것은 녀석의 색채이다. 그 이름처럼 위엄 있는 파르스름한 털을 빛내며 녀석은 바짝 긴장하고 있다. 나는 언제 녀석에게 손가락을 물릴지 모른다. 녀석이 두 부분으로 갈라진 턱뼈 사이에 돋아난 독니로 나를 깨물면, 연약한 나의 피부에선 붉은 피가 배어 나올 것이다. 몇 분 후면 나는 숨이 막힐 만큼 구토를 할 것이다. 몸 안의 장기를 입으로 쏟아 낼 것처럼 쉴 새 없이 저녁 때 먹은 것들을 토해 낸다. 아직 소화가 덜 된 김치찌개가 시큼한 냄새를 풍기며 쏟아진다. 죽같이 반쯤 소화된 밥알 사이로 잘게 부서진 노란 계란말이 덩어리들도 보인다. 나는 괴로워 내 방 안을 돌아다니려 하다,

침대에 걸려 넘어진다. 머리를 방바닥에 부딪치지만 구토는 멈춰지지 않는다. 때마침 나의 몸이 제멋대로 떨리기 시작한다. 마치 전기에 감전된 것처럼 몸의 일부분만 떨린다. 나는 정신을 차릴 수가 없다. 머릿속의 생각들이 모두 지워지고, 공포만이 고스란히 남는다. 오른팔이 제멋대로 떨리다가 왼쪽 허벅지가 꿈틀거린다. 내 몸 안에 수많은 지렁이가 기어 들어간 것처럼 나는 온몸이 간지럽다. 나는 비명을 지르려 하지만 입만 벙끗거린다. 토할 것들은 이미 다 게워 냈어도 헛구역질은 계속된다. 내 두 눈은 점점 붉게 충혈되어 간다. 나는 누런 장판 위에 쓰러져 마지막으로 코발트블루 사육장을 바라본다. 녀석은 나를 물끄러미 바라보고 있다. 통통하게 살 오른 여덟 다리를 움직이며 돌아선다. 나는 몸에 감각이 점점 사라진다. 온몸이 저리저리하다, 이내 아무것도 느껴지지 않는다. 마비가 오고 나면 이젠 끝이다. 아무리 운이 좋아도 최대 세 시간 안에 나는 탈진 상태로 죽는다. 두 눈은 부릅뜨고, 벌린 입 사이로 침을 질질 흘리며 바닥에 쓰러져 뻣뻣하게 굳어 간다. 마지막으로 내 시야에는 검은 구름이 가득 낄 것이다. 나는 문득 그를 떠올린다. 아버지.

혹시 잠시 소변을 보러 나온 여동생이 나를 발견한다고 해도 내가 살아날 가능성은 전혀 없다. 타란툴라 종 중 로즈헤어란 놈에게 물리면 벌에 쏘인 정도로 부어오르지만, 코발트블루는 그런 놈들과는 차원이 다른 강한 독을 지녔다. 커다란 코끼리도 단 세 시간 안에 끝내는 녀석의 독. 녀석의 독을 해독할 수 있는 토란백신을 국내에서 취급하는 병원은 없다. 아무리 빨리 나를 병원에 데려다 놓아도 헛수고다. 혹 내가 코발트블루에게 물려 쓰러진 그 순간 제트기가 외국에서 건너와 토란백신을 가져다준다 해도, 나는 이미 죽어 있을 것이다. 내가 입에 거품을 물고 쓰러져 가는 모습을 가족들은 안타깝게 지켜보며 발만 동동 구를 것이다. 아버지는? 나는 문득 아버지를 찾는다. 아버지의 눈에서는 쉴 새 없이 눈물이 쏟아진다. 입은 불쌍하게 아래로 축 처져 있다. 아버지의 팔자 눈썹이 꿈틀거린다. 나는 나도 모르게 씨익 미소 짓는다.

　나는 천천히 녀석의 까끌까끌한 푸른 털에서 손가락을 떼어 낸다. 녀석은 천천히 사육장 안에서 움직이기 시작한다. 한여름의 날씨 탓에 겨드랑이에서 배어 나온 땀이 티셔츠를 적신다.
　녀석은 지난 2년 동안 내가 돌봐 준 것을 아는 모양인지 나를 죽일 기미가 전혀 없다. 나는 코발트블루 사육장에서 조금 떨어진 장롱 밑의 밀웜 사육장으로 간다. 발걸음을 옮길 때마다 오른발의 엄지가 찌릿하다. 나는 밀웜 사육장을 바라본다. 나는 코발트블루를 위해 먹이인 밀웜을 번식시켜 왔다. 밀웜은 누에와 비슷하게 생겼다. 종이컵에 솜을 깔고 밀웜을 그 안에 넣는다. 푸른 배추 잎만 넣어 주면 녀석들은 금세 숫자가 늘어난다. 좀 많이 늘어났다 싶으면 종이컵 안에 솜을 빼 버리면 그만이다. 그렇게 하면 녀석들은 알을 깔 수가 없어서 더 이상 번식할 수 없다.
　스무 개가량 되는 종이컵 옆의 밀웜 사육장을 눈여겨본다. 코발트블루가 좋아할 만한 살 오른 통통한 녀석을 고른다. 나무젓가락을 들어 한 마리를 잡는다. 녀석이 꿈틀거리자 그 진동이 나의 손으로 전해진다. 나는 더욱더 젓가락에 힘을 주고는 밀웜을 코발트블루 사육장에 넣는다. 녀석은 천천히 밀웜을 향해 여덟 개의 다리를 움직인다. 이내 녀석은 두 턱뼈 사이에 돋아난 이빨로 밀웜을 문다. 으드득거리는 조그마한 소리가 내 방 안에 퍼진다. 나는 눈을 감고 그 소리를 듣는다. 창백한 형광등 불빛에 손톱에 바른 투명 매니큐어가 반사되어 반짝거린다. 문득 아버지의 얼굴이 떠오른다.

　시계를 보니 벌써 새벽 1시를 가리킨다. 나는 아직 펜을 놓지 못한다. 눈으로는 책상 위에 펼쳐진 수리 영역 3번 문제를 뚫어져라 바라보지만 펜을 든 손은 움직이지 않는다. 앞으로 10분쯤이면, 아니 20분 정도가 지나면 술에 취한 아버지가 들어올까? 나는 금방이라도 졸음이 쏟아질 것 같다. 눈꺼풀이 무겁게 나를 짓누른다. 나는 머리를 두어 번 흔든 후, 두 손으로 내 볼을 짝짝 때린다. 절대 잠이 들어서는 안 된다. 내가 만약 침대 위에서 자는 것을 술 취한 아버지가 본다면 엊그제처럼 아버지는 거미 같은 손가락으로 나를 건드릴 것이다. 나의 손가락 끝과 귀는 심장이 새로 생긴 것처럼 두근거린다. 아버지가 집에 아직 들어오지 않은 고요한 새벽녘이 되면 나는 모든 신경이 귀로 쏠린다. 활짝 열린 창문으로 들어오던 또각거리는 구두 소리가 점점 멀어지고, 가끔 발작적으로 짖는 멍청한 옆집 개도 잠이 들었는지 조용하다. 그런데 갑자기 어느 집 대문이 끼익하고 운다. 나는 잔뜩 긴장한다. 아버지의 구두 소리가 들릴까, 조용히 숨을 쉰다.
　다행히도 아버지는 아니었다. 나는 땀으로 젖어 미끈거리는 펜을 티셔츠에 닦는다. 이마에서 한 줄기 뜨거운 땀이 흘러 턱 밑으로 떨어진다. 나는 책상 유리 안에 들어 있는 푸른 해변 사진이 찍힌 엽서 한 장을 바라본다.

　탁 트인 해변의 바다는 너무도 아름답다. 우리나라 동해 같은 깊고 어두운 색깔이 아니라 타란툴라의 푸른 털빛을 닮은, 투명하면서도 형광빛처럼 눈이 부신 바다. 몇 그루의 야자나무가 심어져 엽서를 바라보는 것만으로도 이국의 짠 바다 냄새가 나는 사진이었다. 일자로 곧게 뻗은 수평선은 내 책상 위에도 계속해서 이어져 있을 것만 같다. 끝없이 펼쳐져 멀리멀리, 내가 상상할 수도 없는 곳을 향해 갈 것 같다. 가령 아프리카의 목이 긴 미녀들이 사는 마을이라든가, 북극의 바다라든가. 혹은 어릴 적 읽었던 책의 산속에서 혼자 사는 소년에게 벋어 나간다든가. 턱을 괴고 상상에 빠져 있는데 갑자기 발가락이 가렵다. 나는 오른발의 양말을 벗는다. 엄지발가락에서 나는 잠시 심호흡을 한다. 오른발 엄지발가락에 난 티눈과 양말이 달라붙어 있다. 나는 눈을 꼭 감고 그것을 단번에 뜯어낸다. 조그마한 실밥이 티눈 위에 붙어 있다. 나는 조심스럽게 손가락으로 그것을 긁어 떼어 낸다.

언제부터 내 엄지발가락은 티눈에게 먹혔을까. 그것은 늘 따갑고 간지럽다. 수업 시간마다, 내가 잠들기 전에, 샤워할 때도. 멍하니 생각에 빠지다 문득 발을 바라보면 티눈은 늘 그 자리에서 나를 비웃고 있었다. 녀석은 나의 두 번째 눈이었다. 발밑에서 나를 자꾸 잡아당겼다. 수업 시간에는 집중하지 못하도록, 잠을 잘 때는 아버지의 손가락이 떠오르도록. 녀석은 나무의 나이테처럼 시간이 더해 갈수록 점점 커졌다. 오렌지의 단면처럼 여러 개로 갈라진 그것은 내가 엽서 속의 바다를 바라보며 턱을 괼 때면 더욱더 화끈거렸다. 나는 자꾸만 손으로 티눈을 만진다. 찌릿하며 나의 몸에 전기가 통한다. 하얗게 변색된 애꾸눈. 그것은 땅을 바라보며 딱딱하게 굳은 허연 눈알을 이리저리 굴린다. 호시탐탐 나를 그 푸른 해변으로 이끌 궁리만 하는지, 내가 바다를 생각하기만 하면 녀석은 날뛴다.

갑자기 온몸이 가렵기 시작한다.

코발트블루는 털에도 독이 있다. 피부에 장시간 닿으면 따갑고 간지럽다. 나는 이리저리 몸을 긁으며 화장실로 들어간다. 혹시 이럴 때 아버지가 집으로 들어오면 어떡하나. 술에 취해 비틀거리며 내 방으로 착각하고 여동생의 방으로 기어 들어간다면? 나의 온몸에 갑자기 소름이 돋았다 사라진다. 나는 샤워기로 차가운 물을 쐰다. 천천히 가려움이 사라진다.

차갑게 식은 몸으로 나는 주방으로 간다. 서랍을 열고 굵은 소금을 찾는다. 찾을 수가 없다. 결국 나는 맛소금 봉지를 든다. 그것을 들고 다시 욕실로 간다. 대야에 차가운 물을 받고 맛소금 봉지를 연다. 소금을 한 움큼 집은 후 대야에 넣고 휘휘 젓는다. 하얀 알갱이들이 소용돌이치다 밑으로 새하얗게 가라앉는다. 나는 다시 소금을 집어 대야에 넣는다. 벌써부터 진한 바닷물 냄새가 콧속으로 밀려 들어온다. 나는 내 오른발을 대야 속으로 집어넣는다. 내 두 번째 눈을 그 속으로 수장한다. 이렇게 하면 네가 만족할 수 있을까? 이렇게 하면 넌 사라질까? 나는 중얼거리며 두 번째 눈을 꾹꾹 밟는다. 녀석은 더 따갑게 소리친다. 전혀 나아질 기미가 보이지 않는다. 이국의 해변을 닮은 독한 짠 냄새가 욕실을 가득히 채운다. 간지러움은 내 다리를 타고 머리까지 기어오른다. 나는 괜히 머리를 벅벅 긁어 댄다. 잠시나마 가려움이 나아지는 것 같다. 나는 두 번째 눈의 가려움을 잊으려 쉼 없이 머리를 긁는다. 두피가 따끔거린다. 몇 분이 지났을까. 나는 오른발을 빼내 샤워기를 틀어 씻는다. 내 두 번째 눈에서는 노란 눈물이 흘러나온다. 나는 녀석을 향해 샤워기를 튼다. 손가락으로 녀석을 세게 긁어 댄다. 녀석의 눈물이 씻겨 나가자 붉은 피가 새어 나온다. 녀석의 허옇게 굳은 눈알이 조금 떨어진다. 녀석의 눈알은 반쯤 남았다.

나는 절뚝거리며 방 안으로 되돌아왔다. 오른손에는 컵을 들었다. 그 컵 안에는 맛소금을 탄 수돗물이 들어 있다. 내가 절뚝거리는 발걸음을 옮길 때마다 컵 안의 바다는 찰랑거리며 바다 냄새를 풍긴다. 코발트블루 사육장 옆에 컵을 내려놓는다. 녀석은 밀웜 껍질을 남겨 놓은 채 녀석의 은신처인 나무토막 아래에 기어 들어가 있다. 나는 밀웜 껍질을 젓가락으로 집어 쓰레기통에 버린다. 그리고 책상 위에 엎드려 내 방 모서리에 자리 잡은 사육장을 바라본다. 코발트블루는 꼼짝도 않고 멍하니 나를 응시한다.

코발트블루는 미얀마산 거미이다. 미얀마. 나에게도 낯선 나라인데 녀석에게는 얼마나 낯선 이름일까. 너는 네가 태어난 이국 너머의 땅도 모르겠지. 겨울이면 내가 너를 위해 사 놓은 전기장판 위에서 여기가 1년 내내 열대우림인 줄 알 거야. 내가 번식시켜 놓은 밀웜을 빨아 먹으면서 간혹 영양식으로 들어오는 흰쥐 한 마리에게 너의 사냥 본능을 유감없이 발휘하겠지? 너는 이 세상이 열 걸음이면 끝난다고 생각할 거야. 처음부터 넌 한국에서 태어났고, 겨울이면 전기장판 위였으니까.
녀석이 갑자기 움직인다. 여덟 개의 파란 다리로 천천히 나를 향해서 다가온다. 신기하게도 내가 녀석을 바라보고 있는 사육장 벽 앞까지 다가온다. 녀석과 나 사이에 팽팽한 긴장감이 흐른다. 녀석은 금방이라도 튀어나와 나의 목을 깨물 것만 같다. 그러나 녀석은 내 바로 앞에서 서성거릴 뿐이다. 녀석은 늘 투명한 플라스틱 안에 갇혀 살았기에 그곳에서 벗어나는 방법을 몰랐다. 나는 책상에 드러눕는다. 천천히 눈이 감긴다. 문득 감기는 두 눈 사이로 시계를 본다. 시계는 새벽 3시를 가리킨다.

나는 눈을 번쩍 떴다. 스멀스멀, 무엇인가가 내 몸으로 기어오른다. 열 개의 통통한 거미 다리가 내 몸 위에서 움직인다. 나의 온몸에는 소름이 돋는다. 한 줄기 식은땀이 등을 타고 흐른다. 아버지의 뜨겁게 달궈진 알코올 냄새가 더운 공기 사이로 퍼져 나간다. 거미의 다리는 내 허리에서 가슴으로 올라간다. 간혹 성혜야, 성혜야, 죽은 엄마의 이름이 애달프게 불린다. 땀으로 젖어 끈끈해진 티셔츠가 몸에 달라붙는다. 내 귓속은 방망이질로 울리기 시작한다. 폐부 속 깊이 참아 왔던 울분이 금방이라도 내 얼굴에서 폭발할 것 같다. 모든 피가 얼굴로 몰린다. 뭐 하는 짓이에요! 소리를 지르고 싶지만 목구멍은 누군가가 내 목을 움켜쥔 것처럼 꽉 막힌다. 나의 찡그린 얼굴에선 금방이라도 울음이 쏟아질 것 같지만 입술을 꾹 깨문다. 나는 하얀 거미줄에 뒤엉킨 것처럼 아무런 저항도 할 수 없다. 작은방에서 자고 있을 평화로운 여동생의 얼굴이 떠오른다. "우리 아버지 없었으면 어떻게 됐을까." 아버지 없던 저녁 식사 도중, 동생이 무심코 흘려보낸 말이 귓가에 맴돈다. 갑자기 이국의 해변이 그려진 엽서가 생각난다. 그러자 컵 안의 바다가 찰랑거리며 울린다. 내 두 번째 눈이 불탄 것처럼 화끈거린다. 내 머릿속에서 그것들이 서로 뒤엉키다 갑자기 순식간에 사라진다. 차차 내 눈앞이 깜깜해진다. 벌써 온몸으로 독이 퍼진 걸까. 오른손이 미세한 경련으로 떨린다. 뜨거운 입김이 자꾸 내 귓가에, 목덜미에 부딪힌다. 나는 실눈을 떠 책상 너머에 있는 코발트블루의 사육장을 바라본다. 녀석의 독니. 녀석의 푸르른 털. 국내에는 없는 백신.

지옥 같은 몇 분이 지났을까. 내 방에서 기어 나간 거미는 거실에서 코를 드르렁 골며 잠을 잔다.

나의 얼굴에 뜨거운 눈물이 흐른다. 나는 탈진해 책상에 엎어졌다. 뜨거운 한여름의 공기 때문에 내 몸은 축축이 젖었다. 내 머리카락이 자꾸 이마로 달라붙어 거추장스럽다. 눈물은 내 볼을 타고 흐르다 책상 위로 동그랗게 떨어졌다. 나는 천천히 오른손을 들어 올린다. 손가락으로 책상에 떨어진 눈물을 건드린다. 시원하다. 손가락에 묻은 눈물을 입가로 가져간다. 부드러운 혀가 내 눈물에 닿는다. 짭짤한 맛이 입 안으로 퍼진다.

3년 전 엄마가 실종되기 전에는 나는 나의 의붓아버지를 친아버지로 여겼다. 아직도 나는 또렷이 기억난다. 함께 손잡고 놀이동산에 갔던 일. 바이킹 안에서 무서워하는 나의 손을, 아버지는 커다랗고 따뜻한 손으로 감싸 주셨지. 그때는 지금처럼 아버지의 두 손에 거미의 털이 박혀 있지 않았다. 엄마도, 동생도, 모두 다 즐겁게 웃었던 기억만이 난다. 갑자기 머리에 현기증이 난다. 바이킹을 탄 것처럼 오르락내리락하며 아버지의 얼굴이 일렁거린다. 엄마. 엄마의 얼굴이 순간 기억나지 않는다.

나는 텔레비전에서 산에 암매장된 시체 한 구가 발견됐다는 소식이 나올 때마다, 그 앞에 꼭 붙어 바라보곤 했다. 머리 전체가 심장이 되어 펄떡거리며 뛰었다. 멍해진 머리로 메슥거리는 가슴을 쓸어내리며 누군가의 전화를 기다렸다. 그러나 항상 벨은 울리지 않았다. 엄마는 증발되듯 사라졌다. 어느 날 아무런 말도 없이 홀연히. 경찰서에 실종 신고를 했지만, 벌써 3년째 엄마의 소식은 알 수가 없다.

아버지는 3년 전 죽은 엄마 대신 나를 찾았다. 나는 거미가 나를 찾던 3년간, 단 한 번도 아버지의 뺨을 때린 적이 없다. 매캐하게 퍼지는 알코올 냄새에는 독이 있다. 나는 아무런 저항도 하지 못한 채 아버지의 독니에 물린다. 그 독은 나를 뻣뻣하게 굳게 만든다. 현기증이 나게 하고, 구역질이 나게 만든다. 그때마다 동생의 웃는 얼굴이 떠오른다. 녀석은 아무것도 모르는 어린아이다. 이제 갓 초등학교를 졸업하고 중학교에 입학한 꿈 많은 소녀. 내가 그 애를 생각할 때마다 누군가는 나의 목을 꽉 조른다. 나는 입도 벙긋거리지 못한다. 그리고 자꾸만 엽서 안의 바다를 떠올린다. 그렇게 하면 어디선가 짠 내가 왈칵 치솟고, 금방이라도 그 해변으로 날아갈 것만 같다.

나는 욕실로 들어가 땀에 젖은 얼굴을 씻어 내고 옷을 갈아입는다. 그리고 다시 내 방으로 와 그대로 침대 위에 쓰러진다. 책상 위에는 컵 안의 바다가 있다. 내 몸에선 아직 지워지지 않은, 푸른 해변의 짠 냄새가 조심스럽게 풍긴다. 나는 고된 하루가 이제야 끝났다고 생각한다. 앞으로 약 3일간은 아무 일 없이 편히 보낼 수 있다. 그러자 거짓말같이 잠이 쏟아진다. 방금 전 흘렸던 눈물은 이미 말라 버렸다. 나는 죽은 듯 쓰러져 잠을 잔다.

다음 날 아침. 내 교복 치마 주머니에는 아버지가 꽂아 놓은 용돈 2만 원이 들어 있었다. 어깨가 뻐근한 것과 울렁거리는 속을 제외하면 아픈 곳은 없다. 아직 두 눈 앞에는 푸른 바다가 아른거린다. 아직도 내 살결 냄새를 맡아 보면 창백한 피부 위에 짭짤한 냄새가 솔솔 난다.

이국적인 해변의 수평선 너머에는 무엇이 있을까. 구불구불, 그것은 끊임없이 돌아다니다 이내 한 점에 맞닿는다. 내 머릿속의 해변으로. 동그란 원. 그것이 수평선의 정체이다. 결국 한 줄로 표현되고 마는. 그 수평선은 코발트블루 사육장을 닮았다. 투명하게 펼쳐져 있지만, 몇 걸음 걷고 나면 끝이 나는 세계.

내가 이런 생각을 정신없이 하고 있을 때, 아버지는 내가 차려놓은 아침을 묵묵히 먹고 있었다. 그는 아침을 먹는 내내 나를 단한 번도 쳐다보지 않는다. 제일 먼저 말없이 자리를 뜨고 현관문을 나선다. 나는 동생에게 밥을 챙겨 먹이고 책가방을 든다. 나오는 길에 아버지에게 문자를 보낸다.

"입시 학원비 40만 원. 저번 계좌로 오늘까지 보내 주세요."

손가락이 무겁다. 못이 박힌 것처럼 뻣뻣하게 굳어 있다. 나는 입술을 꽉 깨문다. 입술이 찢어져 비릿한 피 냄새가 입 안에 퍼진다. 주머니에서 커터 칼을 찾아 쥔다. 드르륵거리며 위로 올리고 다시 내린다. 커터 날의 표면에는 갈색 녹이 슬어 있다. 나에게도 독이 있다. 내가 이 독으로 몇 번 손목을 그어 버리면 그 사이로 붉은 피가 쏟아져 나올 것이다. 나의 등줄기에서 서늘한 식은땀이 솟아난다. 몇 번을 칼날을 올렸다 내렸다 한다. 나는 끝내 다시 주머니에 커터 칼을 넣는다.

그날 밤 나는 두 손으로 코발트블루 사육장을 들고 안방으로 걸어갔다. 발끝을 세우고 조심스럽게 걷는다. 내 귀에 숨소리가 크게 울린다. 내가 발걸음을 옮길 때마다 장판에서 소리가 난다. 내 발과 장판이 맞닿아 찌익찌익, 구슬프게 운다. 나는 슬며시 안방 문을 연다. 컴컴한 방 안에서 아버지는 요 위에 누워 있다. 그는 가끔 몸을 뒤척인다. 나는 그럴 때마다 가슴이 덜컹 내려앉는다. 나는 조용히 아버지를 바라본다. 어둠에 눈이 익자 아버지의 모습이 또렷이 보인다. 하얀 러닝을 입고 검은색 사각 팬티를 입었다. 나는 슬며시 안방 바닥에 코발트블루 사육장을 내려놓는다.

딱 한 번. 밤마다 내 몸을 기어오르는 거미에 대해 선정이에게 말한 적이 있다. 가장 친한 나의 친구는 2년 전 내 생일날 코발트블루를 선물했다. 세상에서 제일 강한 독을 지닌 거미래. 단 한 번 무는 것만으로 코끼리도 세 시간 만에 죽일 수 있대. 넌 이제 누구든 죽일 수 있는 독을 가진 거야. 선정이는 나를 향해 씨익 웃었다. 3년이 지난 오늘. 바로 그때가 온 것일지도 모른다. 나는 내가 죽어 가는 모습 대신, 아버지가 죽어 가는 모습을 상상한다. 그는 목을 꽉 움켜쥔다. 그의 동그랗게 커진 눈은 붉은 핏발이 선다. 무슨 말을 하고 싶은 듯 입을 뻐끔거리지만 아무런 말도 흘러나오지 않는다. 그는 자기 발에 걸려 넘어진다. 그의 얼굴이 내 발 아래 있다. 그의 노란 토사물이 내 발치까지 흘러온다. 나는 재빨리 피해 거실의 전화기로 걸어간다. 나는 수화기를 들고 119를 부른다. 아버지는 그 순간에도 속수무책으로 죽어 가고 있다. 119 요원들이 오자 나의 눈에선 쉴 새 없이 눈물이 쏟아져 내린다. 다음 날 뉴스에 우리 세 가족이 출현한다. '독거미로 아버지를 잃은 소녀'라는 타이틀로 기부금이 쏟아져 들어온다. 놀랍게도 실종된 어머니는 그 뉴스를 보고 기적적으로 우리를 찾아온다. 꿈결같이 몽롱한 상태로 우리 세 가족은 오랜만에 모여 저녁 식사를 한다. 이제 나의 몸에는 더 이상 거미의 따가운 독이 남지 않는다.

미처 겨를이 없어 보지 못했던 코발트블루 사육장 안을 봤다. 녀석은 나무토막 밑에 기어 들어가 있다. 주위에는 하얀 거미줄이 그물 침대 모양으로 쳐져 있다. 탈피의 신호다. 녀석은 세 번째 탈피를 시작한 것이다. 녀석은 거꾸로 뒤집어 배를 내놓고 있다.

나의 코발트블루는 독을 쓸 곳이 없다. 이 좁은 플라스틱 방 안에서 남을 위협할 수도, 남을 죽일 수도 없는 존재다. 녀석의 독을 유용하게 쓰려면 단 한 가지밖에 없다. 자신의 통통하게 살 오른 느릿느릿한 다리 하나를 깨무는 것뿐. 나는 코발트블루의 갈라진 턱 사이에 녀석의 푸른 다리가 들어가 있는 상상을 한다. 녀석은 녀석에게 물렸던 나처럼 구토하고 빙글빙글 돌다, 온몸이 마비되어 쓰러져 죽는다. 녀석의 입에서는 하얀 거품이 새어 나온다. 그 광경이 너무나 우스워 나는 나도 모르는 새 입가에 서늘한 웃음을 흘린다.

내가 아는 미얀마산 코발트블루는 저렇게 한심하게 배를 내놓는 녀석이 아니다. 녀석은 독거미라기엔 너무 우스운 꼴로 자신의 약점을 드러내고 있다. 진짜 코발트블루는 누군가가 손을 대려 하면 곧바로 펄쩍 뛰어올라 깨무는 독거미. 정글 속에서 코브라와 싸우고 호랑이의 다리까지 깨물 줄 아는 독거미. 자존심 세고 자신의 독을 제대로 쓸 줄 아는 그런 독거미가 바로 코발트블루다.

나의 두 번째 눈이 또다시 충혈되어 붉게 타오르기 시작한다. 해변이 떠오른다. 문득 어제의 수평선은 끝없이 뻗어 나가는 무한한 것이 아니라 조그마한 동그라미라는 것이 생각난다. 머릿속에서 수 많은 동그라미가 떠다닌다. 그것은 계속 되풀이될 것이다. 이 커다란 세상을 돌고 도는 수평선이 끝내 제자리로 돌아오듯이.

나는 방문을 열고 거실로 나간다. 그리고 베란다 문을 연다. 3년 전에 어머니가 기르던 열대어의 어항이 보인다. 물고기는 사라지고 모래와 커다란 장식용 돌만이 있는 황량한 그곳에서 돌을 꺼낸다. 구멍이 여러 개 난 커다란 검은 돌을 들고 재빨리 내 방으로 뛰어온다. 코발트블루는 아무런 미동도 없다. 나를 향해 배를 내놓고 있다. 나는 코발트블루를 겨냥해 돌을 내려놓는다. 쿵 소리와 함께 한순간 녀석의 비명이 들린 것 같다. 돌을 드러내자 녀석의 푸른 다리가 몇 번 힘없이 까닥거린다. 녀석의 으깨진 몸통에서 붉은 피가 흘러나온다. 통통하게 살 오른 푸른 다리는 이내 힘없이 꺾인다.

며칠 뒤, 책상 위에 올려놓았던 컵 안의 바다는 메말라 있었다. 하얀 소금만 네모나게 결석을 이루고 있다. 나는 싱크대로 가 컵 안에 말라붙은 소금을 세제로 벅벅 긁어냈다.

내 방 책상 위에 늘 놓여 있었던 푸른 해변의 엽서를 찢어 버렸다. 그것은 쓰레기통에 박혔다. 갈기갈기 찢겨, 짠 바다 냄새가 내 방에서 사라져 버렸다.

밀웜 사육장의 서른 마리가량의 밀웜을 변기통에 버렸다. 수많은 발들이 무언가를 붙잡으려 발버둥 쳤다. 녀석들은 버튼을 내리자 빙글빙글 돌며 하수구 안으로 빨려 들어갔다. 밀웜들은 물속에서 끝까지 서로 꼼지락거리다 이내 사라졌다.

어디선가 다시 짭짤한 바다 냄새가 흘러나오기 시작한다. 나는 아직도 눈을 감을 때마다 붉은빛 사이로 푸른 해변이 보인다. 선명한 바다의 냄새가 코끝에서 맴돌자 가슴 한 켠이 새 눈이 움트듯 간지러워진다. 나는 지금도 걸을 때마다 오른쪽 발가락이 따갑다. 절반만 남은 내 발가락의 허연 눈알에서 싯누런 눈물이 쏟아지는 것 같다. 여전히 내 두 번째 눈은 충혈되어 있다.

나는 책상 위에 놓인 커터 칼을 필통에 넣은 후, 오후 6시면 시작하는 입시 학원으로 가기 위해 재빨리 신발을 신는다.

물은 심장에도 좋을 수 있다

서울 서문여고 3
이승란

어둠의 청량한 울림.

온통 새까맣게 칠한다.

꾹 눌러 쥔 뭉툭한 볼펜으로 종이를 새까맣게 칠한다.

새하얀 면은 존재하지 않도록.

아무도 나에게 관심을 쏟지 않는다.

나의 세상은 이미 새까맣게 칠해져 점차 숨 막혀 옴에도, 여전히 세상은 시끄럽고 소란스럽고 바쁘게 돌아간다.

그런 것이다.

나에게 있어 세상은 그런 것이다.

"저기, 그거 작성했으면 좀 낼래?"

앙칼진 울림에 고개를 들어 본다.

그녀는 얼굴을 찡그려 불쾌감이 역력한 표정으로 말을 잇는다.

"그거, 지금 내야 하는데."

나는 고개를 숙여 종이를 유심히 쳐다본다.

이미 새까만 줄들로 가득 찬 너덜너덜한 종이 윗면에 아주 미세한 흔적으로 '조별 보고서'라는 글자들이 제멋대로 배열되어 있었다.

그녀는 나의 이러한 행동을 예상한 듯이 이미 검은 우리의 프린트를 뒤척거려 한 장의 보고서를 꺼내어 나에게 퉁명스럽게 내밀었다.

"여기 한 장 있으니까 그대로 베껴 적어. 그리고 '느낀 점' 난에는 반드시 '아이들과 함께한 조사가 너무나도 유익했다. 앞으로도 이런 실험을 자주 했으면 좋겠다.'라고 적어 넣어. 여기 여분의 종이 있으니까."

그녀는 종이를 책상 위에 탁 던져 놓고는 성가시다는 표정으로 돌아섰다.

나는 그녀가 던져 놓은 종이를 손으로 집었다. 여분이라 했던 종이에는 굉장하게도 나에 대한 그녀의 감정을 여실히 드러내 놓았다. 그녀의 커다란 발자국이 '느낀 점' 난에 찍혀 있는 것을 보고, 그녀의 유치함에 몸이 파르르 떨렸다. 그녀의 일종의 경고 표시에 두려운 것이 아니라, 너무도 우스워 몸이 서늘해져 왔다.

반장이라 불리는 그녀는 자신들의 무리 속에서 무엇이 그리 좋은지 킥킥거리며 웃고 있다. 별로 재밌어 보이지도 않은 이야기 같은데도 그녀는 온갖 과장된 행동으로 자신의 즐거움을 표출하고 있었다. 하지만 나는 지난 18년을 살아오면서, 적어도 그 웃음이 진실의 웃음이 아님은 직감으로 알 수 있었다.

나는 반장의 역할이 얼마나 고통스러운지를 되뇌면서 그녀를 진심으로 동정하는 사이, 그녀가 다시 쌜쭉한 표정으로 다가오기에, 급하게──그 구역질 나는──'느낀 점'을 적어 내렸다.

점심시간.

나는 눈치로 주위를 살핀다.

온갖 무리들이 모여 왁자지껄하게 밥을 먹는다.

내게 하루 중에서 가장 피곤한 시간을 고르라면 주저 없이 '점심시간'을 고를 것이다. 주위를 둘러보니——놀랍게도——나와 한 명을 제외하고는 모두 다 무리를 형성하고 있었다. 어제까지만 해도 분명히 세 명이 각자 혼자 밥을 먹었다. 하지만 하루 사이에 셋 중 두 명은 각각 한 무리에서 충실한 방청객 역할을 수행하고 있었다. 나는 마음속으로 그들의 엄청난 적응력에 경의의 박수를 보냈다. 그들은 주연 역할을 하기에는 이른바 신인이기 때문에, 능숙한 선배이자 고참인 주연의 행동거지를 보면서 그들의 행동을 최대한 습득한다. 그러곤 다짐할 것이다. 언젠가 자신도 그들처럼 무대를 장악하리라.

나는 한숨을 내쉬며, 작은 도시락을 가방 속에 아무렇게나 쑤셔넣고는 일어서 촌스러운 초록색 체육복으로 갈아입는다. 몇몇 아이들이 잠시 나를 의아하게 쳐다보았으나, 이내 비웃는 표정을 짓더니 자신들의 무대 속으로 빠져들었다.

대충 옷을 갈아입은 나는 나가면서 이 교실에서 완전히 혼자가 된 아이를 흘긋 쳐다보았다.

그는 미동도 하지 않은 채 우스꽝스러운 커다란 헤드폰을 눌러쓰고는 고개를 숙이고 잠에 빠져 있었다.

나는 그를 동정하며 문을 열다가 무언가 잡아당기는 기분에 돌아보았다.

그의 완전히 앞으로 꺾인 머리를 보면서 문득 그가 목이 잘려 나간 사형수 같다고 느꼈다.

스톱워치. 0, 1, 2, 3……

달리는 행위는 나에게 있어 절대적 시간이었다.

나는 어려서부터 감이 뛰어났다.

예감.

그 고요하면서도 절대적인 존재를 나는 따르지 말았어야 했다. 무슨 수를 써서라도 그 순간을 벗어났어야 했다.

하지만 운명은 매정하게도 우리를 삶의 정점으로 끌어들인다. 그 궤도를 벗어나기 위해 탈출구를 찾지만 교묘하게도 그것은 우리를 속인다. 그것은 무엇이 그리 좋은지 미친 듯이 깔깔거리며 우리를 마구잡이로 삶의 굴레에 처박아 두고선 마음 내키는 대로 당첨자를 뽑아낸다. 일반적 사람들은 '당첨'이라는 의미가 무언가를 획득하는 일종의 행운이라 인식하겠지만, 그날의 당첨자는 무언가 달랐다.

경망스러운 그것은 그날의 당첨자에게 웃음 짓지 않았다. 그날의 당첨자였던 나 역시도 웃지 않았다.

여섯 바퀴째를 돌던 나는 점차 다리가 풀리면서 찌릿한 심장의 통증을 느끼기 시작했다. 하지만 동시에 나는 짜릿한 쾌감을 느낀다. 그 순간 나는 진심으로 달리는 것의 즐거움을 맛본다.

나는 나의 짧은 인생을 어떻게든 완전히 집중해 소모하고 싶었다. 운명이 손에 쥐어 준 당첨표를 찢어 버리고 싶었다. 그 수단이 나에겐 달리기였다.

스톱워치. 9.58 9.59 10.00.

결국 열 바퀴를 다 채운 나는 후들거리는 다리를 질질 끌며 수돗가에 거의 기다시피 갔다. 10분도 제대로 견디지 못한 나 자신에게 혐오감을 느끼며 수돗가의 물을 세차게 틀었다. 봇물 터지듯 세차게 흐르는 물은 땅에 절어 버린 나 자신의 육체를 차갑게 때렸다.

달린 후에 항상 이가 시릴 정도로 차가운 물을 마실 때마다 문득 아빠와의 추억이 아른거린다. 그는 육상 선수였다. 그리 유명한 선수는 아니었지만 달리는 것 자체를 즐겼던, 그런 사람이었다. 그는 달린 후 항상 수돗가에서 물을 마시곤 했다. 나는 그 점이 항상 의아했다. 대개의 사람들은 이온 음료수로 수분을 보충하므로, 나는 결국 호기심을 참지 못하고 그에게 물어보았다. 그는 땀과 물이 섞여 뚝뚝 흐르는 얼굴로 한동안 나를 물끄러미 쳐다보더니 이해할 수 없는 말을 꺼냈다.

"물은 때로는 심장에 좋을 수 있어."

그는 그 후 정확히 3일 후에 교통사고로 죽었다. 원래 작았던 키 때문에 마치 자동차에 짜부라진 것처럼 보였다. 그가 죽어 간 거리에서, 그의 엄청난 출혈을 보면서 나는 슬픔보다는 두려움을 느꼈다. 그의 피가 마치 그의 심장에 수년 동안 저장되었던 물이 터진 것 같다는 그런 느낌을.

그러자 나는 아빠가 너무도 불쌍해 흐느꼈다. 그가 평생토록 모아 온 물이 허무하게도 아무런 자취도 없이 증발해 버렸기 때문에.

나는 그 물을 그러모아 쥐고 싶었다.

지루하기 짝이 없는 수업 종이 치자 나는 허겁지겁 교실로 들어와 자리에 앉았다. 다소의 산만함과 다소의 웅성거림이 교실의 일정한 균형감을 유지해 주는 것에 안심한 나는 그들이 나의 존재에 대해 아무런 인식을 해 주지 않았음에 매우 감사해하며 책을 꺼내는 찰나에,

툭.

교실 바닥에 떨어진 새까만 종이는 하필이면 '목이 잘려 나간 사형수'의 의자 뒤쪽에 떨어졌다. 나는 심한 불쾌감을 느끼며 손으로

그것을 잡으려 애썼으나 손가락에는 아무것도 잡히지 않았다. 그 종이는 약 올리듯 나의 손가락 앞에, 아주 미세한 3센티미터 정도의 거리 앞에 놓여 있었다. 결국 종이 사수에 실패한 나는 한숨을 내쉬며 그의 어깨를 뭉툭한 검정 볼펜으로 툭툭 쳤다. 그의 어깨가 움찔하더니 이내 고개를 돌렸다. 생각보다 또렷한 눈동자에 놀랐다. 나는 볼펜 끝으로 종이를 가리켰고, 그가 신호를 알아차리기까지는 다소 시간이 걸렸다. 그는 매우 굼뜨게 고개를 돌려 내가 가리킨 볼펜 끝을 따라 눈길을 돌리더니 드디어 종이를 주워 들었다. 그의 표정에는 '뭐 이딴 것으로 감히 나의 시간을 방해하냐'는 식의 의사가 적나라하게 드러나 있었다.

나는 심한 모욕감을 느꼈다.

적어도, 아직까지 그는 나보다 열등한 존재이다. 적어도 이 교실에서는.

그의 불쾌한 표정으로 전해 받은 검은 종이를 나는 일부러 그가 들으란 식으로 그의 귓가에 들리도록 쫙쫙 가늘게 찢어 내려갔다. 나 역시 반장과 다를 것 없는 유치함에 스스로 몸서리를 치면서.

친구와의 우정.

나 역시도 이러한 감정에 휩쓸렸던 적이 있다. 한때 나는 친구와의 우정을 위해서라면 무엇이든지 희생할 수 있다고 여겼던 모든 것을 행했기 때문에 친구들로부터 버림받았다. 그 상처는 생각보다 꽤 커서, 그 이후부터 나는 우정 따위, 사람의 감정 따윈 믿지 않을 거라 다짐했다. 사람의 감정을 믿는 순간 내 심장은 오싹해진다. 모든 것을 다 바쳐 맹세한 모든 감정이 결국 허무함의 근원이라 여긴 탓이리라.

그렇게 생각한 이후부터 나는 허무한 세상을 살아가기 위한 가장 올바른 방법을 터득하기 시작했다.

'뭐든지 존재 가치 없이, 특별한 관계를 맺지 않고'라는 나의 신념은 실행한 이후부터 한 치의 오차 없이 적중해 왔다. 처음 이 신념을 실행에 옮겼을 때, 주변의 사람들은 나를 걱정하며 다시 자신들의 세계로 끌어들이려고 애썼다. 성가신 그들로부터 벗어나는 길을 모색하다가 공부를 잘하면 나의 뜻대로 하도록 둘 것 같았다. 나의 예감은 적중했고, 더 이상 그들은 나에게 자신들의 세계를 강요하지 않았다. 적어도 그들보다는 내가 더 똑똑한 사람이기 때문에. 사실 '공부를 잘한다'는 것이 나에게 어려운 일은 아니었다. 아무 생각 없이 글자를 달달 외워 시험장에서 다섯 개 보기 중 하나의 숫자에 동그라미 치는 일은 나에겐 하나의 삼삼한 놀이에 불과했다. 나는 딱히 이런 식으로 세상을 살아옴에 불편한 점은 없었다고 생각한다.

가끔, 아주 가끔 외로움을 느낄 땐 달리기를 했다. 그러면 정신적인 충족감을 느끼고 심장 속에는 물이 찰랑찰랑 차서 내가 살아 있음을 느낄 수 있게 된다.

그럼으로써 나는 다시 한번 세상을 견뎌 간다.

야자를 한답시고 저녁을 먹는 아이들을 보며 눈치를 살피던 나는 놀라움을 금치 못했다. 각기 무리로 편입되었던 두 아이들은 방청객에서 조연으로 승격하여 그들의 무대에서 맹활약을 펼치고 있었다. 그들의 무리는 이제 완전히 그들을 '완전한 우리의 일원'으로 인정한 셈이다. 하지만 무엇보다도 나의 놀라움을 경악으로 이끈 것은, '목 잘린 사형수'가 교실에서 가장 영향력 있는 무리의 방청객이 되어 버린 것이다.

그는 거짓으로 웃음 짓고, 바보같이 입을 벌려 주연의 말에 동조

하는 방청객이 되어 버렸다. 그의 또렷한 눈동자는 이미 흐린 눈동자로 변해 버렸다. 그는 더 이상 '목 잘린 사형수'가 아니었다. 그는 목뿐만 아니라 몸이 전부 갈가리 찢어져 피투성이가 되어 형체를 알아볼 수 없었고, 그 흐린 눈동자만이 그 위에 간신히 놓여 있는 가련하고도 악취 나는 시체가 되어 버렸다.

세상은 어느 순간 나보다 열등한 존재였던 그를 나보다 우등한 존재로 만들어 버린다.

나는 달리고 싶었다.

하지만 자리에서 일어날 수가 없었다.

일어나는 순간 이른여덟 개의 눈이 나에게 고정될 것이고, 그것은 완전히 혼자가 되어 버린 나를 인정해 버리게 된다.

달리고 싶다.

이 절대적인 고독을 정화하고 싶다. 땀에 절어 시큼한 냄새를 풍기는 손가락을 더듬어 스톱워치를 주섬주섬 꺼낸 후 눈을 감는다.

스톱워치. 0, 1, 2, 3……

나는 달린다. 나는 달리고 있다. 달린다. 10분 후 나는 예전과 다름없는 육체적 고통을 느끼며 차가운 물을 갈구할 것이다. 나는 진정한 자유와 고통을 느낀다. 헉헉거리며 달리기를 마쳤을 때 세상은 올바르게 돌아가고 있었다.

나의 달리기와는 상관없이, 한 치의 오차도 없이 완벽하고 정확한 균형감을 유지한 멋진 세상.

여전히 교실 안은 시끄럽고 소란스럽고 고독하다.

스톱워치. 9.58 9.59 10.00.

야자가 끝난 후 가방을 대충 챙긴 나는 서로 작별 인사를 하는 무리들을 피해 도망치듯 교실에서 뛰쳐나왔다.

이미 깜깜해진 하늘은 마치 내가 칠했던 종이처럼 새까맣다.

나의 종이와 다른 점이 있다면 세상의 하늘은 좀 더 정교하다. 보기 싫은 '조별 보고서' 같은 글자 대신 그들은 별을 지니고 있다.

게다가 저 하늘은 종이처럼 가늘게 찢어지지 않으리라.

문득 달리고 싶다는 생각을 한 순간, 뒤에서 나의 이름을 불렀다.

나 자신조차 망각해 오던 나의 이름을 누군가 기억한다는 것에 놀라며 뒤를 돌아보자 '피살된 사형수'였다.

그는 달려왔는지 거친 숨을 몰아쉬며,

"이거."

라고 간신히 말했다.

천천히 그의 손을 내려다보니 나의 스톱워치였다. 본능적으로 나의 주머니에 손을 넣어 봤지만, 주머니 속엔 노란 이름표의 각진 모서리만이 느껴질 뿐 아무것도 잡히는 것이 없었다. 다시 눈길을 돌려 나의 스톱워치를 바라보았다. 달리던 중 두 번이나 떨어뜨려 화면에 약간의 흠집이 난 빛바랜 그것은 "0:00"을 가리키고 있었고 갑자기 나는 '뛰고 싶다'는, 아니 '뛰어야 한다'는 욕망을 느꼈다. 나는 당황스러움에,

"이거 어디서 났어?"

라고 퉁명스럽게 말하자 그는 찡그리며,

"내 자리 아래에 떨어져 있기에…… 무슨 여자 애가 그렇게 빠르냐? 너 따라오느라 뛰었더니 심장이 아파 죽겠어."

나는 달리 할 말이 없어

"남의 것에 함부로 손대지 말라고."라고 중얼거렸지만 제대로 알아듣지 못한 사형수는 거친 숨만 몰아쉬면서 고통스러운지 헉헉거릴 뿐이었다. 잠시 망설이다가 나는 가방에서 '아기 곰돌이 푸'가

그려진 화려한 물통을 꺼내서 그에게 건넸다. 그는 의아한 표정으로 잠시 그 물통을 응시했다. 나는 신중히 단어를 골라 그에게 작게 말했다.

"물은 때로 심장에 좋을 수 있어."

그는 잠시 나를 바라보며 주저주저하더니 물을 벌컥벌컥 마셨다.

그런 식으로 누군가의 상쾌한 울림을 들은 지가 오래된 나는 혼란스러움을 느꼈다. 명백히 나의 예감으론 이러한 상황이 벌어질 것이라 예측하지 못했기 때문에 혼란스러움은 자괴감으로 변하였다. 그가 한 방울도 남김없이 마신 물통을 나에게 건네자 나는 그것을 빼앗듯이 가로채 뒤돌아 앞으로 걸어갔다.

뒤쪽에서 또렷한 눈길이 느껴졌다.

"야."

고요한 하늘에 갑자기 그의 목소리가 울렸다.

나는 대답도 하지 않은 채 걸어가기로 했다. 뒤를 돌아보면 어떠한 일이 벌어질 것 같은 예감이 들었다.

그가 문득,

"넌 그런 식으로 달리면 행복하니?"

라고 말했을 때 나는 우뚝 멈춰 섰다.

그는 감정에 동요되지 않은 목소리로 말했다.

"그런 식으로 너만의 시간을 정해 놓고, 반드시 그렇게 고통스럽게 달려야 해?"

"그게 너랑 무슨 상관인데?"

"저번에 우연히 창문 너머로 네가 달리는 모습을 봤어. 여느 아이처럼 달리기가 취미인 아이인 줄 알았지. 그 이후에도 항상 일정한 시간에 너는 달렸어. 근데 네가 달리는 모습은 매번 마치……

죽기 위해 달리는 것 같았다. 너는 매번 그렇게 위태롭게 달렸어. 하지만 너의 표정은 달랐어. 아주 행복하다는 표정인 동시에 아주 고통스럽다는 표정. 그런 이중적인 표정으로 너는 항상 스톱워치를 봐. 그러고는 일순 엄청나게 슬픈 표정을 지어. 네가 달리는 동작은 항상 똑같았어. 팔의 각도와 다리의 각도는 항상 정확하게 똑같이 유지했고, 달리고 난 후의 행동들도 항상 똑같았어…… 그런 식으로 달리면 행복해지니?"

이상하게도 뜨거운 눈물이 흘러 내려간다. 사람은 예상치 못한 순간 누군가가 자신의 정곡을 정확하게 찔렀을 때 허무함이 코끝을 저리게 만들어 개인의 의지와 상관없이 눈물이 터진다.

전혀 슬픈 일이 아님에도, 전혀 슬프지 않음에도.

그는 말없이 손수건을 내 손에 쥐어 주곤 말을 꺼냈다.

"내가 교실에서 처음 너를 봤을 때 단번에 '네가 나와 같은 과'의 아이임을 눈치 챘어. 나 역시도 너와 같은 형태로 세상에 반항했어."

그는 잠시 숨을 고르더니 다시 말했다.

"난 내 힘으로 세상을 바꿀 수 있다고 생각했어. 그래서 난 세상을 위해 희생했어. 하지만 결국 세상은 바뀌지 않았어. 아무리 내가 노력해도 세상은 항상 그 자리, 그 위치였어."

나는 속으로 '거짓말, 배신자 주제에.'라고 혼자 중얼거렸다. 그는 아는지 모르는지 계속해서 말했다.

"그래서 나도 세상을 거부해 보기로 했어. 며칠 동안 너처럼 세상과 타협하지 않으려 노력했어. 그런데 이상하게도 세상은 나에게 아무런 기척도 없었어. 내 딴에는 세상이 나에게 그를 무시한 대가로 엄청나게 큰 재앙을 입힐 줄 알았어. 그런데…… 그런데 아무런 접근도 하지 않는 거야. 나에게 말도 걸지 않고, 나를 비참하게 하지도 않고, 나에게 분노의 감정도 느끼게 하지 않았어. 세상은 그냥 그 자리에 있었어. 나는 이 사실을 깨닫는 데 꽤 오랜 시간이 걸렸어. '세상은 존재하는 게 아니라 실재하는 거구나…….' 라는 깨달음."

그는 머리를 긁적이며 멋쩍게 말을 이었다.

"그래서 나는 나의 노력이 헛된 줄 알지만, 세상과 대결하면서 좀 더 큰 고통을 느끼며 살아가고 싶어."

그의 말을 들으며 나는 점점 이름 모를 분노를 느꼈다.

"웃기지 마. 너는 지금 나를 조롱하고 있어. 난 말이야, 세상이 나를 길들일 때마다 조금씩 슬퍼져. 잔인한 운명은 나만을 세상의 희생자로 만들어 나의 소중한 것을 하나씩 하나씩 가져갔어. 아빠도, 친구들도, 심지어 나까지도…… 뭐, 좀 더 고통을 느끼고 싶다고? 난 세상을 향해 구원을 요청했지만 운명조차 나를 거부했어. 세상이 나에게 준 건 오직 고독뿐이었어. 그래서 나는 세상이 나에게 귀 기울여 주지 않는다면 차라리 침묵하기로 했어. 침묵하면 세상이 나에게 어떠한 방향을 제시해 줄 줄 알았어. 하지만 세상은 내가 침묵하는 사이 나에게 어떤 식으로도 반응조차 하지 않고, 끊임없이 내가 소유한 작은 것들을 매정히 가져갔어. 그래서 그때 결심했어. '그럼 내가 소중한 것을 지니지 않으면 된다. 그러면 세상은 더 이상 나에게서 빼앗아 가지 못할 것이다.' 라고……."

나는 거기까지 말하고 앞으로 나아갔다. 그는 뒤에서 말했다.

"어리광 피우지 마. 세상은 너에게만 고통을 주지 않았고, 너에게만 상처를 입히지도 않았어. 모든 사람들도 살아가면서 고통받고 상처를 입어. 단지 너는 너의 소중한 것들이 우연한 시기에 운명을 다한 거야. 그것들이 사라지면서 너에게 일시적인 고통을 줄 순 있지만, 세상은 한 번도 너를 해치지 않았어. 너만 그렇게 생각하며 두 손으로 눈을 가려 버린 거야. 넌 그 눈을 가려 버린 채 달리면서 여기저기 부딪치고 상처 입으면서 세상 밖의 세상을 갈구했어. 그 상처는 너 자신이 낸 것임에도 온통 너는 세상 탓만 하고 있어. 넌 달리면서 언젠가는 이곳을 벗어날 수 있을 거란 간절함을 지니고 있지만, 넌 이 세상을 영원히 벗어날 수 없어. 너만이 정해 버린 스톱워치 숫자 사이에서, 네가 정해 버린 동그란 운동장 안에서 단지 뺑뺑 돌 뿐이야. 아무리 빨리 달린다 해도 넌 계속해서 같은 곳만 돌고 있는 거야. 네가 만약 진정한 세상 밖의 세상을 갈구한다면 이제 너는 너의 눈가리개를 풀어야만 해. 세상을 냉정하게 판단하고 여유롭게 살아가야 해. 세상은 존재하는 것이 아니라 단지 실재하는 거야."

그가 말을 중단했을 때 나는 달리기 시작했다. 그가 뒤에서 뭐라고 중얼거렸지만 나의 사고는 이미 정지해 버렸다.

얼마나 달렸을까. 달리던 다리를 간신히 멈추고 호흡을 가다듬으며 주위를 둘러보았다. 눈에 익은 강가였다. 아빠가 죽기 전 함께 곧잘 달리러 왔던 강가였다. 돌아가려 했지만 이미 깜깜해진 밤하늘은 나의 방향 능력을 제로로 만들어 버렸다. 나는 힘이 빠져 풀숲에 털썩 주저앉았다. 손에 땀이 차 굳게 쥔 두 손을 펴 보니 빛바랜 스톱워치의 숫자가 빠르게 올라가고 있었다. 10분은 이미 훌쩍 넘어서 있었지만 다시 '제로'로 만들고 싶지 않았다. 조금만 더, 조금만 더 나의 시간을 갖고 싶었다.

풀숲에 누워 숨을 고르며 별도 이미 사라진 하늘을 바라보았다. 마치 눈을 감고 있는 듯 세상은 온통 먹물처럼 새까맣다. 하늘을 응시하며 중얼거린다. "아빠는 무슨 생각을 하며 달렸을까……."

완전한 어둠, 나의 숨소리만이 심장에 전해져 오던 그 순간, 문득 빛나는 생명체가 내 주위를 맴돈다는 것을 느꼈다.

반딧불이.

반딧불이가 그렇게 밝을 거라 생각하지 못했던 나는 그 작은 몸짓이 발하는 신선하고도 강렬한 빛에 눈을 제대로 뜰 수가 없었다.

점차 그 빛은 영롱하고도 성스러운 빛으로 된 한 무더기의 꽃으로 변하여 나를 위로하듯 내 얼굴 위를 세 번 빙글빙글 맴돌더니 저 멀리 보이지 않는 빛을 향해 빛을 발하는 긴 꼬리만 남긴 채 날아갔다.

그 긴 꼬리는 점차 사라져 갔지만 그 영롱한 빛은 나의 슬픈 어둠을 오래도록 어루만져 주었다.

감은 눈을 천천히 떴을 때는 이미 새벽녘의 햇살이 눈부시게 세상을 감싸 주고 있었다. 나는 천천히 그 광명의 빛에서 깨어나 주변 수돗가로 발걸음을 옮기면서 문득 오늘 같은 날은 달리고 싶다고 생각했다. 아무 생각 없이 무작정.

기분 좋은 바람은 나의 얼굴을 부드럽게 감싸고 있었다. 처음으로 세상이 나에게 베풀어 준 사랑이요, 따뜻한 애정이었다. 어제의 반딧불이는 분명 아빠였음이 틀림없다. 그는 더 이상 내가 사는 세상 안에서 뺑뺑 돌지 않고 그가 살아갈 곳을 향해 신나게 달려갔다. 이곳에 남겨진 딸에게 자신의 긴 꼬리만을 남긴 채. 그 빛은 분명 그 자신의 눈물이었으리라. 그 빛은 비록 흐리디흐린 작은 빛이었지만 자기 딸의 상실감을 채워 주기엔 충분했다. 나는 손에 쥐고 있던 스톱워치를 바라보았다. 시계는 이미 과열되어 그 뜨거움이 손끝으로 전해져 왔다. 하지만 시계를 멈추고 싶지 않았다. 이

상태로 좀 더 세상을 살아가고 싶다. 나는 강가로 걸어가 멀리 스톱워치를 던졌다. 작열하는 태양의 정점에서 그것은 잠시 반짝이더니 작은 울림을 전하고는 깊이 가라앉아 더 이상 떠오르지 않았다.

언젠가 다시 새로운 스톱워치로 내 삶을 규정지을지도 모르지만, 지금은 이 세상을 좀 더 규정 없이 살아가고 싶다.

주위를 둘러보니 모든 생명체들은 자신 안의 색깔을 가지고 생명력을 뿜어내고 있었다. 나 역시도 세상을 좀 더 바라보자고 결심했다. 세상을 바꾸려는 의지는 가지고 있지 않더라도, 적어도 세상을 무작정 증오하진 않으리라.

수돗가에 다가간 나는 주머니 속에 구겨져 있던 손수건을 정성스럽게 펴서 차가운 물에 깨끗이 빨아 햇볕에 말렸다. 세차게 뿜어 나오는 차가운 물에 손을 담그며, 문득 눈가에 손을 갖다 댄다. 손 안의 차가움이 망막까지 전해져 온다. 손을 뗀 후 나는 살아 있음을, 내가 실재함을 느낀다.

수도꼭지를 더욱 세차게 틀어 그 차가움을 마시기 시작했다.

물은 이제 나의 심장만을 치유하는 것이 아니라 어느새 양수가 되어 새로운 삶을 잉태하고 있다.

나는 점차 내 심장 속으로 들어가고 있다. 따뜻하고 빨간 고동 소리가 들리는 그곳으로 헤엄쳐 간다. 찰랑찰랑한 생명의 물속에서 나는 다시 태어난다. 세상은 처음으로 나에게 웃음 지으며 나의 손을 잡는다. 눈물이 또옥 떨어졌다.

천천히 눈을 떠 수도꼭지에 입을 갖다 댄다. 앞으로 다가올 세상을 좀 더 기대하면서 빛나는 물을 마신다. 벌컥벌컥.

송진(松津)

인천 문일여고 3
곽윤영

송백지무(松柏之茂). "자자, 칠판 봐. 칠판. 지금 때가 어느 때인데 딴생각이야! 한자는 쓰면 쓸수록 좋으니까 참고서에 받아 적도록 해라. 이 고사성어 뜻이 뭔지 알고 있는 사람? 그래, 너희들이 알 리가 없지. 왜, 또 안 배웠다고 말하려고? 휴우. 안 배운 게 아니라 가르쳐 주자마자 까먹는 거겠지. 듣고 흘리지만 말고, 제발 머릿속에다 새겨 둬. 너희들이 수능 시험을 칠 때, 다 뼈가 되고 살이 되는 거야. 흠흠, 잘 적어 둬라. 이 고사성어의 뜻은 늘 푸른 소나무와 측백나무처럼 오래도록 영화를 누린다는 거야. 그렇기에……."

햇살이 따갑다. 마치 찜통 속에서 익어 가고 있는 만두처럼 내 몸에서 끈적끈적한 기름이 뚝뚝 떨어진다. 침을 튀기면서까지 열렬히 강의를 하는 독서 선생님의 수업은 귓가에서 웅웅거리기만 할 뿐, 단 한마디도 제대로 머릿속에 입력되지 않는다.

오늘은 자리를 바꾸는 날이었다. 숨소리만 가득했던 조용한 교실은 어느새 서로 친한 아이들끼리 짝이 되려고 담임 몰래 자리 번호를 교환하는 거래 장터로 변해 있었다. 앞자리에 앉고 싶은 사람! 나랑 자리 바꿀 사람! 시장에서 흔히 보이는 "골라, 골라, 며느리도 골라." 하는 아저씨들의 목소리보다 더 큰 반 아이들의 웅성거림은 고막이 터질 듯 울려왔다. 내가 뽑은 종이쪽지에 쓰인 번호는 6번. 하필 선풍기와는 제일 먼 창가 끝자리일 게 뭐람. 예전부터 난 자리 운이 없었다. 여름에는 가장 더운 창가로, 겨울에는 히터와 가장 먼 복도 끝이 내 자리였다. 거기에다가 시험 기간에는 항상 맨 뒷자리였다. 눈이 좋지 않지만 안경을 쓰지 않는 나에게 있어 칠판의 필기는 여린 파스텔 빛 수채화로만 보일 뿐이었다. 맨 뒷자리의 아이들은 선생님 몰래 휴대폰을 다리 사이에 껴 놓고 눈치를 보고는 손가락을 재빨리 움직이며 문자로 수다 떨기에 정신이 없었다. 휴대폰이 없는 나로서는 어떻게 보지도 않고 문자를 보내는지 신기할 따름이었지만, 더 신기한 것은 교묘하게 책상 한가운데를 문자 창만 보이게 파 놓은 아이도 있었다. 항간에 인터넷에 떠도는 사진인 줄만 알았는데, 정말 책상을 파는 아이들도 있구나. 불쌍한 책상, 왠지 책상이 된 나무가 측은하게 느껴지는 순간이었다. 하지만 창가 쪽 자리가 꼭 나쁜 것만은 아니었다. 수험생인 3학년들을 배려하여 우리 교실은 교문과 가장 가까운 건물에 있었고, 그중 우리 반은 2층에 있었다. 그래서 4층에 있는 이과 반 아이들의 투덜거리는 소리를 귀에 딱지가 앉도록 듣긴 했지만, 내가 2층이다 보니 그들의 외침을 별 감흥 없이 흘려들은 건 사실이었다. 그리고 우리 반 창으로 보이는 창밖 세상은 푸른 자연으로 뒤덮여 있었다. 내가 우리 학교에서 가장 아끼는 장소, 그 장소가 바로 내 눈앞에 펼쳐져 있었다. 만약 교실이 4층이었더라면 보지 못했을 텐데 운이 좋았다. 더군다나 내 자리는 나무와 꽃들이 한 폭의 그림처럼 가장 잘 보이는 자리이기도 했다. 초록빛 세상, 역동적이고 활기차 보이지만 말을 건네면 아무 말도 않는 조용한 초록빛 아이.

제비를 다 뽑았는지 자신의 책상을 옮기라는 반장의 말이 들려왔다. 끼기긱, 딱딱한 바닥에 긁히는 책상의 쇳소리에 눈살이 찌푸려진다. 인상을 찌그리고 주위를 둘러보았을 때는 벌써 새로 바뀐 자리에 다양한 식물들이 앉아 있었다. 내 자리를 중심으로 모두 내가 싫어하는 부류의 식물들이 있었지만, 한 달 동안 앉아야 할 자리이기에 무인도의 열대우림에 와 있는 것으로 치자고 생각했다. 내 앞에는 파리지옥을 닮은 한 아이가 앉아 있었다. 그 아이를 보자 불현듯 아침에 담임이 내게 말했던 전달 사항이 생각났다. 곰곰이 그 전달 사항을 생각하다가, 나는 나도 모르게 입속으로 웅얼거리던 식물 하나를 내뱉어 버리고야 말았다.

"야, 파리지옥!"

앞에 앉아 책을 읽고 있던 파리지옥은 내 목소리를 들었는지, '나 말이야?' 하는 식으로 나를 어리둥절하게 쳐다보았다. 마치 '내가 들은 게 사실이라면 넌 죽었어.' 하는 표정으로.

"아, 아니, 진주야. 음, 담임이 지금 교무실로 내려오라고 해서." 방금 내가 무슨 이상한 말이라도 했냐는 듯이 자연스럽게 이야기를 하자 파리지옥이 촉수처럼 뾰족한 이빨을 내세우고 방긋 웃으며 고개를 끄덕인다. 눈물까지 뚝뚝 흘리며 읽고 있던 로맨스 소설을 잠시 덮어 두고 자리에서 일어선다. 아마도 교무실에 가려는 듯하다. 언뜻 보인 그 아이의 명찰 속 이름은 자신의 모습과 어울리지 않게도 진주였다. 요즘 텔레비전에서 유명 배우들이 나와 선

전하는 진주 같은 머릿결을 만들어 준다는 샴푸 광고와는 전혀 어울리지 않는 이름. 윤기가 좌르르하게 흐르는 머릿결은 햇빛을 받으면 마치 보석처럼 반짝였다. 그래, 햇빛 받은 보석. 그래서 이름이 진주구나 하고 내 멋대로 결정지어 버렸다. 하지만 내가 그녀에게 나름대로의 식물 이름을 선사한 이유는 따로 있었다. 파리지옥의 모습은 식물도감에서 본 사진 그대로였다. 고르지 못한 뾰족한 덧니에다가 일주일은 안 감은 듯한 떡져 버린 머리카락. "잎에는 많은 선(腺)이 있어 벌레들을 유혹하고 세 쌍의 감각모가 있어서 그중의 어느 것이든지 벌레가 두 번 닿게 되면 잎의 양면이 갑자기 닫히며, 안쪽에 돋은 선에서 산과 소화액을 분비하여 벌레를 분해, 흡수한다."는 식물에 관해서라면 모든 것을 달달 외우고 깨우친 나에게 있어 그녀의 모습은 마치 걸어 다니면서 특유의 머리 냄새와 끈끈함으로 파리들을 유혹하며, 그 멋대로 난 이빨을 이용해 파리들을 꿀꺽 삼켜 버릴 듯해 보였다. 파리지옥에 대한 구구절절한 설명들이 머릿속을 탐험하듯 뇌 속을 이리저리 헤집어 놓는다.

우리 집은 작은 화원을 운영했다. '솔내음'이라는 적갈색의 낡은 간판은 할머니께서 지으신 우리 화원의 이름이었다. 산자락에 있다 보니 집 뒤에는 산이, 집 앞으로는 냇물이 돌돌돌 흘렀다. 흔히 한국지리 시간에 배웠던 배산임수가 따로 없는 곳이 바로 우리 집이었다. 이렇다 보니 난 내가 태어나서부터 모든 사람들을 이름으로 부르지 않았다. 심지어 내 이름조차 이름 그대로 부르지 않았다. 누군가 내 이름을 부를 때면 내 귀는 어느새 깔때기로 변하여 '솔'이라는 나만의 새로운 이름으로 한 번 걸러 듣게 되었다. 어렸을 적부터 난 식물도감과 함께했다. 화원 일로 바쁘신 부모님 때문에 항상 심심했던 나는 할머니께서 생일 선물로 사 주신 이 책을 친구라고 생각했다. 그리고 수많은 식물 중에서도 나는 'ㅅ' 페이지에 있던 소나무를 가장 사랑했다. 꽃이 피고 눈이 와도 싱그러운 모습을 변치 않고 유지하는 그 강인한 끈기와 집념을 보자면 붉은 옷, 초록색 옷으로 옷을 갈아입는 단풍나무와 심지어 발가벗는 나무들 따위는 내 가슴속에 자리 잡을 수 없었다.

비단 이런 모습만이 아니었다. 소나무는 버릴 게 없는, 우리에게 있어 아낌없이 주는 나무였다. 먹을 것이 부족한 시절에는 소나무 껍질 속의 내피와 즙을 빨아 먹으며 생계를 유지할 수 있었고, 속껍질 송피는 곱게 빻아 송기병이라는 떡을 만들 수 있었다. 이뿐만이 아니었다. 솔잎은 약재로도 쓰였으며, 추석에 송편을 만들 때는 찜통 속에 넣어 향을 내 주는 역할도 하였다. 여러 가구를 만드는 목재로 쓰이거나, 소나무의 상처에서 나오는 송진은 항균 역할을 하여 염증 치료 등에 쓰이기도 하였다. 이렇게 아낌없이 자신의 모든 것을 주다가 사람이 죽을 때는 관으로까지 삶과 함께하는 버릴 것 없는 소나무. 그런데도 아무런 자만도 없이 변함없는 모습으로 푸름을 간직한 채 자신의 자리를 지키고 있는 소나무였기에, 나는 이 소중한 나무를 사랑할 수밖에 없었다. 그래서 나는 나 자신을 '솔'이라고 불러 주기를 원했다.

책상 위에 놓아둔 스테인리스 컵, 일명 스댕 컵에서 쇠 특유의 냄새와 함께 녹차의 향긋한 냄새가 코끝을 찌른다. 소나무와 함께 어렸을 적부터 나는 풀 향기가 짙게 밴 녹차도 좋아했다. 처음으로 여린 녹차 잎을 뜨거운 물속에 우려내어 맛본, 혀를 타고 맴도는 그 향은 아직도 잊을 수가 없다. 시중에는 각종 티백 형태의 녹차나 가루로 된 녹차도 나와 학생들의 입맛을 사로잡으려 애썼지만 진정한 녹차의 맛과 향기는 제대로 낼 수 없었기에 내 입맛까지는 사로잡지 못했다. 갑자기 느껴지는 목구멍을 간질이는 갈증에 컵을 들고 녹차를 마셔 본다. 콧속으로 스며드는 향긋한 찻잎의 향기가 춤을 춘다. 두 손을 모아 다기에 갖다 댄 후, 향을 음미하며 호로록 차를 마셔 본다. 손끝으로 전해져 오는 뜨거움이, 얼굴에 촉촉이 다가오는 푸른 열기가 나를 매료한다. 나는 녹차 향이 나는 사람이 되고 싶었다. 특별히 진하거나 여리지도 않은 적당한 풀 내음, 평소 눈에 띄지는 않아도 서서히 그 향기에 매료되는 그런 매력적인 존재. 소나무 같은 사람과 녹차 향이 나는 사람 둘 중에 단 하나를 선택하라면 당연히 전자였겠지만, 나는 녹차도 매우 좋아했다. 하지만 이러한 내가 바라는 향기는 반 아이들의 개성 있는 짙은 냄새들로 인하여 묻혀 버리고 말았다. 예를 들어 내 짝이 된 쥐손이풀과의 다년초 '제라늄'의 잎에서 나는 고약한 냄새로 인하여 옷자락에 배어 버린 퀴퀴함. 냄새와는 다르게 연분홍 꽃을 피우던 처음에는 특이한 향을 풍기지만 나중에는 그 향으로 향수를 만든다는 것은 내 알 바가 아니었다. 단지 나 자신의 향기를 조금씩 좀먹어 가고 있다는 사실이 싫었다. 그래서 나는 내 짝이 그리 달갑지 않았다. 서서히 나의 모든 것들을 자신의 향기로 물들이고 있는 것 같아서.

내 앞의 오른쪽 자리에는 상당히 피곤한 아이가 한 명 앉아 있었다. 유추프라카치아. 언제인가 인터넷 서핑을 하던 중 이 식물에 대한 글귀를 본 적이 있었다.

유추프라카치아: 아프리카 밀림에 서식하며 결벽증이 강해 누군가 자

신을 건드리면 수일 내로 죽는 식물. 그러나 이 식물은 한 번 만져 준 사람이 계속해서 만져 주면 건강하게 잘 자란다고 한다.

누군가 자신을 건드려 주지 않으면 죽고 만다는, 신경질적이고 결벽증을 가진 식물. 내 앞의 오른쪽 자리에 앉은 이 아이도 그랬다. 항상 자신을 봐 주기를 바라는 이 아이는 사실 나와는 초등학교 때부터 같은 반인 아이였다. 아주 어릴 적부터 친구였지만 사실 내면적인 이야기를 하거나 그리 친하다고는 생각하지 않는 아이였다. 하지만 그 아이는 자신을 봐 달라는 식으로 나에게 매달렸다. 심지어 친구에게 비밀 이야기를 할 때도 "같이 가자. 네 옆에 있고 싶어."라니, 내가 그 아이에게 먼저 손을 내밀었던가도 곰곰이 생각해 보았지만 그런 기억도 없었다. 하지만 그 아이는 내게 또 매달렸다. 그리고 내가 조금만 짜증을 내면 "나에게 눈길조차 주지 않는 너 때문에 죽고 싶어. 장염이야. 네가 나를 바라봐 주지 않으니까."란다. 관심을 받고 싶어 하는 게 무서울 정도로 짜증이 났다. 친구의 우정을 넘어선 집착. 누가 보면 여학생들끼리 이상한 관계라도 되는 줄 알겠다. 난 그 아이를 먼저 건드린 적이 없는데, 그 아이에게 계속 관심을 주고 싶지는 않은데. 벌떡 일어나 한 대 치기라도 하고 싶지만 많은 이들에게 관심받는 것은 싫었다. 그냥 묵묵히 가슴속으로 삭이더라도, 겉으로는 변함없는 모습으로 보이기를 원했다. 그래서 난 소나무가 좋은 것이다. 붉은 장미처럼 사랑스러운 아이도, 데이지 꽃처럼 천진난만한 아이도 내 마음속에서는 한낱 잡초에 지나지 않았다. 그들은 소나무에 비하면 아무것도 아니라고 생각했기 때문에. 거기에다가 소나무는 정말 쓰이는 데도 많았다.

얼마 전에 있던 발표하는 날에도 그랬다. 각자 자신이 좋아하는 꽃과 꽃말을 알아내어 발표하는 수행 평가였는데, 그 아이는 양심을 팔아서라도 누군가 자신을 계속 건드려 주기를 바란 것처럼 보였다. 그 아이는 네 잎 클로버와 세 잎 클로버에 대한 것을 준비해 왔는지, 발표 전날 밤을 새워 그것들을 찾았는지는 몰라도 빳빳하게 코팅까지 하여 그 두 가지를 가져왔다. 다른 아이들과는 달리 철저한 준비성까지 겸비한 그녀는 금세 반 아이들의 이목을 잡아끌 수 있었다. 다른 사람들 눈에는 철저한 준비 자세를 지닌 것으로 보이겠지만 내 눈에만큼은 그렇게 보이지 않았다. 그 이유는 그녀가 유추프라카치아라는 것을 알기 때문이기도 했다.

"제가 발표할 것은 바로 이 네 잎 클로버와 세 잎 클로버입니다. 드넓은 잔디 위에서 우리는 누구나 한 번쯤은 네 잎 클로버를 찾아보았을 것입니다. 그러다 네 잎 클로버를 찾으면 마치 세상의 행운을 다 가진 것처럼 가족이나 친구들에게 자랑도 늘어놓고, 이렇게 코팅을 해서 책 사이에 껴 놓기도 해 보셨을 것입니다. 그런데 단 한 개의 네 잎 클로버를 찾기 위해 수많은 세 잎 클로버들은 어떻게 하셨는지요? 무자비하게 밟거나 잘못 뜯은 세 잎 클로버들은 그냥 버리지 않으셨나요? 여러분은 잘 모르시지만, 세 잎 클로버의 꽃말은 행복입니다. 수많은 행복 속에서도 우리는 단 하나의 행운만을 기다리고 있나 봅니다."

짝짝짝짝짝. 와아. 반 친구들의 박수 소리와 함께 탄성이 교실 안을 가득 메웠다. 옆에 있던 아이들이 그 아이의 어깨를 두드린다. 멋지다! 최고야! 하는 칭찬이 섞인 말들이 그녀의 어깨를 우쭐하게 만든다. 오늘도 그녀의 몸은 다른 누군가에 의해 건드려졌다. 좋겠네. 관심을 받을 수 있어서. 분명 몸을 타고 흐르는 전율에 가슴이 벅찰 정도로 기뻐할 테지. 그런데 어디에선가 많이 들어 본 이 말. 얼마 전에도 내가 즐겨 찾아갔던 '자연의 행복'이란 카페에서 주인장이 올려놓은 세 잎 클로버에 대한 플래시 영상에 나오는 말 그대로였다. 와, 표절을 넘어선 도용. 이 발표가 대학 입시에 직결되는 것을 알지만, 쓸데없는 일로 관심받고 싶지도 않았고, 이 사실을 드러내어 그녀에게 관심을 주는 것도 썩 내키지 않았다. 욕이든 칭찬이든 간에, 그녀는 자신에게 관심을 보이면 바로 세상을 다 가진 듯한 표정을 지어 보일 테니까.

쉬는 시간이다. 각종 식물들의 호흡으로 인하여 산소가 부족하다. 열기가 가득한 교실은 반 아이들의 이산화탄소로 인하여 누렇게 떠 있다. 이럴 때 가장 손해를 보는 것은 다름 아닌 여린 꽃들이다. 상쾌한 공기조차 마시지 못하고 책상에 엎드려 숨을 고르게 쉬어야 한다. 그래서인지 항상 그들의 얼굴은 수척해 보인다. 하지만 이 교실에서 살아남으려면 누가 더 많은 산소를 들이마시고 내뱉느냐는 무언의 경쟁이기도 했다. 순간 많은 산소를 마시고 많은 양의 이산화탄소를 뿜어내는 내 모습을 보니, 그 여린 민들레, 제비꽃 등에게 미안한 마음이 든다.

오늘은 모의고사를 보는 날이다. 다들 책을 펴고 하나라도 더 암기하려고 난리인데, 꼭 주위에서 떠드는 아이들이 있기 마련이다. 호호호호호. 반 아이들의 웃음소리가 흘러나온다. 이제 시작인가 보다. 유추프라카치아를 중심으로 그녀들의, 언어 영역 시험 시작종이 칠 때까지의 수다 메들리가 나를 고통스럽게 하는 시간이. 왜 하필 그 아이가 내 가까이에 앉게 되었는가에 짜증이 난다. 그도 그럴 것이 그 아이의 행동 하나하나는 내 마음을 비집고 들어가 조금씩 상처를 내었다. 소나무의 껍질은 굵고 단단한데, 어떻게 그 여린 몸으로 내 껍질을 뚫고 들어왔는지는 아무리 생각해도, 알다가도 모를 일이었다. 갑자기 고민을 해서 그런지 머리가 지끈거린다. 저 멀리 언뜻 보이는 언덕 위로 큰 소나무 한 그루가 보인다. 할머니, 우리 할머니가 저기에 서 계신다. 처음 3학년이 되었을 때, 내 주변에서 반 아이들이 할머니 이야기를 하고 있었다. 다 늙어서 주책이라느니, 치매 기가 있어서 벽에 똥칠을 할지도 모른다느니, 촌스러운 꽃문양이 새겨진 대한민국 할머니들의 자존심 몸뻬 바지를 찢어 버리고 싶다느니, 온통 자신의 할머니에 대한 욕설뿐이었다.

"호호호. 나도 그래. 그 주름이 자글자글한 피부를 보면 속이 울렁거린다니까. 우리는 커서 그렇게 되지 말자. 마사지로 피부는 가꾸면 되는 거 아니야? 호호호."

마사지로 피부를 가꾸면 된다니, 그럼 중년 탤런트 분들은 돈이 없어서 마사지를 안 해서 피부가 그렇게 자글자글한지, 그녀의 어이없는 발상에 기가 찼는지 나도 모르게 콧방귀가 새어 나왔다. 그녀에 대한 방귀였기 때문인지 냄새가 아주 고약했다.

"너는? 너희 할머니는 어떠셔?"

순간 그 아이와 눈이 마주치고야 말았다. 또렷이 쳐다보는 눈빛이 부담스럽다. 일제히 주위에 있던 아이들의 관심이 내게 쏠렸다.

"아아, 저기."

나는 두 번째 손가락으로 저 멀리 언덕 위로 보이는 소나무 한 그루를 가리켰다. 순간 정적이 흘렀다. 그리고 그 정적을 깬 건 다름 아닌 유추프라카치아였다. 그녀의 입이 열리자 반 아이들은 일제히 그녀를 쳐다보았다. 관심. 실수였다. 그녀는 관심으로 먹고사는 아이라는 것을 잠시 잊고 있었으니까.

"어머, 저 늙어 빠진 소나무가 네 할머니라고? 호호호. 웃긴다, 얘. 그래, 네 할머니가 소나무면 넌 무슨 나무야? 떡대 있는 떡갈 나무? 혹시 네 할머니도 치매야? 자신이 사람인지 나무인지도 구별 못할 정도로."

"하하하하하. 맞아. 너 농담도 할 줄 아는구나."

"당연히 농담할 줄 알겠지. 얘도 사람이야. 말은 없어도. 덩치는 큰데 말은 다 어디로 갔는지 모르겠어. 호호호. 참, 이참에 말 좀 하자. 너, 왜 나 무시해? 얘들아. 나 정말 얘 때문에 장염까지 걸렸다니까. 내가 하는 말들은 어째 쏙쏙 골라서 귀를 막는지. 너희들은 모르겠지만 나 정말 힘들었어. 밥도 못 먹고 소화도 못 하고 잠도 뒤척이기만 했지. 하지만 너희들 때문에 이렇게 웃고 있어. 항상 고마워."

"어머. 정말? 많이 힘들었겠다. 힘내. 오늘 모의고사도 잘 보고. 나쁜 년."

이 보셔들. 나 지금 앞에 앉아 있어. 그리고 저 가식쟁이 식물 녀석, 내가 너를 언제 무시했다는 거야. 반 아이들 관심을 끌기 위해 나를 이용하지 마. 그리고 내 덩치를 이용하여 언어유희를 만들어 내는 그 위트 있는 발상에는 경의를 표한다. 반어법인 거 알지? 반 아이들을 또 선동해서 웃고 난리네. 너 말이야, 해서는 될 말이 있고 안 될 말이 있어. 아주 포복절도를 하지 그래. 떡갈나무의 떡 자도 제대로 모르는 주제에 함부로 갖다 붙이지 마. 너도 네 이름을 아주 못난 것에 붙이면 좋겠니? 사실 이렇게 식물 이름을 붙이는 내 모습을 보자면, 이건 모순이지만 나는 상관없었다. 이 식물 도감은 내가 만든 것이니까, 내 세상 속의 식물들을 관찰하여 만든

도감이니까. 순간 화가 치밀어 올랐다. 내가 떡대라거나, 덩치가 크다는 말은 상관없었다. 화가 나는 건 우리 할머니의 마음을 갖고 조롱을 했다는 것이었다. 그래서 내가 소나무를 좋아하는 거야.

녹이 슨 붉은 새장 속의 노란색 카나리아는 언제나 노래를 한다. 인간의 손에 길러진 지 약 400년이 다 되어 가는 애완용 작은 새. 그리고 항상 맑고 청량한 이 카나리아의 노랫소리가 장송곡처럼 왠지 가슴을 눈물에 저미게 하던 무렵, 우리 할머니는 푸른 소나무 안에서 영원한 사랑을 나누시게 되었다.

"내는 나무가 되고 싶데이, 평생 한 모습으로 꿋꿋하게 살아가는 영원한 저 소나무가. 이 할미 말 알아듣겠제? 그리고 저 큰 나무가 되믄 우리 손녀딸도 계속 지켜줄 수가 있고."

나는 고개를 갸우뚱할 수밖에 없었다. 그리고 때마침 텔레비전에서는 '자연장'에 대한 뉴스가 흘러나오고 있었다.

"다음 소식입니다. 얼마 전, 푸른 대학교 총장 김푸른 씨가 죽어서 한 그루의 나무가 되고 싶다는 유언에 따라 자연장을 거행했다는 소식이 있었습니다. 특집으로 꾸며진 자연장에 대한 자세한 소식, 김소원 기자가 전해 드립니다."

요즘 각종 버라이어티쇼에 나오면서 얼굴을 내비치고 있는, 최고의 주가를 올리는 중인 여 아나운서가 맑고 청량한 목소리로 소식을 전하고 있었다. 새장의 카나리아 소리보다도 맑은 목소리였다. 마치 난초처럼 단아하기도 했다.

"현재 묘지 통계에 따르면 전국의 묘지 면적은 국토의 1퍼센트를 넘는다고 합니다. 세계 인구가 점점 증가하고, 우리나라의 국토 면적 또한 작은 판국에 공장 지대의 약 세 배가 되는 묘지가 차지하는 면적은 한편으로는 국익의 손실이라고도 볼 수 있고, 환경 파괴라는 이면으로도 볼 수 있습니다. 점점 화장 문화가 증대하면서 납골 묘 또한 증가하고 있는 추세이지만, 이에 맞추어 호화스럽고 거대하기만 한 납골 묘로 인해 오히려 환경이 파괴되고 있다는 소식도 계속 들려오고 있습니다. 그렇다면 이러한 문제를 어떻게 해결해야만 하는 것일까요?

현재 가장 좋은 의견으로 대두되는 것이 있다면 '자연장' 또는 '수목장'이라고 할 수 있습니다. 가장 자연 친화적인 것으로 유골을 나무 밑에 묻어 자연에 회귀하게 하는 방법으로, 이는 산을 깎고 비석을 세우는 묘지와는 달리 자연과 하나 되는 방법이기 때문에 묘지를 지속적으로 관리해야만 하는 부담과 걱정, 장묘 비용을 줄일 수 있으며, 묘지보다는 지역 주변 사람들의 기피 의식이나 님비 현상 또한 줄일 수 있는 장점이 있습니다. 또한 수목장이 늘어나면 경관도 좋아지기 때문에 국가에도 큰 도움이 되는 장점도 가지고 있습니다. 이처럼 이 방식은 부와 가난으로 인한 고통 없이, 장례식장에서 모시겠다, 안 모시겠다며 싸우고 있는 현대 후손들의 다툼과 분열 또한 사라지게 할 수 있기도 합니다.

예로, 영국이나 프랑스는 예전부터 정원 형식으로 골분을 묻고 나무를 심는다고 합니다. 반면에 독일이나 스위스 등의 나라는 이미 자란 나무 밑에 골분을 묻습니다. 이처럼 우리나라도 나라에 맞는 방식에 따라 수목장을 개발해야 합니다. 그리고 수목장의 장점들을 살리기 위한 수많은 노력 또한 잊지 말아야 할 과제입니다. 그러나 한편으로 아무리 좋은 방안이라 대두되는 것들에도 단점은 있기 마련인데, 땅에 묻히기 때문에 발생하는 습기 문제나 산골 후에는 자연스럽게 사라지기 때문에 후에 생기는 일에 대하여 대처할

방안이 없다는 것이 바로 이것입니다. 하지만 이러한 것은 수목장이 되는 임야에 대한 연구를 통해 추후의 문제점을 해결할 수 있도록 하거나, 사후 책임에 대한 일을 자연장을 치르기 전에 미리 상담하고 이루어지게 하는 등 좀 더 관심을 가지고 확장한다면 필히 잘 해결될 수도 있는 문제이기도 합니다.

또한 제대로 되지 않은 법적 제도의 미비는 수목장이 확산되는 것을 막는 걸림돌이 되고 있는데, 제도가 미비하기 때문에 장묘업자나 토지의 소유자들이 나무의 가격을 터무니없이 비싸게 받고 있습니다. 2001년 '장사 등에 관한 법률'이 제정되긴 했지만, 이 안에 자연장에 관한 법률은 들어 있지가 않습니다. 그러나 보건복지부에서 이에 대한 재검토를 해 보겠다고 하였으니 제대로 된 법률이 제정되면 이러한 문제들 또한 해결할 수 있을 것입니다. 이처럼 자연장에 대한 끝없는 관심과 이에 대한 노력은 좀 더 나은 장례 문화를 안착할 수 있는 계기를 마련해 주고 있습니다. 하지만 제일 중요한 것은 역시 국민들의 의식 개선 필요라고 하겠습니다. 현재 많은 국민들이 화장을 하고 있기는 하지만, 아직도 유교 방식이 많이 뿌리내려 있는 시점에 이러한 것을 고운 시선으로 바라보지만은 않습니다.

또한 아무리 나무나 꽃에 화장한 분골을 뿌린다고 해서 겉으로는 정원이나 산지의 모습을 갖추고 있기는 하지만 국민들의 묘지라는 인식을 단숨에 바꾸어 버릴 수 있는 것도 아닙니다. 그렇기 때문에 자연장은 본격적으로 도입되기 이전에 먼저 자연 친화적으로 국민들에게 좀 더 친근하게 다가갈 수 있도록 할 수 있는 제도적인 장치와 토대가 마련되어야 하며, 이러한 자연장에 대한 국민들의 인식 변화가 있어야 합니다. 또한 관련 지식과 장점을 많이 알릴 수 있는 미디어 매체 또한 많이 제작해야 할 것입니다.

인간은 자연에서 태어나, 후에 다시 자연으로 돌아가게 되어 있습니다. 그리고 국가의 효율적인 국토 이용과 함께 이젠 많이 잃어버리고 훼손한 자연을 돌이켜야 할 때이기도 합니다. 이처럼 현재는 이제까지 해 온 장례 관행에서 벗어나 새로운 자연환경적인 '자연장'을 도입해야 할 때입니다. 죽어서 한 그루의 나무와 한 송이의 꽃이 되어 자신의 고향에서 영원히 숨 쉴 수 있다니 그 얼마나 행복한 일인지 다시 한번 가슴속에 새겨 보아야겠습니다. '수목장'이 활성화된다면 우리는 생을 마감하는 그 순간, 선조들이 이루어 놓은 소중한 자연 안에서 영원히 살아 숨 쉴 수 있을 것입니다. 이상 KBC 9시 뉴스, 김소원 기자였습니다."

텔레비전에서는 자연장에 대한 영상물과 함께 중후함을 풍기는 중년의 남성 김소원 기자의 목소리가 흘러나오고 있었다.

"기래. 바로 이 할미 말이 저거였다."

할머니의 눈가에는 맑은 이슬이 맺혀 있었다. 뉴스에서 흘러나오는 기자의 목소리를 들으며 할머니는 무엇인가를 갈망하시는 듯이 내 눈을 빤히 쳐다보셨다. 그리고 누렇게 닳아 버린 이를 드러내시며 빙그레 웃으셨다. 할머니는 완전히 마음을 굳히신 듯해 보였다. 자연에서 태어나 자연으로 돌아가고 싶다는. 특히 소나무가 되고 싶다는. 그리고 그해 여름, 할머니께서는 정말 소나무가 되셨다. 그리고 지금도 이렇게 학교생활을 하는 나를 저 멀리서 바라보고 계셨다.

분한 마음에 자리에서 일어나 유추프라카치아를 한 대 치려고 했다. 반 친구들이 나를 어떻게 봐도 상관없어. 하지만 우리 할머니를 욕보이는 것은 참을 수가 없었다. 그렇지만 하늘은 나를 도와주지 않았다. 아니, 어쩌면 나를 도와준 것인지도 모르겠지만. 언어 영역 시험 시작종이 울렸다. 사회문화 선생님께서 묵직한 모의고사 시험지 다발을 들고 들어오셨다. 방금 있었던 일 때문에 머리가 복잡하다. 아까까지는 괜찮았는데, 갑자기 반 아이들의 시선이 신경 쓰인다. 그 아이의 말만 믿고 나를 달리 바라볼까 봐. 외국어 영역 시험 시간이 시작될 때까지 뭐가 어떻게 되었는지도 기억이 나지 않았다. 시험지를 받은 것은 기억이 나는데, 또 OMR 카드에 마킹한 것까지는 기억이 나는데.

어느새 지나가 버린 시간은 3교시 외국어 영역 시험 시간까지 오게 만들어 버렸다. 유추프라카치아 그 녀석 때문에 할머니에 대한 그리움이 가슴을 꽉 메운다. 그리고 나를 그런 식으로 조롱한 그 녀석이 너무나도 밉다. 너에게 관심을 가져주지 않아서 지금 복수하는 거니. 순간 소설 속의 주인공이라도 되고 싶은 심정이었다. 만약 내가 주인공이었더라면 이러한 갈등 양상을 극복하고 결말에 이르러 그 갈등을 해소할 수 있었을 테니까. 그리고 나 자신이 삼인칭 관찰자 시점이었다면 이 작품 안에서 그 아이의 마음속을 들여다볼 수 있었을 것이다. 아니, 전지적 작가 시점이었다면 모든 것을 알 수 있었을 테지. 대체 무슨 생각으로 나에게 이러는 건지, 원.

가슴이 답답했다. 목구멍까지 텁텁한 쑥떡이 차오르는 느낌이다. 문제를 풀기 위해 샤프를 들었다. 옆에서 슥슥거리며 시험지를 가로지르는 소리가 들린다. 자꾸만 돌아가는 시계 초침도 귀에 거슬린다. 귓속의 유문 세포들이 바짝 곤두서 있다.

"잊자. 잊어. 문제를 푸는 데만 집중하는 거야!"

3교시 외국어 영역 시험 시간은 이렇게 끝이 나는 것일까. 집중을 해 보려 주머니 속에 녹아 있던 초콜릿을 입에 물어 보았다. 끈적거리며 불쾌하기만 할 뿐 집중은커녕 달콤함마저 느껴지지 않았다. 18번부터 23번까지 온갖 시선을 문제에만 집중했다. 하지만 집중만 할 뿐 머릿속의 신경은 온통 그 아이에게로 뻗쳐 있었다.

외국어 듣기 평가가 시작되었다. 거저 주는 점수라는 1번 그림 문제마저 버벅거리는 꼴이란. 정신을 차렸다. 내가 가장 취약한, 여자의 질문에 대한 남자의 대답을 묻는 문제다. 볼을 꼬집어 보았다. 그러나 아프기만 할 뿐이다. 잠시 가슴을 추스를 때쯤 벌써 문제는 마지막 문제인 17번에 치닫고 말았다. 결국에는 17문제를 찍고 말았다. 진득하니 풀어도 틀릴 판국인데, 찍는 실정이라니 큰 치명타가 아닐 수 없었다.

외국어 영역 시험 시간이 그렇게 끝나고, 나는 아무렇지 않은 척 하려 애썼다. 혼자서 가방 속에 들어 있던 큐브를 돌리며 평소처럼 미소를 지었다. 달각달각, 하나하나 한 가지 색으로 바뀌어 가는 큐브를 보며 내 삶도 이렇게 바른 답으로 딱딱 맞추어질 수 있다면 얼마나 좋을까 하는 생각이 들었다. 그 아이를 쳐다보았다. 어느새 함께한 친구들과 수다 떨기에 바쁘다. 나더러 들으라는 듯 그 친구들에게 "아, 몰라. 이젠 지쳤어. 나 너무 힘들어."라고 크게 외친다. 가슴이 답답하다.

4교시 사회탐구 영역 시험 시간이 시작되었다. 많은 시험지들 사이에서 정치, 한국지리, 사회문화, 근현대사를 꺼내어 풀기 시작했다. 평소 점수가 그나마 잘 나왔던 사회문화를 먼저 펼쳐 놓았다.

"그림은 양심적 병역 거부에 대한 두 사람의 대화이다. 이를 개인과…… 같이 하는 것은?"

문제조차 제대로 보이지 않는다. 1번, 사회는 이성적인 개인 간

계약에 의해 성립된다. 답인가? 이게 실재론과 명목론 중에서 무엇을 말하는 것일까? 지문에 있는 것처럼 남학생은 개인의 인권은 최상의 가치이기 때문에 인정해야 한다고 했으니 명목론이 맞는 것일까? 아니면 실재론인 것인가, 머리가 뒤죽박죽이었다. 결국 별표를 치고야 말았다. 두 시간 안에 네 과목 총 80문제를 모두 풀고 OMR 카드에 마킹까지 해야 하는데, 한숨 쉬며 바라본 시계의 바늘은 무심하게도 15분이나 지나가 있었다. 한 문제마저도 별표 치고 못 풀었는데, 시간의 8분의 1이 지나가 버리다니. 울고 싶은 심정에 쳐다본 유추프라카치아는 머리를 싸매고 문제를 쓱쓱 풀어 나가고 있었다. 갑자기 짜증이 치밀어 올랐다. 난 이렇게 고심하고 있는데.

집에 와서 이를 악물고 채점을 해 보았다. 결과는 대참패. 지금까지도 그래 왔지만 오늘의 시험은 평소보다도 낮은 점수였다. 총점 239. 외국어 영역은 45, 언어 영역은 69, 수리 영역은 16, 최악의 점수였다. 믿었던 사회탐구 영역마저도 망치고 말았다. 한국지리 29, 근현대사 24, 정치 21, 사회문화 35. 수학능력시험이 이제 며칠이나 남았다고 점수가 이 모양 이 꼴이라니. 350점은 거뜬히 넘는 그 아이에 비해 내 점수는 너무나 초라했다.

그날 나는 꿈을 꾸었다. 교실 책상과 걸상에 앉아 수다를 떠는 것은 더 이상 반 아이들이 아니었다. 내가 이름 붙인 각각의 식물들이 수다를 떨고 있었다. 상상해 보라. 그 얼마나 웃긴 일인가. 그런데 웬일인지 유추프라카치아는 말이 없었다. 잘못해서 건드렸는지도 모르고 그 식물은 다른 누군가 자신을 다시 한번 보듬어 주기를 바라고 있었다. 그리고 그녀는 그렇게 힘없이 시들어 가고 있었다. 그리고 점점 초점이 없는 눈동자로 그렇게 나를 빤히 바라보고 있었다.

찌르르르릉. 자명종이 울린다. 몇 시간만 있으면 학교에 가야 할 시간이다. 매일 가는 학교이지만, 오늘은 왠지 발걸음이 떨어지지 않는다. 모의고사를 망쳤기 때문에? 아니면 어제까지만 해도 분한 마음에 이를 갈았던 그 아이가 꿈속에서는 불쌍하게 보였기 때문에? 그건 아니야. 낯이 익은 얼굴, 그 녀석이 아니었어. 가슴이 복잡해져 온다. 할머니, 할머니가 보고 싶다. 예전에는 내가 무슨 일이 있을 때마다 내 고민을 들어 주고는 하셨는데.

새벽 공기는 시원했다. 그리고 짙은 남색의 하늘에서는 살랑살랑 새벽바람이 불어왔다. 아직 태양은 머리를 내밀지 못했는지, 머리를 내밀 곳을 찾기 위해 하늘 위에서 갈팡질팡하는 모습이 눈에 선하다. 쌀쌀하다. 입고 있던 카디건을 가슴 쪽으로 좀 더 끌어당겼다. 저 멀리에 굵고 정갈한 소나무 한 그루가 우뚝 솟아 있는 것이 보인다. 할머니에게 한 걸음, 한 걸음 다가갈수록 코끝으로 할머니의 싱그러운 솔향기가 스며드는 듯하다. 소나무가 될 거라 입버릇처럼 말씀하시던 할머니가 생각난다. 눈앞에 할머니가 서 계신다.

'할머니······.'

나는 소나무로 한걸음에 달려가 보았다. 딱딱한 할머니의 옷자락을 가슴으로 쓸어내려 본다. 솔방울보다도 싱그러우셨던 할머니가 떠오른다.

'할머니, 저 어떻게 하면 좋아요. 저는 소나무가 아니었나 봐요. 어쩌면 제가 유추프라카치아였는지도 몰라요. 관심을 받고 싶어 하는. 그래서 그 아이가 부러웠나 봐요. 어제 꿈을 꿨어요. 꿈속의

아이는 그 아이인 줄 알았는데, 알고 보니 저의 모습이었어요. 관심을 받고 싶어 하는…….'

소나무는 말이 없었다. 하지만 할머니는 이미 이 사실을 알고 계셨는지 모른다. 그래서 돌아가시고 나서도 나를 항상 건드려 주기 위해 소나무가 되셨는지도 모른다. 사실은 내가 유추프라카치아였기 때문에. 손끝으로 송진이 스며든다. 오늘따라 손끝에 묻어나는 송진이 할머니의 눈물처럼 끈끈하다.

달리는 말이 꿈꾸는 밤

경기 안양예고 3
국종애

　나는 초라하고 볼품없는 말이었다. 숱이 없는 뻣뻣한 갈기는 머리 주변에만 남았고 윤기 없는 털은 듬성듬성 빠져 있었다. 게다가 몸집보다 큰 안장 때문에 등이 잔뜩 휘어 있었다. 나는 해가 저문 사막 한가운데 서 있었다. 주위는 온통 짙은 보랏빛이었다. 사람은 커녕 풀 한 포기도 보이지 않았다. 모래언덕에 달그림자가 드리워져 검은 웅덩이 같았다. 나는 미미한 달빛에 의지해 한 걸음씩 앞으로 나아갔다. 한밤중의 사막은 무척이나 추웠다. 나는 몸을 부르르 떨며 흐릿한 지평선을 바라보았다. 그곳에서 별 하나가 반짝이고 있었다. 나는 이를 악물고 달리기 시작했다. 어둠에 가려져 보이지 않는 사막 끝을 향해 계속해서 달려갔다. 그러나 달리고 또 달려도 제자리였다. 나는 제자리걸음을 하고 있었다. 내가 서 있던 자리엔 커다란 모래 구덩이가 생겼다. 나는 앞으로 뛰어나가기 위해 발버둥 쳤다. 안장이 자꾸 흘러내렸다. 구덩이는 별이 보이지

않을 정도로 깊어졌다. 눈물이 자꾸 흘렀지만 모래 위에 떨어져 흔
적도 없이 사라져 버렸다. 나는 큰소리로 울었다. 어두운 사막 한
가운데에 쉰 말 울음소리만 울려 퍼졌다.

"으……."

짧게 흐느끼며 눈을 떴다. 방 안은 짙은 보랏빛이었다. 꿈이 덜
깬 것 같아 눈을 비볐다. 눈가가 젖어 있었다. 베갯잇도 축축하게
젖어 있었다. 나는 소매로 눈가를 닦고 휴대폰을 열어 보았다. 아
직 새벽 5시였다. 일어나려면 한 시간은 더 있어야 했다. 이불을
머리끝까지 뒤집어썼다. 방금 전에 꾼 꿈이 머릿속을 맴돌았다. 한
심하게 진짜 눈물을 흘리다니. 이불을 젖히고 일어나 자리끼를 벌
컥벌컥 들이마셨다. 미지근한 물이 목을 타고 흘렀다. 나는 물기를
손으로 문지른 뒤 다시 이불을 덮고 누웠다. 휘청거리던 작고 초라
한 말이 눈앞에 아른거렸다. 잠에서 한번 깨고 나니 다시 잠이 오
지 않았다. 나는 숨을 크게 들이마셨다. 이불에서 퀴퀴한 곰팡이
냄새가 났다. 이불을 가슴께까지 내렸다. 눈을 멀뚱히 뜨고 한참을
누워 있었다. 초침 소리가 아주 크게 들려왔다. 갑자기 오른쪽 다
리가 저려 왔다. 나는 이불 속에 손을 넣고 허벅지를 주물렀다. 주
무르면 주무를수록 다리에 전기가 흐르듯이 찌릿찌릿했다. 나는 한
참을 주무르다가 몸에 힘을 빼고 눈을 감았다. 몸이 축 늘어졌다.
다리는 여전히 저려 왔지만 더 이상 주무르지 않았다. 이제 일어나
야겠다고 생각하고 있는데, 밖에서 슬리퍼 끄는 소리가 들렸다. 그
러고는 방문이 열렸다. 나는 곤히 잠든 체하며 몸을 반대 방향으로
웅크렸다. 어머니는 잠긴 목소리로 일어나라며 나를 흔들었다. 나
는 인상을 찌푸리며 몸을 뒤척였다. 어머니는 아무 말도 하지 않더

니 방문을 닫고 나가 버렸다. 나는 눈을 천천히 뜨고 어머니가 나간 쪽을 바라보았다. 문은 다시 열리지 않았다. 나는 베개 옆에 두었던 말 모양의 목각 인형을 손에 꼭 쥐었다가 내려놓았다.

방문을 열었다. 마당엔 몇 달 전 세 들어온 여자 애가 쭈그려 앉아 세수를 하고 있었다. 그 애는 세수를 하다가 기척을 느끼고 이쪽을 바라보았다. 그러더니 깜짝 놀란 듯 고개를 홱 돌렸다. 나는 어리둥절했지만 곧 까닭을 알아차리고는 방 안으로 재빨리 뛰어 들어왔다. 윗도리를 입지 않고 수건만 목에 건 채로 서 있었던 것이다. 나는 고개를 숙이고 내 상반신을 내려다보았다. 비쩍 마른 몸에 아랫배가 볼록하게 나와 있었다. 얼굴이 빨갛게 달아올랐다. 나는 얼굴의 열을 식힌 후 새로 산 티셔츠를 입었다. 그러고는 헛기침을 하며 방문을 열었다. 앞집 여자 애는 이미 씻고 들어갔는지 마당에 없었다.

우리 집은 낡은 한옥으로, 방이 다섯 개나 있었다. 그중 세 개는 어머니와 내가 쓰고 나머지 사랑채에 딸린 방 두 개를 세주었는데 마당에서 본 그 여자 애와 아버지가 살고 있었다. 한 달 월세가 25만 원이지만 두 달 동안 한 번도 낸 적이 없었다. 처음에 어머니는 월세는 받지 않겠다며 그 두 식구를 거절했지만, 우리는 아버지가 없고 그들은 어머니가 없는 같은 처지의 가정인 것을 보고 마음이 움직여 그 식구를 받아 주었다.

그 여자 애의 아버지는 일정한 직업이 없어 집에서 술 마시고 잠만 자다가, 마침내 술 살 돈이 떨어지면 그때서야 공사장에 일을 하러 나가곤 했다. 앞집 댓돌 위에는 매일 술병이 대여섯 개씩 올라와 있었다. 앞집 남자가 술이 깨어 있는 시간은 늦은 저녁 잠들기 전 몇 분이었다. 잠이 들 때쯤 그 남자는 딸에게 술심부름을 시켜 얼큰하게 취한 뒤 술기운에 잠들었다. 또 주정 부리는 목소리가 얼마나 큰지, 온 동네에서 그 남자의 술버릇을 다 알 정도였다. 한 집에 사는 나조차도 창피할 정도인데, 그 여자 애는 부끄러워 얼굴도 들지 못할 것 같았다. 그러고 보니 그 애는 정말로 얼굴을 들지 못하고 다녔다. 수많은 주정뱅이들이 그렇듯이 앞집 남자도 술에 취하면 고래고래 소리를 지르고 물건을 집어 던지고 사람을 때렸다. 책상에 앉아 공부를 하고 있으면 앞집 남자가 지르는 고함 소리와 물건이 깨지는 소리, 그 애가 외마디 비명을 지르는 소리를 자주 들을 수 있었다. 그런 다음 날이면 어김없이 그 애의 얼굴이나 팔다리에는 울긋불긋한 피멍이 들어 있었다. 어쩌다가 내가 그 애와 마주치면 그 애는 몸을 돌리며 재빨리 도망쳤고, 나도 보지 못한 척하기 위해 시선을 다른 곳으로 돌리곤 했다.

교복을 입고 대문을 나섰다. 학교까지는 걸어서 20분 정도 걸렸다. 나는 항상 10분 정도 여유를 두고 나왔다. 내리막길은 한쪽에 차들이 주차되어 있어 좁았다. 게다가 차가 없는 쪽엔 동네 아이들이 버린 쓰레기나 개똥이 잔뜩 널려 있었다. 나는 더러운 곳을 밟지 않기 위해 조심스레 걸었다. 몸이 움직일 때마다 텅 빈 가방에 필통 소리만 요란하게 울렸다. 뒤쪽에서 와 하는 소리가 들리더니 초등학생 네다섯이 나를 제치고 빠르게 뛰어갔다. 나는 그 자리에 서서 뛰어가는 아이들을 멍하니 바라보았다. 나는 용기를 내어 발걸음을 빠르게 옮겼다. 내리막길이라 훨씬 더 위험했지만 이미 걸음은 점점 빨라지고 있었다. 몇 걸음 걷다가 결국 넘어져 데굴데굴 구르고 말았다. 몇 미터를 구르다가 간신히 차 트렁크를 붙잡고 일어섰다. 주위에 본 사람이 없나 둘러보고선 혼자 크게 웃었다. 이렇게 웃지 않으면 눈물이 나올 것 같았다.

학교에 5분 늦게 도착했다. 교문에는 지각한 아이들이 무릎을 꿇고 앉아 벌을 받고 있었다. 나는 학주에게 목례를 한 뒤 다른 아이들 옆으로 가 무릎을 꿇고 앉았다. 학주는 날 보더니

"수능이 얼마나 남았다고 이렇게 나태해."

라고 꾸짖으며 일어나라고 손짓했다. 나는 아무 말 없이 일어서서 운동장을 가로질러 갔다. 뒤에서 아이들이 야유하는 소리가 들렸다. 씨팔, 나도 너희랑 같이 벌서고 싶어 하고 소리 지르고 싶었다. 그렇지만 나는 묵묵히, 오늘따라 더 절뚝거리는 오른 다리를 붙잡고 계단을 올랐다.

내가 오른쪽 다리를 절게 된 것은 열두 살 때 난 차 사고 때문이었다. 그날은 이모가 노처녀 딱지를 떼고 결혼하는 날이었다. 나는 예식장 주차장에서 사촌 동생들과 눈을 가리고 술래잡기를 하고 있었다. 빠르게 달려오던 승용차를 당연히 보지 못한 나는 차와 세게 부딪쳤고 2미터 정도 튕겨 나갔다. 하지만 나는 곧바로 툭툭 털고 일어났다. 울지도 않았다. 오히려 겁에 질려 운 것은 사촌 동생들이었다. 허리와 허벅지에 멍이 들고 아팠지만 참을 수 있었다. 울지 않은 것이 자랑스러워 친구들에게 자랑까지 하고 다닐 정도였다. 나흘 정도가 지난 후 갑자기 다리가 당기고 아파 동네 병원에 갔다. 의사는 인대가 늘어났다고 했다. 간단한 물리치료를 받고 집으로 돌아왔다. 나도 어머니도 별다른 걱정은 하지 않았다. 집에 누워 있기만 했는데 무릎까지 아파 왔다. 다른 병원에 가 보니 근육이 파열됐다고 했다. 의사는 되도록 움직이지 말고 누워만 있으라고 했고, 나는 그렇게 했다. 그렇게 한 달 정도가 지났지만 상태는 나아지지 않았다. 오른쪽 다리를 만지면, 남의 다리를 만지는 것처럼 감각이 없었다. 마지막으로 찾아간 병원에서는 혈관이 파열

되어 당장 수술해야 한다고 했다. 아버지가 돌아가실 때 남기신 돈으로 수술을 했다. 통증은 사라졌지만 오른쪽 다리를 자유롭게 움직일 수 없었다. 어머니는 일하러 다니느라 바빴고, 나는 하루 종일 방 안에 누워 꿈만 꾸었다. 말이 되어 푸른 초원을 달리는 꿈이었다. 그 후로 나는 꿈속에서만 달릴 수 있었다. 제때 재활 훈련을 받지 못해 오른쪽 다리 근육이 퇴화해 버린 것이었다. 근육이 빠져서 왼쪽 다리에 비해 눈에 띄게 홀쭉했다. 근육 신경에도 손상을 입어 다리에 힘을 줘 움직일 수도 없었다. 다행히 감각은 조금 돌아왔지만 전기가 흐르는 것 같은 통증도 함께 왔다. 어머니는 울지 않았다. 나도 울지 않았다. 그날 밤에는 제자리 뛰기만 하는 작고 초라한 말 꿈을 꾸었다. 다음 날 아침에 일어나 장난감 가게에 가 작은 말 모양 목각 인형을 사 왔다. 다리가 짧고 못생긴 말이었다. 나는 며칠 전 읽은 책에서 목각 인형과 비슷한 볼품없는 말을 찾아 냈고, 로시난테라고 이름 지었다.

대문이 열려 있었다. 문을 열고 들어가니 앞집 여자 애가 보일러실에 들어가 이것저것 만져 보며 씨름하고 있었다. 그 애는 나를 보더니 고개를 끄덕여 인사했다. 볼에 기름때가 묻어 있었다. 나는 그 애를 지나쳐 내 방으로 들어갔다. 가방을 내려놓고 교복을 벗어 옷걸이에 걸었다. 보일러가 고장 난 것 같았다. 고쳐 주지 않으면 우리 집 보일러까지 망가뜨릴 것 같았다. 나는 편한 옷으로 갈아입은 뒤 밖으로 나갔다. 아직도 그 애는 보일러를 열어 이것저것 만져 보고 있었다. 내가 뒤에서 헛기침을 하자 그 애는 깜짝 놀라 나를 쳐다보았다. 나는 아무 말 없이 보일러를 살폈다. 보일러가 작동이 되지 않아 빨간 불이 깜빡이고 있었다. 나는 보일러 안에 물을 채웠다. 보일러는 다시 작동이 되기 시작했다. 그 애는 고맙다며 인사를 했다. 나는 처음으로 그 애에게 말을 했다.

"여름인데 웬 보일러."

그 애는 멋쩍은 표정으로 목을 긁적거렸다. 그때 대문을 열고 들어오던 어머니가 우리 둘을 보고 보일러실 안으로 들어왔다. 나는 보일러가 고장 나서 잠깐 봐 준 거라고 서둘러 말했다. 어머니는 아무런 말도 없이 고개를 끄덕이고는 보일러실 밖으로 나갔다. 나도 어머니의 뒤를 따라 나갔다. 어머니는 신발을 벗고 방 안으로 들어갔다. 다녀왔다는 인사도 하지 못했다.

손을 씻고 책상 앞에 앉아 교과서와 문제집을 펼쳤다. 수능이 몇 달 남지 않았다. 나는 교과서에 적힌 요점 정리를 공책에 베껴 썼다. 하나도 머리에 들어오지 않았다. 나는 하루 대부분의 시간을 공부하는 데 투자하지만 성적은 중간 정도였다. 억울하지도, 화나지도 않았다. 나는 공부를 잘하진 못했지만 공부 말고는 할 줄 아는 게 없으니까. 운동도 못했고 컴퓨터 게임도 못했다. 사람들과 어울리지도 못했다. 사람들은 내 마음조차도 절름발이로 만들었다.

나는 목각 인형을 만지작거렸다. 손때가 타 거무튀튀했다. 서랍을 열어 목각 인형을 넣으려는데 정리되지 않은 물건들 사이로 사진 한 장이 보였다. 내가 갓 태어났을 때 찍은 가족사진이었다. 모두 넷이었다. 아버지, 어머니, 나, 그리고 형. 형은 아버지가 돌아가신 다음 날 집을 뛰쳐나갔다고 했다. 명문대 법대에 합격했다는 소식을 들은 직후였다. 비록 그곳에 입학을 하진 못했지만 형이라면 분명 훌륭한 사람이 되었을 거라고, 어머니는 꿈을 꾸듯 말했다. 그때마다 나는 말을 꿀꺽 삼켰다.

나도 있잖아요.

갑자기 우당탕 하고 물건이 떨어지는 소리가 들렸다. 옆집 남자는 잔뜩 혀가 꼬인 말로 소리를 지르고 있었다. 옆집 여자 애는 울먹이며 잘못했다고 빌었다. 나는 문을 조금 열고 밖을 내다보았다. 술병을 오른손에 든 옆집 남자는 마당에 주저앉아 울고 있는 옆집 여자 애에게 소리를 지르며 욕을 하고 있었다. 그 애는 잔뜩 헝클어진 머리를 하고 신발도 신지 않은 채로 땅바닥에 주저앉아 흐느끼고 있었다. 나는 문을 닫고 책상에 앉았다. 신경 쓰고 싶지 않았다. MP3 이어폰을 귀에 꽂으려고 하는데 방문이 거칠게 열렸다. 그 여자 애는 가쁜 숨을 몰아쉬며 내 방문 손잡이를 꽉 붙잡고 서 있었다. 밖에선 옆집 남자가 문을 발로 차고 두드리며 소리를 지르고 있었다. 나는 어안이 벙벙해 한참 동안 그 애를 바라보았다. 몇 분이 지나고 밖이 조용해지자 그 애는 안심한 듯 바닥에 주저앉았다. 나는 헛기침을 했다. 그 애는 깜짝 놀라 나를 쳐다보았다. 그 애는 나만 보면 깜짝 놀라곤 했다.

"미안해요. 너무 무서워서……."

방은 약간 어두웠지만 새빨간 그 애의 얼굴은 알아볼 수 있었다. 나는 신경 쓰지 않고 교과서를 넘겼다. 그 애는 문 앞에 쭈그려 앉아 있었다. 그 애는 내 방이 신기한 듯 자꾸 두리번거렸다. 그러다가 나와 눈이 마주쳤다. 나는 재빨리 시선을 다른 곳으로 돌렸다. 그 애는 일어서서 내 쪽으로 왔다.

"이게 뭐예요?"

그 애는 서랍에 넣으려다 깜빡한 목각 인형을 만지며 물었다. 나는 목각 인형을 낚아챘다.

"말."

내가 대답하자 그 애는 고개를 끄덕였다. 그러고는 웃으면서 말했다.

"그 말 이름이 뭐예요?"

"장난감에 이름 같은 거 안 붙여."

아, 하고 그 애는 또 웃었다. 방금 전까지 비참하게 맞고 있었으면서 어떻게 웃을 수 있는 걸까. 순간 화가 났다.

"지금 날 방해하고 있는 거 알아?"

그 애는 입을 가리고 아무 말도 하지 않았다. 그러고는 몸을 꾸벅 숙여 인사하고는 조심스럽게 밖으로 나갔다. 정말 멍청해 보였다. 정말 아무것도 모르는 여자 애였다. 날 방해하고 있다는 것도, 방금 전까지 맞았다는 사실도, 우리가 같은 학교 같은 학년이라는 것도.

다음 날 학교 복도에서 그 애를 보았다. 친구들과 음료수를 마시며 걸어가고 있었다. 입을 손으로 가리고 웃는 모습이 또래 여자 애들과 다를 바 없었다. 나는 그 애가 내 근처로 걸어오자 몸을 돌리고 다른 곳을 쳐다보았다. 그 애는 나를 보지 못하고 지나쳤다. 나를 보면 또 깜짝 놀랄 것 같았다. 그 애가 깜짝 놀랐을 때 짓던 멍청한 표정을 생각하니 웃음이 나왔다.

"비켜, 병신아."

누군가 내 어깨를 세게 치고 지나갔다. 나는 뒤뚱거리며 계단 쪽으로 걸어갔다. 나를 본 아이들은 수군거리며 웃거나 아예 무시했다. 나는 계단에 걸터앉았다. 나와 같은 반인 김호남이 여자 친구 손을 잡고 계단을 내려오고 있었다. 그 둘은 나를 힐끔 쳐다보고 지나갔다. 여자 친구는 꽤 예뻤고 긴 생머리였다. 나는 교실에서 그 녀석이 긴 생머리가 이상형이라고 하는 말을 여러 번 들었다. 많은 남자 아이들이 맞장구를 쳤다. 솔직히 여자들의 긴 생머리는 가슴을 두근거리게 만들었다. 그건 나도 마찬가지였다. 햇빛을 받아 윤기가 흐를 때는 손으로 쓸어내려 보고 싶기도 했다. 이제까지 단 한 번도 여자 친구를 사귀진 못했지만. 이제 그 녀석은 마음껏 생머리를 만져 볼 수 있을 것이다. 사실 남자인 내가 봐도 그 녀석은 멋있었다. 키도 크고 이목구비도 크고 뚜렷하게 생겼다. 게다가 육상부였는데 그 녀석이 스타트라인에 서기만 해도 여자 애들은 비명을 지르며 열광했다. 나도 그 녀석이 달리는 모습을 딱 두 번 본 적이 있다. 민소매에 짧은 운동복 바지를 입고 반 대항 장거리 경주를 하는데, 내 심장도 달릴 때처럼 마구 뛰었다. 나도 오른쪽 다리를 쭉 펴고 달리고 싶었다. 그 녀석이 발을 옮길 때마다 허벅지의 근육들이 꿈틀거렸다. 달리는 자세도 멋졌다. 한 마리의 멋진 경주마를 보는 것 같았다. 나는 여자 애들에게 밀리는 바람에 끝까지 경주를 보지 못했다. 그러나 보지 않아도 결과는 뻔했다. 그 후로 나는 항상 존경 어린 시선으로 그 녀석을 보았다. 그 녀석처럼 멋있는 남자 애는 예쁘고 긴 생머리인 여자 애와 당연히 사귀어야 한다는 생각이 들었다. 나는 그 둘이 걸어간 방향을 바라보다가 종소리를 듣고서야 느릿느릿 교실로 걸어갔다.

담임은 또 나를 청소 당번에서 제해 주었다. 반 아이들은 거세게 항의했지만 담임의 고집은 꺾을 수 없었다. 솔직히 유리창 청소는 하기 힘든 것이 사실이었다. 나는 가방을 한쪽 어깨에 메고 운동장을 가로질러 걸었다. 교문 앞에 김호남이 가방을 나처럼 한쪽 어깨에 메고 서 있었다. 나는 인사를 걸어 볼 생각으로 그 녀석에게 가까이 다가갔다. 그 녀석은 강아지와 발 장난을 하고 있었다. 떠돌이 개인 것 같았다. 나는 그에게 인사를 했다.

"안녕, 여기서 뭐 해?"

그 녀석은 나를 힐끔 쳐다보았다.

"청소 땡땡이치고 여자 친구 기다려."

나는 고개를 끄덕였다. 그 녀석은 강아지 배를 발로 툭툭 차고 있었다. 강아지는 계속 꼬리를 흔들었다.

"귀여운 강아지네."

나는 쭈그려 앉아 강아지에게 손을 내밀었다. 강아지는 꼬리를 흔들며 내 손을 핥았다.

"이 새끼 뒷다리가 병신이네."

그 녀석이 강아지 엉덩이를 툭 차며 말했다. 나는 강아지의 뒷다리를 보았다. 뒷다리가 다른 세 다리에 비해 훨씬 짧았다. 그 녀석은 계속해서 강아지를 발로 툭툭 건드렸다. 강아지는 까만 눈으로 나를 쳐다보았다. 나는 강아지의 머리를 쓰다듬었다. 이곳저곳 냄새를 맡던 강아지는 그 녀석에게 가 꼬리를 흔들며 신발을 핥았다. 그러자 그 녀석은 욕을 하며 발길질을 해 강아지를 쫓았다. 나는 그러지 말라고 작은 목소리로 말했다. 그러자 그 녀석은

"왜, 너 같아서 불쌍하냐?"

라고 말했다. 나는 두 주먹을 꾹 쥐었다. 그러나 아무 말도 하지 못했다. 강아지가 다시 이쪽으로 오자 그 녀석은 보란 듯이 강아지를 걷어찼다. 강아지는 깨갱거리며 울었다. 마음속에서 뜨거운 불길 같은 것이 일었다. 나는 무작정 그 녀석에게 달려들었다. 그 녀석이 넘어지자 그 위에 올라타 주먹질을 몇 번 한 것이 전부였다. 상황은 역전되어 그 녀석이 내 배 위에 올라타 죽을 만큼 날 때렸다. 나 같은 인간이 자기를 때린 것에 대해 자존심이 상했는지 몸을 부르르 떨고 있었다. 나는 눈을 감고 그 녀석이 때리는 대로 맞아 주었다. 반격할 힘도 없었다. 그 녀석이 손을 털며 여자 친구와 함께 가고 나서, 나는 천천히 일어나 집으로 돌아왔다. 오르막길을

오르는 내내 넘어졌지만 용케 집으로 돌아왔다. 마당에는 앞집 여자 애가 쭈그려 앉아 손빨래를 하고 있었다. 나는 대문 문턱에 걸려 넘어졌다. 그 애는 나를 보자마자 비명을 지르며 달려와 부축했다. 눈이 부어 앞이 잘 보이지 않았다. 그 애는 당황해서 어쩔 줄 모르는 것 같았다. 그 애는 나를 무릎에 눕히고 젖은 수건으로 피를 닦아 주었다. 그러고는 상처에 소독을 하고 밴드를 붙여 주었다. 나는 눈을 감았다. 상처는 쓰라렸고 몸은 가눌 수 없는 상태가 되었지만 가슴은 계속 두근거렸다. 내가 그 녀석을 때렸다고 생각하니 웃음이 나왔다. 넌 병신한테 맞은 거야 하고 비웃어 주고 싶었다. 앞집 여자 애가 어쩌다가 다쳤냐고 물었다. 나는 자랑스럽게

"김호남이랑 싸웠어."

라고 말했다. 그러자 그 애는 놀라며 되물었다. 내가 똑같은 대답을 하자, 그 애는

"네가 더 많이 맞았지?"

라고 했다. 나는 그 애가 반말하는 것을 처음 들었다. 그러고 보니 내가 김호남과 싸웠다고 해도 놀라지 않았다.

"같은 학교인 거 알았어?"

내가 머뭇거리면서 묻자 그 애는 한쪽 입 꼬리를 올려 웃으며

"내가 바보인 줄 알아?"

라고 했다. 상처를 다 치료하고 나자 슬슬 걱정이 되었다. 괜히 달려들었나 하는 생각이 들었다. 내일 학교에서 그 패거리들이 덤벼들 것 같았다.

"괜히 패 줬어. 그냥 평소처럼 멋있다고 생각하고 말걸."

그러자 그 애가 내 이마를 살짝 때리며 말했다.

"걔 하나도 안 멋있어. 네가 더 멋있어. 잘했어."

나는 눈을 동그랗게 뜨고 그 애를 바라보았다. 이제 보니 그 애는 긴 생머리였다.

갑자기 대문이 열리더니 어머니가 들어왔다. 어머니는 내 상처를 보더니 다쳤구나 하고 하고는 안방으로 들어갔다. 나는 입을 꾹 다물고 내 방으로 들어갔다. 책상 앞에 앉아 말 목각 인형을 만지작거렸다. 매끄러우면서도 거친 듯한 나무의 느낌이 마음을 편안하게 만들었다. 똑똑. 누군가 방문을 두드렸다. 들어오라고 하자 그 애가 얼굴을 빠끔 내밀었다.

"들어가도 돼?"

"안 돼."

그러자 그 애는 얼굴만 내밀고 말했다.

"그 말 인형 좋아하는구나."

나는 아무 말도 하지 않았다. 그 애는 머뭇거리다가 문을 닫고 나가려고 했다.

"로시난테."

"뭐?"

그 애가 되묻자 나는 다시 한번 말했다.

"이 말 이름은 로시난테야."

그 애는 반쯤 몸을 내밀고 말했다.

"『돈키호테』에 나오는?"

그 애가 『돈키호테』를 알고 있을 줄은 생각도 하지 못했다. 나는 눈을 동그랗게 뜨고 물었다.

"너도 알아?"

"응."

나는 심장이 쿵쾅쿵쾅 뛰는 것을 느꼈다. 누군가와 이런 이야기를 할 수 있다니. 나는 문 쪽으로 절뚝이며 걸어갔다. 그 애는 웃으며 말했다.

"로시난테의 뜻이 뭔 줄 알아?"

나는 고개를 저었다.

"지금은 나약하고 보잘것없지만 전에는 아름다웠다."

그리고 그 애는 문을 닫고 나갔다. 나는 그 애가 나간 쪽을 멍하니 바라보고 서 있었다. 온몸에 힘이 빠졌다. 나는 벽에 기대어 미끄러지듯 주저앉았다. 눈물이 흘러내렸다. 나는 쪼그려 앉아 무릎에 얼굴을 파묻었다.

"나도…… 나도……."

입에서 소리가 새어 나갈까 봐 입을 꼭 틀어막고 한참을 울었다.

나는 책상 서랍을 열고 단 한 장뿐인 가족사진을 꺼냈다. 어머니도 가지고 있는 사진이었다. 나는 가스레인지에 불을 붙이고 사진을 태웠다. 매캐한 냄새가 코를 찔렀다. 주황색 불길은 형의 웃는 얼굴부터 서서히 잠식해 갔다.

밖에서 또 유리 깨지는 소리가 났다. 앞집 남자는 고래고래 소리를 지르고 있었다. 문을 열어 보니 밖은 어두컴컴했다.

"죽여 버릴 거야!"

그 애는 맨땅에 무릎을 꿇고 앉아 빌고 있었다.

"잘못했어요, 잘못했어요."

또 가슴에 뜨거운 불길 같은 것이 타올랐다. 입술을 꽉 깨물었다. 그 애는 옆집 남자의 발길질을 피해 도망 다니며 계속 잘못했다고 빌었다.

도대체 네가, 내가, 우리가 뭘 잘못했는데.

앞집 남자는 그 애의 머리채를 움켜잡았다. 나는 문을 박차고 뛰어나갔다. 그러고는 그 애의 손을 낚아챘다. 순식간의 일이었다. 앞집 남자는 고래고래 소리를 질렀다. 나는 남자를 밀고 나와 그 애의 손을 잡고 무작정 달렸다. 어디서 그런 힘이 나왔는지 모르겠다. 앞집 남자는 비틀거리며 우릴 쫓아왔다. 멀리서 나를 부르는 어머니의 날카로운 목소리도 들렸다. 그 애는 울먹이며 나를 따라 달리고 있었다.

"너, 날 싫어하잖아. 내 이름도 모르잖아."

숨이 목까지 차오른 목소리였다. 나는 아무런 대답도 하지 않고 달렸다. 아주 빠른 속도로 내리막길을 달리고 있었다. 단 한 번도 넘어지지 않고, 구르지 않고 내리막길을 달리고 있었다. 그 애는 계속해서 나에게 울먹이며 뭐라고 말했다. 왜 나를 데리고 왔느냐, 이제 어떻게 할 거냐 같은 질문이었다. 나는 하늘을 보았다. 저 멀리 별 하나가 반짝이고 있었다. 계속 달려가다 보면 잡을 수도 있을 것 같았다. 꿈이 아니었다. 나는 뒤뚱거리며 달려 나갔다. 바람이 몸을 스치며 지나갔다. 온몸에 소름이 돋았다. 크게 말 울음소리를 내고 싶었다. 나는 아, 하고 짧게 소리 질렀다. 그 애는 어떻게 할 거냐고 다시 물었다. 무턱대고 뛰쳐나오긴 했지만 어떻게 해야 할지는 생각해 보지 않았다. 정말 모르겠다. 집으로 다시 돌아가면 그 애는 똑같은 생활을 반복해야 할 것이다. 돌아가지 않는다면 우리는 경찰서나 보호시설로 가야 할 것이다. 그래도 나는 속도를 늦추지 않았다. 계속 울먹거리던 그 애도 눈물을 그치고 내 손을 꽉 잡았다. 우리는 비틀거리며 어둠을 가르고 멀리 달려 나갔다.

동감(同感)

경기 안양예고 3
김희윤

뭐든지 따라 하는 버릇이 있던 아이는 어느새 나를 따라 하고 있었다. 항암제의 부작용으로 뭉텅이째 빠지는 머리카락을 꼬는 것 말이다. 거실 소파에 앉아 꼼지락대는 아이를 보고 무엇 하냐고 물었을 때 아이는 단단하게 뭉은 머리카락을 내밀었다. 나는 경악했다. 아이의 손에 쥐인 그 머리카락은 나의 죽어 가는 몸에서 살기 위해 버려진 것들. 탱글탱글한 아이가 쥐고 있기에는 어울리지 않는 것이었기 때문이다.

1

가끔 잠에서 깨어 눈을 떴을 때 다시는 눈이 떠지지 않으면 어쩌나 하고 생각할 때가 있다. 위에서 짓누르는 것이 아닌, 아래에서 잡아당기는 듯한 눈꺼풀을 힘겹게 올리면 보이는 것은 흰 벽뿐. 그 황량감에 눈을 감으려 하면, 다시는 눈을 뜰 수 없다는 불안감에 어쩔 수 없이 그렇게 버티고 있어야 했다. 그럴 때면 나는 살려고 발버둥 치고 있구나라고 느끼게 되어 조금은 쓸쓸해진다. 병이란 것을 몰랐을 적 나는 마흔까지만 살 거야 하고 당당하게 말하던 때도 생각난다. 막 대학에 입학해 머리를 기르고 화장도 하고 남자를 배웠던 그 시절. 나는 젊을 때 죽을 거야. 이렇게 말하는 자신이 당당하고 멋지게 느껴졌던 그때는 내가 이렇게 될 것이라고는 상상도 못 했다. 서른이란 나이에 암을 선고받고 동생 집에서 약이나 먹으며 골골대는 모습. 활기차고 아름다운 그 모습은 사진에서밖에 찾을 수가 없다. 그러나 이렇게라도 살아 있다는 것이 다행이라 여기는 지금의 나는 너무나 인간답다.

"언니, 나 잠깐 마트 갔다 올게."

문을 열지 않고 밖에서 조용히 말하는 동생을 향해 고개를 끄덕였다. 물론 동생이 볼 수 없다는 것은 알지만 나는 대답하고 싶었다. 두 달 전까지는 나오던 목소리조차 이제는 나오지 않는다. 한참을 다듬어야 겨우 내뱉을 수 있는 한마디. 어쩌면 나는 인간이 아닌지도 몰라. 동생이 주는 음식을 받아먹으며 반은 토하고, 밥보다 더 많은 양의 약을 삼키는 나는 너무 처절하다. 어떻게 해서든 숨만은 붙어 있으려는 나와 그런 나를 도와주는 동생. 나는 이렇게라도 살고 싶다.

2

아버지는 20여 년간 매일 두 갑의 담배를 태워 왔다. 나는 늘 아버지가 담배 때문에 죽을 거라고 생각했다. 그러나 아버지는 담배가 아닌 종양 덩어리 때문에 죽었다. 담배가 종양을 키웠던 건지도 모르지만 표면적인 이유는 담배가 아니었기에, 나는 아버지의 담배를 버릴 수 없었다.

죽는 순간까지도 아버지는 담배를 찾아 입에 물었다. 엄마는 속이 터진다며 뒤돌아 앉았고, 동생은 너무 울어 정신이 빠져 있었다. 결국 제대로 아버지의 임종을 지켜본 것은 나뿐이었다. 그러나 아버지의 검버섯 핀 얼굴은 너무나 침착해서 내가 지금 죽어 가는 이의 얼굴을 보고 있다고는 생각지 못했다. 아버지는 담배를 입에 물고 눈을 감았다. 불을 붙여 드릴까요? 내 말에 아버지는 슬쩍 웃었다. 엄마는 계속해서 자신의 가슴을 쳤다. 그렇게 하면 자신의 울음소리가 들리지 않을 거라 생각했기 때문일 것이다. 결국 동생은 자리에 뻗어 버렸다. 엄마는 동생의 얼굴을 조용히 자신의 품으로 가져갔다. 아버지는 불을 붙이지 않은 담배를 입에 물고 뻐끔거렸다. 나는 라이터를 손에 쥐었다. 엄마의 울음소리가 조금 크게 들려왔다.

"담배 맛 좋다."

아버지는 작은 목소리로 중얼거렸다. 그 말을 들은 것은 나뿐이라 생각한다. 웃음을 띤 아버지의 얼굴을 내려다보며 나도 웃었다. 암 선고를 받은 지 정확히 3개월 만의 일이었다. 아버지는 몇 번 더 담배를 뻐끔대다 죽었다. 훗날 엄마는 유언도 없이 죽었다며 아버지를 보고 바보 같은 영감이라고 했지만 나는 끝까지 말하지 않았다. 그 유언은 엄마에게 말할 수 없었다. 내심 사랑한다, 같은 말을 기대했을 엄마의 희망을 깨고 싶지 않았다.

아버지가 완전히 숨을 거두고 나는 한참 동안 아버지를 보았다. 죽음의 색으로 가득한 어두운 아버지의 얼굴. 굳게 닫힌 입 사이의 흰 담배가 거슬렸다. 그때까지도 엄마는 아버지가 숨을 거뒀다는 것을 모르고 있었다. 나는 손에 쥔 라이터에 불을 켰다. 그 소리에 엄마가 조금 움찔대는 것을 느꼈다. 생전 주인을 따르는 것인지 약한 불의 라이터는 나의 콧김에 꺼질듯 하늘거렸다. 담배에 불을 붙였다. 그때 나의 손이 떨리고 있었다는 것을 깨달았다. 손을 거두고 타들어 가는 담배를 보며 그제야 나는 울었다. 사랑하는 이의 죽음이 느껴지는 순간, 나는 온몸으로 울었다. 나직하게 우는 엄마와 정신을 잃은 동생, 미친 듯이 우는 나와 식어 버린 아버지. 네 사람이 앉아 있던 방 안은 아버지가 태우는 마지막 담배의 연기로 가득 찼다.

3

이제 막 다섯 살이 된 아이는 혼자 있기를 좋아한다. 제 엄마가 집을 비우는 때면 어김없이 나의 방에 들어온다. 들어와도 놀아 줄 사람이 없거늘, 아이는 누운 나를 멀뚱멀뚱 쳐다보고 침대에 기대 앉는다. 나는 이제 말도 할 수 없고 손가락조차 움직일 수 없기에 아이는 예전보다 더 빨리 지루함을 느낀다. 그럴 때면 자신의 방에 가서 로봇이나 레고 따위를 품에 한가득 안고 다시 내 방으로 온다. 동생은 늘 그런 아이를 보면 혼을 내지만 나는 아이가 내 곁에 있을 때가 좋다. 모든 것이 죽어 있는 이 방에서 유일하게 생명을 내뿜고 있는 아이. 아이가 옆에 있으면 지금의 나는 생각하지 않아도 된다.

그러나 나는 처음 아이의 탄생을 좋아하지 않았다. 젊은 동생이 미혼모의 몸으로 낳은 아이였기 때문이다. 앞길이 창창할 동생을 망치고 싶지 않았다. 대학 선배라는 사람과 함께 있는 동생을 찾아 집으로 데려갔다. 그 남자는 은근히 나의 행동을 바라고 있었다. 동생 몰래 만난 남자는 나에게 말했다. 사실, 아직 생각해 본 적도 없는걸요. 능글맞게 아이스커피를 마시며 말하는 남자를 때리고 싶었다. 힐을 신고 사타구니를 뭉개 버릴까, 앞에 놓인 화병을 머리에 던져 버릴까. 남자가 말을 마칠 때까지 나는 그 생각만을 하고 있었다. 내가 그런 생각만 하는 동안 남자는 자리에서 일어섰다. 낙태라는 말을 당연하다는 듯 하는 남자에게 말했다. 낳을 거야.

그런 나의 행동에 놀란 것은 오히려 동생이었다. 당연히 막을 것이라 생각했던 내가 순순히 낳으라 하였을 때 동생은 한참을 말없이 앉아 있었다. 왜 그러냐는 나의 물음에 동생은 고개를 저었다. 언니답지 않아. 나다운 게 어떤 거냐고 묻고 싶었지만 입을 다물었다. 조금은 피곤했던 건지도 모른다. 동생의 임신을 알게 된 것이 아버지의 장례식 후였기 때문에. 나는 지친 몸과 마음을 추스를 겨를도 없이 동생의 임신이라는 문제를 안고 고민해야 했다. 남자에 대한 반항으로 쉽게 결정을 내릴 만큼 나는 피곤했다.

그렇게 쉽게 내린 결정이었지만 아이를 볼 때면 낳기를 다행이었다고 생각한다. 이렇게 내 옆을 지켜줄 거라고는 생각하지 않았지만, 어쨌든 지금은 아이가 너무나 필요하기에.

"이모."

어느새 아이가 침대맡에 서서 나를 보고 있다. 눈을 두어 번 껌
뻑였다. 두 달 전부터 아이와 나의 대화는 이랬다. 눈을 껌뻑이는
것이 나의 대답이다. 그것만으로도 내가 힘들 것을 알기에 아이는
계속해서 말을 이어 간다. 아이의 눈가가 조금 젖어 있다.

"졸려?"

막 태어나 본 아이는 쭈글쭈글한 매실 같았다. 그 주름 때문에
다른 곳은 알아볼 수 없었지만 눈만큼은 알아볼 수 있었다. 아, 이
건 아버지의 눈이다 하고. 그만큼 아이의 눈은 아버지를 닮았다.
한쪽에만 쌍꺼풀이 있는 동그란 눈. 눈 밑의 애교 살까지 생긴다면
정말 아버지일 것이다. 그런 아이의 눈을 보며 나는 다시 눈을 껌
뻑였다. 아이가 몸을 살짝 숙여 자신이 가지고 놀던 레고를 집어
나에게 내민다. 내가 아직 건강했을 때 아이에게 사 주었던 것이
다. 그중에서도 아이가 고른 것은 갈색 단발머리의 레고다. 흰 몸
통의 배 부분에 초록색 십자가를 붙이고 있는 레고. 나는 눈을 감
았다. 아이가 젖은 눈으로 나에게 말한다.

"자지 마, 이모."

4

아이에게서는 오이 비누 냄새가 난다. 아이가 내 옆에 있는 것이
좋은 또 다른 이유다. 약 냄새밖에 나지 않는 이 방에 아이가 들어
서면 상큼한 오이 비누 냄새로 방이 가득 찬다. 그건 마치 생명이
가지고 있는 듯한 냄새. 죽어 가는 나는 절대 가질 수 없는, 앞으
로 무궁무진한 시간과 힘을 가지는 사람만이 뿜어낼 수 있는 냄새다.

내가 그 냄새를 맡게 된 것은 항암제를 투여받고 머리카락이 빠지기 시작하면서부터다. 아이에 대해 별다른 감정이 없었기에 나는 아이를 가까이하지 않았고, 그렇기에 냄새를 느낄 새도 없었다. 그리고 그때 나에게는 새로운 버릇이 생겼다. 버릇이란 힘없이 빠지는 머리카락을 땋는 것. 병실에서의 시간은 끔찍하게도 느리기 때문에 그렇게라도 시간을 보내야 했다. 한 올로는 땋아도 부피감이 없기에, 세 올 정도를 꼰 다음 두꺼워진 머리카락들을 가지고 땋기를 시작했다. 그러면 어느새 시간은 흘러 동생이 병실에 찾아올 시간이 되었다. 면회가 철저하게 통제되었기에 내가 사람과 접할 수 있는 시간은 그때뿐이었다. 동생은 올 때마다 뉴스에서 본 사건이나 드라마 내용, 혹은 회사 사람들의 이야기를 해 주었다. 덕분에 나는 세상 돌아가는 것을 알았고, 병원에 있었지만 그때 가장 유행했던 드라마를 볼 수 있었다.

그리고 그 옆에는 항상 아이가 있었다. 나는 이야기를 들으면서도 머리카락을 땋았다. 처음에는 동생과 아이가 볼 수 없도록 이불 속에서 꼼지락댔지만 나중에는 그들이 보는 앞에서도 머리카락을 땋았다. 동생은 그것을 싫어했지만 어느새 머리카락을 땋는 방향까지 알 정도로 익숙해졌다. 아이도 그런 나의 행동에 익숙해지는 듯했다. 그러던 어느 날 아이는 나에게 자신의 머리카락을 내밀었다. 놀란 동생은 멍하니 아이만 보았고, 나는 아이의 머리카락이 쥐인 손만 내려다보았다.

"이걸로 땋아요."

동생은 아이를 혼내며 병실 밖으로 데리고 나갔다. 아이의 손에서 힘없이 머리카락이 떨어졌다. 나는 그 머리카락을 주웠다. 잠시 머리카락을 내려다보다가 아이의 가는 머리카락들을 뭉쳐 손바닥으

로 감쌌다. 나의 부스스한 머리카락과는 다른 느낌이었다. 밖에서
는 화를 내는 동생의 목소리와 우는 아이의 목소리가 들렸다. 밖을
한 번 보았다가 손을 천천히 코에 가져갔다. 순간 휙 느껴지는 오
이 비누 냄새. 그건 생명의 신선함, 생명 그 자체의 냄새였다.

5

처음 선고를 받았을 때 나는 작은 잡지 회사에 취직했다. 여성을
독자로 하는 소규모의 잡지 회사였기에 일도 적었고 봉급도 적었지
만 시간만큼은 많았다. 당시 나는 요리 코너를 맡고 있어서 시간이
다른 사람들에 비해 더 많은 편이었다. 일은 매주 수요일과 일요일
에 있었다. 수요일에는 요리 전문가와 만나 그 주에 실을 요리를
정했고 일요일에는 촬영을 했다. 지금은 후회가 되지만 그때까지만
해도 요리에는 전혀 관심이 없었다. 나에게 관심은 오직 가족이었
다. 홀로 된 엄마와 아들을 낳은 미혼모 동생. 내가 맡은 일이 요
리인 것에 안심했다. 다른 것처럼 매일 쫓아다닐 필요도 없었고,
직접 참여할 필요도 없었다. 단지 나는 요리 전문가와 상의를 하고
그녀가 요리를 하는 것을 지켜보고 기사를 쓰면 될 뿐이었다.

선고를 받고 난 후 요리 코너를 다른 사람에게 물려줄 수밖에 없
었다. 꽤 오랜 시간 해 왔던 일이기에 섭섭하지 않았다면 거짓말이
다. 그러나 나는 그때까지도 그 외의 별다른 감정을 느끼지 못했
다. 처음 종양이 발견됐다고 했을 때도 그저 작은 놈이겠지, 수술
하면 될 거야 하고 생각했다. 나는 잠깐 빌 나의 자리를 동생에게
넘겨주었다. 동생은 많은 시간과 돈이 필요했다. 그 일이라면 동생

에게 안성맞춤이라 생각했고 그것은 사실이었다. 게다가 나는 병원에서 지내는 시간이 조금씩 길어졌고 그만큼 동생은 일에 익숙해져 갔다. 조금 더 시간이 흘렀을 때는 동생에게 일이 맞으니 나는 다른 일을 찾아보자는 정도의 생각뿐이었다. 설마 다시는 일을 할 수 없게 되리라고는 생각지 못했다.

일을 하게 된 동생은 취재가 끝나면 남은 음식을 싸 들고 병원에 찾아왔다. 동생은 나와는 달리 요리를 좋아했다. 나는 그것이 다행이라 생각했다. 일을 시작하면서 산 동생의 수첩에는 요리 전문가의 비결이나 양념 비율 등이 적혀 있었다. 그런 동생을 보며 매우 흡족해했을 요리 전문가가 떠올랐다. 그녀는 내가 요리에 그다지 흥미가 없다는 것을 알았기에 사전 회의 때도 별다른 말을 하지 않았다. 그녀가 요리를 정해 오면 내가 네라고 대답하는 것뿐이었다. 하지만 동생은 달랐다. 무엇이든지 신기해하고 기뻐하고 즐거워하는 동생이었다. 그것이 동생이 가장 좋아하는 요리라면 말할 필요도 없다. 요리 전문가는 동생을 귀여워했다. 그리고 첫 검사를 한 날부터 동생의 손에는 요리가 들려 오기 시작했다. 아마도 그녀가 나의 사정을 동생으로부터 들은 것 같았다. 하지만 동생이 아니었다면 그녀가 나에게 음식을 보낼 일은 없다고 생각한다. 철저하게 일로 맺어진 관계였기 때문이다. 어쨌든 그녀는 나의 입맛을 알았기에 동생에게 전해져 온 요리는 매우 맛있었다. 계속되는 검사와 맛없는 병원 밥에 지친 나뿐만이 아니라 같은 병실의 환자들 모두가 동생을 기다렸다.

첫 검사의 결과가 나온 날, 동생은 그날 만든 음식을 내게 내밀었다. 그건 엄마가 잘 해 주던 간장으로 조린 감자와 고기였다. 드문드문 빨간 고추도 보였다. 마침 검사를 위해 금식을 했던 나는 허겁지겁 감자를 입에 넣었다. 차갑게 식은 감자가 입에서 으깨졌다. 천천히 먹으라며 물을 건네는 동생을 보지도 않고 감자나 고기 따위를 입에 넣었다. 음식으로 가득 차 더 이상 먹을 수 없게 되었을 때 울음을 토해 냈다. 물을 들고 있던 동생도 울었다. 나는 입에 든 음식을 모두 뱉었다. 순간 아버지가 생각났다. 나의 병명은 아버지와 같았다. 그 종양 덩어리는 아버지뿐만이 아니라 나까지도 먹어 버렸다. 내 얼굴에도 그 죽음의 색이 드리워질 것이다. 마치 엄마가 만든 듯한 음식을 먹으며 아버지를 불렀다. 입에 가득 찬 감자와 고기 때문에 밖으로 내뱉을 수는 없었지만 가슴속으로는 수십 번도 넘게 외쳤다. 아버지, 살려 주세요.

6

　부엌에서 음식을 만드는 소리가 들려온다. 아이는 아직도 내 방을 나가지 않고 있다. 울던 아이는 제 엄마가 집에 오자 울음을 그쳤다. 아무렇지 않은 듯 레고를 가지고 노는 아이를 보며 대단하다고 느꼈다. 아버지가 했던 말이 생각났다. 본디 부모 자신보다 애가 더 부모를 생각하는 법이야. 그러나 저는 아버지를 걱정해 본 적이 없어요. 저는 언제나 제 자신이 가장 중요했어요. 내 말에 묵묵히 소주를 들이키던 아버지가 어른거린다.
　"영우야, 밥 먹자."
　동생이 문을 여는 순간 매콤한 김치찌개 냄새가 난다. 아이가 레고를 놓고 자리에서 일어선다. 동생은 아이가 일어서는 것을 확인하고 부엌으로 갔다. 그냥 방을 나갈 것이라 생각했던 아이가 나를 향해 돌아섰다. 나는 몸을 살짝 일으켰다. 약 기운 때문인지 머리가 어지러웠지만 몸에는 힘이 돌았다. 아이의 눈에는 더 이상 물기가 없다.

"줄 게 있어."

아이가 손을 꼼지락거리며 말한다. 그 모습이 귀여워 웃음이 났다. 뭐냐고 묻고 싶었지만 입이 떨어지지 않는다. 결국 눈을 껌뻑거렸다. 아이가 시선을 바닥으로 내리깔며 고개를 저었다. 아직은 비밀이라는 듯 아이는 말을 하지 않는다. 영우야. 다시 한번 부엌에서 동생의 목소리가 들린다. 아이는 뛰어서 방을 나갔다. 그러고는 다시 쿵쾅쿵쾅. 부엌으로 갔다가 되돌아와 방문을 닫는다. 굳이 닫을 필요는 없는데. 배려하는 마음은 고맙지만 그렇게 신경 써 주지 않아도 된다. 이미 이들로부터는 너무 많은 사랑을 받았기에, 나는 더 이상 그 이상을 바라지 않는다.

하지만 지금은, 그래, 저 김치찌개가 먹고 싶다. 어차피 먹어 봤자 토할 것을 알지만 먹고 싶은 건 어쩔 수 없다. 그러나 나는 말하지 않았다. 괜히 먹고 싶다고 해 봐야 동생 마음만 아플 것이 뻔하니까. 누운 자세로 침을 삼켰다. 목이 부었는지 침이 잘 넘어가지 않는다. 뻑뻑한 눈에는 천장만이 보인다. 군데군데 붙어 있는 야광 별 스티커는 빛나고 있지 않다. 동생을 불러 불을 꺼 달라고 할까. 누워만 있어야 하는 나를 위해 문구점에서 아이가 손수 사 온 야광 별. 우습게도 가장 빛이 나는 건 별똥별이다. 다른 별들은 전부 빛을 잃어 가는데 왜 별똥별만 멀쩡한 건지. 눈동자를 굴려 가며 열심히 다른 별들을 보았다. 별보다 끈적이는 테이프 자국만이 눈에 띈다. 한숨을 쉬었다. 나는 유일하게 빛날 별똥별을 보며 눈을 감았다. 언뜻 동생과 아이의 웃음소리가 들린 것 같았다.

7

결국 이렇게 죽는 거구나. 어둠이 소리 없이 내 방을 먹어 버릴 때면 나는 그렇게 생각하곤 한다. 위가 뒤틀리도록 약을 먹어도 내 몸속의 종양 덩어리들은 없어지지 않는다.

아버지는 자신의 목숨을 갉아 먹고 있는 그 종양 덩어리들도 자신의 몸이라고 말했다. 좋든 싫든, 나에게 해롭든 이롭든 어쨌든 내 몸이야. 나와 동생은 이해할 수 없었다. 그렇게 말하며 약을 끊었을 때 동생은 울며 아버지를 막았다. 동생은 어렸고 솔직했다. 약 안 먹으면 죽어, 아빠! 아버지는 담배를 입에 물며 웃었다. 나는 동생이 소리 지를 동안 엄마를 보았다. 엄마는 뒤돌아 앉아 있었다. 동생이 앉아 있는 나를 채근했다. 뭐라고 말이라도 거들라며 소리 지르는 동생을 보며 앉으라고밖에 말할 수 없었다. 동생은 믿을 수 없다는 듯 선 채로 굳어 버렸다. 나는 당시 약았고 얍삽했다. 그저 아버지 뜻대로 하세요, 밖에 말하지 않았다. 이해되지 않았지만, 이해할 수 없었지만 동생처럼 소리 지르며 따질 수 없었다.

동생이 잠들고 아버지와 나는 단둘이 거실에 술상을 펴고 앉았다. 아버지와 술상을 마주한 것은 태어나 처음이었다. 아버지가 먼저 소주병을 따 나의 잔에 따랐다. 누런 때가 낀 형광등이 비치는, 투명한 유리잔에 가득 찬 술은 먹기에는 아까울 정도로 아름다웠다. 나는 자리에서 일어나 베란다 문을 열었다. 가을의 찬바람이 나의 몸을 쓸고 지나갔다. 아버지는 또다시 담배를 입에 물었다. 내가 다시 자리로 돌아와 술잔을 비우고도, 아버지와 내가 천천히 소주 한 병을 다 비우고도 아버지는 말이 없었다. 잠에서 깬 엄마가 거실에 나오자 아버지는 자리에서 일어섰다. 아무 말 없이 오랜 시간을 담배만 태우던 아버지의 마음을 이해할 수 없었다. 눈을 비비며 술상을 치우던 엄마가 내 어깨를 툭 치며 지나갔다. 어서 가서 자. 나는 방에 들어가기 전 베란다를 향해 앉은 아버지를 보았다. 아버지의 둥근 어깨는 앞으로 기울어 있었다. 그때까지만 해도 죽음은 느낄 수 없었는데. 아버지는 계속해서 담배만 태웠다. 나는 상을 치우고 엄마가 아버지 옆에 앉는 것을 보고 나서야 방문을 닫았다. 이상하게 그 둥근 어깨가 머릿속에서 지워지지 않았다. 방문에 기대어 앉아 멍하니 손가락만 세었다. 하루, 이틀, 일주일, 한 달, 1년, 10년. 슬쩍 눈물이 났다. 조금은 알 것 같았다. 나와 함께 있었던 시간에 담배를 태우던 아버지의 마음을. 아버지는 그렇게 자신의 죽음을 받아들였던 것이다.

8

희미한 오이 비누 냄새가 났다. 더욱 무거워진 눈꺼풀을 치켜 올렸다. 무언가를 품에 안고 웃고 있는 아이가 보인다. 옆에 선 동생도 보인다. 내가 눈을 뜨자 동생이 아이의 머리를 쓰다듬으며 무어라 말한다. 듣고 싶지만 소리가 너무 작아 들리지 않는다. 나는 입을 뻐끔거렸다. 동생이 나의 입 쪽으로 몸을 숙인다. 하지만 동생도 내 말을 들을 수 없을 것이다. 동생이 천천히 몸을 폈다. 동생을 보던 아이가 침대에 한 발자국 더 가까이 다가왔다. 나는 손을 내밀었다. 그러나 손은 아이에게까지 닿지 않는다. 동생이 나의 손을 잡았다. 막 설거지를 끝내고 온 듯 동생의 손이 차갑다.

"언니, 영우가 언니 주려고 선물 만들었대."

아직 하루가 지나지 않았구나. 내심 그것에 감사했다. 나는 눈을 껌뻑였다. 아이가 품에 안은 것을 나에게 내밀었다. 하지만 나는 그것을 받아 들 수가 없다. 내 손을 잡고 있던 동생이 그것을 대신 받았다. 다시 희미한 오이 비누 냄새가 난다. 나는 손에서 힘을 뺐다. 동생이 내 손을 놓고 그것의 포장을 풀기 시작한다. 나는 그동안 아이를 보았다. 아이가 아버지를 닮은 눈으로 그것을 보고 있다. 어쩌면 아버지의 환생일지도 몰라. 아이를 품에 안으며 말하던 동생의 얼굴이 떠올랐다. 아버지가 죽은 지 반년 만에 태어난 아이. 아이는 자라면서 점점 아버지를 닮아 가고 있다. 동생은 그 남자를 닮지 않은 게 다행이라고 차라리 잘됐다고 말했다. 하지만 문득 나의 옆을 지키며 놀고 있는 아이의 눈을 볼 때면 소름이 끼치기도 한다. 죽은 아버지의 환생이라. 그럼 나도 다시 태어날 수 있을까.

"이거 영우가 직접 만든 거야. 봐봐, 예쁘지?"

동생이 그것을 들었다. 아아, 그거였구나, 그랬구나. 뻑뻑하던 눈에 눈물이 도니 눈이 아리며 아프다. 눈을 세게 감았다 떴다. 아이가 동생에게서 그것을 받아 들어 나의 머리맡으로 왔다. 점점 차는 눈물에 잘 보이지 않는다. 아이가 내 쪽으로 몸을 숙이면 숙일수록 오이 비누 냄새가 강해진다. 아이는 그것을 내 머리에 씌었다.

"예쁘다, 이모."

아이가 배시시 웃는다. 그것은 가발이었다. 내가 병원에 입원했을 때부터 땋아 온 머리카락들을 모아 만든 가발. 마치 흑인의 머리카락처럼 온 가닥들이 땋여 있는 가발. 아이 쪽으로 고개를 돌리자 머리카락 몇 가닥이 볼 위로 흘러 내렸다. 숨을 들이쉴 때마다 오이 비누 냄새가 난다. 나는 웃었다. 내가 웃는 것을 보고 아이가 동생의 품에 안긴다. 나도 웃고, 동생도 웃고, 아이도 웃었다. 순간 감자 고기 조림이 먹고 싶어졌다. 검사 결과가 나왔던 그날 먹었던, 아버지와 같은 죽음을 느껴야만 했던 그날 먹었던 감자 고기 조림. 그걸 먹으면, 이 가발을 쓴 채로 오이 비누 냄새를 맡으며 그걸 먹으면 나아질 것 같은데. 아버지처럼 잔잔하게 받아들일 수 있을 텐데. 하지만 정말 행복하게 웃고 있는 동생과 아이에게 말을 꺼낼 수 없다. 나는 그냥 계속 웃었다. 배가 뜰썩일 정도로 웃고 또 웃었다. 한참을 웃자 맺혔던 눈물이 코를 타고 흘렀다. 동생의 품에 안긴 아이의 눈이 보인다. 아버지를 닮은 그 눈에 눈물이 맺혀 있다. 아버지 울지 마세요. 왠지 그렇게 말해야 할 것 같았다. 동생은 나에게서 고개를 돌린 채 아이의 어깨에 얼굴을 묻었다. 나는 고개를 돌려 천장을 바라보았다. 천장에서 유일하게 빛날 별똥별이 보인다. 오이 비누 냄새를 맡으며, 반짝반짝 빛날 별똥별을 보며, 나는 웃으면서 눈을 감았다.

발톱

강원 철원여고 2
박서련

이리 와, 발톱 깎아 줄게.

욕실 문을 열자마자 보이는 자리에 여자는 서 있었다. 오른손에
는 조그만 금속이 쥐여 있다. 눈이 마주치니 웃는다. 이리 오라고
손짓을 한다. 어쩐지 가슴이 선뜻해 고개를 저었다. 젖은 머리칼
끝에서 물방울이 뚝뚝 떨어졌다. 목덜미가 차가워졌다. 여자의 얼
굴에서 웃음기가 조금 가셨다. 나는 여자의 눈을 피했다.

발톱은 불었을 때 깎아야지. 너, 그동안 펑크 나서 버린 스타킹
이 몇 갠 줄 아니?

제가 알아서 할 게요. 신경 쓰지 마세요.

그럼 귀 파 줄까? 귀는 어차피 혼자선 못 파잖아.

아빠가 귀 파는 거 위험하다고 남 맡기지 말라 그랬어요.

마침내 여자는 입을 다물었다. 나는 방으로 돌아와 조용히 문을
닫았다. 거울 앞에 섰다. 상기된 얼굴이 비쳤다. 머리를 대강 빗고

불을 껐다. 침대에 몸을 누인다. 여자와 함께 살고부터는 취침 시간이 눈에 띄게 일러졌다. 잠을 자지 않으면 여자가 아까처럼 갖가지 화제로 말을 걸어오기 때문이다. 대화하는 것이 그리 어려운 일일 까닭은 없지만, 상대가 그녀라면 이야기는 달라진다. 그나마도 오늘은 좀 나은 것이었다. 평소엔 예, 아니오 이상의 대답은 절대 하지 않는다.

왁자지껄 떠드는 소리가 들린다. 여자가 텔레비전을 켠 모양이다. 잠이 쉬 오지 않지만 나는 끝내 누운 자리를 지킨다. 여자의 텔레비전 소리가 꺼진 뒤에도 잠은 오지 않았다. 나는 어두운 가운데 오랫동안 눈만 깜박였다.

여자는 젊었다. 얼추 스물 일고여덟쯤 먹었을 터였다. 게다가 그런대로 미인이다. 키도 크고 호리호리하니 잘빠졌고, 첫인상에도 골 빈 여자 같지는 않았다. 아마 조문객들은 그런 여자가 왜 우리 아빠의 빈소를 지키고 있는지 의아했으리라. 더구나 상주는 내가 아닌 그 여자의 이름으로 되어 있었다.

조문객들은 실례가 되지 않을지 조심스러워하며 내게 물었다.

너희 고모니?

나는 고개를 가로저으며 짧게 답했다.

아니오.

이모니?

아니오.

그럼 대체 누구니?

…….

얘, 저 여자 누구냐니까?

질문은 거듭될수록 원색적으로 변해 갔다. 나는 대답을 할 수 없었다. 내 입으로는 말할 수 없었다. 얼굴이 화끈거려 고개도 들 수 없었다.

고인의 아내 되는 사람입니다. 이 애 새엄마고요.

여자는 나를 대신해서 조문객들에게 자신을 소개했다. 잠시 상상력의 한계에 부딪쳤던 조문객들은 저들끼리 수군대더니, 이윽고 상황 파악이 되었는지 여자에게 저마다 위로를 하나씩 던졌다. 젊은 분이 안됐네요, 마음고생이 심하시겠어요, 같이 산 지 얼마 되지도 않은 모양인데, 쯧쯧쯧.

이 희극 같은 일련의 과정은 장례식 내내 반복되었다. 때마다 새로운 사람들이 찾아와서 곤란한 질문을 하면 대답 대신 여자가 자기소개를 하고 사람들은 아 그러시냐고, 참 안되셨다고 여자를 동정했다. 이상하다. 저 사람들은 어째서 죽은 아빠보다 여자를 더 동정하는 걸까. 여기는 죽은 아빠를 애도하는 자린데, 이 자리에서 여자는 아빠를 팔아 동정을 사고 있다. 그런데 왜 사람들은 아무도 그걸 의아히 여기지 않는 걸까.

아빠는 교통사고로 죽었다.

자연사보다 흔하다는 교통사고를 당해 알아볼 수 없는 형체가 되어 죽었다. 사체를 확인할 때 여자는 내 눈을 가렸다. 여자의 손을 뿌리치자 아빠일 거라고는 생각되지 않는, 어떤, 그래, 혐오 물질이 눈에 들어왔다. 여자와 나는 누가 먼저랄 것 없이 구역질을 시작했다. 흰옷 입은 사람들이 아빠를 관에 쓸어 담았다.

장례식 마지막 날 그 관이 기어이 땅 밑으로 내려갔다. 관 위로 흙이 뿌려지는 광경 외에는 모든 것이 희뿌옇게만 보였다. 아빠가 보고 싶었다. 장례식 기간 내내 아빠를 보지 못했다. 나는 두리번

대며 아빠를 찾았다. 여자가 내 팔을 꼭 붙들었다.

아빠 저기 계시잖니?

여자가 봉분이 생긴 무덤을 손가락으로 가리켰다. 그제야 아빠가 죽었다는 사실이 실감이 났다. 눈물이 한꺼번에 쏟아졌다. 아빠가 죽은 것이 슬퍼서, 불쌍해서, 기가 막혀서, 억울해서, 분해서, 안타까워서, 어이가 없어서…… 그러니까 아빠가 죽어서. 아빠가 죽어서.

여자는 내게 손수건과 몇 마디 상투적인 위로를 건넸지만 끝내 자기는 울지 않았다. 나는 그녀의 지나치게 담담한 표정이 못마땅했다. 문득 이 여자가 정말 아빠를 사랑했을까 하는 의구심이 생겼다. 멈추려던 눈물이 다시 쏟아졌다. 인정하긴 싫지만 아빠가 마지막으로 사랑했던 여자다. 그 여자가 아빠를 사랑하지 않았다면, 죽은 아빠가 더욱 불쌍해지지 않겠는가.

그걸 이제 알았니?

여자의 목소리가 귓전에 왕왕 울렸다. 이 돌발 사태에 나는 여자를 돌아보았다. 여자는 아주 소름끼치는 웃음을 입에 걸고 있었다. 여자의 말이 이어졌다.

마흔 넘은 홀아비 뭐 볼 거 있다고 결혼까지 했겠니? 뻔한 거 아니겠니?

뒷걸음질을 쳤다. 무서웠다. 여자와 거리가 조금 생기면 뒤돌아 도망치려고 했는데 발밑의 바닥이 우수수 무너져 버렸다. 발을 아무리 열심히 굴러도 허공을 맴돌 뿐이다. 내가 우스웠는지 여자는 소리를 내어 웃기 시작했다. 누군가 부르고 싶은데 목소리가 나오지 않았다. 살려 주세요, 살려 주세요, 외치려 애쓸수록 오히려 목이 막혀 왔다.

허억.

어렵사리 잠이 들었나 했더니 악몽을 꾸어 깼다. 온몸이 식은땀 범벅이다. 이마와 눈가를 훔쳤다. 심호흡을 하고 나니 기분이 좀 나아졌다. 그런데 아랫도리 느낌이 좀 이상하다. 축축하면서 미지근하다. 설마 이 나이에 실금을 한 것일까? 벌떡 일어나 불을 켠다. 시린 눈을 끔벅이며 보니, 시트에 검붉은 얼룩이 져 있다.

아, 올 것이 왔구나. 침착하게 화장대 서랍 맨 아래 칸을 열어 생리대와 팬티, 위생 속옷을 챙긴다. 거실로 나오자 이상한 소리가 들렸다. 우욱우욱 하는, 배 속에서부터 솟구치는 울림 짧은 소리. 욕실에 여자가 있다. 좀 더 다가가니 문틈으로 변기를 부여잡고 구역질을 하는 여자가 보인다.

나는 여자의 눈을 피해 방으로 돌아왔다. 문 뒤에 기대서서 여자의 발소리, 문 닫는 소리를 들었다. 잠잠해질 때까지 시선은 발끝에만 두고 있었다. 조심스럽게 문을 열고 욕실로 가 재빨리 일을 해치웠다. 아까와는 달리 잠이 잘 왔다.

장례식 마지막 날에 나는 여자가 운전하는 차를 타고 집으로 돌아왔다. 낯선 길을 낯선 여자가 운전하니 아빠의 차까지 낯설어지는 듯했다. 차 안에는 여자와 나 둘뿐이었다. 내가 두려워하던 생활이 드디어 시작된 것이었다. 피 한 방울 섞이지 않은 여자와 단둘이, 그것도 가족 관계로 살아야만 하는, 그야말로 기가 막히게 부조리한 생활이.

갑자기 숨이 막혀서 창문을 내렸다. 찬바람이 흘러 들어온다. 크게 숨을 들이마셨다. 기분이 좀 나아져 지그시 눈을 감고 있는데 여자가 창문을 올렸다. 나는 신경질을 부리며 다시 창문을 내렸다.

여자는 아무 말도 하지 않았다. 나는 태연한 목소리로 여자에게 지난 며칠 내내 궁금하던 것을 물었다.

몇 살이에요?

스물아홉.

와, 띠 동갑이네요?

아무리 둔해도 이쯤 되면 내가 자길 빈정대고 있단 걸 알아야 한다고, 나는 생각했다. 그러나 여자는 태연히 고개를 끄덕였다. 띠 동갑이 궁합 최고 좋다던데, 하고 넉살 좋게 웃기까지 했다. 나는 여자가 당황하고 속상해하는 모습을 보고 싶었다. 농담이나 붙이려고 말을 건 것이 아니었다. 잠시 정적. 여자는 혼자 웃은 것이 무안해졌을 것이다.

창문을 다시 올렸다. 바람에 머리가 헝클어져 도리어 짜증이 나서였다. 여자는 말이 없었다. 오기였을까, 그 무심한 표정에 심술이 나서 나는 아주 민감한 화제를 입에 올렸다.

우리 아빠, 보험금 많이 나왔어요?

무슨 소리니, 그게?

보험금이 많이 나와서 날 키우기로 한 거 아니에요?

날카로운 마찰음이 귀를 찔렀다. 여자가 급정거를 한 것이다. 여자는 제법 무서운 얼굴로 나를 보고 있었다. 가슴이 뛰기 시작했다. 나는 짐짓 새침한 표정을 지어 보였다.

뭐야?

아님 뭘 믿고 날 키운다고 그랬어요?

너, 아주 안 되겠구나?

한심하다는 어조였지만 눈에는 물기가 배어 있었다. 모르는 척 고개를 돌려 창밖을 보았다. 가슴 뛰는 소리가 여자에게 들릴 것만 같았다. 옆으로 지나가는 전봇대를 한 쉰 개 세웠나 보다. 곁눈질로 보니 여자는 입을 가로로 길게 다물고 있었다. 눈은 이미 말랐다. 당황했다기보다는 화가 난 듯했지만, 아무튼 소기의 목적은 달성한 셈이었다. 기분은 나아지지 않았다.

지각을 할 뻔했다. 늘 한 시간쯤 먼저 일어나 밥을 해 놓고 기다리던 여자가 끝내 깨지 않은 탓이다. 여자는 아직 자고 있을 것이다. 면박을 주며 깨우고 싶은 생각도 있었지만, 시간도 없을뿐더러 어젯밤부터 상태가 안 좋은 듯해서 그대로 두었다. 아침을 먹는 사치는 물론 기대할 수 없었다.

엘리베이터를 탈까, 계단을 달릴까 망설이다 엘리베이터를 탔다. 친구 어머니를 만났다. 한 손에는 목욕 가방이, 한 손에는 지갑이 들려 있었다. 며칠 안 감은 듯한 머리는 아무렇게나 묶여 있었다.

꾸벅 목례를 했다. 고개를 끄덕이며 말씀하신다.

키가 더 큰 것 같네?

네, 조금 컸어요.

이제 '엄마'랑 비슷하겠구나? 참, 엄마는 안녕히 계시니?

예.

딱하기도 하지…… 아줌마가 얼굴 좀 보자더라고 전해라.

딩동, 1층입니다. 문이 열리자마자 그럼 안녕히 가세요, 하고는 도망치듯 달렸다. 여자는, 동정을 받는다. 여자는 동정을 받는다. 나는 그녀를 동정하지 않는다. 그녀가 동정받는 이유는 대체 무엇인가? 여자를 동정하지 않는 나로서는 알 수 없는 노릇이다.

아파트 단지를 벗어나고도 한참을 더 달린 후에야 멈춰 서서 숨을 돌렸다. 도망치고 싶은 기분은 그래도 가시지 않았다. 달리다

멈추고, 또 달리고. 그러다 보니 학교에 닿았다. 덕분에 지각을 면했다.

여자가 설거지를 하는 동안 아빠는 나와 입씨름을 벌이고 있었다. 아니, 내가 일방적으로 아빠를 몰아붙이고 있었다. 문제는 저녁 밥상에 올라온 국이었다. 아빠와 나는 둘 다 국이 없으면 밥을 못 먹는데, 여자는 국을 정말 못 끓였던 것이다.

콩나물 들어가면 아무거나 다 콩나물국이야? 이러면 나 밥 못 먹어!

나는 악을 써 가며 아빠에게 따졌다. 사실 그리 심하게 화가 난 것은 아니었다. 아무리 식생활이 중하다고 해도 국 한 그릇에 화를 낼 만큼 옹졸하지는 않다.

그러나 모처럼 잡은 귀한 꼬투리였다. 기회를 헛되이 보낼소냐, 나는 기고만장해서 언성을 점점 높였다. 아빠는 나를 달래느라 진땀을 빼야 했다. 자신이 죄인이라는 듯이, 자기 잘못이라는 듯이.

자꾸 끓이다 보면 잘하게 되겠지. 처음부터 잘하는 사람이 어디 있겠니? 네가 참아라.

참을 걸 참으래야지, 당장 밥을 못 먹게 생겼잖아!

네가 참아, 네가.

마지막 말은 내가 아니라 여자에게 하는 소리처럼 들렸다. 아니 어쩌면 아빠 자신에게 한 소리인지도 모른다. 아빠는 참으라는 말을 자꾸 되씹으며 외투를 걸쳤다.

어디 가게?

술 한잔하러.

여자가 와서 아빠를 잡았다. 술 사 올 테니 집에서 드시라고 했다. 아빠는 뿌리치며 나가겠다고 고집을 피웠다. 늦지 않게 올게 하고 웃으며 나갔다. 나는 토라진 척 다녀오시라고 인사도 안 했다. 한순간 아빠의 등이 유난히 그늘져 보이는가 싶더니 문이 닫혔다. 여자는 고개를 접은 채 다시 설거지를 하러 들어갔다.

그때 아빠에게 인사하지 않은 것이 내내 후회가 된다. 다녀오시라고 했으면 정말 그냥 다녀오셨을지도 모르는데. 다녀오셨으면 아깐 제가 심했죠 하고 사과드릴 수 있었을 텐데.

아랫배가 팽팽하다. 이마에선 식은땀이 난다. 눈 바로 앞에서 아지랑이가 피는 것처럼 현기증에 시야가 흐리다. 생리통이 이토록 심한 것은 아까 뛰어서 등교한 탓이 크다. 더구나 원래 생리 빈혈도 요란한 편이다.

시큰시큰 허리가 아파 온다. 눈물이 돈다. 짝꿍이 얼굴에 핏기가 하나도 없다며 괜찮으냐고 묻는다. 성가셔서 화를 냈다. 곧 뉘우치고 미안하다고 했으나 토라진 모양이다. 짐짓 신음하며 아픈 시늉을 하자 제깟 계집애, 금세 또 괜찮으냐며 조퇴를 권한다. 아래로 선지가 꿀럭꿀럭 새어 나가는 것이 기분 나쁘다. 결국 조퇴증을 끊어 왔다.

아무도 없는 운동장을 가로질러 교문을 나선다. 찬바람을 맞으니 머리는 훨씬 맑아졌다. 천천히 걸어 지름길로 들어섰다. 아, 그런데 생각해 보니 집에는 여자가 있다. 아직 이른 아침인데 좀 더 버티어 볼 걸 잘못했지 싶어졌다. 이럴 때 어디 하나 갈 곳도 만들어 두지 않은 나 자신이 한심하다.

주머니를 뒤져 보았다. 5000원짜리 한 장이 나왔다. 아 참, 그러고 보니 생리대가 몇 개 안 남았지. 생리대 사고 면봉 사려면 이 돈으론 모자랄까? 스타킹도 좀 사야 할 텐데.

시내 쪽으로 방향을 바꾸었다. 서두를 이유는 없었다. 발을 끌다시피 하며 천천히 걸어 나갔다. 몇 번인가 생리통에 몸을 꼬며 걷다 보니 어느새 시내였다.

어디에서인지 빠른 템포의 경음악이 흘러나오고 있었다. 덩달아 내 발도 박자에 맞추어 빠르게 움직였다. 거리의 사람들도 비슷한 리듬으로 걷고 있었다. 나는 그 속도 그대로 육교를 건넜다. 음악 소리는 이미 귀에서 멀어져 들리지 않는데도.

유리문이 열렸다. 하얗고 깔끔한 매장 안 풍경이 눈에 설었다. 나 같은 사람을 위해서인지 친절하게도 표지판이 달려 있었다. '생필품 코너', 내가 쓰는 생리대를 찾느라 한참을 헤매었다. 카운터로 가다가 CCTV에 잡힌 내 모습을 보았다. 아니, 처음엔 나인 줄 몰랐다. 낯설다. 어딘지 그 여자와 닮았다는 생각이 들었다. 혼자서 고개를 회회 저었다.

4320원입니다.

유니폼을 입은 남자가 공손히 손을 모은 채 말했다. 누렇고 너덜너덜한 지폐를 건넸다.

680원 거슬러 드렸습니다, 손님. 안녕히 가십시오.

남자는 마켓 로고가 큼직하게 새겨진 봉투에 생리대를 담아 내게 내밀었다. 그 자리에서 가방을 열었다. 카운터를 보던 남자가 눈치를 주었다. 다른 손님들에게 폐가 된다는 것이다. 슬금슬금 물러나니 아줌마 네 명이 우르르 지나갔다. 한쪽으로 비켜나서 가방에 생리대를 넣었다. 가방이 빵빵해졌다.

가방을 메고 유리문 앞에 섰다. 자동으로 열리는 유리문에는 알록달록한 팸플릿이 붙어 있었다. "U마켓 개장 2주년 기념 大바겐세

일" 내가 나오는 동시에 아줌마 다섯이 들어갔다. 얼마 안 있자 세 명이 와서 마켓에 들어갔다. 이번엔 남자가 하나 섞여 있었다. 나오려는 사람은 거의 없었다. 아줌마들 넷이 또 들어갔다. 그 가운데 내가 아는 여자와 뒷모습이 참 닮은 사람이 끼여 있었다. 그러나 그 여자는 아닐 것이다. 여자는 저렇게 화려한, 촌스러운 색 옷을 입지 않는다.

U마켓 야채 코너에서 알립니다. 쪽파 한 단에 500원, 쪽파 한 단에 500원! 단돈 500원에 쪽파 한 단을, 딱 서른 분께 모십니다. U마켓 야채 코너에서 알려 드렸습니다.

안내 방송은 밖에 있는 내게도 똑똑히 들렸다. 지나가던 사람 몇이 홀린 사람처럼 매장 안으로 들어갔고, 안에서는 벌써 아비규환이 벌어지고 있었다. 어쩌면 여자도 저 안에 있을지 모른다는 생각이 들었다. 어쩌면 나보다 먼저 왔을지도, 혹은 나를 발견했을지도 모른다.

잰걸음으로 육교를 건넜다. 육교에서 내려오고도 한동안은 경보 선수처럼 걸었다. 사타구니가 따뜻해졌다. 종아리가 당겨 올 때쯤 멈추어 약국을 찾아 들어갔다.

면봉 주세요.

300원.

면봉을 받아 주머니에 넣고 나왔다. 약국 옆에 보석상이 있었다. 보석상에 걸려 있는 시계들은 아날로그고 디지털이고 할 것 없이 일제히 10시 51분을 가리키고 있었다. 진열대 한쪽에 햄버거 모양 시계가 놓여 있었다. 배가 고팠다. 집에 여자가 있건 여자 할아버지가 있건 이제는 돌아가련다.

다녀왔습니다.

평소 같았으면 후다닥 달려 나와 왜 초인종을 누르지 않았느냐며 나를 다그칠 여자가, 오늘은 웬일인지 얼굴도 비치지 않는다. 하나도 이상하지 않았다. 그 여자는 언제 이 집에서 없어져도 이상하지 않은 사람이라고, 늘 생각했다.

노파심에 안방 문을 열어 보았다. 침대에 여자가 누웠던 자리가 흐트러진 그대로 있었다. 짐을 싼 흔적 같은 것은 없었다. 이상한 일이었다.

내 방으로 돌아가 가방을 내려놓았다. 까만 발끝에 살색 동그라미가 눈에 띄었다. 또 스타킹에다 펑크를 낸 것이다. 스타킹을 벗었다. 징그럽도록 긴 발톱이 드러났다. 불었을 때 깎으라던 여자의 목소리가 새삼스레 생각이 났다.

생리대를 하나 들고 나와 욕실 문을 열었다. 욕조에 여자가 죽은 듯이 누워 있었다. 소리를 지를 뻔했다. 여자는 그 상태로 잠이 들었는지 내 기척에도 반응이 없었다. 욕조 물에 손을 담가 보았다. 미지근하다. 몸을 담근 지도 꽤 된 모양이다.

나는 여자가 깨지 않도록 살금살금 엉덩이를 까고 변기에 앉았다. 다리 사이에 검붉은 핏덩이가 나타났다. 살살거리며 그것을 떼어 내고 새 생리대를 뜯었다. 나 때문일까, 여자가 몸을 뒤척였다. 여자의 배가 물 위로 살짝 드러났다.

여자의 배는 단단히 부풀어 있었다. 눈에 띄게 많이 나온 것은 아니었지만, 사방으로 팽창한 배꼽과 배꼽 아래 터진 살이 배가 나온 까닭을 이야기하고 있었다. 여자의 긴 팔다리에 불룩한 배는 영 어색했다. 반투명한 피부 아래 혈관들이 비쳐 어쩐지 좀 징그럽기까지 했다.

고개를 돌렸다. 얼른 내 볼일을 마치고 욕실을 나왔다. 어젯밤 여자가 구역질하던 것이 생각났다. 여자가 요즘 유난히 잠이 많아진 것이 생각났다. 여자를 딱히 여기던 친구 어머니가 생각났다. 여자가 숨을 쉴 때마다 오르락내리락하며 두근두근 박동을 하던 동그란 배가 눈에 선했다. 내 가슴도 같이 뛰기 시작했다.

한참 만에 여자가 욕실에서 나왔다. 늘 입는 흰 민짜 원피스를 입은 채였다. 나는 여자의 배를 똑바로 보았다. 그동안은 왜 몰랐을까 생각했다. 여자도 나를 보았다. 조금 놀란 듯하더니 머리를 털며 내게 말을 걸어온다.

벌써 왔니?

예.

밥은 먹었고?

아니오.

여자는 수건을 팽개치고 허둥대며 싱크대로 달려갔다.

어떡하니? 아침도 못 먹었을 거 아냐. 잠깐만 있어 봐. 미안하다.

나는 여자의 뒷모습을 보다가 내 발끝을 보다가 하며 혼자 조용히 속을 끓였다. 하고 싶은 말이 있었다. 지금이 아니면 할 수 없을 것 같은 말이 있었다. 나는 입을 달싹달싹 움직여 보았다.

저…… 어.

나는 두 무릎을 꼭 안았다. 여자를 부를 수 없었다. 어떤 식으로 불러야 하는지는 이미 알고 있었지만 그럴 수 없었다. 여자를 부르는 일에는 생각보다 많은 용기가 필요했다. 나는 다시 내 발끝을 보았다. 하얀 비계 같은 엄지발톱이 엄지발가락 밖으로 길게 비어져 나와 있었다. 여자에게 보여 주지 않은 오른손에는 손톱깎이가 쥐여 있다. 지금이 아니면 이 말은 할 수 없다……!

발톱 깎아 줄게요!

나도 모르게 귀먹은 사람에게 하듯 소리를 질렀다. 여자가 돌아보았다. 아, 콧김이 왜 이렇게 뜨겁지? 나는 숨소리를 죽이려고 애쓰며 여자에게 손짓을 했다.

불었을 때 깎아야지요.

괜히 얼굴이 달았다. 차차 여자의 얼굴에 웃음기가 돌았다. 여자가 걸어와 내 앞에 앉았다.

자.

발을 내민다. 나도 손을 내밀어 여자의 발을 감싸 쥐었다. 내 손이 뜨거운 건지 여자의 발이 찬 건지, 아무튼 아주 서늘한 느낌이었다. 여자의 발톱은 나만은 못하지만 제법 길었다. 손톱깎이를 갖다 댔다. 여자의 발톱은 물에 퉁퉁 불어서 말랑말랑했다. 여자가 목멘 소리로 말했다.

너무 바짝 깎으면 안 돼.

곁눈질로 여자를 보았다. 여자도 나만큼이나 긴장한 얼굴이었다. 발톱 깎는 것이 이렇게 대단한 일일 줄은 꿈에도 생각 못했다. 손가락을 천천히 움직였다. 둔탁한 소리가 나며 여자의 일부가 잘려 나가고 있었다.

나는 여자가 침 삼키는 소리를 들었다. 나도 침을 삼켰다. 왜 이럴 때 눈앞이 흐려지는 걸까? 나는 소매로 눈을 여러 번 문지른 뒤 다시 한번 손가락을 오므렸다. 드디어 첫 조각이 다 잘리었다.

두껍고 불투명한 깍지가 여자에게서 떨어졌다. 나는 그 밑에 있던 동그랗고 불그레한 새 살을 보았다. 눈물이 나도록 연하고 깨끗한 살이었다.

파랑새는 없다

경기 의정부여고 3
박정원

콰 하는 소리와 함께 녹슨 대문은 입을 쩌억 하고 벌려요. 남자
일 거예요. 밥상에 고개를 묻고 있던 엄마는 내 겨드랑이 사이로
손을 껴서 나를 들어 올렸어요. 나를 허공으로 들어 올린 엄마의
손이 벌벌 떨려요. 자세히 들여다보면 까맣고 커다란 눈동자도 미
세하게 떨리고 있다는 것을 알 수 있어요. 동네 아줌마들은 우리
엄마가 그런 일을 하는 사람이기엔 너무 여리다고 했어요. 뽀글거
리는 파마를 한 여자들은 붉게 익어 버린 고추의 배를 가르고 뒤집
으며 그렇게 이야기했어요. 나를 보며 쯧쯧, 혀도 내저었던 것 같
아요. 나는 그때 눈이 몹시 매웠어요.

나는 허공에서 가볍게 발을 구른 채 한쪽 벽에 조그맣게 난 쪽방
속으로 들어가요. 쪽방이라기보단 다락일지도 몰라요. 내 몸은 조
그만 그 틈 속에 접혀 들어가요. 쪽방은 마치 관 같아요. 누런 벽
지로 피어오른 곰팡이들의 시체. 그리고 코끝을 매섭게 파고드는

썩은 내가 진동하는 관. 좁은 관. 시멘트로 되어 있는 그곳은 내 몸에 쏘옥 들어맞아요. 나는 그곳에 길게 누워 있어요. 움직일 수도 없어요. 엄마가 조그맣게 난 쪽방 문을 닫자, 드르륵 미닫이문이 거친 소리를 내며 남자가 들어와요. 신발을 그대로 신은 채로, 조용하고 조그만 방 안을 남자의 구두 굽 소리가 가득 메워요. 구두 소리는 둔탁하고 날카로워요. 나는 숨을 죽여 가며 조그맣게 열린 틈으로 엄마와 남자를 쳐다봐요.

남자의 둥근 입술 사이로 걸쭉한 욕설들이 내뱉어져요. 자세히 들여다보면 남자의 길쭉하고 얇은 혓바닥이 누런 앞니 뒤로 쉴 새 없이 부딪친다는 것을 볼 수 있어요. 남자의 두툼한 손바닥이 엄마의 까만 머리칼을 휘어잡아요. 커다란 손아귀에 가득 찬 머리칼, 엄마가 저리도 긴 머리칼을 가졌나요. 그리고 나서 남자는 반대쪽 손을 뻗어 엄마의 머리며 뽀얀 볼을 내려쳐요. 철썩, 살이 맞부딪치는 소리가 방 안을 크게 메우고 남자는 미친 듯이 소리를 질러 대요. 엄마는 힘없이 머리채를 잡힌 채로 남자의 손이 흔드는 대로 흔들려요. 작은 인형 같아요. 온몸의 관절마다 투명하고 기다란 줄이 이어져 있던 인형. 인형은 슬픈 몸짓으로 움직였어요.

"돈 어디 있어. 엉?"

남자는 소리를 질러 대며 거대한 나무 기둥 같은 다리, 그 다리를 뿌리째 뽑아 엄마의 배를 후려 차요. 아구구구, 엄마는 바싹 마른 나뭇가지처럼 꺾여요. 엄마는 쓰러져요. 마른 두 손은 아랫배를 움켜쥐고 있어요. 언젠가 나도 저 안에 있었겠죠. 팽팽하게 늘어난 자궁 속, 양수 속에 휩싸여 기분 좋게 유영했겠죠. 남자는 계속해서 발길질을 이어요. 아구구구, 아구구구. 네모난 방의 구석으로 몰린 엄마는 몸을 잔뜩 웅크린 채로 흐느껴요. 엄마는 거북 같아요. 온몸을 웅크린 채 자신을 보호하던 늙은 거북.

엄마를 내팽개쳐 놓은 남자가 서랍장을 열고 옷가지며 속옷들을 던져요. 얇은 면의 그것들은 공중으로 붕 뜨더니 아래로 치달아요. 그렇지만 돈은 없어요. 푸른색 지폐의 뭉치들은 찾아볼 수 없어요. 서랍을 뒤지는 남자는 언젠가 텔레비전 속, 검은 테두리에 쌓여 있던 그것에서 보았던 하이에나를 닮았어요. 하이에나는 재빠른 움직임으로 남이 먹고 남은 먹이를 낚아채요. 카메라를 정확히 응시하던 녀석의 눈빛. 그 비열한 눈빛은 남자 같아요.

나는 그 조그만 방에서, 내 몸에 꽉 들어맞는 관과도 같은 그곳에서 아랫입술을 잘근 깨물었어요. 길게 뻗어 있는 다리가 벌벌 떨려 와요. 묘한 긴장감이 내 몸을 감싸요. 남자를 죽일래요, 죽일 거예요. 하지만 이 조그만 쪽방에서 나갈 수 없어요. 울고 싶지 않지만 눈물이 나와요. 엄마, 어린 내가 감당하기엔 너무 힘든 일이 아니던가요? 나는요, 가끔 이 집을 나가고 싶어요. 공중으로 붕 떠오르는 저 속옷들처럼 날아오르고 싶어요. 이 조그만 집에서 멀리 멀리 떠나 버리고 싶어요.

네모난 교실에선 항상 케케묵은 썩은 내가 났어요. 어쩌면 저 구석에는 죽은 쥐가 썩어 들어가고 있을지도 몰라요. 하지만 나는 알아요. 이건 아이들에게서 나는 냄새예요. 우리는 모두 학교에서 한참이나 올라와야 하는, 몇백 개의 계단을 올라야 집에 들어갈 수 있어요. 모두 우울해 보이는 얼굴을 하곤 계단을 오르내려요. 시멘트로 된 계단들은 가루가 되어 바람결에 흩날려요. 우리는 굽이 다 깎여 나간 운동화를 신고 뒤뚱거리며 계단을 오르내려요. 우뚝 솟은 집은 달과 가까워요. 나는 손가락을 들어 달을 가렸어요. 노란 달은 손톱 뒤로 숨어 버렸어요. 손톱의 하얀 끝에 노란 달의 기운이 묻어나고 있었어요. 그때 내가 오르던 계단 뒤로 또각거리는 구두 소리. 내가 고개를 돌리자 엄마가, 까만 싸구려 구두를 신은 엄마가 올라오고 있었어요. 엄마는 초승달 같았어요.

교실 뒤 게시판에는 샛노란 병아리 떼가 옹기종기 모여 입을 벌리고 있었지만, 우중충한 회색의, 거기다가 군데군데 금이 가 있는 벽은 샛노란 그것들과 어울리지 않았어요. 나는 교실 뒤 학급문고로 가 잔뜩 낡은 책들 중에 한 권을 꺼내 들었어요. 파랑새. 파스텔로 그려진 남자 아이와 여자 아이, 그리고 파란색의 자그마한 책. 각이 져 있을 모서리는 둥글게 깎여 있어요. 나는 그것을 들고 엠보싱처럼 올록볼록한 매트 위에 앉아요.

학급문고의 책들은 거의 시시했어요. 손때 묻은 공주님들의 이야기, 그 사이로 콩쥐팥쥐니 하는 것들도 보여요. 모든 주인공들은 항상 어떤 시련 같은 것을 당해요. 힘들고 나쁜 일이 있어야 왕자님도 만나고 아빠도 만나요. 그러고 나서 둘은 오래오래 행복하게 살았다는 이야기로 끝이 나요. 그렇다면 나는요? 나도 언젠가 이 일이 끝나고 나면 행복해질 수 있는 건가요? 그런가요? 내 행복은 어디 있는 건가요. 치르치르와 미치르처럼 나도 파랑새를 찾아 나서야 하는 건가요.

창밖을 내다보다가 유리창 사이로 낀 서리들을 봤어요. 새하얗게 내려앉은 서리는 언젠가 제가 학을 접던 은색 색종이처럼 창문에 내려앉아 있었죠.

"그렇지만 그건 안 돼요. 저는……."
엄마는 전화 통화를 하며 내 쪽을 보고 말끝을 흐렸어요. 나는 그런 엄마를 멀거니 쳐다봐요. 까만 머리칼이 가슴까지 내려와 있어요. 하얀 선의 가르마를 타 양쪽으로 나뉘어 있는 머리 사이로 엄마의 가녀린 목이 보여요. 기다란 목이 보여요. 그리고 그 위로 붉은 입술. 마치 사루비아의 꽃잎 같은 입술이 보여요. 엄마의 입술이 달싹이고 있어요.

뭐가 안 된다는 건가요, 엄마? 나는 학교에서 집으로 챙겨 온 두꺼운 표지의 그것, 파랑새로 시선을 돌렸어요. 치르치르와 미치르는 안개가 자욱하게 긴 숲속 길을 거닐고 있었어요. 아, 가만히 생각해 보니 엄마의 팔뚝이며 다리에 살이 붙은 것 같았어요. 펑퍼짐해 보이는 엄마. 그리고 타이트하게 붙은 보라색의 니트 사이로 약간 볼록하게 솟은 듯한 엄마의 늘어난 배가 보여요. 배는 둥글게 솟아 있어요. 바가지를 엎어 놓은 것 같아요.

"생각…… 해 볼게요. 죄를 짓는 걸지도 몰라요."

엄마가 언제 이렇게 살이 쪘죠? 생각이 안 나요. 어쩌면 엄마의 배를 이렇게 유심히 본 건 오늘이 처음인지도 몰라요. 전에 엄마 배는 어땠을까요. 생각이 나지 않아요. 그렇지만 엄마, 내게도 비밀을 말해 줘요. 어떤 거기에 죄를 짓는 거죠?

덩어리로 뭉쳐져 있던 찬밥을 멀건 계란국에 말았어요. 그리고 수저를 들어 휘휘 저었어요. 끈끈한 전분으로 뭉쳐졌던 하얀 알갱이들이 하나하나 낱개가 되어 회오리같이 흔들리고 있는 국물의 중간으로 휩싸여요. 빙글빙글 돌아요. 자세히 들여다보면 그것들은 어느 봄날, 여의도의 길가나 어느 공원에서 흩날리던 하얀 꽃잎 같아요. 그것들을 한 순갈 가득 떠서 입 안으로 밀어 넣긴 했지만 알갱이들은 모래처럼 까끌까끌하게 목구멍을 넘어가요.

한쪽 다리가 삐걱대는 상의 맞은편에 앉은 엄마는 눈두덩에 커다란 멍이 들었어요. 푸른색 혹은 보라색의 그것들은 쪽방 속에 가득하던 곰팡이를 닮았어요. 잔뜩 늘어난 시장표 싸구려 원피스 사이로 엄마의 축 늘어난 가슴팍이 보여요. 어쩌면 엄마의 가슴팍에도, 등허리에도, 그리고 남자가 후려 찼던 아랫배에도 저런 곰팡이들이 남아 있을지도 몰라요.

그리고 내 가슴속엔 저것들이 수도 없이 있겠죠. 조각조각 나누어진 곰팡이들은 양 날개에 화려한 무늬를 지닌 채 훨훨 날던 호랑나비, 그것을 닮았어요.

엄마는 푹 익어 쉰내가 풀풀 나는 김치를 집어 손으로 죽 찢었어요. 종잇장처럼 부드럽게 찢긴 빨간 김치는 엄마의 입속으로 들어가요. 우악스럽게 먹어 대는 엄마. 나는 고개를 돌려 싸구려 화장대 위에 놓인 반쪽만 남은 사진을 멀거니 바라보았어요. 엄마의 허리쯤 오는 작은 키의 내가 앞에 서 있고, 그 뒤로 엄마의 어깨를 감싸 쥔 누군가의 팔. 팔만 댕강 잘린 채 남겨진 아빠.

엄마, 아빠는 어떤 사람이었나요? 나는요, 아빠가 궁금해요.

커다란 도끼 빗이 엄마의 머리를 쓸어내려요. 넓게 벌려진 이빨의 사이사이론 적지 않은 머리칼이 뽑혀 나와요. 엄마는 머리칼을 모아 둥글게 뭉쳐 내던져 버렸어요. 언젠가 책에서 뽑히는 머리칼들은 영양분을 받지 못한 것이라는 글귀를 읽은 적이 있어요. 어쩌면요. 진짜 어쩌면요. 둥글게 말린 저것들은 나일지도 모른다는 생각을 했어요. 나는 언젠가 저 머리칼들처럼 엄마에게서 뽑혀 나갈지도 몰라요. 몸이 둥글게 말린 채로 던져질지도 몰라요.

"진주 안 자니?"

엄마는 보라색의 메이크업 베이스를 손등으로 짜내며 물었어요. 이제 그것들은 엄마의 얼굴로 얇게 펴져요. 좋은 냄새가 나요. 엄마의 목소리가 미세하게 떨리는 것도 같아요. 나는 말없이 책을 덮었어요. 책은 이제 거의 다 읽어 가고 있어요. 방 한구석에 네모나게 접혀 있던 이불들을 펼쳐 그 안으로 몸을 구겨 넣었어요. 서늘한 이불이 팔이며 다리에 달라붙었어요. 오랫동안 빨지 못한 이불에서는 곰팡내가, 곰팡내와 엄마의 싸구려 화장품 냄새가 섞여 났어요. 나는 갑자기 토악질이 하고 싶어요.

저 깊은 곳에 있을 나비들을 뱉어 내고 싶어요. 저 깊은 곳에 있을 나비들을 뱉어 내고 싶어요. 뱉은 그것들은 젖어 있는 날개를 말린 후에 멀리멀리 날아갈 거예요. 얇은 날개를 보호하는 인분들이 방바닥으로 떨어질 거예요. 그것들을 날려 버리고 나서 묻고 싶어요. 엄마, 나도 버릴 건가요? 저기 둥글게 말린 긴 머리카락들처럼 멀리멀리 던져 버릴 건가요?

화장을 마친 엄마는 멀찌가니 앉아서 날 바라보고 있었어요. 엄마의 웃음이 희미했어요. 부서져 버릴 것 같았어요. 엄마의 검은 브이넥 니트는 흰 살을 더욱 도드라져 보이게 했어요. 엄마, 나는 불안해요.

졸리지도 않은데 나는 스르르 눈이 감겨 오고 있었어요. 엄마의 눈빛은 마치 수면제 같아요. 엄마의 낡은 화장대 서랍 저 깊숙한 곳에서 볼 수 있었던 분홍빛의 알갱이들. 잠은 꾸역꾸역 내 몸을 씹어 대고 있었어요. 저 멀리서 진주야…… 미안하다 하는 소리를 들은 것 같기도 하고 아닌 것 같기도 하고.

나는 치르치르와 미치르의 손을 잡아요. 손바닥의 사이사이론 끈적거리는 땀이 묻어나지만 우리는 손을 놓지 않아요. 어디로 가는 거야? 하고 묻자 '추억의 나라'라고 아주 조심스럽게 내뱉어요. 추억의 나라가 보이고 치르치르와 미치르는 할머니와 할아버지께 달려가요. 둘은 노인들의 품에 안겨 엉엉 울어 대요. 나는 주위를 둘러보아요. 여기에 내가 아는 사람이 있을까요? 주위를 둘러보는데 익숙한 얼굴, 아주 익숙한 얼굴이 보여요. 큰 키에 피부가 검게 그을린 남자. 남자가 날 보고 있어요. 모르는 얼굴인데도 목구멍이 뜨거워져요. 금방이라도 눈물이 나올 것 같아요. 나는 달려가서 그 널따란 품에 안겨요. 내 기다란 눈의 끝으로 눈물이 맺혀 떨어져요. 아빠, 아빠가 맞나요? 아빠라면 대답해 줘요. 왜 이곳에 있는 건가요?

내가 말을 다 끝내기도 전에 남자는, 아니 아빠는 사라져 버려요. 안개처럼 흩어져 버려요. 꿈이던…… 가요? 이건 꿈인가요? 그렇다면 저 남자는 우리 아빠가 아닌가요?

눈을 떴을 땐 조용했어요. 나는 찬 바닥에 엎드려 있었어요. 머리가 무겁고 핑 도는 것 같았어요. 속눈썹의 군데군데로 붙은 눈곱들을 손등으로 문지르며 떼어 냈어요. 조그만 모래 알갱이 같던 그것들이 하나 둘 떨어져요. 연탄불을 올리지 않아서인지 방바닥으로 손을 올리자 찬 기운이 매섭게 올라오고 있었어요. 엄마? 하고 길게 불러 봤지만 대답은 없었어요. 뭔가 달랐어요. 등 뒤로 서늘한 기운이 등줄기를 타고 빠르게 내려오는 것 같았어요. 팽팽한 긴장감에 나는 아랫입술을 깨물며 천천히 일어나 형광등의 스위치를 켰어요. 네모난 스위치에 올린 손이 흔들거리며 떨리고 있었죠. 끝부분에 검은 두 줄이 올라오고 있는 기다란 형광등에 불이 들어오

자 온통 난장판이 되어 버린 집안, 널브러진 속옷들과 옷가지 사이
론 엄마 것이 없어요. 엄마의 속옷이며 옷가지들이 모두 다 사라져
버렸어요. 서 있는 다리가 벌벌 떨려 왔어요. 새끼발가락부터 시작
된 진동은 복사뼈를 타고 무릎까지, 그리고 허벅지까지 올라왔어
요. 무서웠어요. 나는 주저앉았어요. 펑 하고 터져 푸스스 하는 소
리와 함께 바람이 빠져 버린 풍선처럼 스르르 주저앉았어요. 나는
옷들이 널브러져 있는 그 방 안 한가운데서 무릎을 웅크려 팔 속에
가두었어요. 저기 구석 사이로 미처 챙기지 못한 엄마의 싸구려 화
장품들이 보였어요. 로션이며 스킨이며 콤팩트며 엄마의 붉은 입술
을 더욱 도드라지게 했던 립스틱. 그것들이 보였어요. 어쩌면 엄마
는 급한 일이 있었을지도 몰라요. 그리고 어쩌면, 그래요, 어쩌
면…… 차가운 방바닥에서 나는 한참을 기다렸어요. 그래도 엄마는
오지 않았어요. 엉덩이가 아려 오고 아랫배가 아파 오기 시작했어
요. 아뇨, 배라기보다는 더 아래예요. 배 속 저 깊숙한 곳을 누군
가가 팽팽하게 잡아당기곤 찔러 대는 느낌이에요. 허리도 쑤셔 오
는 것 같아요. 왜 이런지 모르겠어요. 나는 아랫배를 꼬옥 부여잡
은 채 웅크리고 누웠어요. 나는 벌레예요. 커다란 나비가 되기 위
해 단단한 고치 속에 쌓여 변태를 꿈꾸고 있는 벌레예요. 유충기와
성충기의 사이에서 멈춰 있어요. 아무것도 하지 않아요. 엄마, 내
가 흐느끼자 입에선 뽀얀 입김이 올라왔어요. 안개같이 방을 메우
던 입김들은 금세 흩어져 버렸어요. 흔적도 없이.

　나는 엄마의 화장품을 능숙하게 발라요. 입을 '오' 모양으로 오
므리고 그 위로 엄마가 버리고 간 붉은빛의 립스틱도 발라요. 그리
고 방 저 구석에 곧게 서 있는 비키니 옷장, 지퍼를 내리면 나프탈

렌의 퀴퀴한 냄새가 쏟아져 나오던 그것의 바닥에 있던 엄마의 옷을 걸쳐요. 약간은 커다란 옷. 매끈매끈한 천으로 된 원피스는 왼쪽 어깨에서 부드럽게 미끄러져 내려와요. 좋은 느낌이에요. 나는 다시 그것을 어깨 위로 추켜올리곤 일어서요. 엄마는 2주일째 오지 않았고, 나는 그동안 전기밥솥 안의 밥, 보라색으로 곰팡이가 슬어 버린 그것들을 아껴 먹었어요. 천천히 꼭꼭 씹어서 아껴 먹었어요. 엄마가 오지 않을 거란 걸 이젠 알 수 있어요. 나는 뽑힌 머리칼처럼 버려진 거예요. 나는 둥글게 말려 버려졌어요.

엄마가 사라지던 날, 나는 첫 월경을 경험했어요. 팬티에 가득 묻은 시뻘건 핏덩어리들.

나는 어른이 된 거예요. 아뇨, 옛날부터 어른이었어요. 나는 준비를 마치고 바람에도 금세 흔들리곤 했던 미닫이문을 열었어요. 그리고 문턱 아래 고이 놓여 있는 둥근 코의 검정색 싸구려 구두를 신고 나가요. 나는 밖으로, 화려한 네온사인이 비추고 틀어 놓은 음악들이 진득하게 들려오는 밖으로 나가요. 파랑새를 찾을래요. 파랑새를 잡으면 행복해진다고 하지 않았던가요?

사람들이 가득 찬 전동차가 플랫폼으로 들어왔어요. 얇은 원피스 사이로 찬바람들이 세차게 들이치고 있었어요. 역시 위에 뭘 걸쳐야 했나 봐요. 그 차가운 기분에 이빨이 딱딱거리며 떨렸어요. 호두까기 인형이 된 기분이었어요. 새하얗고 단단한 쇠 이빨을 가진 인형은 호두를 입에 물고 딱딱거리며 으깨 댔어요. 그럼 고소한 알맹이가 나오곤 했어요.

사람들을 꾸역꾸역 쑤셔 넣었던 기다란 전동차는 동시에 수십 개의 입을 벌려 사람들을 쏟아 냈어요. 키가 다른 검은 머리들이 동시에 내뱉어져요. 나는 구두를 전동차 안으로 들여놓았어요. 사람들이 가득 찬 깡통 같은 전동차는 노곤해요. 차갑던 몸이 데워지자 오랫동안 참았던 오줌을 배출했을 때처럼 몸이 부르르 떨려 왔어요. 노약자 석에 앉은 기름 덩어리의 남자들이며, 커다란 가방을 메고 있는 노인들, 그리고 술에 취한 대학생들이 나를 쳐다봐요. 내 입술을, 내 구두를, 내 원피스를. 나는 부끄러워져요. 그들 앞에서 나는 발가벗긴 것 같아요. 나는 시선들에 치여 고개를 숙여요. 그것들은 내 어깨며 목을 짓눌러요. 중간 중간 가출했나 봐, 하는 소리들과 쯧쯧 하며 혀를 길게 내차는 소리도 들려요.

전동차는 빠른 속도로 철로를 벗어나고 있었어요. 흔들거리며 앞으로 나아가는 전동차. 창밖으로 비치는 화려한 불빛들이 재빠르게 먹혀 들어가고 있었어요. 막상 집을 나왔지만 어디로 가야 할지는 정하지 않았어요. 나는 그냥 무작정 나아가는 거예요.

어쩌면 파랑새를 못 찾을지도 몰라요. 그렇다면 나는? 다시 우리 집, 아니 내 집으로. 녹이 잔뜩 슨 대문과 바람에도 쉽게 흔들리는 미닫이문을 가진 얇은 판자때기의 집으로. 달과 가까운 그곳으로 가야 하는 거예요. 나는 고개를 들어 서로 다른 색의 선들이 마구 엉켜 있는 전철 노선표를 꼼꼼히 읽었어요. 하지만 아는 곳은 하나도 없어요. 나는 무작정 내 앞에 있는 문이 열리는 대로 내려 버려요. 나와 함께 많은 사람들이 쏟아져 내려요.

가로등의 주홍빛 불빛이 내 머리로 쏟아졌어요. 길게 늘어진 그림자는 내 구두의 끝으로 달라붙어 있었어요. 술에 취한, 중년의 사내들이 내 옆을 스쳐 지나가자, 너무나도 한산한 거리가 무섭게 느껴졌어요. 나는 마른침을 꿀꺽 삼키고 조용히 노래를 흥얼거렸어요. 누군가의 구두 소리가 들리는 것도 같아요. 내가 빠르게 걸으면 그 둔탁한 구두 소리도 함께 빨라지고, 내가 발걸음을 늦추면 그 소리도 늦춰져요. 그 소리가 귀에 익어요. 어쩌면 엄마를 후려차던 남자의 구두 소리인지도 몰라요. 숨이 턱 막혀 와요. 달릴래요. 나는 달려가기 시작해요. 구두 소리도 함께 달리는 것 같아요. 허억허억, 나는 숨을 몰아쉬며 더 빠르게 달려 나가요. 한참을 달리고 나서야 조용한 골목길 사이론 내 구두 소리만 들려요. 긴장이 풀려 온몸이 스러져 내릴 것 같았어요. 손끝이 미세하게 떨리고 있어요. 원피스의 등 뒤론 식은땀이 찐득하게 묻어나고 있어요. 나는 겨우 손으로 무릎을 부여잡고 주위를 둘러봤어요. 앞 건물에 커다랗게 걸린 간판. 형광등의 불빛으로 새하얀 글씨가 반짝이며 빛나고 있었어요. 찾았어요.

파랑새 쉼터
나는 고딕체로 되어 있는 그것을 오랫동안 바라보았어요. 파란색 시트지에 새하얀 글씨로 되어 있는 창문. 어쩌면 이곳은 내가 바라는 모든 게 있을지도 모른다는 생각을 했어요. 행복해질 수 있을 거란 생각을 했어요. 나는 천천히 숨을 골랐어요. 허억허억, 심장께가 가파르게 뛰었어요. 나는 천천히 그 커다란 문을 열고 쉼터의 안으로 들어갔어요.
매캐한 담배 냄새가 허옇게 튼 얼굴로 다닥다닥 달라붙고 있었어요. 이미 건물 안은 하얀 연기로 가득 찬 것 같아요. 나는 눈을 찌푸리며 계단을 올라갔어요. 또각또각, 구두의 굽 소리가 일정하게 울려 퍼지고 있었죠. 언젠가 학교에서 합주를 할 때 내가 맡았던 캐스터네츠 소리 같아요. 일정하게 입을 열었다 닫았다 하며 울려

대는 그것을 닮아 있어요. 나는 발소리를 줄이며 열심히 계단을 올랐어요. 저쪽 계단 구석에서 웬 남자가 담배 끝에 빨간 불을 빛내며 연기를 뱉어 내고 있었어요. 코와 입에서 쉴 새 없이 나오는 연기들. 남자의 머리 부분까지도 채 올라가지 못하고 연기들은 흩어져 버려요.

"쉼터 왔냐?"

남자는 나를 주욱 훑어보며 말해요. 나는 고개를 끄덕였어요. 남자는 짧아진 담배꽁초를 던져 버리곤 발로 꾸욱 밟았어요. 짓눌렀어요.

"선생님 불러올게. 안으로 들어가 있어."

나는 남자의 말에 고개를 끄덕였어요. 그리고 검은색의 구두를 벗어 들어 올렸어요. 맨발이어서 그런지 방바닥이 차가웠어요. 문옆의 커다란 전지 위에는 기본 수칙들이 적혀 있어요. 매직으로 아무렇게나 휘갈긴 글자들이 보이고, 나는 그제야 담배를 태우던 남자가 이곳 사람임을 알게 되었어요. 하지만 이상했어요. 남자는 전혀, 전혀 행복해 보이지 않았어요.

나는 다시 온몸이 으스스 떨려 오기 시작했어요.

"부모님은?"

여자는 나를 조그만 방으로 안내했어요. 쉼터 장이라고 소개한 여자는 짧은 머리칼에 선해 보이는 동그란 눈을 가진 여자였어요. 질문을 하는 목소리가 조심스러웠어요. 없어요. 나는 잠시 뜸을 들인 후 그렇게 대답했어요. 아무렇지도 않다는 듯 경쾌하게 말했어요. 자꾸만 어깨로 흘러내리는 원피스를 부여잡자, 여자가 인상을 찌푸리며 나를 쳐다봤어요.

"우선은 쉼터를 찾아왔으니까 받아 주기야 하겠지. 하지만 부모님이 걱정하실 텐데. 들어가 보는 게 낫지 않을까?"

여자의 목소리가 거칠어졌다고 생각했어요. 쇠 날이 긁히는 소리처럼 얇고 가느다랗지만 듣기 싫은 목소리. 나는 가출 청소년이 아니에요. 집도 있고 갈 곳도 있어요. 여자는 내가 단순히 집이 싫어서 나온 거라고 생각하는 걸까요? 갑자기 달동네, 저 끝에 있을 내 집이 생각났어요. 달랑 방 한 칸에 딸려 있던 쪽방. 그곳이 생각났어요. 곰팡이 냄새가 이곳에서도 맡아지는 것 같았어요.

"우선 이 서류를 작성해 줘. 기본 사항 같은 건 알아야 되거든."

여자는 네모 칸으로 채워진 A4 용지와 검은색 모나미 펜을 내밀었어요. 마주 닿은 손끝이 서늘했어요. 나는 펜을 들어 비워진 칸들을 채워 나가기 시작했어요. 펜 끝이 딱딱하게 굳어 있는지 나오지 않아, 나는 종이의 옆에 마구 휘갈겼어요. 종이에는 곡선들이 수도 없이 그려져요. 그리고 나서 이름이며 나이 같은 것들을 적어 내려가기 시작했죠. 엄마의 이름엔 커다란 점을 박아 두었어요. 엄마는요, 처음부터 없었어요. 엄마는 지금 어디에 있을까요.

"새로 왔어. 나이도 어린 것 같은데 말이야. 옷차림이며 화장까지 보통이 아닌 것 같아. 요번에는 좀 제대로 잡아야겠어."

여자의 목소리. 나는 고개를 들어 스티커가 붙여진 창밖을 내다봐요. 복도 쪽엔 아까 쉼터 장이라고 했던 여자와 목이 늘어난 티셔츠를 입은 여자가 있어요. 한 명이 더 있는 것 같기도 해요. 곧이어 내 쪽을 바라보는 듯한 눈빛. 파란색으로 된 새 모양의 스티커 사이로 여자들의 눈빛이 보여요. 동정하는 눈빛. 아녜요. 더 자세히 들여다보면 요상한 눈빛이에요. 나를 마치 벌레처럼 보는 것 같아요. 나는 입술에 붉은 립스틱을 바른 벌레예요.

"열서너 살 정도로밖에 보이지 않던데 어쩌다가…… 아직 어린 나이지? 불쌍해라. 부모님은 어디서 뭘 하는지."

여자는 혀끝을 쯧쯧 내찼어요. 볼펜을 잡은 손이 부들부들 떨리고 있었어요. 나는 어리지 않아요. 불쌍하지도 않아요. 이 사무실이 관처럼 느껴졌어요. 퀴퀴한 냄새가 가득 들어차 있던 그 쪽방속. 나는 이곳에 길게 누워 있어요. 이곳은 내가 바랐던 곳이 아니에요. 파랑새는 찾을 수 없어요. 행복할 수 있을 거라고 생각했던 곳이 아니에요.

다들 똑같아요. 나를 버리고 나가 버린 엄마며, 엄마를 향해 마구 주먹을 휘두르던 남자며, 선량한 눈빛을 한 채 맘껏 비웃는 여자도 다 같아요. 진짜 시시한 사람들이에요. 나는 이래서 어른이 되기 싫었어요.

나는 조심스럽게 옷을 부여잡았어요. 그리고 들고 있던 구두에 발을 끼기 시작했어요. 종이를 탁자 위에 올려놓은 채로 일어섰어요. 이곳은 내가 있을 곳이 아니에요. 아니, 애초에 어른이 된 내가 파랑새를 찾겠다는 것 자체가 웃긴 일이었을지도 몰라요. 나는 어린이가 아니에요. 어른 할래요.

파랑새 쉼터

반듯한 고딕체로 쓰여 있는 창문을 한참 동안이나 바라보았어요. 어쩌면 파랑새는 처음부터 없었는지도 몰라요. 책에도 그래요. 결국 파랑새는 치르치르와 미치르의 집에 있던 회색빛의 새였어요. 어쩌면 내 파랑새는 몇백 개의 계단이 주욱 늘어져 있는 그곳일지도 몰라요. 우선은 다시 집으로 돌아갈래요. 집으로 돌아가면 언젠가 엄마가 다시 돌아올지도 몰라요. 그 쪽방 속으로 바득바득 기어 올라가 길게 누워 있을래요. 곰팡이들의 냄새를 맡으며 엄마를 기다 릴래요.

또각또각. 구두 소리가 건물을 가득 울리고 있었어요. 문을 열고 나와 나는 높게 떠 있는 달을 바라보았어요. 초승달이에요. 나는 초승달처럼 기울어 걸어가요. 내 걸음은 엄마를 닮았어요. 엄마의 슬픈 걸음걸이를 닮았어요. 파랑새는 처음부터 없었어요.

러키 보이

서울 선정고 3
양이석

드디어 나타났다. 일본의 한 경매 사이트에 나쁘지 않은 가격으로 물건을 내놓은 사람이 있다. 타이틀은 Lucky Boy. 10년 전 한정생산되었다가 절판된 지 오래인 놈이었다. MORI의 앨범들 중 단하나 손에 넣지 못해 속을 태웠던 희귀품. 워낙 구하기가 힘들어서 국내에서도 국외에서도 어마어마한 프리미엄이 붙은 지 오래다. 게다가 그룹이 한창 전성기였을 때의 보컬이 현재 투병 중에 있으므로 앞으로 가격이 더 오를 가능성이 있다. 바람 앞의 촛불 같은 인간의 목숨에 물건의 가치는 더욱 올라가는 것이다. 경매는 바로 어제 시작되었고, 종료일은 2주 후다. 비교적 규모가 작은 곳이라 다행이지만 아직 마음을 놓아서는 안 된다. 이번 기회를 놓치면 영영손에 넣지 못할지도 모른다. 조바심은 내지 말고, 수단과 방법을가리지 않고 손에 넣기로 했다. 자, 입찰.

D-14

긴 주말을 지내고 돌아온 교실에서는 노곤한 기운이 물씬 풍겨왔다. 0교시 자습 시간부터 짠 듯이 졸고 있는 무리에 끼여서 덩달아 한 시간을 날렸다. 쉬는 시간 종을 신호로 해서 잠을 깨고는 교실 안을 휘 둘러봤다. 거의 반은 수면 상태. 역시 고 3한테 휴일 같은 건 없는 게 나아. 비스듬히 턱을 받치고 앉아 짝이 중얼댔다. 하기야 패턴 깨지기 십상이니까. 적당히 동조해 주며 문제집으로 다시금 시선을 가져갔다. 젠장. 30분째 같은 페이지에서 진도가 안 나간다. 짝 말대로 휴일 탓만은 아니다. 종료까지 2주나 남은 경매가 신경이 쓰여 도무지 집중을 할 수가 없다. 내가 교실에 앉아 골골대는 사이에 웬 약삭빠른 놈이 경매 중인 물건을 찾아낼지도 모른다. 나는 질 수 없어서 계속 값을 올리고, 그쪽도 어지간해서는 포기하지 않을 테고, 그러는 중에 웬 여우 같은 놈 하나가 또 나타나 속을 바짝바짝 태우며 돈을 또 얹겠지. 생각만으로도 끔찍하다. 2주는 너무 길다고…….

"어이, 표정이 왜 그래?" 휴일의 여파가 미치지 않은 신선한 인종도 있다. K. 여전히 멀끔한 얼굴의 클래스메이트. 네 녀석이야 주말도 성실히 보냈겠지. 흥.

"아니, 생각 좀 하느라고……." 뭐라고 말을 하면서도 머릿속은 텅 비었다. 지금 이 시간에도 세계 각지의 수집가들은……. "무슨 생각을 하기에 그래? 심각해 보이는데."

학생 신분이라는 사실이 분하다. 경제적 능력이 좋은 성인들은 돈이 얼마나 들든지 간에 그것을 손에 넣으려고 하겠지. 과연 내 예금액으로 승부가 가능할 것인가……. "듣고 있어? 어이!" "시끄러워. 이쪽은 일생일대의 위기라고, 지금." 입으로 내고 나니 더 어지럽다. K가 흥미롭다는 표정으로 몸을 바짝 붙여 왔다. "위기라니. 무슨?" "하, MORI의 「러키 보이」가 경매에 올랐⋯⋯." 아뿔싸! 이런 바보 같은⋯⋯ 무심코 말해 버리다니⋯⋯! 황급히 말을 돌리려고 했지만 이미 늦었다. "뭐? 정말이냐? 거기가 어딘데?" 안 돼. 가르쳐 줄 수 없지. 너에겐 절대로⋯⋯ 하지만 상황을 어떻게 넘겨야 할 것인가. 여기서 어떻게? "나도 잘 몰라." K의 눈썹이 치켜 올라갔다. "모르다니, 말이 돼?" 침착하자. 얼굴에 드러나지 않도록. "나도 소문으로만 들었다고. 확실하진 않아." 무덤덤한 표정으로 K를 마주 보았다. 시원하지 않은 얼굴이었지만, 여기서 방해꾼을 더 만들게 되면 곤란하니까. 나는 어쩔 수 없다는 듯 어깨를 으쓱였다. "흠, 알게 되면 좀 가르쳐 주라." 희미하게 미소를 띤 얼굴에 응수하며 활짝 웃어 주었다.

"물론."

내가 미쳤게?

K에게 MORI를 가르쳐 준 것은 나였다. K는 올해 학급에서 처음 만나게 된 녀석으로, 학기 초 옆 자리에 앉게 되면서 말을 트게 된 사이였다. 전교에서 다섯 명 안에 드는 성적이라든가, 그런데도 한 번도 학원에 다니거나 과외를 해 본 적이 없다든가 하는 소문들로 이미 유명한 녀석이었다. 새 학년이 되어, 당연한 듯이 반장 자리도 꿰찼다. 그러나 거기에 뭐라고 불평을 할 수 없는 이유는, K는 공부뿐 아니라 여러 가지 방면에서 뛰어난 녀석이기 때문이었다. 가령 유머 감각이라든가 하는 것들. 말수가 적고 사교적이지 못한 나의 성격에도 우리는 빠르게 친해졌다. 녀석은 공부하는 머리뿐

아니라 사교적인 머리도 잘 발달되어 있어, 사람과 친해지는 방법 중 가장 효과적이자 고급 코스 축에 드는 '취미와 흥미 공유하기'의 기술을 능수능란하게 구사할 줄 알았기 때문이다. "도대체 무슨 노래기에 그렇게 죽어라 듣냐? 몰래 공부하냐?" "하하. 설마. 그냥 노래 시디야." "한번 들어나 보자. 허구한 날 끼고 있는 걸 보면 보통 좋은 게 아닌가 본데……." 이어폰을 채어 가 귀에 꽂는 순간 K에게 무언가 신비한 힘이 작용했던가, MORI가 최면이라도 걸어 놓은 것이 틀림없다고, 이후에 나는 종종 생각하곤 했다. "오, 나도 이런 음악이 좋던데. 우리 음악 듣는 취향이 비슷한가 보다." 역시 능숙하게 '그 기술'을 사용하는군 하고 생각하였으나——그도 그럴 것이 보통 내 주위 사람들은 MORI의 음악을 듣고 난 후에 언제나 기분 나쁜 표정을 지었다. 생소한 장르라는 이유 때문만이 아니라, 그들의 음악은 오히려 음악이라기보다는 그저 비명과 고함과 흐느낌의 버무림이라는 혹평을 듣기 일쑤였으므로—— 그것은 꾸며 낸 말이 아니라 진심인 모양이었다. 노래를 함께 듣자고 말하는 횟수가 늘고, 쉬는 시간마다 시디플레이어를 빌려 갔으며, 급기야는 집에 가서 듣겠다고 앨범을 좀 빌려 달라 치근대기까지 했다. 자식, 정말 맘에 들었나 보네. 점점 빠져 드는 K를 지켜보고 있자니, 마치 수제자에게 비방을 전수하는 스승이라도 된 기분이었다고 할까. 웃기지만 처음엔 그랬다. 좀처럼 세상 밖으로 나타나지 않는 그들인 탓에 얼마 없는 자료를 K와 공유했다. 물으면 아는 대로 성실히 답해 주었다. 솔직히 좀 기뻤던 것 같다. 어쨌거나 세간에서는 마이너 중의 마이너로 여겨지는 그들이 K의 흥미 덕분에 수면 위로 떠오르는 기념비적인 순간이었으니까. 빛을 본다는 것은 영광스럽지 않은가. K는 극악의 마이너조차도 단숨에 메이저 급으로 만드는 능력 또한 갖추고 있었다. K가 그들의 시디를 듣고 있다는 사실만으로 이제 세상이 MORI를 인정했다고 생각될 정도로. 아…… 정말이지 가르친 보람이 있었다. 우습지만 자부심에 가슴이 두근거렸다. '처음엔' 확실히 그랬다.

K는 의아할 정도로 빠르게, 그리고 깊게 그들에게 빠져 들었다. 어느 순간부터 K는 나에게 묻지 않고도 여러 가지 정보를 알아내는 것이 가능해졌다. 날 때부터 머리가 좋은 놈은 달라도 달랐다. 어디에서 찾아내는지 나조차 금시초문인 정보를 가지고 와서는, 오히려 나를 가르치려 드는 것이었다. 얼씨구. 청출어람? 이건 건방짐이 지나친 게 아닌가. 동지가 생겼다는 든든한 기분은 오래가지 않았다. 예의 그 스승의 눈은 사라지고, 삼대째 전승된 비법을 도난당한 원조 할매 턱이나 된 기분이었다. 나보다 한참이나 후에야, 아니 내가 공들여 가르친 후에야 겨우 눈을 뜬 햇병아리 같은 놈이 겁 대가리 없이…… 하고 이를 악물어 봤자, K는 흡수력이 너무나 좋은 엠보싱 기저귀 같은 놈이었다. 어둠의 음악에 빠져 들기 시작한 주제에 그 어떤 우울한 티도 내지 않았다. 속으로만 다 빨아들여 새 지 않 는 덕분에. 외견상으로 보자면 K는 '마이너'의 '미음' 자와도 한 치 상관없을 놈인데. 뻔뻔스러운 자식…… 그래, 사실 나는 녀석이 정말이지 싫다.

어쨌건 그런 이유들로 나는 더 이상 MORI에 관한 한 앞으로 K와 어떤 교류도 공유도 하기 싫다. 더욱이 이렇게 중요한 일이라면. 그 어떤 방해도 받을 수 없다. 하지만 아까의 실수로 K가 뭔가 눈치를 챘을지도 모른다. 그러나 아직은 괜찮다. 우선적으로 해외의 경매 사이트라는 건 알아내기 힘들 것이다. 녀석은 일본어도 할 줄 모르고. 어떻게 보아도 아직은 내가 훨씬 유리하다. 괜찮아.

242

집에 도착하자마자 사이트에 접속했다. 좋아, 아직은 입찰자가 나뿐이다. 이대로 2주 후까지 간다면 얼마나 좋을까. 하지만 이 세계란 그리 호락호락하지 않다. 나는 절대 기만당하지 않으리라고 마음을 다잡았다. 그러니까 시작가가 1만 엔…… 요새 환율이 떨어지기는 했으나 그냥 열 배로 생각하자. 10만 원. 통장에는 20만 원 남짓이 남아 있다. 이거 간당간당한데. 침이 꼴딱 넘어간다. 무서운 녀석들이 덤벼들지만 않는다면 승산이 없는 것도 아니다. 그러나 이 바닥은 넓다면 넓고 좁다면 또 참으로 좁은지라 소문나는 것도 시간 문제일 것이다. 아아…… 정말이지 무슨 방법이 없을까…… 단도직입적으로 판매자랑 거래를 할까. 아니지. 그럴 거면 왜 경매에 내놨겠어. 게다가 일본인이 아니던가. 일본어를 조금 배우기는 했으나 회화까지는 무리다. 아무리 생각해도 결국 한 가지밖에 없다. 경매가 끝날 때까지 최선을 다하는 것. 의외로 일이 쉽게 풀릴지도 모른다. 뭔가 일어나기 전부터 걱정하는 짓은 그만두자. 그보다는 좀 더 합리적인 생각을 하는 게 좋겠다. 그래, 아르바이트라도 알아볼까. 의욕적인 생각으로 순간 온몸에 힘이 불끈 들어갔으나, 어쨌든 나는 지금 수험생이라는 생각에 바람 새는 풍선처럼 몸이 가라앉았다.

D-10

앨범에 대해 언급했던 그날 이후로 유난히 K의 시선이 신경 쓰이기 시작했다. 멀리 떨어진 자리에 앉아 있는 K의 시선이 자꾸만 내쪽에 머무르는 것 같았다. 기분 탓일 수도 있고, 정말로 K가 나를 계속 지켜보고 있는 것일 수도 있다. 어느 쪽이든 상관없다. 일주일하고도 며칠간만 입을 다물고 있으면 된다. 경매가 진행된 지 5일, 그동안 K는 간간이 경매에 대해 뭔가 듣지 못했느냐고 물어 왔다. 특유의 여유 있는 얼굴로 관심 없는 듯 물어 왔지만 나는 알 수 있었다. K도 지금 경매 때문에 신경이 쓰여 어찌할 수 없는 처지에 처해 있다는 것을. 되도록 부딪치지 않는 편이 좋겠다. 저번 같은 실수를 반복했다간 정말로 끝이다. 현재 구매 희망자가 두 명이나 새로 참가한 상태다. 나까지 해서 셋. 여기에 K까지 끼어들게 되면 골치가 아프게 된다. 경쟁자는 더 이상 용납할 수 없기에, 아직 경쟁 노선을 타지 못한 싹은 되도록 일찌감치 처리하는 편이 낫다. 현재 나는 경매에서 한 발짝 물러나 상황을 지켜보고 있는 중이다. 섣불리 도발에 응했다간 물건 값을 올리는 데 일조하게 될 뿐이다. 하룻밤 새 얼마나 올랐는지 아침저녁으로 확인하는 것만으로는 영 불안하여, 학교에서도 틈틈이 시간을 내어 경매 진행 추이를 지켜보고 있다. 점심을 먹고 컴퓨터를 이용하기 위해 도서실로 향했다. 멍청한 놈들이 경쟁에 불이 붙지만 않는다면 좋겠는데. 지켜보고 있다가 경매가 완료될 즈음, 녀석들이 방심한 틈을 타 최고가로 입찰. 음, 생각대로만 된다면 시디는 충분히 확보가 가능한데, 문제는 두 가지가 있다. 앞으로 제3의 경쟁자가 난입할 가능성과 낙찰 가격. 돈을 아무리 끌어 모아도 20만 원 남짓이 한계다. 그 이상 넘어간다고 해서 부모님께 손을 벌릴 수도 없고, 꼬치꼬치 캐물을 것이 분명하다. 역시 어디에서나 어떤 일이나 자금이 제일 큰 문제다. 돈, 돈 하고 머릿속에 떠오른 말을 입으로 무심코 지껄이는데 층계참에서 K를 마주쳤다. "멋진 말을 하는군." K는 한쪽 입 꼬리를 끌어 올려 쓴웃음을 짓고 있었다. "혼잣말이었어." 최대한 도전

적이지 않은 말투로 대답했다. 지금 K의 신경을 건드려서 좋을 것이 없으니까. "굉장히 생산적인 내용의 혼잣말이구나. 지금 어디 가냐?" "도서실에. 책 좀 빌리려고." "그래, 책 좋지. 그런데 그 경매 사이트는 아직이고?"

여전히 마음에 없는 척 은근슬쩍 물어 온다. "아, 그거. 아무래도 헛소문이었던 모양이야. 너도 잘 알겠지만 이 바닥은 이런 일이 비일비재하잖아?"

믿거나 말거나다. "흐응…… 그랬군." K는 여전히 속 모를 웃음을 띤 얼굴로 나를 지나쳐서 걸어갔다. 어딘가 시원치 못한 기분으로, 도서실로 가는 걸음을 빨리했다.

입찰자 세 명. 현재 가격은 18만 원을 넘어가고 있다. 나를 제외한 두 명의 입찰자는 성인일 가능성이 높다. 지켜본 바로, 액수에 연연한다기보다는 가격을 조금씩 올려 가면서 상대편을 포기시키려고 하는 것 같았다. 시간이 갈수록 나에게 불리한 상황이 되어 간다는 말이다. 앞으로 남은 기간은 열흘. 가격이 얼마나 오를지 짐작할 수 없다. 만약 단지 돈 때문에 시디를 포기해야 하는 상황이 온다면…… 혈액이 역류하는 듯한 아찔함에 고개가 휘청거렸다. 점점 더 부정적으로 흐르는 사고를 급하게 막기 위해 화장실로 뛰쳐나갔다. 머릿속으로 '100000'의 숫자 기호 뒤에 몇 개인지 모를 '0'이 다닥다닥 달라붙는 영상이 돌아간다. 어쩌면 손에 넣지 못할지도. 찬물에 세수를 하고 치밀어 오르는 욕지기를 참으며 다시 도서실 컴퓨터로 향하는데, 맙소사, 그 잠깐 비워 둔 사이에 내 자리에는 K가 앉아 있었다. 멀리서 지켜보고 있는 내 시선을 눈치 채지 못한 것인지, 주위를 살필 겨를조차 없는 것인지 손을 바쁘게 놀리고 있었다. 아까 분명히 가격만 확인하고 인터넷 창을 닫았는데,

K는 접속 기록을 뒤지고 있는 것 같았다. 옳아, 이 쥐새끼 같은 자식. 아무 마음도 없는 척하더니 역시 그랬던 거야. 초조해서 어쩔 도리가 없지? 점잖은 척하는 네 표정 뒤에는 저렇게나 초라하도록 심약한 모습이 숨겨져 있는 것이다. 소리를 내서 비웃어 주고 싶은 마음이 불길처럼 솟았지만, 힘을 주어 반대편으로 걸었다. 도서실 문을 열고 나오면서, 나야말로 처음부터 이렇게 될 줄 알았던 게 아닐까, 어쩌면 지금부터가 진짜 승부라는 생각이 스쳤다.

밤늦게 학원에 다녀와 확인해 본 결과, 아나나 다를까 입찰자는 네 명으로 늘어 있었다. 입가에 걸리는 웃음이 조소인지 고소인지는 나조차도 알 길이 없었으나, 요 며칠 나를 괴롭히던 정체 모를 불안함 따위는 오히려 사라지고 없었다.

D-9

"어제, 무슨 책 빌렸냐?" 장난스럽게 물어 오는 K의 얼굴이 어제보다 대략 두 배는 명랑했다. "영 볼 게 없기에 그냥 왔어." "흥, 학교 도서실이 그렇지, 뭐. 건의를 좀 해야겠어." 싱글거리며 떠드는 꼴이 기분이 어지간히 좋아 보였다. 이제 다 제 맘대로 될 줄 알겠지. 언제나 그랬던 것처럼. 천만에, 앞으로 더 큰 좌절을 맛보게 해 줄 테니 기다려라. 자기 자리로 돌아가는 K의 뒤통수에 대고 중얼거렸다.

어떤 식으로 K를 좌절하게 만들 수 있을까. K에 대하여 알고 있는 것들을 찬찬히 짚어 보자면, 솔직히 말해 약점을 찾기란 어렵다. 그러나 장점이 압도적으로 많기 때문에 비율상으로 어렵다는 것이지, 없다는 것은 아니다. K의 집은 가난하다. 아버지가 일찍 돌아가시고 어머니와 동생 한 명과 살고 있다는 것 같았다. 어떤 이들은 가난마저 K의 특출함을 한층 더 빛나게 해 주는 옵션에 불과하다고 말하지만, 적어도 이번 일에 있어서 K의 그 약점은 치명적일 것이 분명하다. 결국 경매라는 것은 말하자면 일종의 돈내기이기 때문에, 적정 수준의 자금을 재어 본 후 시작하지 않으면 안 되는 것이다. K가 망설임 없이 경매에 참가했다는 것은 물론 어느 정도의 돈을 가지고 있다는 이야기가 된다. 하지만 이 세계에서 희귀 앨범의 가치란 보통 사람의 눈으로 보자면 터무니없을 정도다. 경제적 여건이 그다지 좋지 않은 K가 앨범 한 장에 그렇게 큰돈을 쓰는 데는 분명 장애물이 있을 것이다. 그러므로 우선 K가 제 풀에 나가떨어질 가능성을 꼽아 본다. 현재 가격 올리기에 열중하고 있는 라이벌 두 명의 활약에 의지하여 K의 구매 의욕을 저하시키는 방법인 것이다. 그러나 나는 아직 K의 성격 전부를 완전히 파악하지는 못한 단계이므로, 예상치 못한 상황이 발생할 수도 있다. 가령 K가 보기보다 담대하다든가, MORI에 대한 애정이 생각보다 더 깊어서 생빚을 내서라도 앨범을 사려고 덤빈다든가 하는 것이다. 현실적으로 조금 무리가 있기는 하지만 섣불리 배제할 수는 없는 경우들이다. 확률을 6 대 4 정도로 잡아 본다. 돈 때문에 포기할 확률이 6, 끈질기게 버틸 확률이 4. 어쨌거나 속단할 수는 없는 일이니, 우선은 동태를 살펴보기로 했다.

D-7

남은 기간 일주일여. 지난 이틀간 K는 가격 올리기 경쟁에 참가하지 않았다. 하긴 지금 앨범의 가격은 웬만한 마니아들도 섣불리손댈 수 없을 만큼 올라가 있었으므로, K로서는 별달리 할 수 있는일이 없을 것이다. 그렇다면 여기서 벌써 포기? 실낱같은 희망을걸어 보았으나 돈 때문에 좌절한 사람으로 치기엔 K는 여전히 너무활발했다. 포기는 아닌 것 같다.

어쨌거나 아직 기간이 남아 있으므로 두고 볼 때다.

D-4

요 며칠 K가 졸다가 지적당하는 일이 빈번해졌다. 선생님들은 평소 볼 수 없던 K의 모습에 걱정을 하고 나섰고, 주위에서는 공부좀 쉬엄쉬엄하라며 한마디씩 건네기에 바빴다. 혹시나 좌절감에 젖은 K가 남은 열정을 공부에 쏟아 붓기로 작정한 걸지도 모른다고생각했으나, 나는 방금 그 추측이 완전히 빗나간 것임을 깨달았다.모자를 눌러썼지만 눈에 익고도 남은 형체였다. 저녁 무렵 학원으로 가는 길에 나는 K를 발견한 것이다. 전봇대에 뭔가를 열심히 붙이는 모양이었다. 역시 그렇지. K는 공부라면 숨어서 피 터지게 하더라도 티는 내지 않았다. 요사이 K를 녹다운시켰던 것은 노동에서온 피로였던 것이다. 시디를 사기 위해 돈을 모으는 것이 틀림없다. 너무 잠잠한 것이 왠지 찜찜하더라니. 얼마 되지 않는 돈이라도 급한 K의 심정을 충분히 알 수 있었다. 딱한 마음이 들지 않았다면 거짓말이겠지만, 그렇다고 해서 나에게 K를 동정해야 한다거나, 같은 이유로 그를 위해 주어야 한다는 명목은 절대 없다. 오히려 K가 간절해져 갈수록 나의 시나리오는 조금씩 더 치밀하고 잔인해져 갔다. 과연 얻고자 한 것을 눈앞에서 놓치고 마는 절망감을 K는 느껴 본 적이 있을지. 다시금 눈앞에 그날의 K가 아른거렸다. 이가 악 물리는 분함. 대다수의 사람들이 호감을 느낀다는 K의 웃음이 그날처럼 역했던 적은 없었다.

한창 외부에서 백일장이니 올림피아드니 하는 대회들이 쏟아지는 4월 초순이었다. 대학 진학에 도움이 될 만한 대회를 물색하던 중, 학교에서 한 명, 학교장 추천을 받은 학생이 참가할 수 있다는 전국 대회를 알아낸 것이다. 곧바로 담당 선생님을 찾아가 부탁을 드렸고, 마감이 임박했는데도 아무도 신청을 하지 않아 걱정이었다는 말을 듣고 나서, 나는 당연히 내가 나가게 될 줄 알았던 것이다. 교실로 돌아와, 어디에 갔다 왔냐고 묻는 K에게 그대로 말해 버린 것이 잘못이었다. "아, 올해도 하는군, 그거." "넌 나가 본 적 있냐?" "뭐, 작년에 담임이 추천서를 써 줘서…… 그렇다곤 해도 떨어졌으니까." 장난스럽게 얼굴을 찌푸리며 웃는 K에게 경험자로서의 조언을 구했던 기억이 있다. 들뜬 기분에, 만약 상 타면 한턱 쏜다! 라고 선심 쓰듯 말했던 기억도 있다. 그러나 마감일 전날 신청서를 내러 담당 선생님을 찾아갔을 때, 이미 대회에 나갈 학생이 정해졌다는 어처구니없는 소리를 들어야 했다. 전교를 통틀어 한 명이다 보니 어쩔 수 없이 성적으로 선발했다는 말과 함께. 저, 그럼 나가는 학생은 누굽니까. 떨리는 얼굴 근육을 진정시키며 물었을 때 나는 듣게 된 것이다. "아마 너랑 같은 반이었던 것 같은데. K라고 알지? 뒤늦게 신청을 하더구나. 정말 미안하게 됐다." 멍한 정신으로 교실에 돌아왔을 때, 친구 놈들과 떠들다 말고 나를 쳐다 보며 찡긋 웃는 K가 있었다. 그리고 녀석은 "아, 생각할수록 왠지 아까웠단 기분이 들어서. 예선은 통과했으니까 올해는 본선까지 갈 수 있을까 하고. 고 3이니까 마지막 기회잖아. 미안하다."라는 변 명을 했다. 더 이상 나에게는 씨도 먹히지 않는 호감 가는 웃음과 함께.

K의 '왠지 아까운 기분' 덕에 나는 도무지 잊으려 해도 잊을 수 없는 상처를 입게 되었다.

실패와 좌절을 발판 삼아 더 크게 자랄 수 있다면야 실로 귀한 경험이 되겠지만, 나도 나름대로 학창 시절 마지막이라고 그것 하 나 벼르고 있던 중이었단 말이다. 대회 참가가 무산된 시점에서 모 든 의욕이 거품 꺼지듯 사그라지고 말았다. 대신에 언젠가 K에게 이 절망감을 그대로 갚아 주겠다는 마음만 어렴풋이 생겨났을 뿐이 었다.

그리고 지금 나는 비로소 그때가 찾아왔다는 것을 확신했다.

D-3

"우리 말이야, 뭐라도 해야 하는 거 아니냐." "뭐 ……를?" 잠이 덜 깬 멍한 얼굴로 K가 나를 올려다보았다. "내일모레가 스승의 날 이니까. 뭐 해야 하는 거 아니냐고." "아, 그거. 흐암…… 안 그래 도 얘기해 볼까 했다. 다들 싫어할 줄 알았더니 먼저 하자는 녀석 도 있군." 힘껏 기지개를 켜며 K는 예의 의욕적인 페이스를 되찾았 다. "그럼 돈이라도 걷든가. 뭐라도 사는 게 제일 빠를 것 같은데."

"음, 그러자고…… 그런데 너, 담임을 이렇게 각별히 생각하는 줄 몰랐는걸." 피식. 바람 빠지는 소리를 내자 K가 히죽 웃으며 어깨를 툭툭 쳤다. 좋을 대로 생각해.

"자, 여기 주목! 스승의 날을 맞아 담임한테 선물을 하자는 의견이 나왔다. 어떻게 생각하냐?" 교실은 단번에 싫다고 책상을 두들기는 녀석들과, 스승의 날 행사라면 관례처럼 된지라 적당히 수긍하는 녀석들로 나뉘었다. 이어서 K가 뛰어난 리더십과 설득력으로 반대파 녀석들을 달래고 나서자, 그냥 해 버리자는 쪽으로 여론이 기울었다. 능력은 인정해 줘야겠군. K와 부반장 사이에 대화가 몇 마디 오간 후 선물은 구두 상품권으로 정해졌다. 아니나 다를까 아까의 반대파 녀석들이 다시 들고 일어섰다. "야, 그거 비싸잖아. 난 담임한테 그런 큰돈 쓸 맘 없다고." 맞아, 나도, 하고 좌중이 술렁였으나 K는 간단히 정리해 버렸다. "2000원씩만 내자. 마흔다섯 명이니까 딱 10만 원. 그리고 저번에 걷었다가 남은 학급비 10만 원. 깔끔하게 20만 원 좋지?" 힘차게 일어났던 반대파 녀석이 조금 작아진 목소리로 말했다. "그, 그렇게까지 할 필요 있냐?" "자식, 우리 고 3이잖냐. 담임한테 잘 보여 해될 거 없잖아. 오히려 득이 되면 되지." 표정이 묘해진 반대파 녀석이 엉거주춤 자리에 앉고, K가 곧바로 결론을 내렸다. "그럼 모두 내일까지 2000원씩 가져오도록!" 다시 부반장과 이야기를 나누는 K를 쳐다보았다. 일이 잘 풀리고 있다.

D-2

국적 불명의 얼간이 두 명은 여전히 전투 중에 있다. 그러나 앨범가가 드디어 20만 원을 넘기는 순간 양쪽 모두가 약간씩 주춤거리는 중이었다. 그리고 여전히 K는 아무런 반응도 없다. 작은 폭으로 올라가는 가격을 볼 때마다 가슴이 떨려 왔다. 걱정 마. 너는 이제 곧 내 손에 무사히 떨어지게 될 거니까.

D-1

이틀에 걸쳐서야 마흔다섯 명의 돈이 다 걷힐 수 있었다. 그 돈은 반장인 K가 가지고 있을 것이 틀림없다. 이제 슬슬 메인 작전에 돌입할 때가 되었다.

시간표를 확인한다. 언제가 좋을까…… 좋아, 점심시간 전이 체육이다. 작전 시간을 그걸로 정했다. 그렇다면 어떤 변명이 체육 선생에게 먹혀 들 것인가. 그다지 깐깐한 성미가 아닌 듯하므로 대충 집에 일이 있다고 둘러대면 될 것이다. 반 녀석들도 납득할 수 있을 만한 이유여야 한다. 되도록이면 급박한 상황을 연출…… 좋아, 그걸로 가자. 모두가 운동장에 나와 열을 맞추어 설 무렵, 최대한 불안한 표정으로 체육에게 다가갔다. "저…… 선생님, 지금 집에 좀 다녀오면 안 될까요." 무슨 일이냐고 물어 오는 체육에게, "지금 집에 아무도 없는데요, 어머니가 멀리 외출하시고 나서야 부엌에 가스 불을 켜 놓고 온 걸 아셨다는데…… 그래도 집에서 가장 가까이 있는 게 저여서요."라고 준비한 대사를 읊었다. 마른침을 삼키는 나를 보고 체육은 어이가 없다는 듯 웃었다. "불나면 그거 큰일이지. 얼른 갔다 와." 낄낄거리며 열을 맞춰 체육관으로 뛰는 무리를 뒤로하고 건물 쪽으로 걸었다. 우리 교실은 층계 바로 옆에 위치해 있으므로 복도를 지나다 남의 눈에 띌 일은 없다. 수업이 진행 중이라 휑한 복도를 한 번 살펴보고, 뒷문과 가장 가까운 창문을 열고 손을 한껏 뻗어 내려 철제 호크를 풀었다. 언제나 생각하는 거지만 정말이지 이 학교의 방범 의식은 허술하기 짝이 없다. 춧. 하지만 오늘만은 그에 감사하기로 한다.

교복이 널브러져 걸쳐진 책상들을 지나 K의 자리로 갔다. 바로 전 쉬는 시간에 마지막으로 어떤 녀석에게 돈을 걸고서 빨리 운동장에 나가야 한다며 허둥지둥 봉투를 가방에 넣는 것까지 확인했다. 교실은 소란스러웠으므로 내가 쳐다보고 있는 것을 K는 눈치채지 못했을 것이다. 예상대로 가방 속에 들어 있는 봉투를 체육복 주머니에 넣고 처음대로 정리를 해 둔 후, 반을 빠져나와 창문 너머로 다시 호크를 걸어 잠갔다. 드르륵.

복도는 여전히 냉기가 돌 정도로 인기척이 없다. 뒤돌아 층계로 정신없이 뛰어 내려갔다. 그대로 달려서 집에 도착해서야 숨을 돌릴 수 있었다. 느긋하게 가는 편이 좋을 것 같아 점심까지 먹고 가기로 했다. 지금쯤 눈치 채 주기를 바라면서. 밥을 대충 차려 먹은 후, 시간 계산을 해 보고 학교로 향했다.

예상대로 교실은 고요했다. 드륵, 시선이 한 번에 쏠리는데 등골이 오싹해졌다. "뭐, 뭐야. 무슨 일 있어?" 눈을 가늘게 뜨고 교실을 둘러보았다. 비스듬히 걸터앉아 한숨을 내쉬는 놈들이 태반이었다. "뭐야, 말 좀 해 봐." 자리를 찾아 앉으며 옆 자리 녀석에게 말을 걸었다. "우리 스승의 날 선물 사려고 걸었던 돈, 도둑맞았단다." 허, 탄식과 같은 숨이 터져 나왔다. "누가 가지고 있었는데?" 그 칠칠맞지 못함이 한심해서 어쩔 줄 모르겠다는 표정으로 다시 물었다. 옆 자리 놈은 우물쭈물하더니 작은 소리로 반장이…… 하고 대답했다. 그때서야 나는 K 쪽으로 고개를 돌릴 수 있었다. "어디에 놔뒀기에 그런 걸 도둑맞아." 조용히 운을 띄웠더니 여기저기서 한숨이 터져 나왔다. K는 한쪽 손을 이마에 갖다 대고 눈을 감은 채로 가만히 앉아 있었다. 교실 안의 무거운 공기를 가르고 수업 종이 울렸다. 오늘따라 묘하게 조용하다고 좋아하는 선생님들이 들어오고 나가며 시간이 흘렀고, 마침내 청소 시간에 K가 맥없이 교탁 앞에 서더니 말했다. "……우선 면목이 없다. 잘 간수하지 못했던 점 사과할게. 그리고 돈은…… 내가 채워 넣겠다." 휴우. 어디선가 안심했다는 듯 한숨 소리가 들려왔다. 고개를 깊게 숙인 K의 표정을 확인할 수 없었다.

경매가 종료되기까지 채 5분이 남지 않았다. 국적 불명 2인 조는 이제 제자리걸음 식으로 대결을 이어 가고 있다. 마지막에 마음껏 가격을 올려도 괜찮을 것 같다. 집으로 돌아오기 전, 힐끗 쳐다본 K의 얼굴이 붉게 상기되어 있었다. 눈가가 파르르 떨리는 모양이 애처롭기 짝이 없었으나 별수 없는 일이 아닌가. 이번에는 내가 승자가 된 것, 그뿐이다.

경매 종료를 기다리는 동안 MORI의 팬 사이트에 들어갔더니, 검은 바탕에 흰 국화 한 송이가 음산하기 짝이 없다. 설마…… 혹시나 해서 열어 본 방명록에서 추모와 애도의 글이 주르르 쏟아져 나왔다. 병상에 누워 있던 MORI의 보컬이 지난밤 임종을 맞았다는 소식이었다.

흐흥. 역시 난 러키 보이야.

긴 하루

대구 효성여고 3
이수은

1

"자, 다들 점심 들고 하시죠!"

누군가의 외침에 다들 주섬주섬 한곳으로 모이기 시작했다. 도저히 먹는 것에 집중할 수가 없었다. 사적인 기분을 끼우고 싶지 않아서 내키지 않는 걸음을 억지로 옮긴 것이었는데 하필이면 오늘 봉사 장소가 이곳이라니. 도착한 건물 앞에서 당혹감에 입을 벌리고 잠시 서 있었다. 떠오르는 잡생각들을 국 건더기처럼 저어 내려 애쓰는데 봉사팀장님이 다가왔다.

"피곤해 보이네요. 다른 봉사 때보다 쉽지가 않죠? 다들 이유가 없거나 혹은 정신적인 충격으로 혼란이 있는 분들이셔서 처음엔 좀 힘들 거예요. 그래도 이게 또 무슨 마음인지 자꾸 오고 하다 보면 또 이분들한테 정이 든다니까요."

"아, 네에."

대충 말을 받으며 밥그릇으로 고개를 파묻었다. 다른 봉사자 분들이 웃으면서 이야기를 나누는 소리가 들렸다. 나는 거기에 함께할 수가 없었다. 아니, 이 봉사가 지난주이기만 했어도 난 그들과 아유, 힘들다 즐거운 투정을 하며 식사를 했을 것이다. 지금은 그럴 수가 없다. 아니, 내가 무슨 잘못이 있어서? 별다른 큰 탈 없이 평범하게 살아왔고 누구에게 잘못한 일도 없다. 직장 봉사회에 가입해 주말을 봉사 활동으로 보내며 일상에서 잠시 벗어나는 것이 고작인 나다. 스스로 자라는 법을 배웠지만 이건 어떻게 해야 할지 도저히 모르겠다. 이것이 나에게 오는 첫 번째 불행이라면 첫 번째치고는 너무 가혹하다. 깨작깨작 헛젓가락질만 하며 밥을 먹는 둥 마는 둥 하던 내 시야에 환자들의 모습이 보였다. 쉴 새 없이 달달 볶아 대던 그들은 마치 잘 훈련된 병사들처럼 척척 점심 먹을 준비를 하고 있었다. 식탁을 이어 붙이고, 국 통을 옮겨 오고. 방금 전까지 쉴 틈 없이 우리들을 정신없게 했던 그들은 어디로 사라져 버린 것인지. 마치 그들에게는 동물적인 본능만이 남아 있는 것 같았다. 그러고 싶지 않았지만 자꾸 그들의 얼굴에 누군가의 얼굴이 함께 보이는 것이, 그런 상상을 안 하려고 해도 절로 드는 것을 어쩔 수가 없었다. 오로지 밥만 쳐다보고 헤, 입을 벌리고 있는 그들의 모습에서 역겨움마저 느껴져 흉내나마 내던 숟가락질도 그만둬 버렸다. 가만히 앉아 아침 일을 멍하니 떠올리며 점심시간을 흘려보냈다.

나는 마치 신나는 놀이 공원에서 어두운 동굴 속으로 홀로 옮겨진 기분이었다.

2

서둘러 나갈 준비를 하느라 이리저리 부산을 떨었다. 그 뒤를 졸졸 따라다니던 그녀가 성가셨다. 드디어 내가 화장대 앞에 멈춰 서서 머리를 빗기 시작하자 기다렸다는 듯이 말을 걸어왔다.

"얘, 얘, 지금이 밤이냐? 낮이냐?"

"낮."

"으응, 그러냐. 밤이라고 했냐, 어쨌냐? 몇 시나 됐냐?"

"낮이고, 아침 8시야."

"으응, 그러냐. 응, 그렁께 몇 시라고?"

"아침 8시라니까. 들어가서 좀 더 주무세요."

"으응, 그러냐. 밤?"

"낮이라니까."

"으응, 그런데 왜 이렇게 어두워?"

"낮, 낮, 낮! 낮이라고! 햇빛 비치는 거 안 보여? 왜 자꾸 묻고, 묻고, 또 묻고 나를 괴롭히느냔 말이야! 지겨워 죽겠어! 그놈의 낮 밤 낮 밤!"

금세 얼굴이 일그러진다. 금방이라도 눈물을 뚝뚝 흘릴 태세다. 눈이 파라락 떨린다. 나는 빗을 화장대에 탁 내려놓고 한숨을 내쉬었다.

"왜 화를 내고 그래, 화내지 마아."

"그만 해, 좀! 왜 이러느냔 말이야. 날 놀리는 게 재미있어?"

"화, 화내지 마아. 내가 잘못했어. 다신 안 그럴게. 화내지 마아. 무서워. 잘못했어어."

"엄마가 애야? 잘못하긴 뭘 잘못해. 잘못한 게 뭔지 알아? 그만 좀 해, 제발!"

"그, 그러지 마. 잘못했어. 소리 지르지 마, 잘못했어. 무서워."

눈물이 그렁그렁 맺힌 주름 진 눈가를 보고서는 더 화가 나 문을 쾅 닫고 나와 버렸다. 화내지 마아. 그 목소리가 자꾸 덜 빗은 머리카락을 주욱 잡아당기는 것 같다. 내내 마음에 체증처럼 걸려서 그 모습이 사라지지가 않는다. 생각할수록 알 수 없이 속이 상해 애꿎은 가슴만 쳤다. 그 체증은 내려가지 않았고, 밥을 먹던 병사들이 나를 이상하게 한 번 쳐다보고는 다시 정신없이 밥을 먹기 시작했다.

3

오후 봉사 시간. 각자 한 명씩 한 방을 배정받아 환자 분들과 이야기도 나누고 빨래도 하기로 했다. 511호. 복잡한 머릿속을 떨쳐 버리려 고개를 흔들며 방으로 들어갔다. 시설에 들어오기에는 젊어 보이는 여자가 누워 멍하니 천장을 바라보고 있었다. 안녕하세요, 하고 나름대로 웃음 지으며 인사를 건네 보아도 대답 없이 천장만 바라본다. 그렇게 그녀는 누운 채로, 나는 그 곁에 앉은 채로 한참 동안 말없이 있었다. 생각에 잠겨서 정신을 팔고 있었다.

"배고파, 밥 줘."

"네?"

"이년아, 밥 달라고."

가만히 누워 있던 그녀가 입을 열더니 다짜고짜 밥을 달라고 말했다. 문득 정신이 든 나는 바보처럼 되물었다. 시계를 보니 점심 시간이 고작 20여 분 지났을 뿐이었다. 그녀는 점점 더 보채기 시작했다. 배고파, 밥 줘. 배고파, 이년아. 의아한 마음에 잠시만요, 하고 나와 수녀님을 찾았다.

"수녀님, 511호 환자가 점심 안 먹었다고 배고프다고 밥 달라고 하는데요? 그 환자 점심 안 먹었나요?"

"511호? 아아, 그 환자. 원래 그래요. 항상 배고프다고 보채고, 밥 먹고 돌아서서 진지 드셨어요? 하면 안 먹었다고 절레절레 고개 흔들어요. 그냥 가서 잘 다독여 주세요."

알겠다며 방으로 돌아오는 그동안에도 511호는 밥 내놓으라고 입에 담지도 못할 말들을 천장을 향해 퍼부어 대고 있었다. 방금 전 그녀의 위장으로 들어갔던 음식물들은 모조리 그녀의 입에서 욕으로 쏟아져 나오는 것 같았다.

"이 오살할 년이, 응, 저 혼자 점심 처먹을 거 다 처먹고! 나는 쫄쫄 굶기고 응, 이년이. 빨리 먹을 거 가져와, 이년아!"

"아니, 아주머니. 아까 점심 드셨잖아요. 네?"

"이이 망할 년, 화냥년, 빌어먹을 년, 쓸모없는 년! 네년이 나 굶겨 죽이려는 거 다 안다, 이년아!"

다정하게 대해야 한다는 것은 알고 있지만, 그런 마음조차 되새길 정신이 나에겐 없었다. 낮이냐, 밤이냐 몇 번이고 묻고 멍하니 아기처럼 말하는 엄마의 모습이 생각나서 짜증이 솟구쳤다. 최대한 마음을 꾹꾹 눌렀지만 배어 나오는 짜증은 나에게도 뻔히 느껴졌다. 밥 내놔라, 아까 점심 드셨지 않느냐, 무한 반복이라도 될 듯한 실랑이가 벌어졌다. 뻥 터질 것 같은, 울고 싶은 마음을 그녀가 자꾸 찌르고 있었다.

"아주머니, 아까 점심 드셨잖아요. 더 드시면 배탈 나요."

쫘아아악.

"배고프다고 이년아! 네가 언제 밥을 줬어, 이 썩어 문드러질 년아!"

얼얼한 뺨을 무의식적으로 감쌌다. 내 뺨을 후련하게 갈긴 뒤 더욱 높아진 목소리로 밥 내놓으라고 소리치는 그녀 덕분에 방 주위로 봉사자들이 몰려들었다. 얼른 봉사팀장이 그녀에게 다가가 어깨를 일으켜 세우고 안아 다독이며 "응, 응, 그래, 그래. 뭐 드시고 싶어? 뭐 드릴까? 뭐 잡술까요?" 하고 달래기 시작했다.

아픔을 느낄 새도, 무슨 일이 일어났는지 생각할 틈도 없었다. 아니, 나는 당황하고 있었다. 방금 일어난 일에 대한 당혹감이 아니라 자꾸 누군가가 보였다. 뺨을 감싸고 멍하니 나동그라져 있었다. 아무런 생각도 들지 않았다. 주위의 웅성거림은 마치 방음 장치라도 한 것처럼 뚝 끊겼다. 모여든 봉사자들의 입은 소리 없이 벙긋거리고, 아직까지도 떠드는 511호의 목소리도 들리지 않는다. 귀에서 전깃줄 웅웅거리는 소리가 들린다. 일순간 모든 것이 정지해 버렸다. 봉사자의 품에서 신이 나 이것도 먹고 싶고 저것도 먹고 싶다고 말하는 그녀의 얼굴만이 보이고, 그 얼굴 위로 소리를 지르는 한 여자의 얼굴이 보였고, 그 위로 또다시 누군가의 얼굴이 보였다.

4

잠들어 있는 한 여자 아이가 있다. 일곱 살가량 되어 보이는 그 여자 아이는 바스락거리는 소리에 문득 잠이 깬다. 엄마가 옷을 갈아입고 있다. 엄마, 어디 가? 눈을 비비며 잠이 덜 깬 목소리로 묻는 아이에게 아이 엄마는 응, 엄마 어디 잠깐 급하게 다녀올 데가 생겼어, 금방 돌아올게, 울지 말고 자고 있어, 알았지? 하고 대답한다. 엄마, 가지 마 하고 말하고 싶었지만 어쩐지 말이 나오지 않는다. 엄마는 순식간에 저기 어두운 곳으로 사라졌다. 아이는 눈물이 날 것 같았지만 어쩐지 눈물이 가슴속에서 나오지 않는다. 입을 벌렸지만 돌연 목소리가 나오지 않는다. 어두운 밤 님은 너무 무섭다. 까만색으로 눈앞을 칠해 버린 것만 같다. 검은 입이 엄마를 삼켜 버린 것만 같다. 아이는 혼자서 몸을 부르르 떤다. 엄마, 엄마. 아무리 조그맣게 불러 봐도 엄마는 나타나지 않았고 아이는 무섭고 슬펐다. 엄마를 찾아 나서고 싶었지만 조금만 손을 뻗어도 어둠 님이 자기마저 삼켜 버릴 것 같다. 아이는 차렷 자세로 석고상처럼 굳은 채로 낮게 숨만 쉬었다.

깜박 잠이 들었다가 눈을 떠 보니 엄마가 돌아와 곁에 누워 있다. 아이는 엄마가 또 어딘가 가 버릴까 겁이 난다. 아이는 고사리 같은 손을 뻗어 엄마의 옷자락을 슬그머니 몰래 그러쥔다. 이러면 엄마가 못 가겠지? 아이는 그래도 불안감에 잠을 자지 않기로 마음먹는다. 다시는 엄마를 어둠 님에게 빼앗기고 싶지 않다. 까만 공기 속에서 아이는 눈에 힘을 준다. 아이는 절대 옷자락을 놓지 않겠다고 계속 생각하면서 자기도 모르게 다시 눈을 감는다. 엄마의 옷은 아이의 손에 슬며시 구겨진다.

5

진단을 받은 이후 무언가 도움이라도 될까 싶어 컴퓨터를 켰다. 아니, 사실 나는 위로를 찾으려고 했다. 아, 비슷한 증상이긴 하지만 그 병은 아닙니다 하는 기적적인 말을 찾을 수 있길 바랐다. 알츠하이머. 깜박임이 지나고 끼릭끼릭 소리를 내며 화면에 차례로 뜬 것은 알츠하이머에 대한 어쩌고 하는 논문과 "배우 엘리자베스 테일러 알츠하이머로 고생"과 같은 기사 몇 개뿐이었다. 요양 시설 홈페이지도 눈에 띄었다.

"알츠하이머: 초로기 치매 일종. 대뇌의 미만성 위축을 초래하는 원인 불명의 퇴행성 뇌 질환" 이런 건 나에게 아무런 위로도 되어 주지 못했다. 결국 써야만 하는 건가. 인정하고 말 것도 아니었지만 이렇게 하고 나면 나 자신이 정말 어쩔 수 없이 그 사실을 인정해 버리는 것만 같았다. 자판을 누르는 내 손은 내 손이 아닌 것처럼 조금씩 떨렸다. 치……매. 검색. 딸깍. 컴퓨터 본체는 왜 이제야 이걸 하냐는 듯 우우웅, 한 번 울고는 재빠른 검색 결과를 뱉어 놓았다. 자, 이게 네가 원하던 거지? 한국치매협회 홈페이지, 지식 검색, 수기…… 아까와는 전혀 다른 검색창 분위기. 이것저것 쓸데없는 글들을 클릭해 보다가 심호흡을 크게 하고 한국치매협회를 클릭했다. 게시판에는 수많은 글들이 올라와 있었다. 어머니가 자꾸 집을 잃어버리시는데 이거 치매 증상이냐 하는 질문부터 치매에 걸린 아버지와 하루를 보내는 한 아이의 엄마가 쓰는 일기까지. 치매 노인을 모신 지 오래된 이들의 글에선 어쩐지 달관의 자세마저 느껴졌다. 오늘은 아버지가 온 방에 누르스름한 그림 한 폭을 그려 놓으셨다. 남은 물감이 아까우셨는지 맛있게 드시기까지 하셨다,

이에 누런 물감이 발라져 있었다······ 끔찍했다. 오늘 어머니를 요양원으로 보내고 왔습니다. 어려운 결정이었음이, 착잡해하고 있음이 온몸으로 느껴져 왔다. 모든 것이 다 앞으로의 내 모습인 것만 같아 몸서리가 쳐졌다. 상상만 해도 끔찍했다. 뭐가 끔찍한지는 몰랐지만 눈조차 뜰 수 없었다. 꿈에서 얼른 깨어나려고 몸을 세차게 흔들었다. 모니터가 같이 흔들거렸다. 모니터 화면에 떠 있는 한국치매협회도 흔들렸다.

아무리 소리쳐 울어도 동굴 속에는 내 울음소리만이 메아리쳐 들려왔다.

6

"괜찮아요? 너무 마음 쓰지 말아요. 저 환자가 원래 좀 저렇대요. 좀 막무가내라나 봐, 남편한테 구박을 많이 받아서 저렇게 됐다나, 어쨌다나. 딱 봐도 오십 정도로밖에 안 보이는데. 거, 자기도 젊은 나이에 오죽하겠어요. 기운 내요, 응? 알았죠?"

항상 같이 봉사 활동을 하는 동료가 어깨를 두드리며 말한다. 힘없이 웃어 주고는 새로 배정받은 방으로 갔다. 충격이 컸을 거라 생각했는지 새로 배정받은 방의 환자는 거의 말을 못하고 누워 있기만 하는 할머니였다. 천천히 돌려 바라보는 어쩐지 선한 눈동자. 어느 한 군데 팽팽한 구석 없이 쪼글쪼글한 피부. 검버섯. 나는 침대 앞 의자에 걸터앉아 할머니, 하면서 바라보았다. 할머니는 말없이 나를 바라보았다. 할머니, 할머니는 어쩌다가 이곳에 이렇게 누워 계세요, 네? 할머니.

갓 봉사를 하고 다닐 때는 그래도 이 시설보다는 집이 계시기 마음이라도 편할 텐데, 하는 생각에 뻔히 있으면서 부모를 시설에 가둬 두고 희희낙락하고 있을 자식들의 모습이 떠올라 화가 치밀어 오른 적이 수십 번이었다. 몸은 찾아오지 않으면서 다달이 꼬박꼬박 부쳐 오는 돈으로 산 기저귀를 갈아 드리며 빌어먹을 놈, 하고 씹어 댄 적도 여러 번이었다. 그러나 막상 내가 그 자식이 되고 나니, 내 엄마가 정신을 잃어버린다는 판정을 받고 나니 그 빌어먹을 놈에게 화를 낼 수가 없었다. 아니, 이런 나한테 화가 났다. 내 가슴 앞에 달려 있는 자원 봉사자라는 명찰이 가증스러워 견딜 수가 없었다. 가증스러움에 온몸에 소름이 다 돋았다. 괜히 할머니께 죄송스러운 마음이 밀려와 견딜 수가 없었다. 할머니의 손을 가만히 쥐었다. 쪼글쪼글한 손. 가는 뼈가 잡혀 마음이 아렸다. 잠시 눈을 마주치고 있다가 알 수 없는 뭔가에 이끌려 나는 입을 뗐다. 마치 비디오가 일시 정지된 것처럼 있는 할머니의 모습에 내 말이 들리는지 안 들리는지도 알 수 없었다. 그런 생각을 할 것도 없이 내 입은 두서없이 열리기 시작했다.

할머니, 있잖아요.

7

할머니, 있잖아요. 저…… 집에 할머니 같은 분이 계세요. 저희 엄만데요, 아마 나이는 할머니보다 어릴 거예요. 그런데 얼마 전에 엄마가 병원을 다녀오셨어요. 병원에서 진단을 내려 주더라고요. 그게 무슨 병이냐 하면……. 정신이 오락가락하시나 봐요. 의사 말로는 우리도 충격이 크겠지만 당신 자신이 더 놀라실 거라고, 이상한 자기 모습에 더 놀라실 거라고 하던데. 그래서 그러신지 말없이 가만히 계세요. 멀쩡하실 땐.

제가 어릴 적에 저희 엄마는 야간 일을 하셨어요. 뭐, 공장에서 하는 부품 조립 이런 거였던 것 같은데 잘 모르겠어요. 하도 별의별 일을 다 해서 무슨 일을 하셨는지 기억도 안 나요. 밤샘 일을 하면 수당을 더 쳐 줬다나 봐요. 수당이라고 해 봤자 쥐꼬리만 한 돈이 거기서 거기였지만 조금이라도 더 벌겠다는 억척스러움이 엄마에게 밤새도록 시뻘건 눈을 뜨게 했어요. 이 앙다물고 말이죠. 그래서 밤새 일어서서 일하고 몸뚱어리를 끌고 아침에 들어왔어요. 눈을 뜬 우리에게 밥을 퍼 주고 수저를 놓아 주고는 그대로 방으로 들어가 죽은 듯이 잠을 잤지요. 우리는 우리가 모든 걸 알아서 해야 했어요. 빨래도, 바느질도 전부…… 스스로 컸어요.

……하루는 아무리 생각해도 엄마 얼굴이 생각이 안 났어요. 너무 슬프고 분해서 엉엉 울었어요. 아무 말도 안 했지만 덩그러니 남겨진 우리에게도 다른 애들 엄마 같은 엄마가 필요했는데. 이해하려고 했지만 그래도 어린애는 어린애였으니까요. 제 흐릿한 어린 기억에 엄마는 피곤한 등으로 방에 들어가는 그 모습뿐이에요.

사실은 알고 있었어요. 밤새 일을 해서 눈이 벌겋게 된 것만은 아니라는 걸, 한 손으로는 허리를 연신 두드리면서 당신 처지가 서러워 흐르는 눈물도 다른 한 손으로 연신 닦아 내셨다는 걸 말이에요. 잠자고 있는 우리 이불 한번 제대로 덮어 주지도 못하고, 당신 손으로 옷 한번 제대로 빨아 주지 못해서 또 기계 소리에 눈물을 묻으셨다는 거. 엄마는 나이보다 훨씬 까칠하고 늙어 보였어요.

할머니, 저희 엄마가 지금 밤낮 구분을 못 해요. 하루에 수십 번을 지금이 낮이냐? 밤이냐? 묻고 또 묻고…… 저희 다 자라고 나름대로 입고 먹을 것 제대로 구분하고 살 정도고, 엄마도 그 지겹던 일을 그만두셨지요. 그런데 엄마는 계속 거기에 갇혀 있나 봐요. 그때처럼 밤낮이 바뀌어서 뭐가 뭔지 모르시는 건지…….

  ……그런데 그때 엄마한테 낮이 있었을까요? 퍼렇게 켜진 형광등 아래서 밤을 새고 집으로 돌아와 눈 감으면 깜깜한 밤이었을 텐데. 그리고 피곤한 눈을 뜨면 해는 넘어가고 깜깜한 밤이었는데. 엄마는 햇빛이 아니라 형광등을 보고 사셨는데. 엄마한테 그때 낮이…… 있긴 했을까요, 할머니? 그래서 저희 엄마, 지금 낮과 밤을 구분 못하고 내내 물으시는 걸까요? 그때의 엄마가 나에게 무슨 말이라도 해 주셨으면 좋겠어요.

  제가요, 할머니. 오늘 엄마한테 소리를 질렀어요. 사실은 겁먹고 있는 나한테 질러야 할 소리였는데 엄마한테 소리를 지르고 말았어요. 아직도 그 불쌍한 인생에서 빠져나오지 못하고 허우적대는 우리 엄마한테 제가 그만 괴롭히라고 소리쳤어요. 그러고선 여기 와서 이렇게 앉아 있어요. 제가 지금 할머니 앞에서 무슨 소리를 하고 있는지 모르겠지만…… 그런데요 할머니……?

  ……그래서 제가 지금 너무 화가 나요. 이제 제가 그때의 엄마 나이를 겪고 있는데, 이제야 엄마를 조금 알 것 같은데, 엄마가 당신을 놓으려고 하세요. 그러기에는 우리 엄마가 아직은 젊은데, 이제 겨우 일에서 손을 놓고 숨 좀 돌렸는데. 어떻게 해야 할지 모르겠어요. 어딜 가도 사방이 막혀 있어요. 마음이 먹먹해요, 자꾸, 자꾸…… 죄송해요, 할머니…… 서른이나 먹은 다 큰 여자가 울먹울먹하면서 아이처럼 엉엉 울었다. 할머니 손을 붙잡고 그렇게 오

래오래 울었다. 껄껄거리며 그동안 쌓여 왔던 속에 걸린 것들을 토해 냈다.

한참 정신없이 울고 났더니 어느새 시간이 뉘엿뉘엿 다 흘러 있었다. 봉사 활동을 하러 와서는 울기만 한 내 모습이 그제야 생각나서 부끄러웠다. 할머니, 저 이제 가 볼게요. 나중에 또 올게요. 쥐고 있던 손을 놓고 일어서려 하자 할머니의 그 가느다란 손에 없는 힘이 들어가며 눈물이 스륵스륵 떨어진다. 쉽게 손을 빼내려면 빼낼 수 있을 정도로 할머니의 힘은, 힘이 아니었지만 손을 뺄 수가 없었다. 가지 말라고, 정말 다시 올 것도 아니면서 왜 이렇게 많은 이야기를 안겼느냐고 할머니의 선한 눈은 나를 부르고 있었다. 나의 손을 굳게 쥐고 나를 바라보는 그 눈은 누워 있던 할머니의 그것이 아니었다.

잘못했어, 다신 안 그럴게. 화내지 마아. 그런데 지금 낮이야? 밤이야?

8

집으로 들어서니 왔어? 하고 수줍게 누군가 현관 앞으로 나와 선다. 내가 아침마다 마중했던 그녀가 지금 나를 맞이하고 있다. 한참 엉엉 울었는지 눈가가 얼핏 부은 채로. 계속 세게 닫고 나가 버린 문만을 보면서 내가 돌아오길 기다리고 있었던 듯한 눈치. 손가락으로 옷자락을 그러쥐고 이리저리 몸을 배배 꼬면서, 소리친 것도 다 잊은 듯이 배시시 앞에 서 있다. 나를 이렇게 별 탈 없이 키우고 그 대가로 밤낮을 잃어버린 그녀가 흰머리가 섞인, 잔뜩 헝클

268

어진 머리를 하고서 내 앞에 서 있다. 예의 그 주름 져 있는 손가락을 잡아 내 옷자락을 쥐어 주고 싶었다. 밤에도 곁에 있어 줄 테니 울지 말라고, 겁내지 말라고 꼭 안아 주고 싶다. 울컥 눈물이 날 것만 같이 속이 먹먹해져 온다.

미안해요. 속으로 웅얼거리며 현관에 멈춰 서 있는 나에게 그녀는 의아한 듯 또 눈치를 본다. 여전히 으응? 하는 눈빛으로 보일 듯 말 듯한 웃음을 짓고서.

9

눈을 간질이는 빛에 아이는 눈을 뜬다. 허전한 손의 느낌에 아이는 깜짝 놀라 옆을 쳐다본다. 엄마는 여전히 아이의 옆에 누워 있다. 아이는 안도의 숨을 내쉰다. 손을 내뻗어 엄마를 슬쩍 만져 본다. 아아, 만져진다. 엄마다. 아이가 조그만 손으로 꼭 잡았던 옷자락은 구겨진 채로 엄마의 옆구리 옆에 나동그라져 있다. 몇 번 눈을 깜박깜박, 아이는 손으로 눈을 가렸다가 크게 뜬다. 밝은 동그라미, 동그라미가 아이와 엄마 위로 쏟아지며 산산이 부서진다. 그토록 아이를 밤새 무섭게 했던 어둠 님은 저 멀리 사라지고 없다. 따뜻한 해님은 엄마를 빼앗아 갈 것 같지 않다. 아이는 다시 스르륵 잠이 들었다.

발밑에서 읽는 일기장

서울 상계중 3
윤지혜

은민의 일기

나의 사랑하는 은수 형에게

형에게 얼마 만에 일기를 쓰는지 모르겠다. 한 3년 만인가? 사실 다시 일기를 쓰게 된 건 얼마 전에 책꽂이 정리하다가 두꺼운 책들 사이에서 일기장을 하나 발견해서야. 앞에서부터 넘겨 보니 빼곡히 내 글씨로 메워져 있는 일기장이었는데, 그새 낡았는지 일기장의 색이 조금 누렇게 바래 있더라. 나는 거기에 있는 일기들을 다시 읽어 내려갔어.

은수 형에게

형이 걸린 병의 이름은 포르피린증. 흔히 드라큘라 병이라고도 불리는 이 병은 반년 전 형이 학교에서 갑자기 쓰러져서 찾아갔던 종합병원에서 형에게 내린 판정이었어.

"안타깝게도 은수는 포르피린증입니다."

사실 더 전문적인 병명이 있었던 것 같은데 잊어버렸지 뭐야. 쉽게 잊어버릴 정도로 생소했다는 말이야. 더구나 나 말고도 이 병명을 익히 들어 본 적이 없었던 건 부모님도 마찬가지였어. 그래서 의사가 이 한마디를 내뱉었을 때는 더욱 불안감이 컸지. 혹여 무서운 질병인가 하고 말이야. 엄마는 얼굴이 파랗게 질린 채 의사에게 물었어.

"그럼 은수가 그 병으로 오늘 쓰러진 건가요? 대체 그 병이 어떤 병이기에……."

난 아직도 그때 엄마가 지었던 그 표정을 잊을 수가 없어. 마치 늑대 앞에서 겁에 질린 어린 양 같았다고나 할까.

"여러분에게 이 병이 생소한 것은 당연할지도 모릅니다. 아직까지 우리나라에선 흔히 발견되지 않는 병이기 때문입니다. 이 병은 혈액 색소 성분인 포르피린이 혈액과 조직에 침적하는 선천성 대사 이상증으로, 증상은 환자마다 다양하다고 합니다." 의사는 여기까지 말하더니 목소리를 조금 낮춰 조심스럽게 말을 꺼냈어. "그리고 이런 말씀을 드리기는 뭣하지만 포르피린증은 사실 생각보다도 더 위험한 병입니다. 그리 밝지 않은 40와트의 전구 빛도 치명적인 화상을 입힐 수 있고, 또한 증세가 갈수록 심해지면 복통이나 구토를 비롯하여 우울증이나 불안을 겪고, 심지어는 환각을 보게 될 수도 있으며 심한 경우는 사망에 이를 수도 있습니다. 부모님께서 어쩌면 마음을 단단히 먹어야 하실지도 모릅니다."

의사는 꽤장히 심각하게 말했어.

"세상에 맙소사, 우리 은수 살 수는 있는 거겠죠?"

얼굴이 파랗게 질렸던 엄마는 이제 치맛자락을 부들거리는 손으로 꼭 잡고 있었어. 아빠도 뒤에서 그런 엄마의 어깨를 꼭 붙잡고 있었지.

"저도 이런 희귀한 병에 걸린 환자는 처음 봐서 구체적인 설명을 드리긴 힘듭니다만, 제가 아는 바로는 안타깝지만 완치가 불가능합니다. 한 가지 방법으로 수혈이 있는데 은수의 혈액형이 MKMK라는 세계에서 가장 희귀한 혈액형이더군요. 그래서 수혈로 할 수 있는 치료는 불가능할 것 같고, 간단한 약물 치료가 다일 것 같습니다. 하지만 이 약물 치료도 고통을 최소한으로 줄일 수 있을 뿐이라서……."

우리는 진료실을 나왔어. 우리 셋은 한동안 아무 말도 할 수 없었지. 지금 입원해 있는 형에게 대체 무슨 말을 해 줘야 할지 막막했어.

결국은 아빠가 형의 병실에 들어가서 말을 전했어. 형이 그런 해괴한 병에 걸렸다고. 어차피 언젠가는 형도 알게 될 사실이고, 자신이 어떤 병에 걸렸는지 가르쳐 주지도 않은 채 형이 두더지인 양 집의 가장 어두운 곳에 형을 가둘 수는 없는 일이었으니까.

난 그때 형의 표정이 보고 싶지 않아 병실 밖에 서 있었어. 그때 형의 절망적인 표정을 봤다간 절대 잊지 못할 것 같아서.

그렇게 재판소에서 죄인에게 심판을 내리듯, 형은 반년 전에 포르피린증이라는 병의 판결을 받고 집 안에서만 생활했지.

형이 그 멍청한 병에 걸린 후 형이 나에게 여태 어떤 존재였는지 다시금 생각하게 되더라. 하지만 그걸 어떤 말로 표현해야 할지 모르겠더라고. 그저 단순히 '송은수라는 사람은 송은민이라는 사람의 형이다.'라고 표현하기에는 너무 많이 부족하다는 생각이 들었어.

지금도 그건 마찬가지야. 아니 더 어려워진 느낌이야.

우리는 예전만큼 다정하게 대화를 나눈 적도 없고 함께 게임을 하는 날도 줄었어. 마치 형과 나 사이에 담 하나가 들어선 것처럼. 그래서 형은 나에게서 점점 멀어져 가고 있는 것 같아. 그리고 언젠가 형이 나를 떠나게 된다면 난 그때 눈물을 한 방울도 흘리지 않을 정도로 형은 나에게 남이 되어 있을지도 몰라. 내가 형을 떠나보내도 난 전혀 슬퍼하지 않을지도 모른다는 소리야. 생각만 해도 오싹한 일이지. 형도 그건 원하지 않을 거야. 그렇지?

그래서 난 그러한 일이 발생하지 않게 하기 위해 지금부터 일기를 쓰려고 해. 형과 더 멀어지는 걸 원하지 않기 때문이야. 하지만 안타깝게도 형에게 이 글들에 대해 말하거나 보여 줄 생각은 추호도 없어. 괜하게 별것 아닌 일을 걱정했다며 나중에라도 형에게 핀잔을 듣고 싶지는 않거든.

199X년 6월 29일

그날을 아직 생생히 기억하고 있는 은민이가

은수 형에게

맞아. 우리 형제는 연년생이었어. 오늘 새삼 다시 한번 깨달아 버렸지 뭐야.

형이 잠깐 거실로 나왔을 때 난 살짝 형 옆에 섰어. 그런데 세상에, 내 키가 형보다 조금 더 큰 거 있지? 분명히 반년 전에는 형이 나보다 한 뼘은 더 컸던 것 같은데 말이야. 분명히 형이 햇빛도 못 보고 방에만 있어서 그럴 거야. 형이 그렇게 덜 자라는 사이에 한 살 차이인 내가 형의 키를 앞지르고 만 거지, 뭐.

한 살 차이라고는 하지만 실제로는 12개월이 차이가 안 나니 사실 조금 아쉬워. 하지만 억울하지는 않아. 형은 여태 나에게 형답게 행동하기 때문이야.

형은 언제나 엄마 아빠께 큰 힘이 되는 의젓한 아들이며, 성적도 나와는 다르게 매우 뛰어나잖아. 그러면서도 범생이 같이 굴지 않고 다른 친구들과 잘 어울리는 활발한 성격을 가져서 학교에서도 형은 인기인이고.

그거 알아? 심지어 우리 반 여자 애들 몇몇이 형을 좋아한다는 거. 반년 전부터 형이 학교에 가지 못해서 그 여자 애들을 비롯한 많은 사람들이 형을 목이 빠지게 기다리고 있어. 심지어 히스테리 물리 선생님인 하상영 선생님도 가끔씩 형에 대한 안부를 나한테 묻는다니까!

오늘 낮에 뮤지컬 연습을 한참 진행하다가 쉬는 시간에 창밖을 내다보았어. 그런데 어제까지만 해도 볼 수 없었던 노란 해바라기들이 해를 향해 머리를 들고 있더라. 저 해바라기들을 형이 볼 수 있었으면 하고 생각했어.

형이 학교에 나오려면 얼마나 더 있어야 할까. 난 이미 오래전부터 형과 내가 다시 함께 등교하는 장면을 상상해 왔어. 그런데 왠지 가슴 한가운데가 꾹 하고 아파 오더라. 아니, 그런 느낌은 아프다고 표현하는 게 아니라 가슴 벅차다고 표현해야 할 거야. 우리 나중에 형의 몸이 나으면 꼭 함께 해바라기를 보러 가자. 형은 해바라기를 닮았으니까, 해바라기 옆에 서 있으면 분명히 뭐가 형이고 뭐가 해바라기인지 알 수 없어지겠지.

199X년 7월 8일
이젠 형보다 키가 커 버린 동생 은민이가

은수 형에게

　요즘 우리 뮤지컬부가 연습하고 있는 뮤지컬은 「이상한 나라의 앨리스」야. 형, 선규라는 애 알지? 얼마 전에 우리 집에 다녀갔던 우리 반 친구 말이야. 그 애가 대본 내용을 조금 수정했는데 얼마나 웃긴지 몰라. 그 애의 상상력은 정말 놀랍다니까! 난 거기서 시계 토끼 역을 맡았는데, 머리에 토끼 머리띠를 쓰고 "바쁘다, 바빠!" 하며 뛰어다녀야 해.

　형이 만약에 내가 시계 토끼의 코스튬을 입고 있는 모습을 본다면 아마 창백한 두 뺨이 빨갛게 물들도록 웃을 거야. 그렇게라도 형이 웃을 수 있다면 좋을 텐데. 형이 조금이라도 웃어 주었으면 좋겠어. 최근엔 형이 웃는 모습을 전혀 본 적이 없거든. 아니 웃는 것은커녕 우울해하는 모습이 바다 밑바닥까지 가라앉은 것 같아.

　심지어 어제만 해도 그랬어. 오늘 학교에서 들은 재미있는 유머가 있어서 형한테 말해 줬더니 형은 그냥 무표정했어. 내가 무안해질 정도로. 정말 재미없는 유머였다면 형은 아마 피식 웃고는 '그거 옛날에 유행했던 거잖아. 이젠 안 먹혀, 은민아. 차라리 원숭이가 바나나 껍질에 미끄러졌다고 하는 말이 더 우스울 거야.' 이렇게 장난스럽게 말했겠지. 예전의 형이라면 내가 무안해할 정도로 아무 반응을 안 하진 않았을 거야.

　그뿐만이 아니야. 형은 내가 먼저 말을 걸면 자꾸 귀찮아하고 있잖아. 우리가 함께 좋아하는 록 밴드에 대한 얘기도 형이 싱거워하기는 마찬가지야. 형이 먼저 나에게 말을 거는 것이라곤 저녁에 같이 식사할 때 "저기 물 좀 따라 줄래?" 이 정도가 다일걸? 아니 요즘엔 그 말도 하지 않지. 그냥 자기 방에서 혼자 식사할 때가 많으니까.

난 이제 형한테 말을 걸기가 두려울 정도야. 형은 왜 그렇게 날이 갈수록 차가워지는 거지. 주변 사람들은 하나도 변하지 않은 채형이 다시 예전의 모습으로 돌아오기를 기다리고 있는데 형은 자꾸만 멀어지려고 하잖아. 마치 떠날 것을 미리 준비하는 것처럼.

그래, 사람은 누구나 언젠가는 같이 살던 사람들을 두고 홀로 외롭게 떠나야 해. 하지만 형은 아직 멀었는걸. 아직은 형이 이 세상에 서 있을 자리가 있단 말이야. 형은 우리 곁에 있었다는 흔적을 다 지우고 홀로 사라져 버릴 생각이야? 형의 흔적을 손톱 끝 모래알보다도 적게 남겨서 형이 떠날 때 우리가 아파하지 않게 하려고? 그렇다면 형은 바보야. 흔적이 손톱 끝 모래알만큼만 남아도 다른사람들은 분명히 그 크기의 수억 배는 아파할 테니까. 제발 그렇게행동하지 말아 줘.

199X년 7월 19일
형이 웃는 모습이 보고 싶은 은민이가

은수 형에게

같은 반인 친구와 싸웠어. 김태석이라는 애와 싸웠는데 그 녀석이 한 말 때문에 그래.

그 녀석은 남을 비꼬는 재주로 유명한 애야. 교실 앞 복도를 지나는데 김태석이 친구들과 하는 대화를 들었어.

"야, 애들아. 그 왜, 3학년에 송은수라는 선배 있잖아."

송은수라는 이름이 나오자 나는 고개를 그쪽으로 돌렸지. 그 녀석은 내가 듣는 줄도 모르고 계속 말했어.

"소문에 따르면 그 선배가 드라큘라 병인가에 걸렸다고 하더라. 밤만 되면 막 으르렁거리면서 돌아다니는 거 아냐? 아니 그건 늑대 인간인가. 킬킬킬."

난 그 말을 듣고 망설임 없이 한순간 그 녀석의 얼굴에 주먹을 휘둘렀어. 그런 녀석은 맞아도 싸지?

아무것도 모르고 나불대는 그 녀석에게 한마디해 줄까 하다가 그냥 복도를 지나 계단을 뛰어 내려갔어. 그리고 학교 건물 뒤로 가서 털썩 주저앉았어. 하아, 정말 한숨만 나오더라. 난 주먹을 휘둘렀지만 그래도 형을 얕본 그 녀석을 한 방 먹인 건 다시 생각해도 통쾌한 일이었어.

그런데도 왜일까. 눈물이 눈가에 고였어. 고개를 숙이면 눈물이 흐르고 말 것 같아 하늘을 올려다보았는데 여름 하늘이 어찌나 맑고 예쁘던지. 흘러가는 하얀 구름들은 어디까지 가는지 하늘 끝으로 계속 흘러가고 있었고 햇살도 따스했어. 눈이 너무 부셔서 미간을 찡그리지 않아도 될 정도로. 이렇게 아름다운 하늘인데 이런 아름다운 하늘을 형과 나란히 앉아 올려다볼 수 없다는 안타까움은 더 말로 표현할 수 없었어.

나오려는 눈물을 참고 또 참았어. 다음에 형 앞에서 한 번에 울어 줄 거야. 형이 나에게 미안해질 만큼 한 번에 많이 울어 줄 거야.

199X년 7월 23일
형에 대한 의리를 지킨 은민이가

은수 형에게

형이 하루 종일 메스꺼워서 구역질을 하고 복통 때문에 괴로워하는 모습을 보니 가슴이 많이 아파. 밤에 형이 소리를 질렀을 때는 너무 놀라서 벌떡 일어났어. 아침에 일어났을 때 부엌일을 하고 있는 엄마께 여쭤 보니 환각 증세를 보였다고 하시더라. 내친김에 엄마께 여쭈고 싶은 것이 있어서 부엌 식탁 의자를 빼고 거기에 앉았어.

"엄마, 엄마는 우리를 어떻게 생각해요?"

지금 생각해도 뭔가 이상한 질문이었지만, 내가 궁금한 요점을 이런 문장으로밖에 표현할 수 없었어. 그래도 엄마는 내가 무슨 말을 하려는 건지 알아들으신 듯 빙그레 미소 지었고, 젖은 손을 앞치마에 털어 내시더니 나처럼 의자를 빼고 앉으시더라. 그러고는 나에게 천천히 말씀하셨어.

"글세…… 그럼 은민이 너는 우리 가족을 어떻게 생각하니? 아빠나 엄마나 네 형을 말이야."

"음, 뭐라고 표현해야 할지 모르겠어요."

내가 어리둥절한 표정을 짓자 엄마는 다시 말을 이으셨어.

"그거랑 같은 거야. 엄마가 너희를 생각하는 거나 너희가 우리를 생각하는 거나 별반 차이가 없지. 원래 누군가가 남을 사랑하는 마음은 모두 같아. 안타깝게도 인간은 그 사랑을 저울로 재서 무게를 매길 수는 없지만 말이야. 원래 사랑의 무게도 깊이도 가치도 사람마다 모두 같단다. 신은 언제나 공평하셔. 그래서 사람들이 서로를 공평하게 사랑하도록 만든 거야."

나는 그 말에 공감했기에 고개를 끄덕였어. 그리고 입을 열었어.

"그 말이 맞는 것 같아요. 그런데 그럼 형은 불공평하게 다른 사람들에게 너무 많은 사랑을 받아서 병에 걸린 걸까요? 만약 그렇다면 신은 매정하다고 느껴질 만큼 공평하신 거예요."

내가 이렇게 말하자 엄마는 내 머리를 쓰다듬으며 말씀하셨어.

"그래, 그렇구나……."

엄마가 미소 지으셨어. 하지만 왠지 그 미소는 쓸쓸했어. 그 의미를 알 것만같이.

199X년 8월 2일

철학자 은민이가

은수 형에게

오랜만에 형이 나에게 말을 건넸어. 토씨 하나하나까지 기억은 하지 못하지만 그래도 형이 어떤 말을 했는지는 기억해.

"은민아, 넌 지금 행복하니?"

이 대답에 난 우물쭈물하다가 말할 타이밍을 놓치고 말았어. 아 까는 말 못 했지만 지금은 말할래. 난 행복해. 하지만 몇 가지는 불행해.

199X년 8월 8일

행복하지만 불행하기도 한 은민이가

은수 형에게

며칠 후면 내 생일이야. 8월 19일 말이야. 하지만 이번 생일은 그냥 가족들끼리만 보내기로 했어.

199X년 8월 16일

조금 슬픈 은민이가

은수 형에게

어제 늦은 밤에 형이 잘 때 형의 방에 잠깐 들어갔다가 형의 일 기장을 보고 말았어. 미안해. 일기장을 훔쳐볼 생각은 없었는데 그 것이 펴져 있어서 어쩔 수가 없었어. 내가 기억하는 부분은 맹세코 이 부분뿐이야.

"신은 내가 이길 수 있는 고통을 준다고 했어. 그렇다면 이번엔 신이 실수한 걸지도 몰라. 아님 나를 과대평가했던가. 난 지금 숨도 못 쉬게 아파하고 있어. 너무 괴로워. 하지만 가족이나 남에게 기대고 싶지는 않아. 고통은 그냥 나 혼자로 끝내고 싶으니까."

그저께는 그렇게 밝게 얘기했으면서…… 형은 역시 바보야.

199X년 8월 18일
형이 이해가 되지 않는 은민이가

은수 형에게
내 생일 선물은 필요 없었어. 아니 형이 아파하면서까지 밖에 가서 내 생일 선물을 사 오기를 바라지는 않았어. 왜 그랬어. 그래서 지금 더 아픈 거지? 그렇지?

199X년 8월 19일
형에게 고맙기만 한 은민이가

은수 형에게
요 며칠 사이에 더 아파 보여. 혼자 끙끙 앓지 말고 소리라도 질러 봐.

199X년 8월 22일
형이 걱정스러운 은민이가

일기는 여기서 끝나더라. 아마 형이 그 이후에 우리를 떠나고 나서 형에게 일기 쓰기를 그만둔 것이겠지. 3년 전 형을 마지막으로 보내면서 많이 생각했어.

난 형이 아프고 나서부터 제대로 대화 한 번 나눈 적이 없었고,

280

이렇게 일기로는 내 마음을 많이 표현했지만, 실질적으로 형에게 편지에 있는 내용의 말은 한 번도 직접 해 본 적이 없었어.

돌이켜 보면 난 형한테 그렇게 잘해 준 것도 없어. 그래, 어쩌면 형은 나를 철딱서니 없는 아이로 생각했을지도 몰라. 그렇지만 난 형을 위해 같은 반 친구랑 싸우기까지 했는데 그것도 모르고 형이 나를 그렇게 생각했을 거라고 생각하니 조금은 서글퍼진다.

난 아직까지도 형과의 추억이 담겨 있는 것들을 많이 접하곤 해. 형과 찍었던 사진이 담겨 있는 사진첩도 그대로 가지고 있고, 같이 좋아했던 가수의 시디도 모두 소장하고 있고, 형이 준 마지막 생일 선물도 아직 가지고 있어. 무언가 가지고 있으면 금방 망가뜨리거나 잃어버리는 내가 이렇게 아직까지 형과의 추억이 담긴 것들을 잘 간수하고 있다는 사실에 형이 놀라지는 않을까 싶다.

형은 사실 누구보다도 따뜻한 사람이었어. 병에 걸리고 나서는 냉담한 사람이 된 줄 알고만 있었는데…… 그렇게 내 생일 선물을 챙겨 줘야 했어? 몸도 그때 그렇게 안 좋았으면서. 의사는 내게 말 안 했지만 형이 그때 잠시 했던 외출로 몸이 더 악화되었다는 걸 난 알고 있었어. 하지만 형이 나를 그만큼 생각해 줬다는 점에서 너무 감사해.

아, 맞다. 형에게 꼭 할 얘기가 있다는 걸 잊고 있었어. 나 말이지, 뮤지컬 배우의 꿈을 접은 거 알고 있는지 모르겠다. 그냥 적성이 아닌 것 같더라고. 사실 형이 내가 연말에 연기하는 뮤지컬을 못 보러 온 게 속상했던 이유도 있고, 요즘 키우게 된 꿈이 있어서기도 해. 바로 비행사야. 놀랍지? 형도 비행사가 되고 싶어 했잖아. 난 하늘 높이 날고 싶어. 그렇게 높이 날면 언젠가 형도 만날 수 있지 않을까 해.

내가 나중에 비행사가 돼서 하늘을 날면 그땐 너무 높이 올라가 있지 말고, 잠시만 조금 얕은 하늘에 마중 나와 있어 주면 안 될까? 그리고 그때는 내가 너무 커 버려서 형이 못 알아볼 수도 있으니까 꼭 형의 이름을 내가 크게 불러 줄게. 그럼 형도 나를 알아볼 수 있겠지? 우리 언젠간 꼭 하늘에서 다시 만나자. 그날을 기다려 줘.

200X년 8월 26일
형의 영원한 동생, 은민이가

그리고 은민이 모르고 있는 은수의 일기

나의 사랑하는 동생, 송은민에게
안녕, 은민아. 내가 이렇게 일기를 쓰려고 펜을 드는 것도 굉장히 오랜만이다. 일기를 쓸 정도로 내가 부지런하지 않다는 걸 너도 잘 알고 있잖아, 하하.
사실 네 생일을 잊고 있었는데…… 정말 다행이야. 이렇게 생일 전날에 생일 선물을 살 수 있어서. 생일을 기억 못 한 건 미안해. 요즘 내가 아프다 보니 제정신이 아니거든. 근데 낮에 나갔다 왔더니 살갗이 또 일어나려고 하네. 뭐, 또 금방 괜찮아지겠지.
나 말이야, 너에게 고백할 것이 있어. 사실 너의 일기장을 보고 말았거든. 그것도 처음부터 끝까지. 처음 부분은 내가 병원에서 포르피린증에 걸렸다고 판정했다고 말하는 부분이고 마지막은 네 생일이 며칠 남지 않았다는 글까지더라. 그러니까 네가 엊그제 쓴 일기까지야. 너의 일기를 마음대로 읽은 건 미안해. 하지만 아무도 없는 집에서 긴 시간을 혼자서 보낸다는 건 지루한 일이거든. 너의 방에 들어갔다가 책꽂이에 꽂혀 있는 일기장에 손이 안 갈 수가 없더라고.

너의 일기장을 읽으면서 많은 생각이 들었어. 너에게 할 말이 많은 것 같다. 우린 거의 반년 가까이 대화가 없었으니까 그럴 만도 할 거야.

병에 걸렸다는 걸 처음 알았을 때는 정말 하늘이 무너지는 것 같았어. 네가 병실에 들어오지 않았던 것은 잘한 일일지도 몰라. 나도 너에게 내 표정을 보여 주기가 두려웠거든. 그때 스스로 거울을 보지 못해서 내가 어떤 표정을 지었는지 모르겠지만 아마 지옥의 끝에 선 그런 표정이었을 거야. 하지만 진짜 죽음의 문턱 앞에까지 온 지금은 차라리 마음이 편해.

이렇게 말하지만 때론 두렵기도 했어. 내가 그랬다니까 조금 우스울지도 모르지만 밤에 한번은 너무 무서워서 너의 방 앞에까지 갔던 적도 있었어.

넌 그런 생각을 해 본 적 있니? 모두들 다 남겨 놓고 나 혼자만 어디로 떠나는 거야. 누구도 없이 홀로. 난 얼마 전까지만 해도 그런 걸 생각해 보곤 했어. 그 길은 많이 외로울까, 너무 외로워서 울어 버리진 않을까 하고 생각하다 보면 한없이 두려워지는 것도 사실이었어. 그렇게 두려워하다가 밤새 베개에 머리를 박고 우는 거지. 눈물도, 시간의 감각도 베개 속에 묻어 버린 채.

그래, 난 이제 이곳에 남아 있을 날이 머지않은 것 같아. 그래서 난 내 방 정리부터 시작했어. 너도 알다시피 내 방이 워낙 지저분한 것도 사실이고…… 꼭 그게 아니더라도 내 인생을 차곡차곡 정리하듯이 말이야. 그렇게 하니까 조금 기분이 정리가 되더라고.

하아, 신은 내가 이길 수 있는 고통을 준다고 했어. 그렇다면 이번엔 신이 실수한 걸지도 모르겠다. 아님 나를 과대평가했던가. 난 지금 숨도 못 쉬게 아파하고 있어. 너무 괴로워. 하지만 가족이나 남에게 기대고 싶지는 않아. 고통은 그냥 나 혼자로 끝내고 싶으니까. 너는 나의 이런 면을 싫어할지도 모르겠다. 하지만 이건 나의 마지막 발악이자 자존심이기도 해. 아픈 몸을 다른 사람에게 기대는 건 구차해 보이잖아. 그냥 주위 사람들이 내 주변에 서 있다는 것만으로도 난 기운이 나. 그것만으로도 충분해.

내가 했던 행복하냐는 질문에 대한 답을 네가 생각해 봤구나. 행복하지만 몇 가지는 불행하다고 하니 형으로서 안타깝기만 하다. 네가 일기장에 더 구체적으로 남겨 주었다면 좋았을 텐데. 네가 불행하게 여기고 있는 점이 궁금해.

나도 어쩌면 불행한 걸지도 몰라. 가뜩이나 이상한 혈액형을 가지고 태어났는데 하필 이런 병에 걸려서 치료도 제대로 못 받았으니까. 이대로는 내가 얼마나 더 살 수 있을지 모르는 일이지. 그렇지만 불행한 거랑 행복하지 않은 거랑은 달라. 난 불행할지는 몰라도 행복하니까. 그리고 난 이렇게 병으로 고통받는 이유가 여태 너무 행복하게 살아서라고 생각해. 세상은 애석하게도 너무나 공평하잖아? 더 큰 행복을 바라는 건 욕심에 불과할 거야.

마지막으로 은민아, 너에게 부탁이 있어. 내가 네 곁을 떠나더라도 이거 기억해 줄래? 우린 여전히 형제라는 거 말이야. 네가 일기에 표현한 것처럼 우리는 연년생이기도 해. 어른들은 다들 연년생이 귀찮고 시끄럽다고만 하지. 하지만 내 생각은 달라. 우리가 연년생이라서 우린 더 친구 같을 수 있었고 더 행복할 수 있었다고 생각하니까. 연년생만큼 좋은 형제 관계가 어디 있어. 쌍둥이는 너무 똑같고, 몇 살 이상 차이 나는 형제는 너무 다르니까.

　그리고 또 한 가지 부탁하자면 나, 송은수라는 사람이 이 세상에 존재했다는 것도 기억해 달라는 거야. 사랑했던 사람들의 기억에서 내가 사라진다고 생각하니 그것만큼 슬픈 일이 없더라고. 그래서 너에게만 부탁하는 거야. 부모님이나 친구들한테는 말도 꺼낸 적 없는 얘기지. 하지만 네가 아플 것 같다면 날 기억하지 못해도 좋아. 네가 아파한다면 나에게 있어서 그보다 슬픈 일은 없을 테니까.

　맞다. 난 바보네. 이 일기장 네가 볼 수 있을 리가 없잖아. 이렇게 일기를 써도 너에겐 전해지지 않을 것을 생각하니 뭔가 아쉽다. 뭐, 하지만 그렇다고 해서 이 내용을 너에게 억지로 전하고 싶지도 않아.

　이런, 또 복통이 시작됐어. 더 쓰고 싶은 말은 많지만 이만 글을 줄여야 할 것 같아.

　내 곁에 네가 있어서 내 인생이 가장 행복했던 것 같다. 안녕, 나의 하나뿐인 동생 송은민.

199X년 8월 18일
너의 영원한 형, 송은수가

　P.S. 네가 연말에 연기하는 뮤지컬 꼭 보러 가고 싶어.
　　　초대해 줄 거지?

종량제 봉투 속의 모임

서울 상계중 3
윤지혜

누가 나를 보고 있다. 나도 모르는 사이에 뒷골목으로 걸어 들어 왔다. 사람들은 아무도 오가지 않는다. 제법 무거운 책가방을 개미 처럼 지고 있는 나만이 덩그러니 골목길에 서 있을 뿐이었다. 무엇 이 나를 보고 있는 거지?

오늘 낮에 난 친구 혜리와 싸웠다. 매번 우린 자주 티격태격하는 편이었지만 이번만큼은 달랐다.

난 그림 그리는 것을 정말 좋아한다. 그래서 항상 그림 공책을 들고 다녔고 틈날 때마다 엉덩이 붙일 자리만 있으면 그림을 그렸 다. 그런 덕에 내 입으로 말하긴 쑥스럽지만, 나의 그림 실력은 나 와 같은 또래의 아이들보다 월등히 좋았다. 물론 다른 아이들도 그 걸 알고 있었고, 난 다른 아이들이 내 실력을 인정해 주는 것에 대 해 은근한 자부심과 포부를 가지고 있었다.

하지만 혜리는 달랐다. 그 애는 나처럼 그림 그리는 것을 좋아했는데 내가 다른 아이들로부터 칭찬을 들으면 입을 삐죽 내밀고는 교실을 나가 버리곤 했다. 샘을 내는 것 같았다.

그러던 혜리가 오늘은 나의 그림을 대놓고 무시한 것이다. 보통 서로의 그림에 대해 이렇다 저렇다 평을 하는 것 자체가 서로의 기분을 상하게 하는데, 혜리는 나의 그림을 한마디로 정리했다. "촌스러워."라고. 난 화가 나서 그 자리에서 혜리와 말싸움을 시작했다. 처음엔 둘 다 꽤 논리적인 말로 접전을 벌였지만 나중엔 할 말이 다 떨어져서 "근데 네가 뭔데?"라는 식의 억지를 쓰면서 싸움은 흐지부지 끝났다.

언제나 그런 식이었다. 물과 기름처럼 그 애와 난 도저히 섞일 수 없었다. 매번 그 애와 부딪칠 때마다 난 그렇게 생각했다.

그런데 지금 그런 생각을 하는 사이에 누군가가 나를 계속해서 응시하고 있다. 혹시 혜리인가? 아니다. 한 사람이 아닌 것 같다. 난 그들이 누군지는 몰라도 두려움과 동시에 호기심을 느꼈다. 그래서 자연스럽게 골목을 빠져나가는 척하면서 모퉁이를 휙 돌아 숨었다. 그리고 빠끔 고개를 내밀어 골목 안을 들여다보았다. 이상했다. 아무도 없었다. 오해한 건가 하는 생각이 들 무렵, 갑자기 골목길 안에서 조곤조곤한 소리가 들렸다. 역시 한 사람이 아니었다. 하지만 왜일까, 단 한 사람도 내 눈엔 보이지 않았다. 그래서 난 들리는 소리에만 집중하기로 했다. 이미 난 골목길 모퉁이에 주저앉은 상태였다.

조곤조곤한 소리는 점차 웅성거리기 시작했다. 들리는 소리에 온 신경을 기울이니 말을 알아들을 수 있었다.

"자, 다들 조용히 하세요. 지금 잡담하자고 모인 것이 아니지 않습니까?"

아마 모임을 가지고 있는 모양이었다. 그런데 진행자의 말은 그냥 무시되고 있는데 웅성거림은 계속되었다. 한참을 말하던 진행자는 짜증이 났는지 소리를 버럭 질렀고 다른 사람들은 조용해졌다. 잠시 후 진행자가 말을 이었다.

"흠흠, 자, 그러면 지금부터 인간에 대한 불만 호소회를 시작하겠습니다. 헌 신발 아주머니부터 한 말씀 해 주시지요."

맙소사, 인간에 대한 불만 호소회라니. 사이비 모임이라도 하는 걸까? 난 말소리가 들려오는 골목을 살그머니 들여다보았다. 빼곡한 주택들이 자리 잡은 골목길 안에 있는 것이라곤 몇 대의 소형차와 굴러다니는 쓰레기, 그리고 종량제 봉투에 가득 담긴 쓰레기들이 다였다. 난 말소리가 들려오는 곳을 응시했다. 바로 종량제 봉투였다. 바로 쓰레기들이 그런 이상한 모임을 갖고 있었던 것이었다. 진행자의 말대로 헌 신발이 말을 시작했다.

"글쎄, 난 정말 할 말이 많아요. 인간들이란 참 인정사정도 없지. 여러분, 난 지금 아무짝에도 쓸모없는 낡은 운동화이지만 예전에는 그렇지 않았답니다. 제가 이래 뵈도 중국에서 온 해외파거든요. 회색의 잘 정돈된 건물에서 태어나 사각형의 빨간 종이 상자에서 얼마나 호강하고 있었는데 초등학생 인간이 날 자기 집으로 데려가서는 밖에 나갈 때마다 날 신고 나갔답니다. 거기까지는 좋아요. 네, 거기까진 괜찮다고요. 아니 근데 이 녀석이 모래밭에 별안간 들어가더니 날 발등에 걸친 상태에서 휙 날리지 않겠어요? 어휴, 정말 그땐 끔찍했다니까요."

"쯧쯧, 그것 참 고얀 녀석이군요."

헌 신발이 열을 올리며 말하자 누군가가 혀를 차는 소리가 들렸다. 헌 신발이 말을 이었다.

"그뿐인가요. 날 두고서 다른 예쁜 운동화 아가씨를 어디서 데려오더니 요즘엔 또 그 아가씨를 신고 다닌답니다! 결국 낡은 저는 이렇게 버려진 거예요. 에그, 내 신세…… 인간들은 참 이해가 안 된다니까요. 내가 좋다 그럴 땐 언제고 매몰차게 날 종량제 봉투에 묶어서 버리다니. 이제 우린 소각장으로 가겠지요? 아이고……."

헌 신발의 넋두리는 계속되었고, 다른 쓰레기들의 위로의 말이 두런두런 들렸다. 진행자의 말이 다시 이어졌다.

"자, 그럼 그 다음은 팔 빠진 곰 인형이 한 말씀 하시죠."

이윽고 팔 빠진 곰 인형인 듯한 목소리가 들려왔다.

"사실 전 인간에 대한 불만을 이야기하려고 이 모임에 참여한 것이 아닙니다."

곰 인형의 이 한마디에 또다시 종량제 봉투 안은 시끌시끌해졌다.

"전 여러분이 인간들을 조금 이해해 주었으면 하는 생각으로 이야기를 시작하려 합니다."

그때 조금 괄괄한 또 다른 목소리가 들렸다.

"뭐 하러 그런 얘기를 해?"

"발언권이 없는 분은 말하지 말아 주시지요."

진행자가 말하자 괄괄한 목소리는 입을 다물었다. 상황이 진정되었다고 판단했는지 곰 인형이 말했다.

"전 은애라는 여자 아이의 인형이었습니다. 그 아이는 착하고 예쁜 애였어요. 그 애도 날 좋아했고, 나도 그 애를 좋아했지요. 우린 금방 친해졌고 난 그 애와 대화도 곧잘 나누었습니다."

"아니 그건 금기잖아!"

또다시 괄괄한 목소리였다. 주위에서 쉬쉬거리며 조용히 시키자 또다시 이야기가 이어졌다.

"하지만 그 애는 병을 앓고 있었습니다. 인간들은 그 병을 정신병이라고 하더군요. 아무튼 그 앤 환자였고 때문에 가끔 이상한 행동을 하곤 했어요. 때론 날 던지거나 때리기도 했죠. 하지만 괜찮았어요. 우린 친구였으니까요. 여러분은 여러분의 주인이었던 인간들에게 어떤 수모를 겪었는지 몰라도 그들이 여러분에게 친구였다면 이해해야 한다고 생각합니다."

종량제 봉투가 잠시 조용해졌다. 그러다 또 괄괄한 목소리가 말했다.

"그렇지만 너도 결국은 버려졌잖아? 이해하라고? 버려지는 입장에서 그렇게 행동하는 게 말이 된다고 생각하나? 성인군자라도 된다고 생각하는 모양이군."

괄괄한 목소리가 곰 인형을 비웃었다. 곰 인형이 말했다.

"전 망가졌으니까요. 인형은 망가지면 수명을 다하게 돼요. 인간으로 따지면 죽은 거나 다름없으니까 헤어질 수밖에 없어요. 그것뿐이에요. 그 애가 날 좋아해 줬고, 우린 친구였으니까 그걸로 됐어요."

곰 인형이 씁쓸하게 말했다. 그때 진행자의 말소리가 들렸다.

"한 번 친구는 영원한 친구 아니겠어요?"

난 곰 인형의 얼굴을 보지 못했지만 곰 인형이 분명 행복하게 웃었을 거라고 생각했다.

쓰레기들의 이야기를 듣다 보니 어느새 서쪽으로 해가 뉘엿뉘엿 지고 있었다. 그 뒤로도 말소리는 계속 이어졌지만 그 자리에서 일어나 집으로 향했다. 쓰레기들의 모임을 방해하고 싶지 않아 일부러 먼 길을 빙 돌아 걸었다.

곰 인형의 말이 맞다. 물론 곰 인형과 그 은애라는 여자 애는 인형과 주인의 관계이다. 하지만 그들은 진정한 친구였을 것이다. 그러니까 곰 인형이 그 애를 이해할 수 있었던 것이다.

갑자기 문득 혜리 생각이 났다. 그 앤 나와 티격태격 자주 싸우긴 하지만 벌써 사귄 지 꽤 오래된 친구였다. 그래, 성격 차라는 거다. 그 앤 그 애고 난 나니까…… 우리 둘의 싸움은 앞으로 피할 수 없을지 모른다. 하지만 오늘 팔이 빠진 곰 인형의 얘기로부터 얻은 지혜로 혜리와의 갈등을 풀고 싶었다.

이런 생각을 하며 걷다 보니 우리 집 앞에 다다랐다. 그런데 대문 앞에 누군가가 서 있다. 엄마가 마중 나오셨나 했는데 알고 보니 혜리였다. 반갑다. 왠지 모르게 혜리가 반가웠다. 난 혜리 앞에 다가갔고 웃으며 사과의 악수를 청했다. 왠지 멋쩍었지만 기뻤다. 혜리가 말했다.

"나도 사과를 하러 온 거야. 잘못한 건 나니까……."

혜리가 내 손을 잡고 가볍게 흔들었다. 혜리의 다정한 표정을 보니 쓰레기들의 모임에서 진행자가 했던 말이 떠올랐다. "한 번 친구는 영원한 친구다."라고. 혜리에게 내가 오늘 골목 모퉁이에 앉아 들었던 그 신기한 얘기를 말해 주면 어떤 반응을 보일까? 내심 궁금해진다.

하얀 세상

서울 일신여중 3
김하야나

이제 초등학교를 갓 졸업한 나. 이름은 서딸기다. 이름이 굉장히 특이해서 초등학교 때 놀림도 자주 받았지만 이젠 중학생이다. 거기다가 여중에 들어왔으니 놀림당할 일은 거의 없다고 동네의 언니가 살짝 귀띔까지 해 주었으니, 이제 이름의 콤플렉스는 없어지는 것이다. 오늘은 새 학기 첫 등교 날. 번호 순서대로 앉아 짝이 생겼다. 머리는 어깨까지 오는 검은 생머리에 키가 굉장히 커서 쿨한 느낌을 주는 아이였다. 아까 출석 부를 때 이름이 뭐였더라?

"내 이름은 서딸기야. 네 이름은?"

"나는…… 서나이."

'나이'라는 이름. 나 못지않게 특이한 이름이었다. 나는 왠지 나이가 맘에 들었고, 그 후로 항상 같이 다녔다.

"내가 얘기할 때쯤에는 이어폰 빼!"

"응……."

말이 없고 멍한 아이였다. 반 아이들과 어딘지 모르게 가운데 셀로판지가 끼여 있는 듯한 느낌이 드는 그런 아이. 나이가 화장실에 갔을 때 반 아이들은 나에게 왜 나이와 같이 다니는 거냐고 묻는다. 나는 그럴 때마다 화를 내며 "마음에 든다."고 대답한다. 도대체 왜 그런 걸 묻는 건지…… 하지만 그런 문제는 둘째치고 나이는 정말 특이한 아이다.

국어 시간에 한번은 이런 질문이 나온 적이 있었다.

"귀신은 있을까."

이에 나이는 "우리들이 귀신 아닌가요?"라고 답해 교실이 조용해진 적이 있었다. 선생님이 왜 우리가 귀신이냐고 되묻자 "사람이니까요."라고 대답한 나이. 선생님께서는 알게 모르게 아시는 것 같았다. 문학인이라서 그런 건가?

나이는 수업 시간을 제외하곤 항상 이어폰을 귀에 꽂고 다닌다. 그냥 그렇게 듣고만 있어서 내가 무슨 노래를 듣고 있냐고 물었을 때가 있었다. 그때 나이는 조용히 이어폰을 빼서 내 귀에 꽂아 주었다.

이어폰에서는 아무런 소리도 들리지 않았다. 나는 왜 음악도 듣지 않으면서 이어폰을 꽂고 있냐고 물었다. 나이의 대답은 없었다.

우리 집은 저 먼 조상 때부터 기독교를 믿어 왔다. 잘은 모르지만 우리나라에 기독교가 들어와서부터였는지, 하여튼 굉장히 오래되었다는 소릴 듣고 자랐다. 그리고 나는 우리 집에서 20분쯤 걸어가면 있는 교회에 다닌다. 중학교에 입학해서 중등부로 옮겨 가 예전보다 한 시간 더 일찍 가야 하지만 원래 더 일찍 일어나기 때문에 걱정할 필요는 없다. 그리고 언젠가 나이를 교회에 데려오고 싶다는 생각이 들었다.

"나이야, 너 우리 교회 다닐래?"

"……."

나이는 한동안 대답이 없다가 내가 매달리니까 귀찮다는 듯이 알았다고 대답했다. 그래서 우리들은 이번 주 일요일에 우리 집 근처 편의점 앞에서 8시 30분에 만나기로 했다.

사복 차림의 나이를 보는 건 처음이라 굉장히 기대했는데, 어째선지 나이는 교복 차림이었다.

"어째서 교복인 거야?"

"편하니까."

교복이 편하다고?

하긴 나이는 바지를 입으니까 편할 수도 있겠다. 스스로 수긍하면서 난 나이를 우리 교회로 이끌었다.

나이는 여전히 음악이 들리지 않는 이어폰을 귀에 꽂고 있었다.

교회에 도착해 자리에 앉아 예배를 보고서 나이에게 느낌을 물어보았다.

"나이야, 어때?"

"이런 게 교회인 거야?"

'이런'이란 단어가 무엇을 뜻하는지 모르지만, 어쨌든 나이가 나에게 반문한 건 흔하지 않은 일이라 순간 당황해서 조금 얼빠져 있다가 "응."이라고 대답했다.

예배가 끝난 후 우리 반 담당 선생님께서 우리에게 다가오시더니 나이에게 물었다.

"느낌이 어떠니?"

"그저 그래요."

선생님은 싱긋 웃으시더니 계속해서 질문을 이어 나가셨다.

"그럼…… 이름이?"

"나이예요."

"그래. 그럼 나이는 천국에 가고 싶니, 지옥에 가고 싶니?"

나는 당연히 천국에 가고 싶다고 대답할 줄 알았다. 하지만 나이의 입에서 튀어나온 단어는 '지옥'이란 단어였다. 나도 당황하고 선생님도 당황하셔서 "뭐라고?"라고 반문했다. 하지만 다시 나온 단어 역시 '지옥'이었다.

"왜 지옥을 가고 싶어 하니?"

"천국은 너무 재미가 없을 것 같아서요."

이유 또한 간결하고 간단했다.

"하, 하지만 그 선택은 네가 죽은 뒤를 좌우한단다. 지옥은 정말로 끔찍한 곳이야. 엄청난 고통과 벌이 있는……."

"하지만 천국에는 아무런 고통이 없잖아요?"

"그거야 당연하지."

"실패가 없으면 성장도 기회도 없어요."

나는 나이의 말을 녹음해 놨다가 다시 반복 재생을 해 보고 싶은 충동이 일었다.

"……응?"

"천국에는 고통이 없으니 발전이 없다고요."

"고통은 인간만이 느끼는 것이고, 천국은 더 발전할 필요가 없단다."

"……그렇다면 천국에 가면 전부 인간이 아닌 건가요?"

"그래."

선생님의 대답에 나이는 당연하다는 듯이 "그럼 안 가요."라고 대답했다. 그렇게 우리는 교회를 나왔다.

나이의 사고방식이 특이하다고는 생각했지만 이렇게까지 이해가 가지 않을 줄은 상상도 못했다.

"나는……."

나이가 먼저 입을 열어서 나는 깜짝 놀라 그 자리에 멈춰 섰고 나이도 나와 같이 섰다.

"내가 이상한 거야?"

"어?"

"천국은 너무 시시할 것 같다고 생각하는 게 잘못된 거야?"

'잘못된 거야.'라는 말이 목구멍까지 치밀어 올랐다가 삼켜졌다. 정말 잘못되었을까? 과연 천국이 좋은 곳일까? 사실 천국은 지루하고 우리들에게 좋은 것은 하나도 없는 그런 곳 아닐까? 나이는 내가 지금까지 살아오면서 '천국은 좋은 곳이고 지옥은 나쁜 곳이다.'라는 내 생각을 뿌리 끝까지 흔들어 놓았다.

"고통도 없이 모든 것을 깨우친 상태로 생활한다면 우리가 느끼는 감정들이 없을 거야. 희로애락애오욕(喜怒哀樂愛惡慾)이라는 감정이 하나도 없을 거라고. 다 아는 건 시시해. 하느님이란 것도 자신이 만든 창조물이 그렇게 무기력하게 되는 걸 원하지는 않았을 거 아냐."

나는 나이의 말에 머리를 10톤짜리 망치로 얻어맞은 것 같은 충격을 받았다.

흑백논리. 천사와 악마. 천국과 지옥.

혹시 악마가 나를 혼란시키려고 보낸 녀석인가 하는 생각이 들기도 했지만 솔직히 나이가 그런 인물은 아닐 것 같았다.

"안 와?"

나이는 어느새 저 멀리 가 있었다. 나는 뛰어가 나이와 나란히 걸었다.

"나는 그런 생각 한 번도 안 해 봤는데 대단하다."

"……."

나이는 또 말이 없었다. 나는 나이의 얼굴을 쳐다봤다. 내 키는 160센티미터가 약간 되지 않고 나이는 170센티미터가 넘어서 나이의 얼굴을 보려면 목을 약간 들어야 했다.

새삼스레 느끼는 거지만 나이는 정말 미인이었다. 키도 크고 호리호리한 몸에 말도 없이 쿨한 여자. 항상 귀에 이어폰을 꽂고 조용하니까 아이들이 접근하기 어려워하는지도 모른다.

"나이야, 우리 집에 와서 점심 먹지 않을래?"

"……."

나이는 잠시 생각해 보더니 나를 쳐다봤다. 나이의 아담하고 깊은 눈이 나에게 '괜찮겠냐'고 묻는 것 같았다.

"집엔 아무도 없어."

"괜찮다면."

나는 나이와 더 많은 얘기를 하고 싶었다.

"넌 정말 진심으로 지옥에 가고 싶은 거야?"

"천국보다는 지옥이 낫다고 생각하는 것뿐이야."

나이는 잠시 말을 끊고서 하늘을 쳐다봤다.

"천국도 지옥도 아닌 세계가 있을 거야. 중간에 있는 새하얀 세상 같은 거 말이야. 무(無)인 세계. 아무것도 아닌 거야, 죽으면…… 감정도 없는 녀석들이 되고 싶지는 않아."

"그런 세계가 있다고 믿어?"

나는 불현듯 나이가 이 세계에 존재하지 않는 사람 같았다.

나이와 헤어지고서 집에서 텔레비전을 켜 놓고 생각해 봤다. 나이가 말하는 것처럼 그런 세계가 있을까? 천국과 지옥이 있기는 있는 걸까?

하지만 이것보다 더 궁금한 건 나이의 진짜 생각과 정체였다. 나이는 도대체 무슨 생각으로 나에게 그런 말을 해 준 걸까.

이런저런 생각 중에 바닥에서 잠이 들어 버렸다.

그 후에도 여전히 나이와 나는 같이 다녔지만, 나이는 교회에 다신 오지 않았다. 그리고 나이는 여전히 아이들과 다른 느낌으로 학교를 다니는 듯했다.

또한 나이는 나에게 교회나 다른 어딘가에 대한 생각을 자주 말해 주곤 했다. 때문에 나는 나이 덕분에 부모님이나 선생님께 생각이 깊어졌다는 칭찬을 종종 받곤 했다.

그리고 중학교에 들어와서 처음 보는 시험인 1학기 중간고사를 치렀다.

시험이 끝나고 나이에게 내가 끈질기게 물어봤지만 끝내 나이는 시험지를 공개하지 않았다. 나는 징징대다가 결국 포기하고는 나이 옆에 찰싹 달라붙으니 나이가 뭐라고 웅얼댔다.

"나이야, 뭐라고 했어?"

"……아니야."

"뭐라고 했어?"

"……."

나이는 또 말이 없었다. 나이와 지낸 지 한 달 반가량 지난 지금 나는 깨달았다. 나이가 말이 없을 때는 내 말을 무시하는 게 아니라 생각하는 중이란 걸 말이다. 그래서 나는 조용히 나이의 대답을 기다렸다.

"오늘 시간 있어?"

"시험 끝났으니까 당연히 있지."

"그럼 네 집에 가자."

"……."

나이가 한 말은 정말 뜻밖이어서 나는 잠깐 조용해졌다.

"어, 그래……."

"곤란한 상황이면 안 갈게."

"아냐! 환영이야. 우리 집에 가자."

그리하여 우리 집. 역시나 이어폰을 끼고 있는 나이를 보고 문득 생각나서 물어보았다.

"넌 무슨 노래 좋아해?"

"……낙화."

왠지 무언가가 있을 법한 노래 제목이었다. 그래서 나는 나이에게 한번 불러 볼 수 있냐고 물었고, 나이는 잠시 생각하다가 가사를 읊어 줬다.

"아무도 깨지 않는 새벽 3시. 나는 옥상에 올라갔죠."

가사가 약간 이상했다.

"엄마, 미안해요. 저 멀리 보이는 붉은 십자가…… 이렇게 되는 가사야."

"무슨 노래가 그래?"

내가 말한 '무슨'이란 단어의 의미는 노래 가사가 왜 그러냐는 의미였다. 나이는 잠깐 나를 보더니

"이거 자살 노래야."

라고 대답했다.

제일 좋아하는 노래가 자살 노래라니. 이번엔 정말 이해가 가지 않았다.

"그 노래를 제일 좋아한단 말이야?"

"응……."

"왜?"

"공감이 가는 노래니까."

"자살 노래에 공감이 간다고?"

나이는 대답을 하지 않고 나를 바라봤다. 저 눈의 의미는 '당연하다' 라는 뜻일까?

"너는 자살하고 싶은 충동을 느낀 적 없어?"

"응, 없어."

난 내 대답이 당연하다고 생각했다. 무섭기도 하지만 부모님이 있고 친구들이 있고 컴퓨터나 텔레비전도 있고, 내가 하고 싶은 일도 있다. 그리고 무엇보다 내가 자살을 하면 슬퍼할 부모님이 너무 가여워서이다.

"행복하구나."

나이는 그것을 끝으로 말을 끊고 시선을 나에게서 텔레비전으로 옮겼다. 그것은 왠지 나와 나이의 거리를 넓혀 놓는 것 같아서 슬퍼졌다.

"자살하고 싶어?"

"가끔은."

싫다.

나이가 죽는다고 생각하면 눈물이 나올 것 같다.

"하지 마!"

"어?"

내가 갑자기 소리치자 나이는 놀라서 나를 쳐다봤다.

"너, 자살하면 내가 평생 미워할 거란 말이야……."

내 눈에 눈물이 글썽글썽하게 맺혀 있는 것을 보고도 나이는 미동도 없었다.

"내 일이야. 이건 네가 참견할 일이 아니야."

그럼 왜 나한테 얘기한 건데?

목소리가 목구멍까지 치밀어 오르는 걸 꾸욱 눌러 줬다.

"죽지 마."

나이는 대답이 없었다.

열 살 때 할머니가 돌아가시고 곧이어 나를 귀여워하며 보살펴 주던 옆집 언니가 교통사고로 죽었다. 할머니의 시체를 발견한 건 나였고, 의사의 실수로 언니의 시신을 봤기 때문에 죽음의 두려움은 그때 이후로 잊은 적이 없다.

나는 나이가 지금까지 어떠한 삶을 살아왔는지 모르지만, 꽤나 어두운 삶을 살아왔다는 걸 짐작할 수 있었다.

나는 나이가 좋았고, 끌리는 아이였다. 저렇게 어둡게 놔둘 수는 없다. 좋아, 그럼 내가 나리를 밝게 만들어 주는 거야!

이렇게 결심을 한 지 1년 후 즈음……

나이는 의외로 공부를 굉장히 잘했다. 전교 10등 안에는 네 번 연속 빠지는 법이 없었고, 그에 비해 나는 그다지 잘하는 편이 아니었다. 100등에 간당간당하게 걸리는 정도랄까.

어쨌든 우리들은 2학년이 되었고, 반은 갈렸지만 여전히 같이 다녔다. 나는 내 나름대로 나이의 성격을 바꿔 보려고 무진 애를 썼는데 별로 바뀐 것 같지는 않다.

그리고 나이는 또 반에서 아이들과 융합하지 못하고 겉도는 것 같아서 걱정이다.

그러던 어느 날 갑자기 나이가 우리 집에 찾아왔다. 그것도 새벽

1시에.

부모님은 잠드셨고 나는 책을 보느라 깨어 있어서 나이를 맞을 수 있었다. 나는 나이를 내 방으로 들여보내려고 했지만 나이는 거절했다.

"갑자기 무슨 일이야?"

"미안해."

"어?"

"난 간다. 잘 있어."

"그게 무슨……."

나이는 그 말만 하고서 도망치듯이 가 버렸다. 도대체 어디를 가기에 이 새벽에 인사를 하면서까지 가는 거지?

그리고 다음 날 나이가 학교에 오지 않았다. 나는 어제 한 말과 오늘의 이 현상이 너무나 이상해서 나이네 담임 선생님께 물어봐서 나이의 집 주소를 알아냈다.

방과 후 찾아간 나이네 집은 생각보다 상당히 컸다. 그 큰 집을 바라보면서 나는 왠지 나이네 부모님이 안 계실 거란 생각이 들었다. 나이가 부모님 이야기를 한 번도 한 적이 없기도 했지만 왠지 예감이 그랬다.

내가 초인종을 누르니 안에서 남자 목소리가 들려왔다.

"누구세요?"

좀 의외였다. 남자라니.

"아, 저기, 여기가 나이네 집 맞나요?"

"나이? 걔네 집 맞는데. 걔는 왜?"

순식간에 반말이 나오는 것을 보고 나는 살짝 기분이 상했지만 그래도 계속 말을 이었다.

"오늘 학교에 안 나와서 왔는데, 무슨 일 있나요?"

"……."

잠시 말이 없다가 나온 단어는 '병원'이란 단어였다.

"네?"

"한빛병원 710호실이라고."

"병원에 있다고요? 어째서?"

"손목 그었다."

달칵하는 소리와 함께 수화기는 내려졌다. 나는 멍하게 나이네 집에서 벗어났다.

왜? 어째서? 손목을 그었다는 것은 자살을 하려고 했다는 거잖아. 어제 간다고 한 말의 의미는 죽는다고 얘기하려고 했다는 거야?

한빛병원에 도착해서 710호실로 향했다. 엘리베이터를 타고 간 710호실 앞에 붙어 있는 '서나이'라는 이름은 나이가 여기에 있다는 것을 확인해 주었다.

나는 심호흡을 하고서 노크를 하고 문을 열었다. 침대는 두 개가 있었고, 한 침대에는 내가 잘 아는 얼굴이 보였다. 나는 그 침대 옆에 있는 의자를 끌어다가 앉았다.

나이는 눈을 감고서 누워 있었다. 얼굴과 입술은 새하얬다.

"서나이."

"……."

"일어나 봐, 이 나쁜 놈아……."

"왜."

역시 자는 게 아니었다.

"왜 여기 있어?"

"글쎄."

"평생 미움받을 각오는 되어 있어?"

"아직 안 죽었어."

나이의 목소리는 희미했다. 곧 꺼질 듯한 촛불처럼. 눈물이 나올 것만 같았다.

"진짜⋯⋯."

"⋯⋯."

우리는 그렇게 말없이 한참 동안 있다가 나이가 먼저 입을 열었다.

"나, 가 봤어."

"어딜?"

"하얀 세상에."

하얀 세상? 갑자기 그게 무슨 소린가.

"아무것도 없었어. 내 의식밖에 없었다고. 너무 밝은 하얀색이었단 말이야⋯⋯."

나이는 갑자기 진지해진 것 같았다.

"그 빛은 보이는 게 아니야. 그냥⋯⋯ 비쳐지는 거야. 눈을 감고 있어도 보이는 그런 빛 말이야. 그 빛에 내가 삼켜지는 듯한 느낌도 들었어."

"⋯⋯좋았어?"

"편안했어. 빛들이 날 감싸 주는 것 같아서⋯⋯ 그대로 의식까지 잃어버릴 뻔했지."

"⋯⋯."

"근데 고모의 비명 소리에 깨 버렸어."

"왜 자살을 한 거야?"

내 말에 나이는 누워 있던 몸을 일으켜 나를 향해 천천히 고개를 돌렸다. 그리고 내가 나이를 안 후 처음으로 나이의 미소를 보았다.

엄청나게 작고 희미했지만 나는 나이가 웃고 있다는 걸 알 수 있었다.

"나는……."

나이는 그대로 말을 잇지 못했다. 그러고서 그냥 침대에 누워 버렸다. 그 웃음의 의미는 무엇이었을까?

나이는 2주 정도 후에 퇴원했다. 그동안 나는 3일이나 4일에 한 번씩 병문안을 갔고, 그때마다 나이에게 그 하얀 세상에 대해 물어봤다.

"진짜 아무것도 없어?"

"나도 안 보였어."

"신기하다……."

그리고 나이가 퇴원할 때까지 찾아오는 사람은 나뿐인 것 같았다. 퇴원 날짜에 짐을 챙기고서 병실을 나서는데 처음 보는 사람이 이쪽으로 천천히 걸어오는 것을 봤다.

"오늘 퇴원인가?"

앞뒤 말을 전부 잘라먹고서 나이에게 말을 건 사람은 덩치가 큰 남자 어른이었다. 나이는 다가온 그 사람을 뚫어지게 쳐다보더니 고개를 끄덕였다. 그 사람은 "그런가." 하고 중얼거리더니 그냥 가 버렸다.

"누구야?"

"고모부."

고모부라니. 저렇게 무뚝뚝한 사람이?

"부모님이 돌아가셔서 고모네에서 살고 있거든."

고모부란 사람만 저러는 건지, 고모네 식구들 전부가 저러는 건지. 가족이 아니라 남남 같은 느낌이 들었다.

나이는 짐을 들고서 내가 찾아갔던 집으로 돌아갔다.

"나이야…… 여기서 사는 게 힘들어?"

집 앞에 도착해서 나는 조심스레 나이에게 물어봤다. 나이의 대답은 역시 없었다.

"우, 우리 집에 와서 살아도 괜찮은데 오지 않을래?"

솔직히 나는 나이에게 굉장한 호감을 느끼고 있었다. 그것이 좋아한다는 감정인지는 모르지만 나는 나이가 나에게서 멀어지는 것이 싫었다.

"괜찮아."

나이는 잠시의 망설임도 없이 대답하고는 집으로 들어가 버렸다.

그리고 우리는 3학년이 되었다. 운이 없었는지 또 반이 갈려 버렸다. 나이의 자살 시도 소문은 놀랄 정도로 빠르게 퍼져 나이의 괴상한 소문을 더욱 부채질해 댔다. 심지어 나이가 '귀신'이라든가 '외계인'이라는 소문도 있었다. 하지만 나이는 결코 따돌림 같은 걸 당하지는 않았다.

솔직히 귀신은 아니지만 외계인일 가능성이 있다고 생각한다. 나이가 가지고 있는 생각은 어른스럽다는 차원을 넘어서 괴기스럽기까지 하다는 것이 내 개인적인 생각이기 때문이다.

"나이야, 이어폰을 꽂고서도 음악 안 들어?"

나이의 이어폰 습관은 그 소문들 중에 '정신이상자'라는 것을 추가하는 역할을 제대로 해 내었다.

"응."

"그럼 왜 꽂고 다니는 거야?"

나이는 이 질문에 대한 대답을 평생 하지 않을 것이다. 하지만 나는 이유가 어렴풋이 짐작이 간다.

나이와 나는 여전히 붙어 다녔고, 나이가 나에게 자신의 생각을 얘기해 주는 횟수도 늘었다.

언젠가 한번 국어 합동 수업이 있었다. 이때 나이와 같이 붙게 되어 수업을 같이 듣게 되었다. 자작시를 짓는 시간이었는데, 나이가 걸려서 아이들 모두 나이의 시를 듣게 되었다.

주제는 '사이버'였다. 내용은 인터넷 세상이나 그래픽, 게임 같은 손이 닿지 않고 잡을 수 없는 세계에 대한 내용이었고, 나이의 시를 듣고 난 후 아이들의 반응은 폭발적으로 조용했다. 선생님마저 입을 다물게 한 나이의 시. 교실에는 정적만이 감돌았다.

그리고 난 또 한 가지 사실을 깨달았다. 나이와 우리 사이에 셀로판지 따위의 투명한 막이 존재하는 것이 아니라 완전히 다른 세계의 존재라는 것을 말이다.

나이와 우리는 '다르다.'

그리고 나이와 나는 중학교를 졸업했다. 졸업할 무렵 나는 나이와 헤어진다는 초조함 때문인지는 몰라도 우리 반의 어떤 아이와 심하게 싸워서 성격이 약간 모나게 된 것 같았다. 하지만 상관은 없었다.

나는 근처의 인문계 고등학교로 진학했고, 나이는 진학하지 않았다. 검정고시를 쳐서 대학을 갈 거냐고 물었더니 나이는 고개를 저었다.

고등학교는 실로 무서웠다. 눈에 핏발이 선 아이들, 대학에 목숨을 걸고 있는 아이들이 있는가 하면, 정말 왜 사는지 이유를 묻고 싶을 정도로 노는 아이들도 있었다.

재수가 없게도 우리 반에는 일명 '노는 아이들' 패거리가 열댓명 정도 있어서, 수업도 못 듣게 하고 쉬는 시간이나 자율 학습 시간에도 떠들어서 공부를 방해한다. 특히 시험 기간만 되면 아이들의 눈에선 불이 켜지지만 녀석들은 오히려 더 신나서 떠든다.

공부하는 아이들이 주의를 계속 주지만 녀석들은 그 말을 씹어 버린다. 그런 녀석들의 태도에 내 성격은 점점 신경질적이 되어 갔다.

나이와 얘길 나누고 싶었다. 하지만 놀러 갈 시간이 도저히 나지 않았다. 학원 가랴, 숙제하랴, 공부하랴.

그리고 사건이 터졌다. 녀석들이 물을 가지고 자기들끼리 놀다가 물을 내 머리에 쏟아 버린 것이다. 녀석들은 "미안해."라고 말하며 깔깔 웃어 댔고, 나는 화가 머리끝까지 나서 고래고래 소릴 질러 댔다. 그것이 조금 과했는지 선생님까지 출동하셔서 나를 제어하셨다고 한다.

"분위기 파악 좀 하란 말이야, 이 씨발년들아! 아이들 모두 공부하고 있는 거 안 보여? 네년의 눈깔은 유리로 되어 있나 보지!"

갖은 육두문자와 상스러운 욕이 튀어나왔고, 나도 이때의 일을 잘 기억하지 못할 만큼 폭주했다. 이 일을 계기로 나는 점점 화내는 횟수가 늘었고, 시험 기간에는 엄마도 나에게 말을 걸기가 힘들었다고 했다.

이때 내가 아이들에게 가장 많이 들었던 말은 "넌 나와 맞지 않아."라는 말이었다.

가끔 공부를 하다 펜을 놓고 멍하니 생각에 잠길 때면 여지없이 나이가 떠올랐다. 나이라면 변해 가는 나를 붙잡아 줄 수 있을까. 곤두서 있는 나를 달래 줄 수 있을 거라고 생각했다. 하지만 그것은 잠시 동안의 생각일 뿐 나는 다시 펼쳐져 있는 책에 집중한다.

고등학교에 올라와서 잠시 친했던 수아. 공부는 그럭저럭했지만 요리를 굉장히 좋아하고 또 잘했던 아이. 부모의 강압에 못 이겨서 학원도 굉장히 많이 다녔지만 시간 나는 틈틈이 쿠키나 빵을 만들어서 주곤 했다. 그 녀석이 이번 주 월요일에 손목을 그어 자살에 성공했다. 이유는 성적 비관과 부모의 강압. 장례식장에서 난 이상하게도 슬프지 않고 이런 생각이 들었다.

녀석도 '하얀 세상'에 갔을까…….

일요일에 도서관에서 공부하다 잠시 머릴 식히려 밖에 나왔을 때 문득 나이네 가 보고 싶어졌고, 나는 그 순간 충동적으로 어느 샌가 나이의 집 앞에 와 있었다.

"나이 있나요?"

"나이 아가씨라면 한빛병원 710호실에 계십니다."

가정부인 듯한 말투의 아줌마는 귀찮다는 듯이 말하고는 끊어 버려 자세한 사정을 물을 수가 없었다. 어쨌든 병원을 찾아서 그때의 병실로 들어가니 나이가 누워 있었다.

얼굴은 하얗게 질렸고, 침대 위로 보이는 팔목은 더욱더 가늘어져 있었다.

"……나이야."

내 목소리에 나이는 감고 있던 눈을 스르륵 떠서 나를 바라보았다.

"네가 여긴 어떻게……."

"그건 내가 할 말이야."

손목에 있는 무수한 칼자국은 나이가 또 자살 시도를 했음을 알려 주고 있었다. 나이는 누워 있던 몸을 일으켜 침대에 기대어 앉았다.

"또 이 병실이네."

"계속 들락날락했거든. 고모가 아예 내 지정 병실로 만들어 버린 것 같아."

그리고 갑자기 나이가 격한 목소리로 말했다.

"나, 하얀 세상에 가고 싶어."

"응?"

"사실 나 외계인이 되고 싶어. 고모네서는 날 완전히 감시하는 눈치야. 나, 진짜로 하얀 세상에 가고 싶어……."

"……그 말은 죽고 싶다는 거야?"

나이는 고개를 저었다. 눈이 너무나 지쳐 보였다. 여전히 이 세상과는 '맞지 않아 보였다'.

"난 요새 짜증만 엄청 나서…… 상담 좀 하러 왔는데……."

"내가 무슨 상담소냐."

그러면서 나이는 싫지 않은 듯이 눈을 감았다.

"난 이 세계에 안 맞아. 내가 있던 곳으로 가고 싶어."

나이의 말에 나는 울컥해서 "있던 곳이라니!"라고 소릴 질렀다. 고등학교에 올라와서 나는 꼭 내가 나이 취급을 받는 듯한 느낌이 들었다. 그저 조용한 것이 짜증을 내는 것으로 바뀐 것뿐이라고 생각할 때도 있었다.

나도 이 세계랑 맞지 않아. 이런 나도 이렇게 살고 있는데 너마저 가 버리면……!

나이는 힘들다는 듯이 다시 누워서 눈을 감아 버렸다.

나는 그 후에도 자주 나이를 찾아갔다. 집으로 갈 필요도 없이 나이는 항상 병원에 있었다. 퇴원 날짜가 언제냐고 물어도 대답이 없었다. 그리고 또 한 번의 자살 시도. 물론 실패했다.

"이 세계가 너를 붙잡고 싶은가 보다."

"……."

"나이야…… 그냥 여기서 같이 있으면 안 될까?"

나이를 보면 마음이 진정된다고 할까. 난 역시 나이가 없으면 안 되는 것 같다.

"……너도 같이 가면 안 돼?"

하느님을 믿는다. 천국도 지옥도 믿지만 나이도 믿는다. 난 순간 마음이 흔들렸다. 나도 이 세계와 맞지 않는다. 아이들에게서 다른 세계 사람 취급을 받는 것도 지쳤다. 만약 나이와 같이 간다면 편할지도 모른다.

하지만 역시 나는 아니다. 죽는 게 무섭기도 하고.

그리고 나이는 어느 비 오는 날에 자신이 원하던 것을 얻었다. 자살에 성공한 것이다.

나이의 장례식장. 형식적으로 상주가 있지만 자리를 거의 비웠다.

나이의 영정에는 나이 특유의 무표정이 나타나 있었다.

오른쪽 눈에서 눈물이 또로록 흘러내리더니 이내 왼쪽 눈에서도 눈물이 흘러내렸다. 나이는 그토록 갈망하던 하얀 세상으로 갔을까? 이 세계에서 인정받지 못했던 나이는 그쪽에선 인정받았을까?

그랬으면 좋겠다고 마음속으로 빌었다.

나이가 항상 이어폰을 꽂고 다니는 것도, 중학교 때 처음으로 자살 시도를 했을 때 웃었던 것도 자신이 있던 곳을 알았기 때문이었을 것이다.

나는 흘러내리는 눈물을 닦고서 입 꼬리를 살짝 틀어 올렸다.

아픔의 고백

서울 수유중 3
정혜유

눈부신 햇살이 창문으로 부서져 들어온다. 재호는 언제나 그랬듯이 이불을 개고 침대를 정돈한다. 굉장히 익숙한 솜씨다. 올해 열한 살인 재호는 아빠와 새엄마와 셋이서 살고 있다. 그리고 또 하나의 가족을 찾아보라면 아직은 어린 강아지 해피. 그리 단출하지 않은 식구인데도 재호의 마음은 쓸쓸하기만 하다.

5년 전만 해도 재호의 집은 다른 집과 다르지 않은 평범한 가정이었다. 아빠가 회사에서 돌아오시면 재호와 엄마는 주방에서 재미있는 이야기를 나누다가 현관으로 달려 나갔고, 그러면 언제나 아빠는 재호의 머리를 그 꺼칠꺼칠한 손으로 쓰다듬어 주셨다. 아빠, 엄마가 다정하게 이야기를 나누실 때 재호는 그 사이에서 잠이 들었고, 모든 게 편안하고 행복했다. 그러나 아빠의 회사가 부도가 나면서 집의 형편은 점점 기울었고, 설상가상으로 재호의 엄마와 아빠가 이혼을 하게 된 것이다. 재호는 아빠에게 맡겨졌고, 몇 년 후 새엄마가 들어온 것이다. 해피와 함께. 처음엔 새엄마도 재호에게 애정을 쏟는 듯했다. 예전의 엄마 정도는 아니라도 자신을 위해 주는 것 같아 재호도 처음엔 새엄마를 잘 따랐다. 그러나 시간이 지나면서 재호를 위한 새엄마의 애정은 점점 식었으며, 그 느낌을 받은 재호 또한 새엄마에게 거리낌 없이 "엄마, 엄마." 하며 말을 거는 횟수가 줄어들었다. 아빠는 공사장에서 노동을 하기 때문에 집에는 새엄마와 재호만 있어 더욱 싸늘하게 느껴졌다.

저녁이 되었다. 아빠가 들어오셨다. 그러나 예전처럼 안길 수도, 매달릴 수도 없다. 다만 조용히 인사를 할 뿐이다.

"다녀오셨어요, 아빠."

아빠 또한 조용한 대답을 하신다.

"그래."

재호는 그렇게 말씀하시는 아빠를 보고 약간은 놀랐다. 항상 웃으시고 밝으시던 아빠께서 힘없는 모습을 보이시다니. 아빠는 방으로 들어가셨다. 재호는 아빠의 뒷모습을 보면서 조금은 서운했고, 조금은 걱정이 되었다. 새벽에 아무래도 무슨 일이 있었던 듯싶어 재호는 개운치 않은 심정으로 잠자리에 들었다.

다음 날 재호는 학교에 갔다. 아빠께 1000원을 받아 문구점에서 미술 준비물인 8절 도화지 한 장이랑 4B연필 한 자루를 샀다. 4교시 미술 시간, 선생님께서 엄마의 모습을 그리라고 말씀하셨다.

"난 정말 그림을 못 그려서 자신이 없어."

"나도 마찬가지야. 하필 왜 엄마 그리기를 하라는 거야!"

아이들은 저마다 불평을 하며 조심조심 그림을 그리기 시작했다. 재호는 잠시 망설였다.

지금의 엄마를 그릴 것인지, 예전 자신의 엄마를 그려야 하는지. 물론 예전의 엄마를 훨씬 사랑하고 그리워하고 있다. 재호에게는 엄마를 보는 것이 가장 큰 꿈이었다. 다시 한번만 엄마의 품에 안길 수 있다면.

짝꿍인 혜림이 재호의 어깨를 툭툭 건드린다. 한참 동안 공상에 잠겨 있던 재호가 그제야 정신을 차린다. 비교적 그림이 완성되어 보이는 혜림의 그림은 정말 감탄이 나올 정도로 잘 그려져 있었다. 재호도 얼른 그림을 그려야겠다는 생각에 연필을 잡고 스케치를 하기 시작한다. 얼마 시간이 남아 있지 않은 터라 재호는 급한 마음으로 엄마의 모습을 그린다. 그러나 엄마의 모습을 엉망으로 그리고 싶지 않았기 때문에 급한 가운데서도 정성껏 그려 낸다.

"휴, 다 그렸다!"

재호는 자신의 그림을 다시 한번 보았다. 재호는 순간 흠칫했다. 재호의 손이 약간 떨리고 있었다. 도화지 속의 엄마 모습은 새엄마가 아닌 예전 자신의 엄마였다. 자신도 모르게 예전의 엄마를 그린 것이었다. 갸름한 턱 선, 크고 예쁜 눈, 다정하게 웃고 있는 모습은 재호의 마음 깊이 숨겨져 있던 5년 전의 엄마 모습이었다.

자신도 모르게 예전의 엄마를 그려 버린 것이다. 재호는 알 수 없는 슬픔을 느꼈다. 엄마를 굉장히 세밀하게 잘 그렸음에도 가슴 한구석에서 찡해 오는 아픔에, 재호는 고개를 푹 숙인 채로 흐느꼈다. 친구들이 알아채지 못하도록 최대한 고개를 숙이고 흐느끼는 소리도 죽였지만, 자동적으로 들썩이는 어깨는 재호도 주체할 수 없었다. 물감으로 예쁘게 색칠한 그림이 떨어지는 눈물로 번지고 있었다.

"어?"

재호는 조금씩 눈을 떴다. 몰래 우는 것을 들키지 않기 위해 자꾸 들썩이는 어깨를 신경 쓰다 보니 눈물이 그림 위로 뚝뚝 떨어지는 것을 생각지 못한 것이었다. 채 마르지 않은 물감에 눈물이 섞여 보기 싫은 색을 띠고 있었다. 재호는 마치 자신의 엄마가 일그러진다는 느낌을 받으며 몇 발자국만 가면 있는 휴지를 제쳐 두고 자신의 옷소매로 얼른 닦아 낸다. 괜히 속상하다. 다시 붓에 물감을 찍고 아까 번진 그 자리에 심혈을 기울여서 정성껏 그려 낸다. 다 그리고 보니 티는 조금 났지만 완성도 높은 그림이었다. 스스로도 이렇게 엄마 얼굴을 잘 그렸다는 자부심을 느끼고 제출하니 선생님이 굉장히 놀란 표정으로 말했다.

"재호야, 정말 잘 그렸다. 이렇게 잘 그릴 줄은 몰랐다. 재호가 엄마를 굉장히 사랑하나 보다. 이렇게 잘 그려 내다니!"

재호는 다시금 엄마가 보고 싶은 감정을 누르고 선생님께 칭찬받은 표정을 짓느라 애써 웃어 보였다.

"감사합니다."

집에 왔다. 초인종을 누르려고 하는데 현관문 밑 조그만 틈새로 열쇠가 삐죽이 나와 있다.

"나가셨나 보네……."

자꾸만 오늘 그린 엄마 생각이 나서 기분이 언짢아 있는 터라 재호는 점심도 조금 먹고 다시 냉장고 열 생각을 안 한다. 재호가 방에 드러누워 있는데 해피가 문 아래쪽을 긁어 열면서 들어온다. 그러고선 재호의 발뒤꿈치에 가만가만 앉아 있다. 재호는 그런 해피를 보면서 또 홀로 생각에 잠긴다. 하얀색 털을 가지고 있는 해피. 보드라운 털을 가지고 있는 해피. 자신이 힘들 때 옆에 항상 붙어 있어 의지가 되는 그런 해피였다. 해피가 고개를 돌렸다. 재호는 해피의 까만 눈동자를 보았다. 다시금 엄마 생각이 밀려들었다. 재호는 눈을 질끈 감았다. 더 이상 엄마 생각을 하면 안 된다는 생각이 들었다. '엄마를 생각하면 안 돼. 정말 더 이상은 안 돼. 이제 엄마는, 어쩌면 엄마는…….'

아마도 재호는 자기 자신에게 타이른 것일지도 모른다. 엄마 이야기를 꺼내면 너무나도 긴 이야기가 될 것이며, 그렇다고 해서 엄마가 보고 싶다고 하루 종일 우울하게 시간을 보내는 것도 안 좋다는 것을 재호 자신은 너무나도 잘 알고 있었기 때문이었다.

"해피, 너도 엄마가 보고 싶니? 너도 어렸을 때 엄마랑 헤어진 거잖아. 아무 의사 표현도 못하고. 그렇지?"

"……."

"엄마가 보고 싶니?"

"……."

그저 묵묵히 재호의 눈을 그 까만 눈으로 바라보고만 있는 해피에게 재호는 마치 넋 나간 사람처럼 말하고 있었다. 재호의 눈은 해피를 바라보고 있었지만, 진정 재호의 마음은 해피의 까만 눈동자 속에 존재하는 재호를 보고 있었다. 재호 바로 자신을.

"엄마는 아마도 너를 잊었을 거야. 그리워하면 안 돼. 그러면 너만 더 힘들어지는걸. 너만 더 아파하고 고통스러워할 거야."

그렇게 계속 이야기를 하고 있는 중에 해피가 눈을 내렸다. 재호가 계속 이야기하는 것을 오직 눈으로만 바라보고 있노라니 어쩌면 지겨워서인지도 모른다. 자꾸만 엄마 생각이 나는 것을 재호는 막을 수 없었다. 아니, 오히려 머릿속에서 막을 생각을 안 하는 듯했다. 주르륵. 재호의 눈에서 눈물방울이 하나 떨어졌다. 그냥 그런 눈물인데도 재호는 흙탕물이 떨어지듯이 둔탁한 소리만을 느낀다. 창문으로는 햇빛이 구름에 가렸다가 나오기를 반복하면서 재호의 방 안을 불규칙적으로 비추고 있다. 멍하니 그렇게 앉아 있던 재호가 갑자기 무슨 생각이 나는 듯 후다닥 초라한 상자 앞으로 간다. 어쩌면 갈색과 살색, 그리고 흰색이 적절히 섞여 있다고 해야 할 만큼 빛바래 있는 하얀 벽지와, 언뜻 보면 쓰레기통으로 착각할 정도의 상자는 잘 어울리기까지 했다. 재호가 상자를 열었다. 마치 보물을 다루듯. 해피는 재호가 어느 정도 활동의 기미를 보이자 그제야 저 있던 자리를 털고 재호 곁으로 와서 꼬리를 살랑살랑 흔든다. 재호가 하나의 작은 사진틀을 꺼낸다. 누가 바닥에 내동댕이쳤는지 모양만 유지하고 금이 여러 군데 가 있지만, 엄마와 아빠, 그리고 재호가 환하게 웃고 있는 단란하고도 정겨운 모습이다. 재호가 그 모습을 보고는 웃으면서도 슬픈, 그런 미묘한 얼굴을 띤다. 그러고는 곧 흑흑 흐느껴 운다.

"해피야, 사실은 나 우리 엄마가 너무너무 보고 싶어. 보고 싶어서 미치겠어. 나, 매일 엄마 만나는 꿈만 꾸고 싶고 엄마랑 같이 있고 싶은, 그런 바보 같은 생각만 해. 다른 엄마들이 학예회 와서 구경하는 것조차도 부럽고…… 그리고 사랑받고 싶어……."

재호는 그렇게 계속 울면서 엄마가 보고 싶다는 소리만 되풀이했다. 왜 하필 엄마를 예쁘게 그려 놓은 오늘일까, 선생님께 칭찬받은 오늘일까. 괜스레 억울했다. 얼굴을 천장 쪽으로 두다가, 다시 시선을 엄마 사진에 꽂는 것을 반복하면서.

재호가 사진을 보며 속삭이듯이 아주 조그맣게 중얼거렸다.
"엄마……."

순간 문이 왈칵 열렸다. 한동안 조용히 엄마 생각을 하며 앉아 있어서인지 그 요란한 문소리는 공포 영화의 깜짝깜짝 놀라게 하는 음향과도 비슷했다. 새엄마였다. 재호는 재빨리 사진을 숨겼다. 삐죽이 튀어나와 있던 유리가 재호의 손가락을 그었다. 점점 축축해지는 것이 피가 나는 것이 분명했다. 새엄마는 탁 잠긴 목소리로 말했다.

"뭐 하고 있었던 거니?"

"……."

"내가 뭐 하는 중이었냐고 물었다."

가히 권위적인 말투였다. 그리 뚱뚱한 몸매는 아니지만 매섭게 올라간 눈, 그리고 약간 허스키한 목소리가 재호를 더욱 불안하게 했다.

"저……."

재호가 모기 같은 목소리로 말했다. 용기를 내어 '잠깐 앉아서 해피와 놀고 있었어요.'라고 하려 한 것인데 머뭇머뭇하기만 하여 오히려 의심을 산 셈이었다. 새엄마가 재호에게 빠르게 다가왔다. 재호는 사진을 들키지 않기 위하여 등 뒤로 숨긴 사진부터 챙겼다. 삐죽이 튀어나온 유리 조각이 재호의 등마저 자꾸 찌른다. 새엄마는 지지 않으려는 듯 그 뒤에 있는 것을 빼앗으려 했다.

쨍그랑!

결국 사진틀은 산산조각이 났고, 재호는 그 자리에 굳어 버린 양 몸을 꼿꼿이 세운다. 눈이 통통 부었고 입은 자꾸만 무슨 말이 튀어나올 것만 같이 씰룩거린다. 새엄마가 재호의 등 뒤에서 떨어져 나온 그것을 집어 든다. 그러고서는 마치 심문을 하듯 재호에게 묻는다.

"이게 누구지?"

"······."

"너, 자꾸 그런 식으로 대답 안 하면 나 가만히 안 있어. 난 네 엄마라서 널 때릴 수도 있는 거고. 알겠······."

재호가 말을 가로채며 재빠르게 말한다.

"그거 우리 가족사진이에요. 그리고 거기 있는 건 바로 우리 엄마고요. 내가 내 가족사진 보는 것도 죄인가요? 내게도 얼마든지 그럴 권리가 있어요. 내가 그걸 보고 울든 행복해하든 그것은 결코 당신과 연관되지 않아요."

"이······!"

새엄마의 몸이 부르르 떨리며 손이 올라갔다.

"당신은 우리 엄마가 아니니까!"

그 당돌한 한마디를 내뱉고 재호는 쏜살같이 달려 나왔다. 어디가 어딘지도 모르게 그 좁은 골목골목을 빠져나온 것이다. 전봇대의 희미한 등만이 어두운 골목을 비추고 있다. 재호가 헉헉대며 뒤를 돌아보니 아무도 쫓아오지 않는다. 재호는 가슴 한구석에서 왠지 모를 통쾌함과 뜨거움이 솟구치는 것을 느꼈다. 지금 도덕 시간에 배운 '예절'이라는 것에 어긋난 행동을 한 줄 알면서도 그것이 너무나도 당연하게 느껴졌다.

'여전히 나를 사랑하지 않았고, 지금도 나를 찾으려 하지 않을 거야. 아빠의 제안이 없고서는······.'

그제야 아빠 생각이 났다. 이혼한 뒤로는 점점 힘이 없어지시는 아빠. 힘들어하는 재호를 보며 더욱 힘들어하시는 아빠. 재호는 또다시 눈물이 나려 했다.

"정말이지 미치겠다. 아빠가 들어오시면 우리 집은 집이 아닐 거

야. 하지만 이미 집을 나와 버렸고 그렇다고 해서 다시 들어갈 수
도 없는 노릇이라고."

　재호는 골목을 다 내려와서 조금 넓은 시내로 나갔다. 학교를 오
갈 때 늘 다니던 길인데 낮에는 잘 눈에 띄지 않던 나이트 주점,
노래방 등 화려한 것이 영 어색하기만 하다. 재호는 멋쩍게 거리를
돌아다녔다. 조금만 더 가면 길을 잃어버릴 것 같은 마음에 주저하
기도 하고, 호기심에 조금씩 조금씩 나아가 보기도 했다. 어느 큰
술집 같은 곳 앞에서 걸음을 멈추었을 때였다. 멀리서 요란한 웃음
소리가 들렸다. 새엄마보다는 날카롭지 않지만 꽤 교양 없게 들리
는 목소리였다. 사실은 아까도 거리를 지나치며 많이 들었을 법한
데도, 재호는 자신도 모르는 어떤 힘에 끌려 발걸음을 그쪽으로 옮
겨 갔다.
　"엄…… 마?"
　재호의 입은 떨리고 있었다. 이런 곳에서 엄마가 일을 하고 있다
니, 재호에겐 너무도 충격적인 일이었다. 재호는 아니라고 믿으면
서도 자꾸 확인하고 싶은 마음에 그쪽으로 발걸음을 옮겼다. 하지
만 피할 수 없었다. 그것은 엄마였다. 재호가 기억하는 5년 전의
모습을 그대로 간직한 채로.
　"엄마! 엄마!"
　재호가 애절하게 엄마를 불렀다. 마치 어린아이들이 엄마를 부르
는 것처럼 약간은 어색하게. 그러나 엄마는 돌아보지 않았다. 재호
는 확신했다. 믿고 싶지 않았지만 확신할 수밖에 없었다. 그 여자
는 순간 당황했고, 애타는 재호의 눈빛을 보았다.
　"엄마! 엄마! 엄……."

320

점점 재호의 목소리는 작아졌고, 그 소리는 곧 아픔으로 되돌아왔다. 재호는 옆에 있는 벽을 의지한 채로 꺽꺽대는 울음을 막아내고 있었다. 표정은 일그러지고 가을이라 제법 싸늘한 바람에 시린 손과 발. 하지만 그보다도 재호는 여태껏 갈망하던, 엄마의 사랑에 대해 배신감을 느꼈기 때문에 더욱 슬펐다.

"그렇게도 보고 싶어 하던 엄마였어요. 나처럼 어느 방 한구석에서 울면서 나를 그리워할 줄 알았어요. 그런데 지금 나를 보고도 그냥 지나치다니…… 어릴 적 나를 안아 주며 지었던 웃음보다 더 행복한 웃음을 지으며 그 술집으로 들어가다니……."

"재호야?"

재호가 그 자리에 주저앉아 잠깐 잠이 든 사이에 짙은 화장을 하고 요란한 옷을 입은 엄마가 앞에 있었다. 그토록 그리던 엄마가.

"재호야, 재호야, 엄마야. 엄마를 기억하겠니? 재호야, 내가 너를 얼마나 보고 싶어 했는지 아니? 어떻게 알고 여기를 찾아온 거야, 도대체."

재호는 얼굴을 쓰다듬으며 진심으로 걱정해 주는 엄마에게 한편으로 감사했다. 그리고 이렇게 만나게 해 준 하늘에도 감사했다. 하지만 재호가 상상했던 것과는 너무도 다른 엄마의 모습이었다. 재호가 생각한 따뜻한 배경이 아닌 춥고 낯선 거리였고, 기억 속의 티 없이 맑고 순수했던 엄마의 모습과는 달리, 엄마는 너무도 변해 있는 모습이었다.

재호가 고개를 돌렸다. 머릿속에 항시 맴돌고 있던 기억과는 너무나도 다르게 변해 있었던 것이다.

"들어가, 재호야. 엄마랑 들어가자. 들어가, 감기 걸리겠다."

엄마의 손에 이끌리다시피 들어간 곳은 재호가 예상했던 대로 나이트였다. 미성년자 출입 금지인 곳인데도 종업원들은 흘끗흘끗 쳐다보기만 할 뿐 별말을 하지 않고 있었다. 엄마와 재호, 닮아서일까.

"내 아들이야."

엄마처럼 짙게 화장을 한 여자들이 많이 있는 방으로 들어가서 엄마는 아무렇지도 않다는 듯 말했다. 엄마가 너무나 당연하게 이야기를 꺼내자 사람들의 반응도 시시했다.

"어머, 얘가 네 아들이니?"

"참, 아들치고는 너무 크구나."

"그런데 닮긴 많이 닮은 것 같은데? 정말 아들인가 봐, 희숙 씨."

그때 어떤 사내가 방문을 벌컥 열고 들어왔다. 꽤 말쑥한 차림을 보아서는 이 주점의 사장 같았다.

"희숙 씨 아들인가? 상상도 못 했어, 아들이 있는 걸……."

웃으며 말하는 사내의 모습은 따뜻함이 아닌 가식적인 어떤 것이 들어 있는 듯했다. 그러나 재호 이외의 그 어떤 사람도 그 점을 눈치 채지 못하는 것 같았다. 심지어 엄마조차도. 오히려 엄마는 그 사내를 바라보며 웃음을 짓고 있었다. 재호가 그린 그 그림 속의 엄마를 그대로 붙여 놓은 듯, 한 가지 안타깝다고 한다면 배경이 다르다는 걸까. 퀴퀴한 냄새를 풍기며 아주 그늘진 곳에서 머무르며, 그곳이 진정 자신들의 은신처라고 생각하는 사람들의 자리였다. 여자들은 요란하게 춤을 춰 대고 술과 담배는 산소처럼 존재했다.

아까부터 잡고 있던 엄마의 손을 재호는 놓고 싶지 않았다. 그러나 엄마는 정말이지 몇 년 만에 만난 아들을 곁에 두고도 나이트 무대만을 바라보며 건성건성 손을 잡고 있었다. 재호에겐 그 손을 잡는 것이 소원이었지만, 그것이 얼마나 소중한 것임을 알고 있지만, 엄마는 그렇지 않았다. 단지 처음 아들을 보았을 때의 놀라움, 그리고 잠시 동안 느꼈던 자식에 대한 애정. 그것은 정말로 잠시였던 것이다. 재호는 그것을 원망했다. 이곳, 이 나이트, 초등학교 4학년이 들어올 것이라곤 자신도 상상하지 못했던 그곳에 재호는 와 있었다. 그러나 엄마는 그것을 인지하지 못했고, 재호가 어디 있는지도 모르는 것 같았다.

"엄마, 저 잠깐 화장실 좀 다녀올게요."

재호가 어렵사리 말을 꺼냈다. 엄마는 다른 곳을 쳐다보며 말이 없었다.

"엄마."

"어, 응. 그래, 갔다 와."

재호는 엄마가 갔다 오라는 말과 함께 화장실로 걸어갔다. 걸어가다가 다시 엄마 쪽을 보았다가, 걸어가다가 또다시 엄마 쪽을 보는 것을 반복하면서. 역시 엄마는 무대 쪽을 바라보고 있었다. 정확히 무대인지, 아니면 그 시선과 일치하는 다른 곳인지 괜히 알고 싶어졌지만 알 수는 없었다. 화장실에 거의 왔을 때 또다시 재호의 시선은 엄마 쪽을 향했다. 그런데 재호의 눈이 둥그레졌다. 엄마는 아까 그 사장 같은 남자와 껴안고 있었다. 무어라 표현할 수 없는 감정이, 그리고 분노가 밀려왔다. 다리가 덜덜 떨리다 못해 조금 있으면 털썩 주저앉아 버릴 것만 같은 위태위태한 걸음으로 재호는 간신히 걷고 있었다.

재호는 변기에 털썩 주저앉았다. 실타래가 뒤엉킨다는 말을 이제야 실감할 수 있을 것 같았다. 그 실타래의 끝이 어딘지도, 그리고 그 시작이 어디였는지도, 그리고 이제 그 실타래를 어떻게 풀어야 하는지도, 그 어느 것도 알 수 없었다. 엄마와 아빠의 이혼, 새엄마, 가출, 그리고 다시 엄마. 재호에게 그 실타래라는 것은 두려움이었으며 아픔이었다. 재호는 화장실 변기 뚜껑을 닫아 놓고 그 위에 무릎을 세우고 쪼그려 앉았다. 어찌할 수도 없는 자신의 상황 때문인지 온몸은 덜덜 떨며 몸서리를 치고, 손과 발은 차갑게 식었으며, 식은땀까지 나고 있었다. 화장실 문을 쾅쾅 차 대며 욕지거리를 퍼붓는 아저씨들 때문에 두려움은 극에 달하고 있었다.

재호는 거리를 내달리고 있었다. 어떻게 그 요란한 곳을 파헤치고 나온 건지 재호 자신도 모르게 정신없이 내달리고 있었다. 재호가 헉헉대면서 뒤를 돌아보고 있자니 다행스럽게도 아무도 따라오지 않았다. 재호는 안도의 한숨을 내쉬고 이런저런 생각들을 꺼내며 거리를 걷고 있었다. 그러나 생각하면 할수록 공허한 기운만이 머릿속을 채웠다. 그것은 실타래였기 때문에. 어디가 시작이고 어디가 끝인지 모르는 실타래였기 때문에.

재호는 허기를 느꼈다. 그러고 보니 오늘 하루 종일 먹지도 못했다. 굳이 따지자면 점심을 조금 먹었을 뿐이었다. 갑자기 밀려오는 허기에 재호는 속이 울렁거렸다. 눈앞에 편의점이 있었다. 재호는 주저하지 않고 바로 편의점으로 들어갔다. 재호는 돈이 없었다. 재호는 자신도 모르게 편의점에서 먹을 것을 훔칠 생각을 한 것이었다. 재호는 믿기지 않으리만큼 능숙하게 빵과 음료수 따위를 훔쳐내었다. 음료수는 바지 깊숙이 쑤셔 넣고 빵은 주인아저씨가 보지 못하도록 반대쪽에 쥐어 교묘히 빠져나가려 했다. 아저씨의 미심쩍은 눈초리를 간신히 피해 바로 내달렸다. 얼굴이 화끈거리고 심장은 아까의 공포와 두려움만큼이나 쿵쾅쿵쾅 뛰었다. 그렇게 오르막 길을 막 뛰어 달리는 중 주인아저씨의 외침이 들렸다. 뒤를 돌아보니 아저씨가 쫓아오고 있다. 재호는 무조건 뛰었다. 그러나 그렇게 열심히 달린 보람도 없이 재호는 아직도 포장되지 않은 울퉁불퉁한 시멘트 바닥에 걸려 넘어졌다. 음료수는 데구르르 언덕 밑을 향해 구르고 있었다.

아저씨가 기어코 와서 뺨을 후려갈겼다. 재호의 눈앞에 번개가 번쩍거린다.

"이놈이 어디서 이런 못된 짓을 배워 먹어서!"

아저씨의 말이 귀를 쩌렁쩌렁 울린다.

"야, 너 이름이 뭐냐? 대체 부모가 어떻게 가르친 거야? 넌 아버지, 어머니도 없어?"

'어머니'란 단어가 유리 조각처럼 재호의 마음에 콱 박혀 버렸다.

"전 엄마 없어요! 엄마 같은 거 이제는 없다고요!"

재호가 눈에 눈물이 맺히며 있는 힘을 다해 토해 낸 한마디였다. 재호는 그 말을 하고선 더 이상 기력이 없어 일어나지도 뛰지도 못한 채 그 자리에서 엉엉 울었다. 아저씨께 사과를 드려야 하는 일은 어느새 뒷전이 되어 버렸고, 오직 자신이 외쳐 버린 엄마 없다는 말만이 재호의 마음을 긁고, 긁고, 또 긁어내리는 것이다.

재호는 깜깜해진 거리를 하염없이 걸었다. 어둠이 짙은 거리를 터벅터벅 걷노라니 외롭고 힘들고 더더욱 춥다. 재호는 자신이 더 이상 머무를 곳이 없다는 사실을 잘 알고 있었다. 때문에 그렇게 하염없이 걷는 것이었다. 가게들도 하나하나 불이 꺼지고 몇 개의 주황색 가로등만이 외롭게 거리를 비추고 있었다. 넘어져서 피로 얼룩진 바지와 얇은 긴팔을 입고 나온 재호는 울음으로 퉁퉁 부은 얼굴까지 겸비하여, 이 싸늘한 가을에 그야말로 거지꼴을 하고 있었다. 어찌 보면 밤늦게까지 놀이터에서 뒹굴다 온 아이 같았다.

"재호야."

굵고 낮은 목소리가 재호를 불렀다. 분명 아빠의 목소리였다. 그러나 그 굵고 낮은 목소리에는 아픔이, 그리고 슬픔이 묻어 있었다. 재호는 고개를 돌릴 수가 없었다. 자신의 아픔을 회피하려다 오히려 더 아픔을 자초한 것은 재호의 잘못임이 확실했기 때문이었다. 아빠는 재호를 꼭 안았다.

"재호야, 아빠는 너를 사랑해. 누구보다도 너를 사랑해. 엄마가, 엄마가 보고 싶었니? 어딜 갔었던 거야? 한참을 찾았어. 새엄마와도 내가 많이 싸웠다. 정말이지 네가 없으니까 집이 집 같지가 않았어. 왜 너에게 이런 아픔을 자꾸 만들어 주는지…… 재호야, 제발 아빠를 용서하렴. 집으로 가자. 새엄마도 네게 많이 미안해할 거다."

재호는 이런 아빠의 말씀이 죄송스럽게만 느껴졌다. 재호는 아빠와 집으로 갔다. 새엄마는 아빠와 많이 싸운 듯 돌아보지도 않고 방문을 쾅 닫고 들어갔다. 재호는 다시 초조해지기는 했지만 아빠가 함께 있는 터라 그리 걱정하지 않고 잠을 잤다.

다음 날 아침, 재호는 새엄마께 사과드리기 위해 평소보다 좀 더 일찍 일어났다. 안방 문을 두드리기가 조금 두렵고 긴장했지만 입을 꼭 다물고 노크를 했다. 요란하게 벌컥 열릴 것 같던 문은 예상 외로 열리지 않았다. 다시 한번 노크를 했다. 의아해하면서도 좀 더 용기가 생겼다. 하지만 문은 또 열리지 않았다. 재호는 이상하다고 느끼면서 문을 열었다. 아빠가 다급한 목소리로 전화를 붙들고 있었다. 새엄마가 집을 나간 것이었다. 재호는 하루아침에 새엄마가 나가 버린 게 믿기지 않았다. 그러나 사실 방에 계시는 불안한 아빠의 목소리와는 정반대로 재호는 홀가분해지고 있었다. 재호는 방 침대에 누웠다. 팔과 다리를 쭉 펴고 오랜만에 기지개를 켜 본다. 재호의 귀에는 그 어떤 다급함도 더 이상 들려오지 않는다. 단지 재호의 마음속엔 평온이 자리 잡고 있었다. 마치 엉켜 버린 실타래를 가위로 싹둑싹둑 잘라 내듯 그렇게 홀가분히.

재호는 여느 때처럼 학교에 갔다. 오늘은 친구들과 선생님 없는 교실을 한번 둘러보고 싶어 학교로 달려간다. 실내화로 갈아 신고 앞문의 자물쇠를 따고 들어오는 재호의 눈에 제일 먼저 들어온 것은, 게시판에 붙어 있는 엄마의 그림이었다. 재호는 그 그림을 떼어 냈다. 선생님께 혼날 것임을 누구보다도 잘 알고 있지만, 그림을 다시 한번 더 본다면 영원히 잊지 못할 것 같은 마음에 재호는 마음을 굳게 먹었다. 그러고는 비행기를 접었다. 그런 다음 티 없이 맑은 하늘에 그 비행기를 띄운다.
하늘, 산. 그 푸른 곳으로⋯⋯.

작은 곰 인형 이야기

경북 영일중 2
김현진

"우히히, 얘들아, 이거 봐라. 곰 인형이다, 곰 인형. 낄낄낄."

조소 어린 외침에 와 하고 웃음을 터트리는 아이들. 온 교실이 떠나가라 크게 울리는 웃음소리에도 희한하게 아무 선생님도 오시지 않습니다. 어떻게 된 걸까요?

사실 내게도 성훈이라는, 웅현이와 비슷한 증상을 가진 외사촌 동생이 있습니다. 현실에서 멀어지고 자신의 내면세계에 파묻혀 사는 신경생물학적 정신 질환을 가지고 있는, 자폐증 환자라는 거죠. 성훈과 나는 가까이에 사는 데다 외사촌 지간이기 때문에 만날 일이 많습니다. 성훈도 나를 잘 따르고요. 그렇기 때문에 성훈과 같은 처지인 웅현에게 좀 더 애착이 가는 것일지도 모르겠습니다.

오늘도 웅현이 가지고 다니는 곰 인형 열쇠고리를 가지고 그를 놀리고 있는 아이들. 사내자식이 무슨 곰 인형이냐며 쥐어박기도 하고 쿡쿡 찌르기도 하고, 던지고 받으며 놀리기도 합니다. 행동이 굼뜬 웅현은 돌려 달라며 엉거주춤한 자세로 이리 뛰고 저리 뛰고 하는데, 내가 보기에 아이들은 그것을 즐기는 것 같습니다. 이제는 그만 좀 하라고 소리치고 싶긴 하지만, 전학 오기 전 초등학교에서 그런 소리를 했다가 얼마나 놀림받았는지 아직도 뇌리에 생생하기에 그렇게 할 수 없습니다. 나처럼 내성적인 아이가 자폐아를 감싸 주는 등의 적극적인 행동을 하면 '좋아한다'는 둥 '애인'이라는 둥 놀림감이 되고 맙니다. 그것이 너무 싫고 무서워서, 감싸 주고 싶어도 용기가 나지 않습니다. 다만 멀리서 그것을 지켜보며 안타까워할 뿐입니다. 겁쟁이처럼 말이죠. 아니, 난 겁쟁이가 맞습니다.

"야!"

어디선가 우렁찬 고함 소리가 들려옵니다. 앞문 쪽입니다. 나와 비슷한 키와, 잘생기지도 못생기지도 않은 지극히 평범한 외모, 그리고 그 외모의 긍정적인 평가를 방해하는 뒤통수의 땜통. 우리 반 반장인 주시경입니다. 한때 그 이름 때문에 놀림감이 되었다고는 하지만, 지금은 한글학자의 이름과 자신의 이름이 같다는 것에 대한 자부심을 가지고 있다고 합니다. '무슨 얼어 죽을 자부심.' 처음 아이들에게 그 말을 들었을 때는 그렇게 생각했습니다. 그가 이해가 되지 않았거든요. 하지만 지금은 아닙니다. 과거에 놀림감이 되었던 것에 대한 자부심이라는 것을 가질 수 있는 그가 너무도 부러운걸요. 초등학교 때 자폐아를 감싸 준 것 때문에 자폐아의 애인이라는 놀림을 받은 사실을 부끄러워하는 바보 같은 나와 반대되는 그는, 나의 부러움의 대상이자 동경의 대상입니다.

시경의 고함 소리를 듣자마자 입을 삐죽이며 자리로 돌아가는 아이들. 남자 아이들 중에서 노트 필기를 가장 잘하는 시경의 공책을 빌리기 위해서는 그의 눈 밖에 나지 않는 것이 좋을 것이라고 판단

한 모양이지요. 여자 아이들은 남자 아이들에게 절대 공책을 빌려 주지 않습니다. 뭐, 남녀칠세부동석이라나요? 사실 아무런 관련 없는 말인데, 대체 누구의 입에서 나온 말인지 정말 궁금합니다. 그 말을 가장 많이 사용하는 다현에게 왜 아무 상관 없는 그런 말을 사용하냐고 물어봤지만, 내게 돌아온 것은 신데렐라의 계모와 유사한 표독스러운 표정과, 빌려 주면 부정 탄다는 알 수 없는 소리뿐이었습니다.

시경 덕택에 테디베어 열쇠고리를 돌려받은 웅현은 뭐가 그리 좋은지 푹신푹신한 그것을 만지작거리며 연신 싱글벙글합니다. 웅현은 곰 마니아라서 대부분의 노트 표지가 곰 인형 그림이고, 연습장에도 순 곰 그림뿐입니다. 그렇게나 곰이 좋은지 또다시 곰 캐릭터를 연습장에 끼적끼적 그리기 시작하는 웅현. 솔직히 말하자면 나보다 잘 그립니다. 아니, 곰이라면 우리 학교에서 가장 잘 그린다고 해도 과언이 아닙니다. 가히 초인적이라 말할 수 있습니다. 웅현은 바느질도 잘합니다. 가방에 직접 만든 곰 인형을 달고 다닐 정도거든요. 사실 어디서 산 건 줄 알았는데 직접 만들었다고 하더군요. 아이들도 저마다 만들어 달라고 했지만, 웅현은 만들기는 하는데 남에게 주지 않습니다.

선 하나하나에 정성을 기울이며 웅현은 계속 그림을 그립니다. 어느새 완성된 곰 그림. 약간의 질투를 유발하기도 합니다. 시경이 옆 자리에서 그것을 힐끔 보더니 흐뭇한 미소를 짓습니다. 뭐랄까, 웅현의 아버지 같습니다. 아이들이 이야기하는 것을 들었는데, 시경의 동생도 웅현이나 성훈같이 자폐아였다고 합니다. 그런데 트럭에 치여서 4학년 때 그만 세상을 떠났다고 하더군요. 그때 시경이 6학년이었는데, 동생의 죽음으로 충격을 받아서 자폐아 등의 장애

우들을 괴롭히는 것을 가장 경멸한다고 합니다. 사실 그 말을 듣고, 외사촌 동생이 자폐아인 저와 닮은 점이 있는 것 같아 약간은 기뻤습니다.

나는 나와는 다르게 적극적이고 통솔력도 있는 시경과 친해지고 싶습니다. 그런데 요즘 아이들은 희한하게도 좋아한다고 하더군요. 아니, 좋아하는 것은 맞습니다. 친한 친구가 되고 싶거든요. 한데 그는 내게 아무런 관심이 없습니다. 그는 내 이름도 아직 못 외웠습니다. 아니, 외웠을지도 모릅니다. 우리는 이야기를 전혀 하지 않았기 때문에 그가 내 이름을 아는지 모르는지 잘 모르겠습니다. 사실 내게 남자 아이들과 이야기할 기회는 거의 없습니다. 나는 나를 가만히 내버려 두는 사람들에게는 무관심하니까요. 그러니까 자연히 남자 아이들도 저에게 무관심하게 되고, 서로가 서로에게 관심 갖지 않는 것입니다. 아, 여자 아이들과는 꽤 이야기합니다. 내성적이긴 하지만 내 의견도 말하지 못하는 바보는 아닙니다. 하지만 모두의 앞에서 이야기하는 것은 할 수 없습니다. 개인에게 말하는 것은 괜찮지만, 많은 사람들 앞에서 이야기를 하려 치면 일단 다리부터 부들부들 떨리니까요.

주르륵, 주르륵. 빗방울이 떨어집니다. 밖에는 이미 어둠이 서려 깜깜합니다. 빗방울이 떨어지는 불규칙한 선율이 왠지 구슬프게 들립니다. 이유가 대체 뭘까요?

청소 시간입니다. 먼저 가려고 가방을 멘 웅현에게 가는 게 아니라며 윽박지른 아이들은 열심히 청소하고 있습니다. 아니, 열심히는 아닙니다. 이야기하면서 낄낄대면서 바닥을 대강 쓸고, 제대로 쓸리지도 않은 그 위에 대걸레로 대충 닦습니다. 책상 줄을 대강

맞춘 후에 선생님을 부르러 교무실로 내려갑니다.

"그래. 오늘은 이만 가도록 하고, 당번이랑 반장이랑 남아서 뒷정리하고 가도록 해라. 비가 오니까 다른 곳으로 새지 말고 집에 일찍 들어가라."

비가 오는데 왜 대걸레질을 하냐고 조용히 불평하며 아이들은 썰물처럼 빠져나갑니다.

선생님은 웅현이 당번인 날만 반장도 함께 남으라고 하십니다. 웅현과 가장 친하고 웅현을 가장 따뜻하게 대해 주는 사람이 시경이라는 사실을 알고 있기 때문이기도 하면서, 웅현이 제대로 뒷정리를 못할 것이라고 염려하는 마음이 있기 때문이기도 할 것입니다. 웅현의 다음 번호가 바로 나기 때문에 나와 웅현은 거의 같이 당번입니다. 대화는 전혀 없지만 조용해서 나는 더 좋습니다.

청소하다가 둘이서 속닥거리던 그들. 웅현의 말을 들은 시경은 갑자기 큰 소리로 나를 부릅니다. 나는 칠판을 닦다 말고 고개를 듭니다. 아하, 내 이름을 외웠군요. 뭐랄까, 다행입니다.

"야, 네 사촌 동생 우리 학교 다녀? 이름이 임성훈 맞아?"

그러고 보니 성훈도 웅현과 같은 자폐아니까 둘은 서로 아는 사이일 것입니다. 흠, 나중에 성훈에게 한번 물어봐야겠습니다.

"어, 응. 1학년."

나는 말을 되도록 간략하게 하는 편이라 아이들이 단답형이라며 재미있어 합니다. 대체 뭐가 재미있다는 말인지 나는 통 모르겠지만, 자기네들이 재미있다면 뭐 된 거죠.

나의 대답에 환하게 밝아지는 시경의 표정. 왜 그런 걸까요? 시경도 다른 아이들처럼 단답형의 대답에 재미를 느끼는 것일까요, 아니면 뭔가 다른 뜻이 있는 걸까요? 나는 궁금해집니다. 그리고 시경의 다음 말을 기다립니다. 하지만 대화는 그것으로 끝입니다. 이런, 좀 아쉽군요.

묵묵히 칠판을 닦는 나. 빗줄기는 더욱 거세어져 갑니다.

"헤에, 다 했다."

이제 문만 잠그고 가면 됩니다. 엄마께 전화해야겠습니다. 비가 너무 많이 오거든요. 나는 주머니에서 휴대폰을 꺼내 집에 전화를 겁니다. 뚜우우우 뚜우우. 신호는 가지만 아무도 받지를 않습니다. 이거 참, 낭패입니다. 그러고 보니 엄마는 친구 어머니의 장례식 때문에 늦게 들어오신다고 하신 것 같습니다. 아빠는 출장 가셔서 다음 주에야 돌아오실 것입니다. 내일도 학교에 와야 하는 것은 아니지만, 교복을 빗물에 젖게 하면 곤란한데 걱정입니다. 저는 아직 스스로 교복을 빨지 않거든요. 제 또래 아이들 몇몇은 자기가 빤다는 아이들도 있지만, 저는 아직입니다. 그냥 비가 그칠 때까지 기다렸다가 갈까. 아니, 그렇게 하면 분명 늦어질 것입니다. 오늘은 온라인 게임에서 친구와 만나기로 했기 때문에 늦으면 안 됩니다. 5시에 만나기로 했는데, 벌써 4시 43분입니다. 나는 급하게 가방을 챙기고 실내화 가방과 도시락을 듭니다. 우산 가져왔냐고 묻는 시경의 물음에 고개만 절레절레 흔들어 주고는 얼른 계단을 뛰어 내려갑니다.

쏴아…… 생각보다 더 거센 빗발. 태풍이 온다는 일기예보가 있었나요? 원래 나는 일기예보를 잘 보지 않으니 알 수 없습니다. 잠시 망설이던 나는 이내 마음을 굳히고 집을 향해 달립니다. 교복 따위, 혼자 빨아 보겠습니다. 철퍽철퍽, 고여 있는 빗방울들이 양말로 튀어 나를 불쾌하게 만들고 있습니다. 급하게 뛰고 있는 터라, 잘 모르겠지만 옷은 이미 다 젖었고 머리도 엉망일 듯합니다.

이제는 바람까지 세차게 불어옵니다.

끼이이이익. 급브레이크 소리와 함께 들려오는 둔탁한 마찰음. 순간 불길한 느낌이 들었지만 그 소리는 이내 거센 빗발 소리에 묻혀 버리고 말았습니다.

다음 날, 오늘은 날씨가 꽤나 좋습니다. 그렇지만 나는 우울합니다. 어째서일까요? 아마 어제 들은 그 소리가 자꾸만 상기되어 불길한 예감을 느끼게 하기 때문일 것입니다. 혹시 무슨 일이라도 있는 것은 아니겠지요? 불길함을 떨쳐 버리고 기분 전환이나 하기 위해 나는 거리에 나와 있습니다. 이곳저곳에 학원과 유흥업소, 음식점이 있습니다. 저기 횡단보도를 건너면 웅현의 집입니다. 어제 일이 걱정되기 때문에 한번 가 봐야겠습니다. 뭐, 서성거리기만 하겠죠. 친하지도 않은 사람의 집에 초대도 받지 않은 채 찾아가는 것은 도저히 할 수 없거든요. 만약 간다 하더라도 그런 나의 모습을 누군가 볼까 봐 걱정도 되고요. 무엇보다도 난 겁쟁이니까요.

안이 훤하게 들여다보이는 커다란 베란다 창문으로 웅현의 집 안을 힐끔 보았습니다. 웅현은 없는 것 같습니다. 계속 서성이다가는 의심받기 십상이니, 나는 근처에 있는 빵집에 갑니다. 아직 점심을 먹지 않았으니 배고프기도 하고요.

"······?"

내 눈앞에 보인 것은 막 빵집 문을 나서려는 웅현이었습니다. 다행히도 내 예상이 빗나간 것 같습니다. 나의 불길한 예감은 거의 항상 맞지 않는다는 것을 잠시 잊고 있었습니다. 괜한 걱정을 해 버렸어요. 웅현은 나를 보더니 통통한 두 볼에 보조개를 띄웁니다. 역시나 목에 걸고 있는 열쇠에는 곰 인형이 달려 있습니다. 이것도 직접 만든 것이로군요. 저번에 한 번 본 적이 있기 때문에 알 수 있습니다.

"안녕."

그는 왼쪽 손에 빵이 가득 담긴 종이봉투를 들고 오른쪽 손은 내게 스윽 내밉니다. 나는 이것이 무슨 뜻인지 알고 있습니다. 웅현과 비슷한 성훈을 자주 보니까요. 이건 악수하자는 뜻입니다. 저를 싫어하지 않는다는 의미도 함께 내포되어 있겠죠. 차마 뿌리칠 수는 없고, 나는 어색하게 오른쪽 손을 내밀어 악수합니다. 같은 반 아이들이 이 모습을 보지 않기를 하느님, 부처님, 예수님, 옥황상제 님, 산신령 님, 염라대왕 님, 삼신할머니, 알라신 등 알고 있는 모든 신께 빌면서요. 하지만 그런 나의 바람은 멀리서 들려온 아이들의 웃음소리에 산산조각 나고 말았습니다.

"여어어, 민! 웅현이랑 사귀냐?"

민이란 나의 성입니다. 3학년 중에 유일하게 민씨기 때문에 나의 별명은 민이라는 애칭 같은 그것입니다. 나는 얼굴이 새빨갛게 달아오르는 것을 느꼈습니다. 좀 더 주위를 살펴볼 걸 그랬습니다. 이런 나의 속도 모르고, 바보 같은 웅현은 싱글벙글 웃습니다. 아이들의 비웃음 소리가 그에게는 무엇으로 들리는 것일까요. 비웃음 소리는 더 크게 들려옵니다. 웅현이 내 손을 잡은 오른손을 크게 흔들자, 와 하는 웃음소리는 점점 커집니다. 창피합니다. 나의 인내심이 한계에 도달하고 있습니다.

"가!"

마침내 나는 참지 못하고 외쳤습니다. 상대가 자폐아라 차마 욕설도 쓸 수 없습니다. 그저 가라는 말만 되풀이하여 외칠 뿐입니다. 이런 내가 너무 밉습니다. 이럴 때 시경이 있었더라면 얼마나 좋을까요. 아니, 내가 시경이라면 좋겠습니다. 그는 용기가 있어서 이런 상황을 잘 극복할 수 있을 테니까요.

"빨리 가라고!"

분위기의 심각성을 깨닫지 못한 채 어리둥절하게 내 표정을 살피는 웅현. 나는 화가 나서 얼굴을 붉힌 채 계속 고함지릅니다. 아이들은 우리를 재미있는 구경거리인 양 보고 있겠지요. 웅현은 멍청한 표정으로 뒤돌아서서 밖으로 나갑니다. 미안해집니다. 사실 웅현에게는 아무런 잘못이 없는데, 다 내가 잘못한 건데, 나로서는 아무것도 할 수 없습니다. 그래서 나 자신에게 너무 짜증나고, 나 자신이 너무 싫어집니다.

남의 하루를 그렇게 망쳐 놓고, 남의 기분을 그렇게 망쳐 놓고 뭐가 그리 즐거운 걸까요. 경쾌한 박자로 뛰는 듯 걸어가는 웅현의 모습이 희뿌옇게 보입니다. 웅현을 툭 하고 치는 한 아이. 한 봉지 가득 담겨 있던 빵 두어 개가 떨어져 차도로 굴러갑니다. 웅현은 그곳으로 달려갑니다. 나는 개의치 않고 빵을 고르기 위해 둘러보지만, 식욕 따위는 이미 사라져 버렸습니다. 매일 먹던 것을 집어 들어 계산합니다.

"2000원입니다."

점원 언니의 말을 가로막고 내 귀를 찌르는 어제와 유사한 마찰음. 놀란 나는 얼른 2000원을 꺼내어 계산을 하고 구입한 빵을 들지도 않고 소리 나는 곳을 향해 달려갑니다.

새까만 아스팔트 위로 흐르는 선홍빛의 선혈. 차가운 그곳에 누워 부들부들 떨고 있는 가련한 웅현은 안타까운 신음만 간간이 내뱉을 뿐입니다. 얼른 병원으로 옮겨야 합니다. 그렇지만 누가? 나는 그렇게 할 수 없습니다. 휴대폰도 이미 약이 다 되었는데 갈아

끼우는 것을 잊고 왔습니다. 아, 내가 너무 바보 같습니다. 웅성거리는 인파들 속에 아까 웅현을 쳤던 아이가 보입니다. 그러나 웅현을 친 차는 보이지 않습니다.

"뺑소니예요. 뺑소니."

"어머나, 불쌍해라."

"누구, 이 아이 아는 사람, 없어요?"

모두 나와 똑같습니다. 모두가 그를 안타깝게 여기고 있습니다. 그를 살려야 한다고 생각하고 있습니다. 그를 병원에 옮겨 빨리 살려야 한다고 생각하고 있습니다. 하지만 아무도 그렇게 하는 사람은 없습니다. 모두가 생각만 할 뿐 실천에 옮기지는 못합니다. 모두 나와 같이 겁쟁이입니다. 모두가 똑같이 바보입니다. 아까 웅현을 건드린 아이는 경악에 뒤엉킨 표정으로 가만히 서 있을 뿐, 아무런 행동도 하지 않습니다. 너무 당황하며 패닉 상태에 빠진 것 같습니다.

얼마 지나지 않아 내가 생각해 낸 것은 바로 웅현의 집입니다. 웅현의 집이 이 근처니까, 그곳에 가서 그의 부모님께 알리면 아마 해결될 것입니다. 이제야 그것을 생각해 내다니 나도 참 머리가 나쁩니다. 가야 할지 말아야 할지 고민하고 있지만, 이건 고민해서는 안 되는 문제입니다. 나는 전속력으로 웅현의 집을 향해 달려갑니다.

"아줌마! 아줌마아!"

소리칩니다. 대문을 쾅쾅 두드리며 소리 지릅니다. 제발, 아무라도 좋으니까 누군가 집에 있었으면 좋겠습니다. 누군가가 달려오는 소리가 들려옵니다. 끼이이익. 대문이 열립니다. 아무나 빨리. 웅현을 구해야 합니다.

아스팔트 위에 고여 있는 선혈은 웅현의 것입니다. 그 옆의 곰 인형도 웅현의 것입니다. 지금 뛰고 있는 심장도 웅현의 것입니다. 살아 숨 쉬고 있는 이 생명도 웅현의 것입니다.

웅현은 죽지 않았습니다. 무사히 살아났습니다. 비록 아직은 의식불명의 상태지만, 그는 죽지 않았습니다. 정말 다행입니다. 아이들도 눈물을 글썽거리며 다행이라고 말하고 있습니다. 아, 이제야 알 것 같습니다. 다른 아이들 모두 나와 같았던 것입니다. 단지 용기라는 것이 부족하여, 그를 감싸 주지 못한 것뿐입니다. 모두가 그를 돕고 싶어 했습니다. 모두가 그를 걱정했으며, 모두가 그를 감싸 주고 싶어 했습니다. 그런데 그럴 수 없었던 것입니다. 남들의 비웃음을 살까 봐, 남들의 놀림을 받을까 봐 두려웠던 것입니다. 모두가 두려움을 가지고 있었고, 모두가 겁쟁이였으며, 모두가 바보였습니다. 아직도 그들, 아니 우리는 바보입니다.

"애들아, 애들아. 이리 모여 봐."

부반장인 민정이 유난을 떨며 말합니다. 나는 호기심에 민정에게 다가갔습니다. 민정은 그렇잖아도 작은 키를 더욱 낮추며 호들갑스럽게 말합니다. 그것은, 웅현을 위한 그것이었습니다.

웅현은 머리가 찢어져서 조금 꿰매었다고 합니다. 그렇지만 생명에는 아무런 지장이 없으며, 다시 평소와 마찬가지로 수업에도 참여할 수 있다고 합니다. 오늘은 웅현의 퇴원일입니다.

"김웅현, 퇴원을 축하합니다!"

합창하듯 외치는 아이들. 그런데 축하하는 것은 축하하는 것이고, 나는 지금 더워 죽을 지경입니다. 왜 하필이면 제비뽑기로 선정된 사람이 나인 걸까요. 거대한 곰 인형 속에 들어앉아, 하루 동안 웅현과 놀아 주는 것이 오늘 내 임무입니다. 뭐, 대신 난 인형을 사는 데 모으는 돈을 한 푼도 내지 않은 데다 원래 이런 코스튬 플레이 같은 것을 해 보고 싶었으니 나쁘진 않죠. 돈을 가장 많이 낸 건 시경이라는 소문이 있습니다. 그나저나 이렇게 땀을 흘렸다가는 탈진으로 쓰러질 것 같습니다. 선생님께서도 오늘은 수업을 하지 않고 하루 종일 웅현과 놀라고 하셨습니다. 그런데 그게 정말 하루 동안일지, 아니면 담임 선생님 수업 때와 방과 후만의 이야기일지는 아직 모릅니다. 나는 크게 하품을 합니다. 아, 또 목마릅니다.

저기 웅현이 내게 옵니다. 곰 인형 복장을 보고는 눈을 빛냅니다. 그리고 주머니를 뒤적거리더니 작은 곰 인형 하나를 건넵니다. 나는 얼떨결에 그것을 받아 들었습니다. 우리가 언제 싸웠는지는 잘 모르겠지만, 웅현의 말로는 화해의 선물이라고 합니다.

속을 파내어 사람이 들어갈 수 있는 그 큰 곰은 결국 웅현에게 주었습니다. 조금 아깝긴 하지만 나는 필요 없습니다. 내겐 어울리지도 않는 물건일뿐더러, 원래 그건 상처 입은 작은 곰에게 주는 퇴원 선물이자 챙겨 주지 않은 생일 선물, 그리고 여태까지의 사과 선물을 모두 포함하는, 우리 모두의 선물이니까요.

달빛의 깃털

전북 덕일중 3
조은향

옥탑 방이란 아주 고요하면서도 흥분을 주는 곳이다. 야경이나 석양이나 일출이나, 심지어는 우울한 빗발까지도 어찌나 아름답게 연출해 내는지. 그래서 우리 주인님은 항상 흥분에 겨워 있었다. 언제나 멋진 풍경이 젖어 들면 『데미안』이라든지, 『누구를 위하여 종은 울리나』 같은 두껍고 제목이 어려운 책을 들고 베란다에 앉아 읽어 대기 시작하는 것이다. 인간의 문자에 대해서 알 도리가 없는 내가 주인님의 독서 취향을 자세히 알게 된 것은 그녀가 항상 책 제목을 큰소리로 읊기 때문이었다. 책의 제목이 발음하기 어려우면 어려울수록 그녀의 목소리는 더 커졌다.

나는 주인님에게 꽤 잘 복종하는 개였다. 그녀가 그토록 좋아하는 발음하기 어려운 책을 많이 소장하고 있어서나, 사료를 듬뿍 주거나 훈련을 이따금 쉬도록 해 주기 때문이 아니라, 그녀는 꽤나 미인이었기 때문이다. 물론 주인님은 비정상적으로 광대뼈가 돌출

되고 깡말랐을 뿐만 아니라 아주 볼품없는 머리 모양새를 유지하고 화장도 지나치게 진하다는 건 알고 있지만, 나에게 있어서 그녀가 멋지다는 건 분명한 사실이었다. 왜냐하면 나는 그녀에게 충성할 수밖에 없는 사명을 띤 개이기 때문이다. 설사 그녀가 나를 단 한 번도 밖으로 외출시켜 준 적이 없다고 하더라도 말이다. 그녀는 항상 내가 밖에 나가는 것에 대한 강박증이 있는 듯 보였다. 그러나 그것도 나를 보호해 주려고 하는 그녀의 모성 때문일 것이라 단정 짓고 여전히 나는 충성을 맹세했다.

옥탑 방에 석양이 드리우기 시작했다. 해가 지는 걸 지켜보는 것은 우울하고 감상적인 일이다. 나는 감성적인 행위를 별로 좋아하지 않아 했는데, 아무래도 주인님의 시 낭송 때문일 것이다. 아마 시 낭송을 수천 번쯤은 들었을 거다. 그것도 항상 「낙화」로. 그녀는 새벽이 되면 낙화를 제목부터 지은이, 본문 순으로 아주 차근차근 낭송하곤 하는데, 가끔 주인님이 낭송을 하다가 울지 않을까 걱정이 될 정도였다. 나는 기품 있는 그녀의 모습을 사랑했지만 시 낭송은 이미 질려 버린 후였기 때문에 감상적인 행동은 삼가게 되는 편이었다.

주인님은 아직 돌아오지 않았다. 언제나 바쁜 분이다. 그녀가 밖에서 무엇을 하는지 나에게 알려 준 적은 없지만 아마 찻집에서 또 똑같은 시를 수백 번 수천 번 읊고는 자랑스러운 표정으로 커피를 홀짝일 거다. 나는 주인님이 교양인이라는 사실을 자랑스럽게 여겼다. 실제로 아무리 그녀가 시 낭송을 반복한다고 하더라도 나는 끝까지 들어 줄 자신이 있다. 단지 약간 싫증은 나겠지만.

어쨌든 간에 나는 아주 여유롭게 석양을 바라보고 있었다. 물론 썩 유쾌하지는 않았지만 하염없이 평화롭게 지고 있는 태양을 보는 일 외에 옥탑 방 마당에서 할 수 있는 것이라곤 고작 미친 듯 뛰어 다니거나 코를 골며 낮잠을 자는 일 따위밖에 없었으므로 나는 고상한 개인 척하기로 마음먹었다.

하늘은 무척 아름답지만 또한 어지러웠다. 하늘의 향기라는 건 내가 태어날 때부터 익숙히 나의 곁에 있었기에 느낄 수는 없었지만, 분명 아주 편안할 것이다. 그렇지 않다면 이렇게 오래도록 맡을 수는 없지 않은가. 나는 주인님이 가끔 그랬듯이 창의적이고 비판적인 평가를 내리려고 부단히 노력하며 눈썹을 씰룩거렸다.

그런데 나의 성스럽고 엄숙한 관람 시간에 아주 시끄러운 방해꾼이 진입했다. 폴리의 목소리였다. 이 유치한 이름을 가진 늙은 앵무새는 고작 할 줄 아는 것이라곤 주인님의 목소리를 흉내 내는 것뿐인데 조금도 닮지 않았다는 것이 문제다. 그저 괴상한 목소리로 "아잉."이라든가, "사랑해요."라는 빈말일 수밖에 없는 말들을 지껄이면 주인님은 언제나 이 늙다리 앵무새가 귀여워 죽겠다는 듯이 예뻐해 주는 것이다.

폴리는 아무것도 원하지 않았다. 그는 아주 오랫동안 새장 안에 갇혀 있었지만 단 한 번도 탈출을 시도한 적이 없다고 했다. 적당히 주인님─폴리는 주인님을 '그 계집'이라고 불렀지만─에게 애교를 부리고 먹이만 얻어먹기만 하면 된다며 자신의 철학을 나에게 강요하기 일쑤였다. 그는 자신의 안락한 생활에 만족했으며 노래를 부르는 것은 자신의 본능과도 같은 것이라고 나에게 일러 주었다.

하여간 그는 나의 중요한 감상 시간에 시끄러운 목소리로 알아들을 수 없는 노래를 불러 댔다. 폴리는 자신의 적적한 노후 생활을 노래로 모두 채울 심산인 모양이었다. 나는 고상한 관람 시간을 방해하는 폴리를 매섭게 노려보았지만 폴리는 "주 템"이라고 시작되는 노래를 쉽게 끝마칠 생각은 없는 것 같았다. 그의 괴상하고 괴로운 노랫소리는 밤하늘 외로운 옥탑 방에 가득 찼다. 주인님은 너무 멀리 있어 이 끔찍한 노래도 들리지 않는 것 같았다.

폴리의 알아들을 수 없는 노랫소리가 작아져 갈 즈음엔 사방이 모두 깜깜해진 채였다. 어지럽고 아름다웠던 하늘도 사라지고 까만 어둠만이 엄습하여 내가 주인님께 교육받았던 것처럼 당연히 잠잘 준비를 하고 있을 때였다.

순간 하늘에서 조그만 물체가 유영하는 것을 보았다. 하얀 새의 깃털이었다. 아주 조용하고 부드럽게 바람 위를 유연하게 흐르다가도 곧장 한곳을 향해 날아가고 있었다. 깃털은 자신을 새까만 밤중에도 영롱하고 순결하게 빛나게 해 주는 달을 쫓아가고 있었다. 아주 매력적인 율동으로. 나는 극도의 흥분에 휩싸였다. 비행이라는 것은 얼마나 멋진 행위인가! 도저히 가만히 앉아서 구경할 수가 없었다. 담장으로 달려가 깃털의 고귀한 가무를 바라보았다. 나를 놀리듯 이리저리 몸을 비틀며 날아다니던 하얀 깃털은 어느 순간 나의 시야에서 사라지고 말았다. 아, 깃털의 순결한 여행의 결말이 궁금했다. 결국 초라하고 처량하게 바닥에 일그러졌을까, 방향을 잃고 고난의 인생을 시작한 걸까, 아니면 정말 달에게로 가 버린 걸까?

비행의 아름다움과 매력에 흠뻑 취해 버린 상황에서 아주 멀리서부터 조그맣게 들려오던 불쾌하고 건방진 구두 소리가 더 가까워지기 시작했다. 주인님은 허영과 자만이 가득한 목소리로 나를 불렀다.

"메리야, 이리 온."

그러나 나는 그녀에게 가지 않았다. 나는 비행을 하고 싶은 욕구와 깃털과 함께 달에 가고 싶은 상상에 사로잡혀, 그녀의 소리는 들리지 않았고 주인님의 그 완벽했던 모습과 훈련조차 다 부질없게 느껴졌다. 난생 처음으로 주인님이 지루해졌다.

어쨌든 아침은 찾아왔다. 내가 어제 깃털의 비행을 바라보았건, 주인님에게 반항을 했건, 혹여 내가 어제 돌연 자살을 했을지라도 이 멍청한 태양은 또 떠올랐을 것이다.

나는 한숨도 자지 못했다. 물론 눈을 감고 코를 골며 잠자코 누워 있었으니 잠을 자는 듯 보였겠지만 그건 숙면이 아니라 꿈들의 연속이었다. 아주 황홀한 꿈. 꿈속에서는 나의 털들이 아주 하얗고 아름답게 빛이 났다. 나는 어제 보았던 깃털에 둘러싸여 비행을 하고 있었다. 그리고 우리는 달에 도착했다…….

나는 이것이 무척 괴상한 일이고, 이론적으로 말이 되지 않는다는 걸 알고 있었다. 가령 돼지가 두 발로 서서 춤을 추는 것처럼. 하지만 나의 생각은 더욱 낭만적이고 매력적이어서 마치 그것을 위해서 모든 만물이 잉태하고 호흡을 하는 듯이 느껴져 버렸다. 그것은 아주 섬세하고 부드러우며, 때로는 거칠고 박력이 있는 생물이 할 수 있는 최고의 유희, 내가 그토록 갈증을 느끼는 비행이었다. 그리고 비행을 뛰어넘어 달에 다가가는 것이다. 아, 달은 가슴의 빛으로 이루어진 아름다운 낙원이었다.

그러나 해는 떠올랐고, 나는 꿈에서 깨어나야만 했다. 꿈속에서 아름답기 그지없던 나의 털은 여전히 길고 누렜다.

주인님은 벌써 몇 시간째 나를 노려보고 있었다. 어제 나의 반항에 대한 타격이었는지 오랫동안 보지 못했던 잡지까지 들려 있었다. 그렇게도 부지런하던 찻집 나들이를 갈 시간도 한참 지났지만 계속 나를 노려보고 있을 태세였다. 적잖은 충격을 받은 듯한 그녀는 증오와 의문이 담긴 눈길로 나의 일거수일투족을 지켜보았다. 나는 그녀의 시선이 불안하긴 했지만 비행 연습을 하는 것이 시급했다.

어쨌든 나는 날아야만 했다. 완벽한 비행을 위해서는 큰 날개가 필요했지만 그건 너무 화려한 사치였다. 옥탑 방에서 한 발짝도 걸어 나가 본 적도 없었지만 나는 날개쯤 없어도 훌륭하게 날 수 있다고 확신했다. 볼품은 없겠지만 우선 앞다리를 띄워 공중에서 재빨리 휘젓기 시작할 거다. 그럼 부드럽게 뒷다리가 들릴 것이고 탐스럽기 그지없는 나의 꼬리는 그저 얌전히 보조만 하면 될 것이다. 나는 마치 오래전부터 내가 비행을 아주 잘해 오던 비행사가 된 것 같았다. 아주 익숙하게 그려 낼 수 있었지만 너무나도 새로운 상상이었다.

나는 평상에 훌쩍 뛰어올랐다. 나는 진돗개의 피가 섞인 한 살배기 똥개치고는 약간 작은 몸뚱이였지만 튼실하고 균형이 잡힌 수놈이었다. 게다가 상당히 매서운 눈길을 가지고 있어서 폴리 또한 나에게 칭찬을 한 적도 있었다. 그런데 내 이름은 고작 메리라니…… 가령 예를 들어 블랙이나 칠성이 같은 멋있는 이름이 아니고 말이다! 주인님은 내가 수놈인지 암놈인지, 어디다 똥을 누는지 어떤 사료를 먹는지조차 모를 것이다. 주인님은 아마 나를 사냥개 도베르만의 일종이라고 생각하는 모양이었다. 그녀는 오로지 나를 훈련하고 감금하고 가끔 교양 있는 여성들이 당신의 집을 찾아올 때 부드럽게—천박하고 크게 짖으면 안 된다.—대접하는 것을 가르치는 데 환장한 여자였다. 특히 나를 가두려 했던 것은! 내가 비행하지 않는다면 나는 일생 동안 그녀밖에 보지 못할 것이고 평생 이

좁은 옥탑 방에서 살아가야만 하는 것이다. 아, 그 사실을 왜 난 지금 알게 된 걸까.

나는 천천히 주위를 둘러보았다. 평상은 나의 키를 조금 넘을 듯 말 듯했다. 이건 연습이고 일종의 워밍업에 불과했지만 떨리는 건 어쩔 수가 없었다. 심장의 소리는 발끝까지 전해졌고 숨은 거칠어졌다. 바람이 잔잔히 서쪽으로 불었다. 태양이 지는 쪽으로 몸을 돌렸다. 아, 이때다! 흥분한 나는 조금씩 뛰면서 발돋움을 해야 한다는 기본적 상식도 잊어버린 채, 그러니까 '냅다' 뛰어내려 버렸다. 그 '냅다'의 여파는 대단했다. 나는 착지자세라든지 부드럽게 다리를 편다는 생각조차 못한 채 그대로 바닥을 턱으로 들이받았다. 내가 여유롭게 헤엄쳤어야 했을 뒷다리는 위로 치솟았다. 젠장! 무지 심한 아픔이 찾아왔다.

그 모든 장면을 지켜보던 주인님이 흥분한 나머지 그토록 사랑하던 커피까지 잡지에 쏟아 부으며 의자에서 벌떡 일어났다. 파리하던 주인님의 얼굴은 더 새하얗게 질려 버렸다. 나는 아픔으로 절뚝거리면서 주인님의 눈치를 보았다. 다시 평상 위로 올라가려고 했을 때 그녀는 삽시간에 또각거리며 다가와——그녀는 항상 굽이 높은 구두를 신었다. 아침부터 저녁까지!——목덜미를 잽싸게 후려잡아 들며 나의 뺨을 있는 힘껏 내리쳤다. 나는 평상에서 떨어졌을 때보다는 아픔이 덜했지만, 난생 처음 주인에게 구타를 당한 상황에 실없는 잡념들로 혼란스러웠다. 왜 주인님이 날 때린 걸까? 그녀에게 나의 비행은 언짢았던 걸까? 나는 언제나 그래 왔듯 시커먼 눈동자로 그녀에게 이 상황을 물었지만, 주인님은 그저 미친 듯이 길길이 뛰며

"제정신이야? 미친 개가 분명해!"

라며 알아듣기 힘든 욕설과 분노에 가득 찬 핀잔들을 쉴 새 없이 늘어놓기 시작했다. 그녀는 우아하던 교양인의 모습이라고는 알아볼 수 없을 정도로 엄청난 욕을 지껄이거나, 나의 행동을 조목조목 따져 들며 윤리와 진리에 얼마나 모순되는가를 설교하기 시작했다. 난생 처음 보는 그녀의 흥분한 모습에 의기소침한 모습으로 꼬리를 내리긴 했지만 비행을 하지 말아야겠다는 생각은 조금도 하지 않았다.

그러한 비행의 연습이 중단되었던 건 내가 얼추 덩치가 더 자랐을 때였다. 나는 여느 때와 마찬가지로 아침을 먹은 뒤 다시 평상 위로 올라가 뛰려고 준비운동을 시작했다. 아직 자유롭게 날 수 있는 건 아니었지만 꽤나 오랫동안 공중에 떠 있을 수 있었고 착지자세도 그럴듯해졌다. 아찔한 난간 위에서도 여유롭게 걷게 되었음은 다 훈련의 결과였다.

내가 숨을 고르고 발돋움을 위해서 준비 자세를 취하고 있을 때 그녀는 나에게 다가오고 있었다. 만약 내가 온 정신을 비행 연습에 집중하지 않았다든가, 조금만 더 연습을 늦게 시작했더라면 그녀의 호흡 소리가 평소보다 더 거칠고 무언가를 손에 쥐고 상당히 의식적으로 걸어오고 있음을 금방 알아챌 수 있었을 것이다. 나의 뒤로 그녀가 다가왔다는 것을 느껴 뒤를 돌아보게 된 그 순간에 주인님은 내 목을 옭아맸다. 그녀는 녹슨 데다가 다른 하얀 개털이 잔뜩 묻은 목줄로 사정없이 내 목을 조였다. 나는 캑캑거릴 뿐 짖을 수가 없었다. 아찔하고 어지러우며 불쾌한 죽음의 환영이 스쳤다. 필사적으로 온몸을 아등바등하며 턱 사이로는 침이 줄줄 흘러내렸다. 이 여자는 나를 죽일 셈인 것이다. 조금이라도 줄이 느슨해진다면 이 여자의 말라빠진 손을 물고 도망칠 수 있을 텐데 그녀는 빈틈없고 빠른 속도로 목을 조였다. 몸에서는 조금씩 힘이 빠져나갔고 나는 몇 번의 발길질 끝에 늘어진 혀를 빼고 축 처져 버렸다. 그러나 그녀는 나를 죽는 것보다 더 끔찍한 악몽에 던져 버렸다. 나는 개줄에 묶이게 된 것이다.

　며칠이 지났다. 나는 여전히 개줄에 묶인 상태였다. 철저하게 믿었던 주인님에 대한 배신감과 참을 수 없는 청춘에 대한 모멸감을 제쳐 두고라도 이 지루함이란 견딜 수 없는 것이었다. 수도 없이 익혀 두었던 허공의 감각과, 두려움이 사라진 난간에 뛰어들고 싶은 마음이 하루에도 수천 번씩 들었다. 아름다운 나의 달은 점점 여위어 갔다. 나의 고통을 함께 나누고자 하는 것이다. 나는 도저히 이 지루함과 고통에 익숙해질 수도, 타협할 수도 없었다.

　그 여자는 태연하게 책을 읽었다. 그녀는 더욱 제목을 발음하기 어려운 책을 뽐내며 읽었고 외출도 잦아졌다. 책을 읽는 와중에도 하염없이 화장을 짙게 하고서는 가끔씩 나를 흘겨보거나 노려보고는 불쌍하다는 목소리로

　"우리 메에리. 불쌍한 메에리."

라며 가식적인 동정의 눈초리를 보내는 것이다. 그럴 때면 그녀의 교양에 대한 과거의 나의 찬양과 목숨을 바치려 한 충성을 증오했다. 목줄은 내 털을 비집고 맨살을 짓눌렀고 쇠줄은 목을 가누지 못할 만큼 무거웠다. 만약 내게 다시 자유가 온다면, 훌륭히 비행을 마친 후에 그녀를 목덜미를 물어뜯고 저주를 퍼부을 것이다.

　나는 가만히 목을 뉘어 엎드렸다. 그러고는 달을 그리워했다. 둥그렇게 살이 찐 모습은 아니었지만 달은 여전히 영롱하고 신비스러

운 빛을 내몰며 닿을 수 없는 먼 곳에 앉아 있었다. 달빛은 멀리서 나를 조롱하거나 모욕하려고 하는 게 아님을 알 수 있었다. 그 아름다운 달빛은 그저 나를 기다리고 있을 뿐이었다. 아주 미덥고 우아한 모습으로. 그러나 달빛이 외롭다는 것 또한 알 수 있었다. 그리고 조금씩 나를 달이 있는 곳으로 부르고 있다는 것도.

나는 당장 탈출을 감행했다. 탈출은 조용하고 신속하고 정확해야 한다. 비가 부슬부슬 내리기 시작하는 밤이었다. 주위는 적막했고 어지간한 소리는 빗소리에 묻힐 듯했다. 결단을 내린 나는 행동하기 시작했다.

줄은 개집 옆에 긴 쇠 막대에 걸려 있었다. 나는 줄 끝에 달린 고리를 물고 이리저리 움직여 보았지만 소용없는 짓이었다. 비는 더 굵어졌고 이따금 청승맞은 자동차 몇 대가 지나가는 소리를 제외하고는 얌전히, 그러나 수선스레 떨어지는 빗소리가 사방을 가득 채웠다. 나는 콧속으로, 눈 속으로, 똥구멍 속으로까지 들어가려는 빗방울들을 털어 내지 않았다. 비는 피와 털로 뒤범벅이 된 목줄 뒤의, 맨살이 드러난 나의 서글픈 목까지 파고들어 흘러내렸다. 인간의 손이 줄에 달린 고리를 들어 던져 주거나 나의 목줄을 풀어 주지 않는 이상, 이 끔찍한 굴레는 내 목을 벗어나지 않을 것 같았다. 조금 더 원시적이고 단순하며 본능적인 방법을 사용하기로 했다.

나는 있는 힘껏 앞으로 내달렸다. 그러나 쇠 막대는 영원히 움직이지 않을 듯이 나의 목을 놔주지 않았다. 미끄러운 바닥에 발랑 자빠져 버렸다. 누워 있는 콧구멍 사이로 흘러 들어오는 빗방울에는 아주 고약한 철 냄새가 났다. 눈을 껌뻑였다. 달이 사라진 밤하늘은 언제나 심심하고 무서웠다. 내가 달을 찾으리라. 그대를 찾아 충성을 다하고 응석을 부리며, 달이 진정한 나의 주인임을 인정하며 그대의 발을 핥으리라.

나는 다시 일어났다. 나를 옭아매는 쇠 막대가 얼마나 두꺼운지, 목줄이 얼마나 세게 매여 있는지는 내가 알 바가 아니었다. 심호흡을 한 뒤 오로지 이 결투——생존과 이상이 걸린 결투——에 집중했다. 미끄러운 바닥에 나의 체중을 실어 한 발짝, 한 발짝 떼어 냈다. 처절한 고통이었다. 이미 결투를 시작했을 때부터 숨을 쉬지 않았고, 다문 이빨 사이로 따끈한 피가 솟구쳤지만 규칙적이고 일정하게 힘을 주며 걸음을 떼었다. 아주 오래전부터 그리워했던 옥상 난간, 나의 무대가 다가오고 있었다. 현기증과 고통으로 눈도 뜨지 못한 채 고개를 꺾고 씨름을 하고 있었다.

줄이 느슨해졌음을 느끼게 된 건 한참 지난 후였다. 호흡곤란으로 발끝에 준 힘이 풀리려고 할 때 아주 오랫동안 수많은 개를 묶어 온 듯한 목줄은 시간과 빗물과 한 살배기 똥개 앞에 맥없이 우두두둑 끊어지고 말았다. 그동안 나를 속박해 오던 끔찍한 형벌 도구에게 자유의 기쁨과 조롱이 담긴 오줌을 갈겨 주었다.

담장 위로 훌쩍 올라갔다. 미지의 세계, 발도 들여놔 보지 못한 우리 동네의 전경이 눈앞에 펼쳐졌다. 비에 젖은 골목길, 그 여자가 항상 올라오던 좁고 긴 계단 길, 우리 집 앞에 있는 덩어리 슈퍼, 아이들의 소리가 들려오던 문구점 앞 게임기, 옆집 개가 싸질러 놓고 간 전봇대의 오줌, 가로등을 의지 삼아 간신히 다닥다닥 붙은 주택가들이 1년 남짓한 삶 속에 추억이라곤 별로 없는 나에게 비행하기 전 마지막 파노라마처럼 우아하게 펼쳐졌다.

옥상 난간이 미끄러워 균형을 잡는 일에 계속적으로 신경을 쓰지 않았다면 벅찬 감동에 아주 오래도록 여유 있게 앉아 이 풍경을 자근자근 음미했을 것이다. 비에 젖은 옥상 난간 위에서 시간을 끌며 풍경을 감상하기에는 턱없이 시간이 부족했다. 이미 새벽의 여명이 시작됐던 것이다. 나는 담장 위에 아슬아슬하게 앉아 발돋움이 없는 비행을 준비했다.

감동과 긴장과 희열 등 복합적인 감정에 취하여 준비도 못 한 채 뛰어내리려 했을 때 뒤에서 푸드덕거리는 소리가 났다. 폴리였다. 그는 아주 오랫동안 감금되어 있었기 때문에 잊었던 비행을 관람한다는 것에 흥분과 질투를 느껴 미친 듯이 보였다. 폴리의 다 빠진 초록색 깃털이 더욱 초라하게 휘날렸고 시끄럽고 격앙된 소리로 분노를 표현했다.

"너…… 넌, 넌 날지 못해, 개자식아."

폴리의 목소리는 격분으로 갈래갈래 갈라졌고 빗소리 때문에 분산되어 흩어졌지만 한 마리 미친 새의 독설이라고 하기에는 너무나도 선명하고 비정하게 뇌리에 박히게 되었다.

나는 갑자기 오래전부터 알고 있었던, 본능이 아닌 또 다른 선천적 감성이 끓어오르는 걸 느꼈다. 그건 날 너무나도 쉽게 소외해 버렸고 무기력하고 외롭게 만들었다. 도피하고 싶은 절망에 구역질이 났다. 나는 '두려움'을 느끼고 있었다. 비행 연습을 하던 시절부터, 아니 수백만 년 전 나의 조상이 길들여지기 시작했을 때부터 내 몸속에 흐르는 피가 '날 수 없다'는 사실, 너무나도 당연히 알고 있던 사실을 애써 외면하고 있었던 것이다. 낭만적이고 이상적이었던 동네의 풍경도 그저 나와는 멀리 있는, 땅과의 마찰이 아니면 도저히 갈 수 없는 곳으로 느껴져 현기증으로 울렁이었다. 빨리 난간에서 내려가서 다시 나의 주인에게 꼬리를 흔들고 싶은 충동에 휩싸였다. 그래, 그렇게만 한다면 나는 평범한 수캐로서 주인님의 사랑을 받으며 살아갈 수 있을 거야.

그러나 나는 담장 위에서 내려오지 않았다. 도망치지 않았다. 나는 날고 싶었다. 내가 그렇게 염원하고 꿈꿔 오던 비행이다. 개이기 전에 '나'였던 나는 날고 싶을 뿐이었다. 심장이 두근거렸다. 핏물이 엉킨 채 파인 속살이 드러난 목이 쉴 새 없이 따끔거렸지만 최상의 상태였다. 조금만 바람에 무게중심을 띄우고 꼬리를 그대로 열심히 저어 나간다면 그대로 깃털과 함께 달에게로 훨훨 날아갈 것만 같았다. 정말 훨훨.

그로부터 수년이 지났다. 나는 열다섯 마리도 넘는 강아지를 길렀고, 나의 아내는 또 임신 중이었다. 주인님은 여전히 처녀인 채로 하루 종일 우리 가족을 훈련시키고는 했다. 나는 이제 그녀에게 맹목적인 충성을 바치는 풋내기는 아니었지만 여전히 애교가 넘치는 수캐였다. 주인님은 이제 어려운 책을 떨리는 목소리로 읽어야 했으며 그것도 도수가 높은 안경을 쓰고 한참을 들여다보아야 겨우 한 장을 넘길 정도였다.

그동안 늙은 앵무새 폴리는 죽었다. 앞이 잘 안 보이게 된 주인님의 실수로 피복이 벗겨진 전선이 새장으로 들어가는 바람에 그는 감전사했다. 불쌍한 늙은 앵무새는 새장 안에서 통구이가 되어 버렸지만 아무도 눈물을 흘리지는 않았다. 그는 너무 늙었고 그의 노래를 추억하기엔 너무나도 듣기 어려운 노래였기 때문이다.

가끔 비 오는 날이면 나의 탈출이 기억이 난다. 그때 나는 날지 못했다. 난간에 서 있는 나를 발견한 주인님이 비명을 지르며 방 안에서 파자마 차림으로 뛰쳐나왔고 나는 놀란 기색도 보이지 않은 채 마당으로 몸을 돌려 뛰어내렸다. 비겁하게 주인님에게 들킨 것을 핑계로 삼으며 비밀리에 비행을 했어야 한다는 빌미로 나는 마당으로 돌아왔다. 나는 뛰어내렸어야 할 그 순간에 꼬리를 내리고 운명적인 반항보다 세상에 대한 질긴 영생을 택하였던 것이다. 그리고 나는 그 후로 단 한 번도 비행에 대해서 계획한 적이 없었다.

"메리야아, 이리 온."

나는 회상을 접고 나의 주인에게로 다가갔다. 그녀는 이제 너무 늙었다. 하염없이 콧대가 높던 교양인의 모습도, 나를 엄격하게 교육하던 여자의 모습도 사라진 채 그저 지난날의 명성과 나의 충성만을 기억하며 베란다에 앉아 가만히 허공을 응시하는 것이다. 나도 이제 늙었다. 그녀에게 저주를 퍼부으리라 다짐했던 지난날의 배짱을 지니고 있기에는 이제 하루조차 연명하기 힘들게 되어 그저 그녀에게 기대어 쉴 뿐이었다.

베란다에 있는 그녀의 곁에서 고요히 목을 뉘고 있었을 때 하늘에서 하얀 물체가 부드럽게 내려왔다. 아직도 그것은 하늘하늘하고 부드럽게 하늘을 자유로이 유영했다. 나의 시선을 받은 그는 조금씩 천천히 나에게로 다가오려고 움직이기 시작했다. 내가 찾아 헤매던, 비겁함에 도망을 갔던 그런 깃털이 이젠 나에게로 찾아와 준 것이다. 아주 오래전 모습 그대로. 영롱하고 한없이 빛나던 달빛의 깃털이.

나는 가만히 미소를 지었다.

박쥐의 중력거부 제1강

1판 1쇄 찍음 • 2006년 11월 27일
1판 1쇄 펴냄 • 2006년 11월 30일

지은이 • 박은비, 박현주 외
편집인 • 장은수
발행인 • 박근섭
펴낸곳 • ㈜민음사

출판등록 • 1966. 5. 19. (제16-490호)
서울시 강남구 신사동 506 강남출판문화센터 5층 (135-887)
대표전화 515-2000 • 팩시밀리 515-2007

www.minumsa.com
www.daesan.or.kr

값 10,000원

ISBN 89-374-8105-7 03810